Noite Inclinada

IGNÁCIO DE LOYOLA BRANDÃO

Noite Inclinada

Romance

Prêmio PEDRO NAVA
Prêmio A.P.C.A.
"Melhor Romance"
1987

São Paulo
2003

© Ignácio de Loyola Brandão, 2003

Diretor Editorial
JEFFERSON L. ALVES

Gerente de Produção
FLÁVIO SAMUEL

Coordenação de Revisão
ANA CRISTINA TEIXEIRA

Revisão
ANA CRISTINA TEIXEIRA

Editoração Eletrônica
ANTONIO SILVIO LOPES

Projeto Gráfico (miolo)
EDUARDO OKUNO

Capa
VICTOR BURTON

Dados Internacionais de Catalogação na Publicação (CIP)
(Câmara Brasileira do Livro, SP, Brasil)

Brandão, Ignácio de Loyola, 1936-
  Noite inclinada : romance / Ignácio de Loyola Brandão. – São Paulo : Global, 2003.

  ISBN 85-260-0816-1

  1.Romance brasileiro I. Título.

03-1769   CDD-869.93

Índice para catálogo sistemático:
1. Romances : Literatura brasileira 869.93

Direitos Reservados

GLOBAL EDITORA E DISTRIBUIDORA LTDA.

Rua Pirapitingüi, 111 – Liberdade
CEP 01508-020 – São Paulo – SP
Tel.: (11) 3277-7999 – Fax: (11) 3277-8141
E-mail: global@globaleditora.com.br

 Colabore com a produção científica e cultural.
Proibida a reprodução total ou parcial desta obra
sem a autorização do editor.

Nº DE CATÁLOGO: **2404**

Para
*Márcia Gullo,
redescoberta da vida num
domingo de carnaval.
Neiva Schvarcz, Gladys Fischbein
e Clarice Herzog.*

A Caminho do Festival Maior
Canção de fracasso para recém-casados

Aliás, não tem sentido ocultar. Certa época, o Ganhador viveu à custa de mulheres defeituosas. Nanicas, mancas, corcundas, lábios leporinos, bocas tortas, albinas, peles repuxadas por queimaduras, paraplégicas. Comia, bebia, aceitava economias que ofertavam agradecidas. Quando não tinham, preparavam quitutes. Para as viagens, frango e farofa, lingüiça de porco com pão caseiro, enroladinho de goiaba. De muitas, nada quis. Bem alimentado, bolso razoável, não era aproveitador. Acreditava que espalhava música e felicidade. Pela província brasileira, um predestinado. Até Maria Alice reaparecer, e ele abandonar tudo. Deve tanto a Maria Alice! E não fica um pingo perturbado. Por ser dependente. Inteiro amarrado.

Um ano. Sem vencer festivais, sufoco. Vivendo de carteiras roubadas a bêbados. Ou a distraídos dormitando em rodoviárias. Dinheirinho ganho em fliperamas, um campeão. Apostando em brigas de galo. Arrematando cigarros mofados em tiro ao alvo de parques. Fugindo de restaurantes depois de comer. Na coxa, os dentes do pastor alemão, cachorro nojento que o dono da lanchonete frege atiçou, depois do cano. Gramou três dias lavando chão, brasileiro mija na beirada, tem pinto descalibrado.

Trovões, só falta chover. Esconder onde? Cidade mineira. Capixaba, paulista, goiana, diferença nenhuma. Casas iguais, varanda mínima, samambaias penduradas, antúrios na escada de cimento vermelhão. Antenas de tevê, antenas, antenas. Jardinzinho com rosas, hortências, palma-de-santa-rita, comigo-ninguém-pode. Puxado lateral para o fusca, cobertura de zinco. Se o carro é maior, portão de barriga saliente avança sobre a calçada, grávido de traseiras. Homem careca, suado, de pijama. Poda rosas.

— Tem um prato de comida?

Olhar do careca é medidor, volta às rosas.

— Pão com manteiga?

Nem desvia das flores, desprezo.

— Pão com margarina?

Hesitação, a caridade é tocada.

— Pão sem nada. De ontem, seco. Qualquer merda pra matar a fome.

— Não tem vergonha? Tamanho homem! Aposto que nunca pediu emprego.

— Vergonha, nenhuma. Tenho fome. E trabalho.

— Trabalha e pede esmola? Por que não vende o violão?

— Vivo dele.

— Eh, eh! O boêmio voltou novamente. Desculpa de vagabundo.

— Calma lá! Sou direito, vivo de festivais. Sou um Ganhador.

— Imagino o perdedor. Eh, eh! Esses festivais de maconheiros. Por isso este país não anda. Trabalhei quarenta e dois anos, nunca pedi nada a ninguém. Nunca me pendurei em políticos. Olha a minha casa. Paga. Meu carro. Pago. Com meu trabalho. Quem trabalha, faz seu pé-de-meia, é só querer. Ninguém quer, todo mundo virou ladrão. Até esses militares que apoiamos descambaram! Eh, eh! Tudo uma corja.

— Porra, vai me dar pão? Não quero conversa, quero comida.

— Esmola não dou. Contribuo com a ação social da minha paróquia, eles é que redistribuem o dízimo. Mas posso te dar trabalho.

Murro no meio da cabeça. O Ganhador de festivais soca o nariz do homem das rosas com violência. Chuva despenca, céu preto. O homem sangra.

— Vocês nasceram pra apanhar. Reaja!

Caído, molhado.

— Vai me matar?

Sujo de barro.

— Agüenta tudo? Vai, reage! Cuecão!

Indefesos come-dorme-levanta-trabalha-aposenta-vê novelas-trepa aos sábados. Bem que podia me matar. Que diferença ia fazer? Ninguém notaria nada. O Ganhador sai depressa, conhece cidades pequenas, máfias, confrarias da costa. Seguindo os trilhos, pode alcançar a estação. Avista a cobertura de zinco com o nome da cidade, desbotado. Rua em declive, escorrega na lama, merda, só calçam em épocas de eleições. O Ganhador range os dentes, sente dor, traz avarias nos molares. E se perder os dentes da frente, como vai cantar, se apresentar na televisão? Estação fechada, plataforma vazia. Vendedor de pastel no saguão de bilheteria.

— Que horas tem trem?

— Pra onde?

— Qualquer lugar.

— Pra qualquer lugar num tem.

— Não estou brincando.

— Nem eu.

— Te quebro, seu viado!

— Experimenta! Te mando óleo fervendo.

A mão pronta, no cabo da frigideira. Arre, que essa gente é decidida!

— Saco. Não passa trem aqui?

— Faz dez anos. Agora, só carga e uma vez por semana. A estação virou feira, sacolão do povo. Comida barata, podre. Uma merda.

Esgueirando-se junto ao muro decrépito, pingando. Tentando se proteger da chuva, sem conseguir. Chega à rodoviária. A água escorre da mochila, o plástico é impermeável. Já suportou outras chuvas. Mochila para estrada mesmo. Nela, seu amuleto, precioso. Uma toalha vermelha, pouco maior que a de rosto. Com flores em baixo-relevo. Gasta, apesar do pouquíssimo uso. Sempre envolvida num saco plástico. Às vezes, nas suas andanças, o Ganhador estende a toalha ao sol, para desembolorar. Ela pertenceu a Elvis Presley. Não pertenceu! Elvis a usou uma vez, quando ensaiava o show do Hotel International em Las Vegas. Para enxugar o suor. Depois do ensaio, largou-a num canto. Parece que a história é verdade, não uma das invenções normais do Ganhador. O modo como foi conseguida tem diversas versões. A mais acreditável: em Brasília, durante o festival universitário de 1972 (mais polícia que estudantes na platéia), o Ganhador protegeu uma garota, à beira de ser violentada. Por um bando de adolescentes, filhos dos donos do poder na época. A menina contou ao pai, um agente de viagens. Ao saber que o Ganhador cantava, o homem ofereceu, comovido: "Meu bem mais valioso. Me foi dada pelo gerente do hotel em Las Vegas, para onde sempre levo milionários brasileiros para jogar". Prometeu ainda uma excursão a Nova Orléans, para o Free Jazz Festival. Jamais cumpriu. Anos mais tarde, o Ganhador viu o documentário, *Elvis, that's the way it is*. Sobre aquele show de Las Vegas. Lá estava a vermelhinha no pescoço do Presley. A toalha nunca foi enviada para Maria Alice guardar. Costume do Ganhador. Mandar para ela seus livros, cadernos, discos, fotos, recortes. Ele tem medo do dia em que ela se encher e jogar tudo fora. Vento joga água dentro das roupas. Ele só espera que a capa do violão agüente. Um dia, há de comprar caixa luxuosa, igual à do Caetano Veloso. Melhor, como a do Toquinho. O careca das rosas espera, junto ao único guichê. Policiais ao lado. O Ganhador esconde-se atrás das pilastras de um viaduto. Inscrições *paz e amor, Marlene, te amo*, uma suástica, *abaixo a ditadura*. Ainda? Ninguém passa por este caminho. Fazer o quê? Ir a pé pela estrada, com tal aguaceiro? Ficar? Será descoberto, vão devassar a cidade; afinal, nem todo dia se tem prato cheio assim. Forasteiro, vagabundo sujo, violão às costas, bate no dono de lindo jardim, pacato funcionário. Merece linchamento. Meses atrás, numa cidadezinha, o povo entrou no fórum. Em pleno julgamento, matou cinco jovens, tidos como ladrões. Na frente do juiz, promotor, delegado, advogados, homens de bem, respeitáveis pilares.

O Ganhador cansado, mochila molhada pesa. A dor no estômago, ele vomita. Sangue. Havia meses que não acontecia, só falta voltar tudo. O Ganhador puto. Há muito tempo, sem saber se resolver. Quando está assim, costuma andar à noite pelos bairros ricos, à procura de piscinas. Difícil, cada vez mais. Não as piscinas, qualquer classe média tem. São os muros, guardas, cães, sistemas de alarme, circuito de tevê. Mergulhar, braçadas revigorantes. Bom meio de se acalmar. Não é nadador. Com um braço só, não dá. Flutua. Admirável boiar, o corpo sem sustentação. Mistério inexplicável, o corpo mais pesado não vai ao fundo. Delícia, a água envolvendo a pele. Ao mesmo tempo, inquietação. Alguém chegar, atirar, dar com pau. Morrer afogado, água nos pulmões, repousar no fundo de azulejos. Tem pensado nisso. Assim se sente na vida, pronto a naufragar. Sem apoio, por um fio.

Duas golfadas de sangue. Estômago vazio, o normal. Anda com medo de úlcera, come mal, vive preocupado. Quando vai arranjar comida? À beira do naufrágio, desamparado. Assim passou a se sentir, desde aquela noite. Tudo nítido, reaparece quando está mal. O homem descendo a escada e o pressentimento. Vindo na frente, envolvendo o

Ganhador. Por que foi trabalhar? Besteira, nem gostava do emprego, era bico. Não dava muita canseira, podia estudar música, ficar tentando suas letras. O homem desceu com o pacotinho de bala de goma, o perfume doce. Se misturando ao cheiro dos esgotos estourados na rua. O Ganhador atrás do balcão, quando o homem desceu, o rosto escondido no umbral. Olhou a portaria, como que para se certificar. O Ganhador virou de costas, depressa. Havia algo sinistro. Vinha com o homem a envolvê-lo, nuvem tenebrosa. O Ganhador sabia, coisa ruim tinha acontecido. Ele sentia aquele sensação desconfortável de que a noite estava se inclinando e tudo se tornava escorregadio.

O vômito cessa. Uma e outra ânsia, muita dor. Vai ter de passar dois dias com sucos, caldos, pedaços de mamão. Se pudesse dar-se ao luxo de manter dietas. Um dia vai desbancar toda essa gente que vive de colecionar discos de ouro.

A pancada de chuva, violenta, passou. De verão. Um caminhão pára. Carregadores trazem sacos e caixotes, empilham. No terreno baldio rodeado por ruínas de muros. Cebolas. Monte com dez metros de altura, trinta de extensão. E ainda muito caminhão por descarregar. Vão jogando galões de gasolina sobre as cebolas e isso intriga o Ganhador. Durante hora e meia o monte aumentando. Até que o homem de botas acende um fósforo, o fogo esparrama. Cheiro de cebola esturricada, como o de churrascos, espetinhos. O Ganhador chega no homem, cara de fazendeiro.

— Que estão fazendo?
— Queimando cebola, não vê? O que quer?
— Nada, só saber. Por que queimar se anda em falta?
— Para manter o preço, imbecil. Se soltamos na praça esta cebola toda, o preço da produção chispa pra baixo.

O Ganhador ouve gritos, cornetas, buzinas, assobios, reco-recos, apitinhos língua-de-sobra. Cantam. Arrisca olhar, a rodoviária coalhada. Multidão se acotovela, carros chegam.

Porra, o que é isso? O homem das rosas, imprensado na parede, por trás das pessoas. Longe do guichê. O Ganhador corre, protegido pelo bolo de gente. Empurra meia dúzia, chega ao guichê, custa a tirar o dinheiro molhado do bolso. Resta pouco, estava guardando para um hotelzinho. Contava com as caronas, parece que ninguém mais viaja para Santo Antonio da Serra Quadrada. Nem mesmo com festival. Também, é o menor dos prêmios. Antes, passava ao largo, esnobava, ficou anos sem aceitar convite, alegava agenda ocupada.

— Para onde vai o primeiro ônibus?
— Pouso Alegre.
— Uma, corredor, no fundo. O que há com essa gente? Ganharam na loto?
— É o casamento do surdinho.
— Parece coisa política.
— O surdinho é o tipo mais popular daqui. Não tem um inimigo. Casou-se com a outra surdinha da cidade, a única que entende a linguagem de gestos. Ela é parteira e costureira. Fez os vestidos de todas as mulheres desta cidade. Pagamos a lua-de-mel deles, estão indo pra Poços de Caldas.

Continuam a tocar, dar vivas, pique-piques, até que o ônibus chega. O Ganhador corre. Fica encolhido no fundo. Fome, pode desmaiar. Ao sair da rodoviária, o ônibus emparelha com a jardineira enlameada que chega. Por um momento, os dois veículos dão a impressão de parados, tão lentos andam. O Ganhador bate os olhos numa janela. Através dos respingos de barro do vidro, vê o homem que o observa. Como se o conhecesse. Há qualquer coisa familiar no rosto, alguém perdido no tempo. O Ganhador se assusta. O homem encosta o rosto no vidro. Tenta limpar a janela com as mãos, a sujeira é por fora. Agora, procura abrir, não consegue. Parece correr para a porta. O Ganhador esfria, a sensação desagradável correndo pelo corpo, pés formigando. Tem certeza, é ele. Mas o que faz aqui? Não pode ser, está ficando neurótico demais, há tantos rostos semelhantes, este é pura coincidência. E se não for? Pronto!

A viagem estragada. E ele que se julgava seguro, longe de São Paulo, achando que o perigo estaria apenas lá. A jardineira entra na plataforma, o ônibus continua, rápido. Deixa a cidade. Se ao menos o Festival Maior, monumental, o maior da história da televisão brasileira (é o slogan), estivesse no final. Mas não. Fizeram apenas a primeira eliminatória. Ainda vai ter uma dúzia. Ou mais. Angustiante. Loucura, cento e sessenta músicas. O Ganhador teve sorte, passou pela primeira. *Será que ninguém me reconhece, não me viram pela televisão aqui?* Agora, viver de sonhar. Delirar, imaginando a última noite, o público em desespero feliz cantando com ele. *Saída de emergência*, letra linda. Ainda que o incomode um pouco, o que ocorreu. Culpas, julgamentos morais. Vivemos carregados, curvados ao peso da consciência, deve ser nossa educação cristã ocidental. Não liguem, pensamentos de quem tem fome, está duro, não sabe onde dormir amanhã. *Mas acho que não devia ter sacaneado. Enfim, doa a quem doer.* O Ganhador vai ao casal de surdinhos.

— Posso oferecer uma canção aos jovens?

Violão em punho, sorriso festival para encantar jurados. Os surdinhos sorriem de volta. Talvez entendessem.

— Vou cantar uma música linda para recém-casados.

Os passageiros esquecem a paisagem, curiosos. Como o sujeito pode tocar violão com a dificuldade habitual? Ajusta o aparelhinho ao braço do instrumento, o que permite tocar apenas com a mão direta. Mecanismo simples, inventado pelo Hideo, japonês que foi o primeiro a criar cangurus no Brasil. O Ganhador toca, sempre no mesmo tom.

Risque
Meu nome do seu caderno
já não suporto o inferno
do nosso amor fracassado

Voz boa, melodiosa, sem nenhum convencimento. O ônibus se revolta. São amigos do casal surdinho.
— Cala a boca, doido.
— Quer estragar a felicidade?
— Põe pra fora, motorista.

O Ganhador, acostumado a vaias, apupos, manifestações de desagrado, ri. Bate com a mão na cabeça, acenando. Para os recém-casados que agradecem, contentes com a homenagem.

Se não concordar com a chamada interurbana, desligue assim que a pessoa se identificar

— A cobrar, outra vez? Está abusando!
— Desculpe, estou duríssimo.
— Tenho dólar no overnight?
— Se vamos discutir, a ligação vai demorar a vida toda.
— Nada é fácil com você.
— Só quero saber do menino.
— Liga a cobrar e ainda é grosso. Nem pergunta de mim. Só quer saber do menino. Quem garante que vai ser menino?
— Esfria, esfria. Fique calma. Como vai a criança?
— Boa, bem boa. A barriga crescendo. Um barato, estamos felizes.
— Estão?
— Demais, era o nosso sonho, você sabe.
— Caceta, sei e não consigo me acostumar com a idéia. Venho pensando!
— Espera aí, não vai dar pra trás agora!
— Esfria! Só disse que preciso acostumar a cabeça.
— Teve tempo pra isso. Um prazo grande, não vire a canoa agora. Espera, estou ouvindo Pat Silvers?
— O orelhão é ao lado de um bar, estão tocando o disco na máquina. Como é que chamam essas máquinas americanas?

— Quem agüenta ouvir isso? Pô, meu querido, não entendo nada, mas você faz música melhor que essa.

No coletivo, um diminutivo
meu troco, cobrador, como não tem?
Contas de chegar, um passo pra frente

— Tocou em novela, está feito. Quero que se cuide. E cuide do nosso filho.
— Meu filho.
— Tenho o direito de pensar nele como meu filho. Não tenho?
— Ninguém proíbe de pensar.
— Reconhece que é muito estranho?
— Tua cabeça, às vezes, vai a mil. Outras, pára. Então, você vira babaca. A mil, te admiro, você é massa. Quando pára, tenho medo. Não sei quem é você, para onde vai.
— Por isso quis o documento assinado?
— Me defendo como posso.
— E está se defendendo bem?
— Ah, a vozinha gostosa. Adorava quando você me falava assim. Me molhava toda.
— Tá com um jeito feliz.
— E estou. Precisa ver meu humor, nem vai me reconhecer. Não emburro mais por qualquer coisa. Era o que você mais odiava, o meu bico fechado, zonza pela casa.
— Engordou?
— Pouquinho. Acredita? Como feito louca! Minhas pernas estão inchadas, uma veiazinha azul saltada. Aquela mesma que você riscava com o batom, quando queria me aporrinhar, dizendo: Nossa! Variz! Agora, ando mesmo com medo de varizes.
— Besteira, isso passa, a pernoca vai voltar ao que era, gostosura.
— Estou me adorando, vivo num puta astral. E você tem a ver, não me esqueço disso.
— Tenho a ver, e estou por fora. Não é loucura?

— Por essa loucura te admiramos. Torcemos por você. Sabe qual é o meu sonho? Que você acerte um puta festival. É disso que precisa.
— Pra virar um Pat Silvers?
— Você nunca vai ser um Pat Silvers.
— Ando pensando que não dou mais nada! Não acerto uma.
— Força, Ganhador, que é isso? Olha minha idéia. Faz uma música pro filho. Que essa vai ganhar, estou sentindo!
— Teu filho?
Pat Silvers canta:

A roda de concreto não tem afeto
sou um inseto
salto sobre pneus
me enfrento completo
de vidros e farpas, átomos, sou repleto
ei, ei, ei, ei, iiiiiiiuuuuuuuuuuuu, ei, ei
no coletivo, um diminutivo
meu troco, cobrador, como não tem?
Contas de chegar, um passo pra frente
motorista, olha a pista
vai subir minha conquista
não cabe mais ninguém,
nem meu bem
ficou ali naquele ponto
perdi meu milk-shake deste sábado
sem dança e garota
estou arrasado

O Ganhador estranha o humor de Maria Alice. O que ela anda querendo? Homem desconfiado, sempre foi. Nunca acredita que alguém estenda a mão vazia. Qual é o troco? Mania adquirida na competição contínua. Na eterna concorrência dos festivais. Ou na infância, quando a mãe devolvia com guloseimas os pratos de comida que vizinhos ofereciam.

AUTOBIOGRAFIA

O fato mais antigo em minha memória registra minha mãe remendando redes e preparando o farnel pro meu pai caçar gatos e cachorros. Ele saía tarde. Naquele tempo dez e meia da noite era tarde a cidade dormia cedo. O pai voltava antes do dia nascer. Precisava. Antes que a rua se movimentasse. Nosso bairro começava cedo era de gente pobre que trabalhava nas fábricas de tecidos alumínio torrefações de café laticínios. Meu pai vinha com o saco cheio de gatos e um ou outro cachorro. Se enfiava com minha mãe no quartinho dos fundos ficavam horas. Ali tiravam pele ossos cortavam e moíam a carne e preparavam espetinhos de churrasco vendidos à noite. Meu pai tinha um carrinho na porta do circo do parque de diversões da quermesse em tempos de festas da igreja. Aos domingos ia pra porta do estádio de futebol ou de beisebol porque em nossa cidade havia uma grande colônia japonesa que jogava aquele jogo estranho de bater na bola com um bastão. Parte da carne era transformada em pastel. Vendido à tarde de casa em casa e na hora do almoço na porta das fábricas. Minha mãe aceitava encomendas de coxinhas e meu pai atravessava a cidade pra roubar galinhas bem longe. Aos seis anos me ensinaram a fazer laços para gato e cachorro e armadilha de apanhar galinha. Era eu quem pulava o muro meu pai me passava a grande tesoura de podar árvores tão pesada que eu mal podia segurar. Era só chegar devagarinho perto do poleiro com muito cuidado pra galinha não perceber senão seria a maior cocorocozeira. Chegando perto fazia cosquinhas no pescoço dela pra acordar suave e erguer a cabeça enfiada debaixo das asas. Quando a galinha erguia o pescoço eu zás! Acionava a tesoura cortava fora a cabeça dela no maior silêncio.

O HOMEM DA BALA DE GOMA

Em fevereiro de 1979, mas podia ser março ou abril (o que importa o mês?), um homem gordo e ágil, fresco como se tivesse saído do banho (esperavam um gordo suarento e repelente?), muito bem vestido, entrou no Hotel Metrópole, em São Paulo. Hesitou por um momento ao ver que não existia mais o tapete cor de vinho, manchado, rasgado e com eterno cheiro de mofo. Os papéis de parede que exibiam florezinhas cafonas e marcas de cigarros apagados tinham sido substituídos. Sofás de plástico, cinzeiros quebrados, espelhos rachados desapareceram. O gordo era prático, não ficou caraminholando. Foi ao recepcionista.

— Aqui é o Metrópole?
— Não é o que está escrito na tabuleta?
— Conheci diferente.
— Era uma trepadeira, treme-treme, hoje é três estrelas. Foi cliente?
— Algum tempo.
— Devia saber das reformas, estamos sob nova direção, desde que o dono morreu escoiceado pelo seu cavalo favorito. Lembra que aqui na portaria tinha o nome dele em letras que formavam a cara de um cavalo?
— Dos que trabalhavam antigamente ainda tem alguém?
— Remanejaram meia dúzia para outros hotéis da rede, aposentaram alguns, despediram outros.
— Sabe de um sujeito maneta de cabelo cor de palha, sempre de camisa xadrez, muito desajeitado? Vivia tocando violão, fazia a maior confusão com os quartos.
— Pois não sei, vim há dois meses de Birigüi. Podemos perguntar ao cozinheiro, trabalha aqui há muito tempo. Quando foi que esse homem tocou violão?

— Mais ou menos 1969 ou 70. Por aí. Chame o cozinheiro.
— Agora não, está com a mulher no quarto. Ela vem todos os dias esta hora, sobem para o 514 e ficam duas horas, depois ele desce.

O porteiro reparou numa cicatriz minúscula no queixo, igual a um pequenino ovo estrelado. O gordo soltou o corpo. A poltrona emitiu um *pum* abafado, ele se inclinou para o maço de revistas. Sobre caça e pesca, reforma de vagões ferroviários, odontologia, supermercados, uma sobre computadores, cheia de páginas arrancadas, toda a legislação sobre o trabalho de aço com travas eletrônicas. O gordo preferiu o catálogo de ferramentas de indústria pesada, fascinado com as fotos de uma turbina MHX-2 L3. Tirou do bolso o pacote de balas de goma. A comer de duas em duas, escolhendo cores como azul-amarela, vermelha-branca, marrom-verde. Sentia que estava perto do seu objetivo. Entre uma goma e outra, assobiava de leve. Mudando a todo instante de melodia, o que irritou o porteiro. Parece que não sabe a música que quer! O homem gordo e ágil se lembra que era uma canção popular, tocava em todas as festinhas, podia-se ouvi-la na domingueira do clube. Estava nas rádios, no cinema. Há anos tenta encontrar, recuperar essa canção. A música foi bloqueada na memória e no entanto é tão importante, é tudo. Vez por outra acariciava a pequena pistola de cano serrado que atirava apenas duas vezes. Era uma bala especial que explodia uma cabeça, dissolvendo-a em migalhas e coagulando o sangue em segundos, antes mesmo que os pingos caíssem ao chão. Os gordos quando são maus descobrem coisas que somente a adiposidade explica.

Entrevista

Antes de perder o Festival da Canção Irônica de Santo Antonio da Serra Quadrada, próximo a Cambuquira, sul de Minas.

Acha que vamos suportar a inflação?
O que pensa da reserva de mercado na informática?
Estamos vivendo uma democracia, sendo que os governantes são filhos da ditadura?

Por que não me fazem perguntas sobre música, que é o que entendo e gosto?

Sim, sim! Certa época o senhor fez música diferente. Ainda é a mesma? Como poderíamos defini-la? Faz tempo que não ouço nada novo, o senhor nunca veio aqui, mas esteve em outros festivais. O senhor entrou no pagode? Pagode com funk ou com rock? Dizem que faz um samba distorcido alterado pela guitarra elétrica. Forró com sintetizadores? Leu algo sobre xaxado com bits eletrônicos?

O que o senhor lê?
Vou te dizer o que não leio.
Por quê?

É mais importante saber a minha não-formação. Nunca li Shakespeare, nem Dante, Petrarca, Homero, Virgílio, Fernando Pessoa, Camões, Petrônio, Aristóteles, James Joyce, Machado de Assis, Lênin, Marx, Renan, Voltaire, Diderot, Kant, Schopenhauer, Nietzsche, Rilke, Thomas Mann, Vieira, Herculano, Eça de Queiroz, Cervantes, Faulkner, Sartre, Borges, Cortázar, Flaubert, George Sand, Oscar Wilde, Robert Musil, Canetti, Henry Miller, Somerset Maugham, Engels, Dostoievski, Tolstoi, Balzac, Zola, Stendhal, Bukovsky, Salinger, Simone de Beauvoir, Cecília Meireles, Carlos Drummond de Andrade, Santa Rita Durão, José de Alencar, Frei Bartolomeu de las Casas, Pedro Nava, José Lins do Rego, Lúcio Cardoso, Guimarães Rosa, Naipaul, Hermann Broch, Mark Twain, Poe, Rimbaud, Baudelaire, Graciliano Ramos, Virgílio Ferreira, Victor Hugo, Alberto Morávia, Vasco Pratolini, Italo Calvino, Durrell, Max Frisch, Brecht, Tennesse Williams, Arthur Miller, O'Neill, Martha Suplicy, Gabeira, Ivan Ângelo, Jane Austen, Dorothy Parker, Bioy Casares, Sílvia Ocampo, Garcia Márquez, Pasternak, Tchekov, Vonnegutt, Nelson Rodrigues, Rocha Pombo, Ibsen, Arthur Azevedo, Molière, D. H. Lawrence, James Cain, Raymond Chandler, Simenon, Agatha Christie, Strindberg, Keynes, Adam Smith, Bertrand Russell, Norman Mailer, Ginsberg, Kerouac, Lamartine, Chateaubriand, Verlaine, Soljenitzyn, Fernão Mendes Pinto, Umberto Eco, as irmãs Brontë, Margareth Mitchell, Nabokov.

Como sabe desses nomes todos?
Num almanaque editado pelas Seleções.
Não lê mesmo nada?

Bem, tenho um livro de cabeceira: *Lunar Caustic*, de Malcom Lowry. Sei de cor os dois volumes da *História trágico-*

marítima, de Bernardo Brito. De Betty Milan, *O que é o amor.* Adoro o livro de Luis Bustamante, *La comarca de Jagua hasta la fundación de la colonia Fernandina de Jagua*. Ou o excelente *Carlos V y sus banqueros*, de Ramon Carande. Obras completas de Camacho. *Os sete loucos*, de Robert Arlt. *Lou, minha irmã, minha esposa*. As obras do Abade de Jazende, homem que escreveu sobre as coisas que já não querem dizer nada. *O livro dos camaleões*. *Tankas*, de Takuboku Iahiawa. Devorei quatro vezes *Piracy was a business*, de Cyrus H. Karraker. Adoro o volume alternativo. *A nova poesia de Mato Grosso*. Do norte, não do sul. Um dia, em Dourados, me expulsaram do palco, só queriam ver chacretes, nunca mais volto.

Em música, quais são suas influências?

As transcrições feitas por Karl Corff do *Carmina Burana*, belíssimo cancioneiro de estudantes. De John Lennon, *Scared*. Monstruoso. A opereta de Adam de la Halle. Um ídolo, Oswald von Wolkenstein, cara que teve a vida meio como a minha, um *minnesänger...*

O quê?
Um minnesänger.
O que é isso?

Minnesänger. Não sabe? Então, como vem entrevistar uma pessoa, se não tem a mínima cultura musical? Vá pesquisar primeiro. Devo falar ainda das baladas cantadas de Karl Lowe. De Berlioz, Stiffer. Lizt, é claro. Toques de Ravel. Mas de que adiantaria?

Sabe o que o senhor é?
Eu?

Um chutador. Pensa que a gente é o quê? Provinciano? Que pode vir gozar? Estamos ajudando, promovendo o senhor. Sabia disso? Do nosso poder?

> JUSTIFICAÇÃO DE IMPROPRIEDADE:
> *Comportamento nada exemplar*

BEBENDO E SE DIVERTINDO COM DEUS

Adorado, como o bezerro de ouro. O grande peixe colorido, de papel e bambu, flutua. Acima das cabeças, mantido por cabos invisíveis. Os olhos, lâmpadas possantes, jogam luz na parede do fundo, iluminando milhares de peixinhos fosforescentes.

PARCEIROS DO AMOR, SÓCIOS DE CRISTO!
ENCERRAMOS NOVO DIA DE TRABALHO E ORAÇÕES.
VAMOS MEDITAR SOBRE A FELICIDADE DE ESTARMOS VIVOS.
SAUDÁVEIS, APTOS A NADAR CONTRA QUALQUER CORRENTEZA ADVERSA.
PEIXES QUE SOMOS, NÓS, OS ESCOLHIDOS.
NADA DE MAU SE ABATEU HOJE SOBRE NÓS, GRAÇAS À ENERGIA DAS ÁGUAS PROFUNDAS ONDE DORME NOSSA MÃE, MARIA, PROTETORA DOS PARCEIROS DO AMOR!

Oficina mecânica reformada, o templo. Eliminaram vestígios embaraçosos. A cal encobriu palavrões nos muros. Rasparam folhas de infalíveis calendários coladas nas paredes: mulheres nuas a anunciar amortecedores, velas, freios, pistões. Cadeiras de palha trançadas, inúteis. Fiéis em pé, mantidos pela palavra turbulenta de Candelária.

MARIA, MÃE DE DEUS. DEUS É SÓCIO DIFERENTE.
NÃO ENGANA, NÃO TRAPACEIA, NÃO ATRAIÇOA,
DEUS NÃO É COMO OS HOMENS,
NÃO QUER LUCROS ILÍCITOS.

Candelária está no final da pregação. Não percebe o Ganhador entrando. Ela tem os olhos baixos e as mãos postas. *Grande sacada*, ele pensa, *está conseguindo*. Conhece bem Candelária, enfiou-se muito entre aqueles peitos e pernas. Ainda em São Paulo quando era a companheira na busca de barzinhos com música ao vivo. Conheciam todos e foi ela quem arranjou para que ele tocasse algumas vezes. Desses bares diminutos, cheirando a cigarro e mofo, impregnados com o odor do álcool. Onde as pessoas estão a fim de bolinação por baixo da mesa, não importando quem esteja a cantar. Prestando atenção no começo, curiosos por ver um homem de um braço só a manejar com habilidade o violão. Depois, se lembram apenas no momento de contar aos amigos, *não acreditam o que vi ontem*. Ela não era Candelária ao nascer, e sim Yvone. Homenagem do pai à exuberante estrela italiana dos anos quarenta, Yvone Sanson. Coxas e seios generosos. No que Candelária não se saiu mal, suporta a competição.

IRMÃOS BRIGAM,
FILHOS MATAM PAIS,
MÃES SE PROSTITUEM.
COMPANHEIROS FAZEM GUERRA, DESTROEM O MUNDO.
NÃO HÁ SALVAÇÃO, TUDO SE ACABA.
O QUE IMPORTA AGORA É VIVER BEM OS ÚLTIMOS ANOS.
E OS PARCEIROS DO AMOR SERÃO OS ÚNICOS FELIZES!
VÃO EM PAZ, PEIXINHOS DE DEUS!

O Ganhador olha para cima, divisa grandes teias de aranha. O forro cheio. Também junto às colunas, nos vitrais. Teias espessas, como as de lugares abandonados. Candelária vê o Ganhador, encostado à parede, apoiado no violão. Ele pisca, ela devolve, sutil. Ninguém nota. As luzes se apagam, ficam os focos dos olhos do grande peixe que começa. A girar. Spots sobre ele, escamas espelhadas produzem mil reflexos. *Isto ela trouxe dos tempos em que íamos aos táxi-dancings.* Silêncio, cortado pelo marulhar. Ondas batendo na praia, cachoeiras, rios. O som se extingue nos alto-falantes dissimulados. O Ganhador sente o cheiro suave do sabão de pedra. As pessoas meditam. As luzes se apagam. Quando reacendem, o peixe desapareceu. O Ganhador procura no teto os traços de um alçapão, só percebe as teias. *Ela aprendeu muito no teatro. Não é à toa que foi a melhor diretora de produção.*

A voz de Candelária ressurge, persuasiva. Envolvente, algodão-doce. A voz que poderia ter feito dela uma atriz, não fosse tão autocrítica. A voz que torcia as pessoas como um lenço molhado. Afinal, terminou atriz, num tipo diferente de teatro. Quem sabe este seja verdadeiro, aqui tem algum sentido, move as pessoas.

"Parceiros queridos. Vou passar o prato sagrado.

Para que coloquem suas contribuições.

Devem ser mínimas, pouco, pouco. Nada que sacrifique os bolsos, prejudique os orçamentos domésticos.

Dêem alguma coisa, o dinheiro de uma pinga, um maço de cigarros, uma cerveja, um cinema. É como se estivessem bebendo com Deus, fumando e se divertindo com ele.

Coisas que o bom Deus adora, um divertimento.

Deus gosta de vocês, quer que tenham prazer.

O prato sagrado veio de Jerusalém, estava na mesa da última ceia, pertencia ao apóstolo que ficou à esquerda de Cristo.

O prato de Cristo ficou em Roma, com o Papa. E poderá estar entre nós, o ano que vem, se conseguirmos reformar este templo humilde, tornando-o digno de receber o prato da última ceia de Jesus."

O Ganhador, perplexo. *Tem lábia, puta merda. A turma, toda nas mãos dela.*

"Irmãos. Deus nos mandou uma surpresa, hoje.

Alegria, muita alegria.

Está entre nós um Parceiro do Amor, que vem de longe, percorrendo o Brasil.

Ele é quem vai passar o prato sagrado.

Mas antes disso quer cantar para nós. Esse parceiro tem uma vida linda, vive da música.

É o enviado de Deus para ganhar festivais. Veio para o festival de Imaculada, a cidade vizinha, vamos aplaudi-lo, torcer por sua música.

Aproxime-se, irmão."

Todos aplaudem. Coisa que o Ganhador gosta. Sente-se um pouco incomodado, suarento, pegajoso. Quente o templo, teto de zinco. Candelária mantém atitude discreta, sacerdotiza. O Ganhador, gozador, faz uma reverência.

— Salve, parceira! Que a paz de Deus esteja convosco!

— Louvada seja sua música, sócio de Deus! Bem-vindo!

Baixinho, ele cochicha:

— Caceta, queria um bom banho.

— Precisa mesmo, está fedendo. Dormiu no chiqueiro?

Alto, para que todos ouçam:

— O que vai cantar para nós, parceiro?

— Uma composição inspirada por Deus quando vinha pela estrada. Ainda sem nome.

Também eu sou um homem mortal, igual a todos,
filho do primeiro que a terra modelou,
feito de carne, no seio de uma mãe
onde por dez meses, no sangue me solidifiquei,
de viril semente e do prazer, companheiro do sono.
Ao nascer, também eu respirei o ar comum

E, ao cair na terra, que a todos recebe igualmente,
estreei minha voz, chorando, igual a todos.
Criaram-me com mimo, entre cueiros.
Nenhum rei começou de outra maneira;
Idêntica é a entrada de todos na vida, e a saída.

— Beleza pura, poema do céu! Vamos aplaudir, parceiros? Curvam-se todos, batem. Palmas das mãos abertas sobre as coxas, som com as bocas semicerradas, uuuuuuuuu. Candelária entrega um prato comum, louça ordinária, mal arrematado.

— Esta bosta é o prato sagrado?

— Tem mais de mil anos. Naquele tempo, a indústria cerâmica era precária.

— Devia ter tirado o carimbo. Olha aí! Fabricado em Porto Ferreira, São Paulo.

O Ganhador, expressão piedosa, atravessa entre as cadeiras. Estende o prato. Quando recebe pouco, esgar de desaponto. Mantém o prato na frente do fiel. Até o outro se mancar e completar. Terminada a recolha. Candelária levanta o rosto, desafiante. Encara a platéia, faz um sinal, espécie de bênção circular.

PARCEIROS! OUÇAMOS O PRECEITO.

"Não se beba água, levando uma luz na mão."

Todos se foram, Candelária dá uma arrumação geral.

— Quando estive aqui a última vez, você estava em outra. Procurava móveis antigos nas casas e fazendas.

— Não havia mais nada, a não ser catres vagabundos, podres. Sem valor. Foi como se um furacão tivesse levado tudo, os antiquários fizeram um saque. Um dia, perto de Unaí, descobri uma fábrica de móveis antigos. Parei. Uma barra enfrentar a máfia.

— A igreja é uma mina, pelo que vi. Estava lotada. Melhor que vender móvel.

— Vai cantar essa de hoje no festival de Imaculada?
— Nunca. Não é minha, não é música.
— Não é música? Ora.
— É da Bíblia. Esses versos são do Livro da Sabedoria. Do lado da minha casa, no Bexiga, em São Paulo, tinha uma igreja. Era uma casa de cômodos gigantesca, varandão cheio de colunas. A varanda repleta de roupa para enxugar. Os corredores pintados num verde vivo, de doer a vista. A igreja era um salão alugado. Pouco tempo atrás, passei por lá, na Rua Santo Antônio. O salão continua, cheio de máquinas de fliperama. Todas as noites, cantavam esta música, *também eu sou um homem mortal, igual a todos*, no começo e no fim do culto.
— Pois é, estava achando místico demais pro teu gosto. Pensei que estivesse mudando.
— Candelária! Será que pode me fazer um favor?
— Quanto?
— Puxa!
— Te conheço, não é?
— Me empresta um pouco do dinheiro de Deus.
— Emprestar ou dar?
— Está para sair um disco meu. Por uma gravadora independente.
— Sempre está para acontecer uma coisa na tua vida.
— Tipo de música atual, vai virar moda.
— E se não virar?
— Tenho o dinheiro do festival.
— Isso se ganhar!
— Fiz um acordo. O festival precisava de um nome, me chamaram. Se não pegar prêmio, levo um cachezinho por fora, pra compensar.
— Não te deprime? Concorrer com barra-bostas?
— Falando de barra-bostas, posso dormir na tua casa?
— Se agüentar a bagunça. Amanhã começo a pintar tudo. Você me ajuda, assim paga o alojamento.

— Porra, ninguém faz mais nada de graça. Outro dia tive que podar um jardim pra poder comer um bife.
— Vai dormir no chão, num saco de acampamento.
— Por que não na tua cama?
— Fiz meus votos. Não estou trepando.
— Encerrou o expediente?
— Agora, só com muita paixão. E não andam pintando.
— Daí que você se dedica à pregação e salvação?
— Aquilo é emprego.
— Podia me arranjar uma vaga, por uns tempos.
— Fica de uma vez, tá rendendo bem.
— De uma vez, nunca! Só até eu me arrumar, fazer uma poupança.
— Pensando bem, até que preciso de um ajudante. Vamos ter que montar uma cena bem montada. Que tal? *O Ganhador de festivais abandona tudo e se converte. Hoje é Parceiro do Amor.*

Frente ao correio, barracas iluminadas com lampião, grupos conversando, moças em torno de um violão. Faixas de protesto contra a liquidação de duas redes bancárias. Alguém grita num megafone: *Seis mil desempregados destes bancos, em todo o país, querem garantia de trabalho por seis meses.*

> JUSTIFICAÇÃO DE IMPROPRIEDADE:
> *Insinuações inadequadas e luxúria*

SOBREPELE FORMADA PELO CHEIRO DE HOMENS

No forro da casa, teias, assim como nos umbrais. Também havia teias no terraço. Uma aranha pendia de um fio, absolutamente imóvel.

— Tira a calça.

— Qual é? E a velha aí?

— Está em outra, fica tranqüilo. Como é que vou fazer massagem num homem vestido?

A velha, absorta na janela. Candelária massageia as costas do Ganhador.

— Travado, está todo travado. Os músculos duros como pedra. Não tem dor de cabeça?

— Se fosse ligar pra elas, estava internado há muito.

Dedos fortes, mas suaves. Ela vai aplicando nos pontos, às vezes, o Ganhador salta, dá um berro. Nem isso parece despertar a velha encarquilhada. Ela observa a rua, como se o Ganhador nem existisse.

— Como pode suportar a tensão?

— Acostumei. Tem dia que quero matar!

— Você envelheceu, em dois anos envelheceu dez. Pára um pouco.

— Se paro, envelheço vinte. Morro de fome. Preciso é acertar uma boa música. Me renovaria trinta anos.

O olhar da velha parado num ponto. Sorriso, esboçado nos lábios tão finos que é como se a boca não existisse. Começa a cantar.

Quem no altar da virtude
Quiser tirar uma flor
A Serafina tem muitas
Que recebeu do Senhor

— Alegrinha, ela! Como anda?

— Mamãe? A velha cigana? Bem. Agora, vive cantando trovas ciganas.

— Estava mal quando passei por aqui, dois, três anos atrás.

Os teus olhos de cristais
Têm em mim tanto poder
Que os meus se cristalizam
Quando te chegam a ver

— Tem dia que, juro, ela é feliz. Não me vê, ou não vê mais ninguém, penetrou num mundo dela. Foi uma barra a vidinha dessa mulher! O que passou quando se casou com papai e abandonou a tribo.

Ser pobre, porém honesto
É um suplício tremendo;
Antes a morte no corpo
Que ver a vida morrendo.

— Nunca se interessou por aquela gente? Em se aproximar deles? Você sempre foi curiosa, piradona. Vai ver, era teu lado cigano!

— Tinha épocas que eu surpreendia homens estranhos rondando a casa. Vivia com a sensação de estar sendo seguida. Ainda em São Paulo. Atribuía tudo à neurose da cidade, aquele medo da violência. Depois, imaginava que via o mesmo homem em Natal ou em Cuiabá. Estava na Praia dos Franceses em Maceió, um dia, quando um sujeito ficou o tempo todo ao meu lado, sem se aproximar. Como se apenas quisesse me ver. Percebia em mim uma sensação diferente, não era medo, era atração e também proteção. Como se estivesse ligada àquele homem de alguma forma. Pensei que fosse uma dessas paixões malucas que explodem na gente. Tentei falar com ele uma noite, diante do hotel, ele recuou, se foi. Juro que reencontrei o cara em Nova Hamburgo, quando estava mambembando com a peça sobre a Chiquinha Gonzaga. Ora, você estava no elenco, era um dos músicos. Foi quando nos conhecemos. O homem viu a peça todas as noites.

— Por que não me contou?

— Era um segredo meu, gostava daquela sensação. Muitas vezes tive medo que o avô que não conheci mandasse buscar mamãe, dizem que os ciganos são assim, há um mundo de histórias a respeito deles. Tinha medo por papai, ele era louco por ela. E por isso mesmo ela levou a vida que levou, enfiada na casa, escondida. Por medo da tribo e por medo do meu pai. De que ela fosse levada embora. Mais tarde vi que era mentira, apenas desculpa. Ele tinha um ciúme muito grande dela. E de mim, dos meus amigos. Nossa casa vivia vazia, ninguém nos visitava. Mamãe não colocava a cadeira na calçada, ficava atrás das janelas, olhando o mundo. Quando meu pai morreu, os ciganos foram todos, um bando enorme. Não fosse eles, papai teria sido enterrado por quatro ou cinco pessoas. Pagaram tudo e quando se foram deixaram comida, fizeram uma baita compra no supermercado, deixaram dinheiro. Desapareceram, nunca mais voltaram.

— Por que disse que ela agora é feliz?

— Porque só enxerga uma coisa. Quer ver? Mamãe, ei mamãe!

A velha reage ao chamado com a velocidade de um condenado a caminhar rumo à forca. Mosquitos zumbem inquietos, um guizo de cascavel ressoa vindo do teto, os dedos de Candelária continuam a tocar fundo os músculos do Ganhador. Ele entrega o corpo, completamente relaxado.

— Foi à festa ontem, mamãe?

— Certamente, pois tantos foram os convites e os cavalheiros que passaram. Os criados me entregaram mensagens a tarde inteira e papai virou uma fera imaginando coisas ruins que somente batos imaginam para suas filhas. O bródio estava assanhado. Fiquei tão abafada, depois de cada dança, os homens, todos ganjão, vinham se sentar ao meu lado. O sofá cheio, e era aviltante, nenhum usava paletó, e iam arrancando as gravatas, dizendo que canícula, e as camisas ficavam abertas, um ou dois botões desabotoados, tão desabusados. E eu me sentia perturbada, cheia de baque por aqueles homens, sentindo o cheiro que homem tem, e era cada vez mais forte, e eles tomavam todo o sofá, por cima de mim, à minha volta, e atrás, eu amara, e um deles me tocou com o dedo frio e as unhas pontudas. Por sorte o bato tinha ido ao bar tomar um refresco e não viu aquilo tudo, o cheiro forte das bocas, elas pegavam fogo, as bocas dos homens mudavam de cor, do amarelo ao lilás, ao turquesa, laranja. Não, minha filha, não posso ir a festas, é sempre assim, mal chego e os cocanões me rodeiam, sei que estão vindo ao entrar no salão, sei que estão ali por causa do cheiro forte que fica grudado na gente, como fritura, para sair preciso lavar os cabelos, raspar a pele, mas não quero que saia, não quero, não quero, vou deixando, formando uma outra pele, transparente, constituída por esses cheiros e cores das bocas dos homens.

A velha acaricia os braços, certamente tocando a sobrepele, e não olha Candelária, nem o Ganhador. Aninhada num bem-estar que se traduz em beatitude. Da casa vizinha, o som a todo volume.

motorista, olha a pista
vai subir minha conquista
não cabe mais ninguém

Candelária sente os músculos do Ganhador enrijecerem ao toque dos seus dedos.
— A bosta dessa música?
— Não, nada.
— Ouviu a mulher gritando, seu pai trabalhou a noite toda?
— Ouvi.
— O cara é ladrão, traficante. Fornece pó, pros grandão aqui. Como aliviou um processo barra, ninguém toca nele. O filho de um cara grosso se meteu num assassinato mal explicado. Acho que ele comeu a menina, ela engravidou, teve um filho mongolóide, ela cheirava muito e quis fazer chantagem, o garotão passou com a moto em cima dela, numa estrada. Em cima dela e do mongolóide, depois chamou uns amigos e jogaram o cadáver na represa do abastecimento de água. O bracinho do menino entrou pela tubulação e ficou preso nos filtros, um empregado descobriu, acharam a menina, chegaram no garoto, foi um bafafá, teve até a tevê Globo. Foi aí que o cara aqui do lado apareceu como testemunha, depois como o culpado, inventaram um acidente, o cara pegou cadeia, sursis, está livre e todo mundo acha que ele vai morrer qualquer hora.

A velha se inclina na janela. Os olhos fulgurantes deslocados na figura trêmula e frágil.
— A rua está cheia de mulheres, peladas. Vão para baixo e para cima, fazem o footing, sem nenhuma roupa, como é possível? E me chamam, querem que eu vá, nua em pêlo. Estão me acenando, minhas amigas, sem nada, nada por cima,

nem uma camisolinha de noite. O que aconteceu com elas, o que vai ser do mundo, de nós? Deus meu, o que vai ser dessas mulheres quando os batos aparecerem, os maridos, os irmãos, aquele primo que me perseguia, contando tudo ao meu bato? Elas vão morrer, nunca mais sairão de casa. Porque estão nuas na calçada, cantando, vou cantar com elas, quero ir também

Coração santo
tu reinarás
tu nosso encanto
sempre serás

todas em fila, se o padre vir esta fila de peladas, com as fitas que mal cobrem um pedacinho do peito, mulheres brancas, como são brancas, e como podem ser numa terra de sol como esta? O padre vai obrigar a penitências intermináveis, no final da vida estarão ainda cumprindo penitência, não são laxinzinhas, serão excomungadas, também quero ser excomungada, não suporto mais estes panos, vestidos, combinações, quero correr com essas mulheres, desfilar pela cidade. Vamos para a Rua do Comércio, minhas amigas, vamos chamar as outras e desfilar como no 7 de Setembro, só os chavos desfilam no 7 de Setembro, todas nós queremos ir para o desfile, os meninos ficam passeando, e não podemos passear também?

— Esclerosou? perguntou o Ganhador.

— Talvez para você. Para mim, atingiu a felicidade. Ela só enxerga isso, mulheres nuas nas janelas, se despindo para ela, para os homens que se amontoam nas calçadas. Homens suarentos que a apertam nos braços. Por duas vezes se sentiu raptada. Ela fica rindo e abrindo a blusa, olhando os seios murchos. Outro dia estava de saia levantada.

— Quero comer.

Disse a velha, de repente. Tinha perdido o ar sonhador.

— Xii, nem sei se tem pão.

— Posso correr e comprar.

— Ela só come feito em casa. Só comemos feito em casa.
— Sei, sei, naturalistas?
— Não, é que é mais gostoso. Fico relax quando faço pão. Tenho cada receita!
— Vai me dizer também que continua amarrada em comida japonesa?
— Igual.
— Peixe cru, peixe branco, rosado, molho de soja, gengibre, algas gosmentas. Não mata a fome!
— Você é do trivial mesmo, arroz, feijão, bife, batata.
— Prepara algum prato?
— Meia dúzia. O problema são os ingredientes. Aqui por perto não tem nada.
— Pelo que sei, em São Paulo virou moda hoje. Mania! Fomos pioneiros!
— A gente não saía da Liberdade.
— Foi o Hideo quem ensinou a gente. Por onde anda?
— Vi duas ou três vezes, tem concessionária de motos.

Candelária encontra meio pão. Conserva certa frescura, o cheiro é forte, a massa densa. Ela arruma a mesa, toalha branca, copo de água, sal num pires, pão cortado em fatias.

— Adorava o Hideo.
— Transou com ele?
— Homem não perde a mania! É só a mulher falar em alguém com interesse, querem saber se transou. Curiosidade de tarado. Hideo tinha charme. Mulherada da filosofia, na Maria Antônia, adorava o japa.
— Engraçado, mulher hoje não estuda filosofia! Passaram pela sociologia, agora vão para a economia e informática.
— Ele tocava bem o violão. Mudou as cordas, conseguiu um som aproximado do oriental.
— Sabe? Foi ele quem inventou o aparelhinho que me ajuda a tocar com um braço só. Japonês é foda!
— Desapareceu de minha vida. A última vez que vi na

rua, enxutinho como sempre, olho brilhante, estava com uma bailarina de teatro de revista. Não combinava.

— Tudo combinava com ele, ia por onde a gente não pensava ir. Uma vez viajou para a Austrália, trouxe filhotes de canguru. Tentou a criação, arrendou pasto em Araçatuba. Roubaram os cangurus, era um bicho engraçado. Hideo ficou a zero. Ele até deu um canguru para a bailarina. A Sabrina. Minha amiga, belo astral.

— Bonita, vulgar. Encontrava com ela naquele bar vagabundo, de nome bobo, *Red Pony*. Putona.

Ao sentar-se à mesa, a velha dá com o Ganhador.

— Quem é o chavo?

— Um amigo, mamãe.

— Acomode-se conosco, tome um pouco de sal.

Deposita o sal na palma da mão do Ganhador, ele fica indeciso, Candelária faz um gesto imperceptível afirmativo. Ele coloca o sal na língua, a velha sorri.

— Agora, faz parte desta casa. Minha filha nunca traz ninguém. Ela precisa de companhia, é uma menina muito só, passa as noites a chorar.

— Mamãe!

— Pensa que não ouço? Chora muito e tem noite que desejo ir ao quarto dela, colocar sua cabeça em meu colo, desembaraçar seus cabelos, catar seus piolhos. Quando tento fazer isso, vêm as águas, o corredor se transforma num rio, é muita água para uma velha, fico desesperada. Sei que ela está só, e vai ficar. Não posso morrer enquanto ela estiver só, e não agüento mais viver, não suporto um minuto da vida.

— Mamãe, já disse tantas vezes, estou só porque quero. Quando decidir arranjo marido, namorado.

— Não é assim, não. Você era criança e numa noite de São João as mulheres trouxeram as filhas. Colocamos três pratos. Um com água limpa, outro com água suja e o terceiro vazio. E você, minha filha, com os olhos escondidos por um lenço colocou a mão no prato vazio.

— Acha que acredito nessas coisas, mamãe?
— Então, por que chora tanto?

AJUDANDO OS TALENTOS DA PROVÍNCIA

Pé no acelerador, ela dá uma ré brusca. Breca violentamente, o Ganhador segura-se. Crac-crac.
— Aposto que foram seus óculos!
Ele apalpa a bunda, retira os cacos da lente, a armação esculhambada.
— Entortou um pouco, uma lente partiu-se.
À frente, quatro sujeitos esvaziam os pneus de um carro enorme, quase limusine. Com estiletes riscam a pintura, quebram os vidros.
— Qual é a desses moleques?
— Devem estar se divertindo. É o jeito deles se divertirem nesta cidade. Arrebentam carros, violentam moças, puxam fumo, provocam incêndios. Tem uma turminha de adolescentes, todos sabem quem é, ainda não pegaram. Tocaram fogo em três casas, os donos estavam de férias. Tocaram fogo num ônibus escolar, queimaram o arquivo do ginásio.
— Me dá um cigarro.
— Voltou a fumar?
— Parei um ano, fiquei desesperado.
— Você parece mesmo é perdidão.
— Vamos dizer desencontrado.
— Desencontrado ou desencantado? Na última vez, quando foi? Dois anos atrás? Era todo animação, trouxe músicas novas, fez sucesso com a meninada. Tinha um mundo de tietes esperando por você. Agora, nem me falou de música. Nada novo, não é? Vai concorrer com o quê?
— Tenho músicas novas, não para festival. Esses festivais vão se acabar, está tudo repetitivo.

— Está compondo, mesmo? Ou mentindo?

— O que estou compondo não é popular. Aliás, impopular. Estou voltando ao início. Passei quinze anos na mentira. Porque sou uma mentira. Me aceitaram somente quando menti e trapaceei. Lembra-se da música que eu fazia? Eu era o Arrigo, o Gismonti, muito antes que eles aparecessem. Que Arrigo, que Gismonti! Podia ter sido Vila-Lobos! Quando ganhei o primeiro festival, bobeei. Depois daquele sucesso, nem sou impopular, nem popular. Minha chance passou, não vi quando beirou.

— Outro dia assisti a um filme na televisão. *Nasce uma estrela*, com a Judy Garland, minha paixão. O James Mason diz para ela: "uma carreira não é só talento, mas também acaso. O que a gente tem de fazer é perceber o acaso, agarrá-lo".

— Vai me achar louco. Tenho pesquisado pra caralho. Um dia, na estrada, debaixo de uma árvore, enquanto esperava o calor passar, me veio a idéia. Da oitava nota. Quero descobrir a oitava nota.

— Oitava? As sete que existem não chegam pra você?

— Quero um som além do som!

— Fico imaginando como vai ser. Você tentando tocar um violão cheio de cordas. Já tem um puta de um trabalho com o normal.

— Quer dizer, tem pena de mim?

— Pera aí? A turma te aplaude, gosta da tua música. Quando não gosta, te vaia. Lembra-se do festival de Águas Claras? Te botaram pra correr do palco!

— Vaia não quer dizer nada, festival é zorra!

— Se houvesse um jeito de inventar outras notas, seu bobo, alguém já tinha inventado. Nos Estados Unidos, na Suécia.

— Aposto que conhece o Pat Silvers.

— Adoro a musiquinha dele. Boa pra dançar, a letra é uma curtição.

— Não sei por que te procuro. Se não fosse a dureza, a comida, a cama, eu passava direto.

— Posso te levar a Imaculada, te deixo lá. O festival não te dá hospedagem?

Rondam a praça, buscando estacionamento. Pretos desdentados fazem sinais, enérgicos. À frente do carro, obrigam a pessoa. A entrar nas vagas indicadas. Dois se pegam por gorjeta, um puxa a faca. Dá uma espetada e corre. Ninguém a persegui-lo.

— Fala sério, aquilo da tal oitava nota?

— É uma idéia. Tudo hoje é tecnologia. Agora, a invasão dos computadores. Fui ver um show do César Mariano em São Paulo. Teclados variados, mistura de computadores. O cara é bom, mas achei que não explorou o que podia. Dá pra ir longe, o computador é infinito. Dia desses, numa vilinha por aí, Crucilândia, vi um caboclão manejar o computador da Caixa Econômica, com a maior naturalidade. Aqueles dedões calejados tocavam os botõezinhos como se estivessem carpindo café.

— Tá bem, e onde entra a oitava nota?

— Andei lendo um pouco...

— Um pouco? Você disse que tem a mala cheia de livros!

— Bom, não é uma puta de uma biblioteca circulante. Na verdade, nas minhas andanças pelos sebos, achei uma coleção de fascículos sobre música.

O rádio ligado, estação regional de FM, música e anúncios. Perguntas rápidas, conhecimento geral, a resposta certa vale um vidro de ketchup. Especialistas respondem a consultas de leitores. Veterinário ensina a curar a diarréia de cachorro.

— Na Antigüidade, existia uma escala pequena. Dois, três sons. Tempo dos tambores, flautas de ossos, matracas.

— Os egípcios tinham harpas com vinte e duas cordas. Harpas de ouro e prata e diamantes. Vi na televisão, a pergunta valia 50 pontos na gincana cultural promovida por uma fábrica de jeans.

— Cheguei à conclusão de que a gente tem que mudar a escala, ampliar. Como alguém que inventasse novos símbolos, dando possibilidades infinitas à escrita, à fala.
— Na minha cabeça, as notas que estão aí bastam.
— O problema é inovar, não ter limites. Essas musiquinhas... merda, o som não muda, tenho a impressão de estar ouvindo a mesma melodia desde o começo do mundo.

A feira noturna. Em volta da praça, espécie de quermesse. Barraquinhas de jogo, prendas, sorteios, artesanatos.
— Quero comprar um ursinho.
— Para quê?
— Maria Alice vai ter um filho.
— Demorou para trazer Maria Alice na conversa.

Caboclos de olhares apagados. Camisetas com dizeres. *Kiss my ass, Lick my cock, Harvard University, Grass is green, Welcome to Miami, I Love Socorro do Céu, Visite o Rio neste verão. Coke or Coca? No ñuke. Ipanema-sol, Leave me don't love me, Conheça o Brasil antes que acabe, Diretas-Já, Solidariedade com os povos oprimidos, Doce delírio.*
— Só dá buginganga?
— O que esperava?
— Antigamente tinha uma cerâmica bonita. Do Jequitinhonha.
— Desde que o governo encampou a arte popular, os atravessadores levam direto para São Paulo e Rio.
— E o artesanato?
— A caboclada aposentou os teares, os fornos caíram. O pessoal veio para a cidade trabalhar na fábrica de iogurtes. Que consome todo o leite. Nem queijo fazem mais.

Relógios digitais nos braços finos. Jeans com grifes falsificadas. Fiorucci, Klein, Cardin, Laroche em bundinhas magras e desnutridas. Cigarros Malboro e Salem presos a poucos dentes. Ouro nas bocas. Peles repuxadas e de cor oleosa, barbichas ralas. Chapeuzinhos de palha, encardidos. Nas barracas, fumaça das grelhas que passam hambúrgueres. Cheiro de bacon deteriorado. Sprite, Coca, Fanta, Pepsi jorram das máquinas gaseificadas em copos de papelão parafinado. *Fountain soda.*

Nas barracas, bonecos de pano, rostos imitando artistas de tevê. Brinquedos de isopor. Tralha. Vasilhas, jarras, copos, penicos, baldes, objetos de utilidade desconhecida. Estatuetas pornográficas de barro, com os mesmos defeitos do molde. Cestas de palha trançada com plástico. Blusas e saias, tecidos sintéticos. Candelária e o Ganhador encontram mesa vazia numa das barracas, banquinhos de fórmica, ele pede cerveja e pão de queijo.

— Não tem.
— Cerveja ou pão de queijo?
— Pão de queijo! Tem azeitona, picles, salame, provolone, sardinha. Hot-dog.

O garoto rechonchudo se aproxima. Pés para dentro, lábios grossos. Pequena marca junto à boca, semelhante ao calo de músicos que tocam pistão.

— Incomodo?
— Incomoda!
— Não se lembra de mim?
— Deixe-me ver... vejo tanta gente... ajude.
— Do festival de Juiz de Fora.
— Juiz de Fora... faz bem um ano.
— Deixei uma letra com o senhor.
— Deixou?... Ah, claro, claro que sim, uma boa música.
— Boa mesmo. Emplacou!
— Como emplacou?
— Ora, vi a eliminatória do Festival Major! O senhor foi classificado com a minha música.
— Claro, claro, tem razão, mas... a música... Dei uma rearranjada na melodia, garibei a letra, tinha uns trechos de mau gosto. Notou?

— Notei!
— Te sacanearam, viu? Não colocaram teu nome!
— Ou você esqueceu?
— EU? Imagine? Preenchi a ficha direitinho, mas como você ainda não tem nem um nome... Vai ver, foi isso! Posso te mandar uma xerox da ficha!

Engraçado, pensou o Ganhador. *Ele não ficou puto nem nada. Fosse eu, rodava a baiana, virava a mesa. Tímido demais, coitado. Se ganhar, divido uma parte do dinheiro com ele. Assim me dá menos complexo de culpa. Uma chatice, mas no fim vai ser bom pros dois.* Candelária não presta atenção na conversa, está seguindo a rifa de um frango assado. Comprou vinte números. Levanta-se:

— Vou ao banheiro, volto já.

O garoto de pés para dentro:

— Adorei o festival que o senhor ganhou em Imaculada, três anos atrás. Aquela música me sacudiu, me fez ver. Não gravou, aquela? *O copo de amor, quebrado.*

— *O copo de amor, quebrado?* Não, não gravei. Ando exigente, não consigo selecionar dez músicas para um LP. As gravadoras putas da vida, querem logo, exigem, pressionam doidas para lançar um disco meu.

— Muito deboche naquela música, por isso é na minha linha.

Que música era mesmo? O Ganhador não consegue se lembrar.

— Incomodo, se deixar umas composições com o senhor? Tirou da bolsa ensebada rolos de papel almaço. Limpinhos.

— Leva estas. Tem meu endereço anotado, se tiver tempo, me escreva. Posso procurar o senhor aqui? Onde? Se a gente não encher um pouco o saco de gente conhecida, que tem influência, como vai fazer?

— Conhece a igreja dos Parceiros do Amor?

— Conheço. Todo mundo conhece a vigarice deles.

— Bem... moro vizinho.

— Uma tem letra e música, duas, apenas letra. É pretensão, mas acredito em mim. Tenho uma música selecionada para o festival de Imaculada. O ano que vem, vamos organizar um em Bom Despacho, aqui perto. Quem sabe o senhor pode vir?

— Vai depender da minha agenda, até julho estou tomado. Candelária demorou a voltar.

— Uma fila enorme, uma sujeira. Mijar num buraco fedido. Mulherada demora.

Ela passou o endereço da igreja do peixe ao rechonchudo. Ele suando, o queixo pingando. Se foi. O pezinho para dentro.

— O que era?

— Talento local em busca de reconhecimento. Me deixou uma música.

— Boa?

— Nem vi. Se for boa, aproveito. Sem ele na jogada.

— Outra vez? Desse jeito, acabo acreditando que nunca fez uma única música na vida.

— Qual é? Primeira vez que penso nisso!

— Ainda é descarado, rouba e esquece! Foi aqui mesmo. Da última vez que veio. Um garoto, muito humilde, te mostrou uma letra. Você usou, ganhou o festival de Friburgo. Sem o nome dele.

— Aquela era minha! Juro!

— O garoto deixou a letra, você copiou. Quando ele voltou, você disse umas coisinhas, devolveu, pagou uma cerveja. Ele, contentíssimo de estar na mesa do Ganhador. Vai ver, foi um lapso. Esqueceu de anotar o nome do compositor?

— Pela alma de minha mãe!

— Não acredito, nem desacredito. Com você, nunca se sabe!

— E o garoto?

— Putíssimo da vida, quer te matar. Ele e a turma dele. Te cuida. A meninada vive daqui para lá, nesses festivaizinhos.

Ele, ou um deles, estava em Friburgo. Aliás, você repetiu em Itaparica, pegou segundo lugar. O problema é que eles não tinham como provar. Quando o menino te mostrou, tinha acabado de fazer a letra.

— Porra, não foi sacanagem!
— Não tem vergonha?
— Você tem? Quando passa aquele prato desbeiçado? Prato sagrado!
— Aquilo é simbólico.
— Pura embromação! Pior! Com a fé das pessoas!
— Iludir um pouco, fazendo as pessoas felizes, é uma história. Roubar o trabalho dos outros é diferente!
— Resumindo, a filhadaputice é relativa?
— Não vem, não! Quando você comia aquela mulherada infeliz, e ainda levava algum, o que fazia? Não era felicidade que dava?
— O jogo era aberto.
— No fundo, havia alguma ilusão. Elas esperavam que de repente você se apaixonasse.
— Só se fossem cegas.
— Puxa, você não era assim. Me dá nojo.
— Pensando bem, teu destino é com homens nojentos, não?
— Como?
— Aquele teu marido. Tinha coisa pior?
— Caí fora!
— Demorou para fazer as malas.
— Levantei uma noite, fui ao banheiro, pus as tripas de fora. Minha nossa, nunca vomitei tanto. O estômago queria sair, entortou até o intestino. Voltei, ele dormia tranqüilo. Era lindo quando dormia, me deu o maior tesão. Estava nu, dormia pelado, fiquei olhando suas coxas, o pinto enorme. Aquele que às vezes nem entrava em mim, aí me machucava toda. Me deu tesão, sentei-me ao lado da cama, coloquei a mão em

mim, estava molhadíssima, fiquei brincando com os dedos, até gozar violentamente, enquanto as ânsias do vômito vinham de novo. Não havia mais nada no estômago a não ser um líquido verde, amargo. Sumi, vim para o interior.

— Nunca mais soube dele?

— Compra ouro na Serra Pelada. Posso te pedir uma coisa? Não rouba a música do menino.

— Ah, quanta pureza! Honestidade! Sacanas, quando envelhecem, se arrependem. Vou acabar acreditando que essa tua igreja é verdadeira.

— Pense em você, naquele tempo. Quando íamos aos festivais e você sonhava com o palco, os discos. Pode comprar a música, mas coloca o nome do menino.

— Menino? Um marmanjo, débil mental. Vai ser bom para ele, se a música fizer sucesso. Vai querer se vingar de mim. A arte se faz com impulsos, vingança.

— Isso foi tirado dos romances do Haroldo Robbins.

— Esse garoto nunca vai ser nada, vai ficar perdido no interior a vida toda. Gordinho, torto, de óculos, fala mole.

— Está elaborando uma nova teoria, a do tipo físico e talento?

— Estamos discutindo à toa. Não roubei a música dele. Traz mais cerveja. Além disso, quer saber? Todo mundo rouba de todo mundo neste país. Virou meleca geral, uma sacanagem só.

— Baixeza! Agüenta a mão, a coisa vira. Você acontece!

— Tá demorando. Nem emplaquei ainda e o Gil, o Caetano, o Chico, estão acabando.

— Acabando?

— Leu as últimas críticas?

— Não, só ouvi os discos, e adoro. Não me vem com jornal e revista, não leio há dois anos. Uma das vantagens de se enfiar no interior. As coisas não chegam, a gente vive a vida.

O Ganhador se inclina, beija Candelária na boca. Ela recua, observando-o com olhar estranho.

— Qual é?
— Me deu vontade.
— Podia ter perguntado se eu estava com vontade.
— Acho que estava. Afinal, vamos acabar a noite juntos.
— Nem estava, nem vamos acabar juntos noite nenhuma. Ah, entendi! Chegou a hora de ir embora, você não apanhou nada por aí. Quer garantir a dormida com alguém.
— Acredita que nem uma tiete me reconheceu?
— Também, nunca aparece na televisão.
— Não quero ficar na mão. Fico louco quando passo uma noite sem transar.
— Aposto quanto quiser, faz mais de dez dias que não dá uma.
— Está bem, volta para tua casa. Vou ao puteiro!
— Acha que as meninas estão dando à toa. Afinal, a liberação não andou tão depressa. Como vai fazer na zona, sem dinheiro?
— No fim da noite, acabo ganhando uma. Era assim que fazia em São Paulo. Ganhava pelo cansaço, ficava na porta dos inferninhos, das boates. De boca no que sobrava.
— Me leva em casa, deixo o carro contigo.

Quando chegam portas e janelas abertas, as luzes todas acesas. Candelária corre. *Mamãe*. A casa arrumada, como para uma festa. As cadeiras da sala encostadas junto à parede. A mesa recuada. Valsando vagarosamente, às gargalhadas, a mãe de Candelária. Estende a mão ora numa direção, ora noutra.

— Agora, é a sua vez, querido.
— Não aproveite tanto, seu doidivanas.

Dança. Nua.

AUTOBIOGRAFIAS

Não fosse o macaco nunca teria descoberto como vim ao mundo. Estava com oitos anos e o verdureiro espanhol com mau hálito me deu a fatia de abacaxi fruta que mais adoro e não posso comer porque me provoca aftas dolorosas. "Você é feio como o macaco e hoje é teu aniversário toma dois mil réis vai jogar no bicho que hoje pode dar." Somente o bicheiro que ficava na bicicletaria fingindo-se de borracheiro fazia jogo pra crianças. Deu macaco na cabeça fui buscar o prêmio e ele me disse amanhã teu dinheiro está aqui. Nem amanhã nem no São Nunca patrono dos pacóvios e beócios. Adiantava reclamar? Pensei no que aprontar e de noite caguei no telhado bem em cima do ponto do bicheiro. No dia seguinte um fedor filhodamãe ele descobriu a bosta secando me viu rindo soube que era eu. Queria mesmo que soubesse. "Só podia ser o enjeitado achado na caixa de papelão sem mãe nem pai." Fui perguntar o que ele queria dizer contou que eu tinha sido achado numa caixa de sapatos na porta de meu tio aquele que ficou meu pai. Não não. Era uma caixa de chapéu ovalada onde cabia exato uma criança. Naquele tempo as pessoas de bem usavam chapéu. Portanto meu pai devia ser de respeito e posse porque pobres compravam chapéus sem caixa. Como fiquei muito tempo encolhido dentro da caixa ovalada a minha espinha teria se entortado. Provocando esta leve curvatura que hoje dá a impressão de corcunda mas que me provoca um charme junto às mulheres não sei por quê. Elas dizem que sou alguém gentil curvado pra frente em atitude de consideração num tempo em que ninguém considera ninguém. Uma pessoa sempre inclinada disposta a ouvir o que o outro diz (ninguém ouve hoje em dia é o que se comenta) ou pronta a fazer um favor e a dizer sim e até a beijar a mão de uma senhora suprema cortesia.

Lasquinhas da carapaça das tartarugas

O Ganhador tem habilidade. Bastaram quatro pinceladas para descobrir. A quantia exata de tinta em cada demão. Enfiado num macacão de Candelária, folgado no peito e nas pernas, apertado no saco. Às cinco da tarde, tinham terminado o quarto da mãe e a sala de visitas. Na sala, a demora foi maior. Tiveram de contornar o barrado de flores, a trinta centímetros do teto, velho de quarenta anos.

— Dia desses, se recolher paciência, repinto essas flores, uma a uma. São lindas, não existem mais casas com barrados.

— Me dá uma graninha, fico um tempo aqui fazendo essas minúcias.

— Você aí, sujo de tinta, me lembrou a música de ontem. Grande sacana. Não me vem com essa cara, não. Trouxe música de segunda mão. E queria sucesso?

— A música é novinha.

— Se remendo for novo. Eu morava em São Paulo quando você compôs. Dentro de um banheiro apertado, tinta fresca na parede. Se sujou todo, saiu cor-de-rosa de lá.

— Fiz a música quando passei por Belém. Num dia de desespero, quando sem saber o que era Tucupi comi pimentinhas amarelas, de cheiro, lindinhos, confundi com pequi. Quase morri, a boca em carne viva.

— Essa foi outra. A de ontem saiu numa festa embalada. Você com uma gata no banheiro, a fechadura encrencou. Te deu a louca, passou a comer a menina sem parar. A xota dela é que ficou em carne viva. Te deu priapismo aquela noite. Ela não agüentava, queria sair, você malhando.

— Sonhou. Nunca fiz nada disso.

— Conte pra outra! Quando saiu do banheiro, veio falar comigo, mostrou a letra em papel higiênico, escrita com lápis de sobrancelha.

— Depois de ontem, só arranjando emprego. Vou treinar, viro pintor.

— Também, não foi fracasso.

— Platéia fria, difícil de levantar. Estou perdendo a embocadura.

— O povo de Imaculada sempre foi paradão. Ah! até que aplaudiram.

— Foram educados, afinal sou convidado. Depois, cheirei frustração. Este foi o último convite ali. Querem outro tipo de música.
— Música boa não tem tipo.
— Vai contar pra eles! Para as pessoas que manipulam modas e gostos. Vai!
— Sabe o que acho? Festival está enchendo o saco. Tem demais. Um atrás do outro. É o terceiro deste ano na região. Teve o universitário, o de música sertaneja, este da MPB. Tá na hora de acabar com isso.
— Quer me matar de fome? Se acaba, como vou viver?
— Cuidado, você se viciou! Se acomodou! Qualquer hora se fode de verde e amarelo.
— Verde e amarelo? Boa idéia para música. O país anda numa onda patriótica, muita agitação por aí.
— Verde e amarelo. Quem vai querer música assim?
— Ontem aconteceu uma coisa engraçada. Uma tiete nos bastidores, "voando". Não sei se pirada ou cheia de pó. Chegava direto nos cantores e dizia que precisava dar para eles.
— Ruiva artificial, coxudinha?
— Ela se encostava, dizia: sou a bocetinha da sorte! Vem comigo. O pessoal foi comendo, comendo. Lá num camarim.
— Você também?
— Por que não?
— Você é um bosta, não?
— Ela gostou de mim. Mais do que os menininhos. Esses enfiam, gozam logo.
— Vocês envelhecem e se enchem de ressentimento. Acham que os gatinhos não sabem nada. Pois transei com alguns bem legais. Durinhos, pele lisa, não têm barriga. Por que homem não se cuida?
— Não tenho barriga.
— Também, caminha feito doido e não come. Qualquer dia morre na estrada. De inanição. Não está coroa demais

pressas aventuras? Os hippies se acabaram, se afundaram com os anos sessenta. Guardei meus vestidos floridos, as fitas, colares. Sabe? Não tive coragem de jogar fora, nem dar. Vestidos longos, tecidos leves, indianos. Foi uma época bonita, a gente teve uma juventude legal, não podemos reclamar.

— Saudosismo?

— Nem um pouco. Passou, passou. Por isso acho besteira você caminhar e caminhar. Em busca do quê? Ninguém mais bota o pé na estrada, nem lê o Hermann Hesse.

— Engano! Puro engano! Pode ser que não leiam o Hesse. Aliás, nunca li. Agora, que está assim de gente, está! Andando e andando. De moto e a pé. Muita moto. Tem cidadezinhas sossegadas que são depósitos. O pessoal guarda as máquinas, com a condição de não ter arruaça. Teus gatinhos, minha linda, descobrem o barato de andar solto.

— Nunca vejo.

— A maioria não circula pelas estradas. Polícia enche o saco, motoristas particulares vão em cima. O jogo é a estrada de terra, as trilhas.

— Não tem mais estrada de terra.

— Andou vendo propaganda do governo! Não conhece o país. O pessoal circula por dentro. Tem lugares de referências obrigatórias, pontos de encontro, trilhas que só a gente conhece.

— Ah, é? Por exemplo?

— Jura que não conta?

— Contar pra quem? Pra minha mãe? Pros meus fiéis?

— Não precisa discurso. Está bem. Tem a Lagoa, em Florianópolis. Tunas, no Paraná, uma vilinha muito fádica. Um termo grupal. Quer dizer mágica! Cacimbinhas em Mato Grosso. No Rio Grande do Sul tem vários. Gaúcho é mistura doida de índio, alemão, italiano, argentino. Tem São Gabriel. Mas lugar talismã, mesmo, mesmo, é em Santa Maria. A fonte da praça principal tem uma puta energia. Funciona mais quando as tartaruguinhas estão acordadas.

— Tartarugas?

— Na fonte, tem meia dúzia de tartaruguinhas, uma graça. Os egípcios não adoravam animais? A gente curte as tartarugas de Santa Maria. Tem cara que arranca lasquinha da carapaça, para dar sorte.

— Gosto é de sopa de tartaruga.

— Sabe o ponto de maior energia do Brasil? Não é São Tomé, nem Brasília, nem outros meios propagados. É na Paraíba. A Pedra do Ingá.

— Vi no Globo Repórter.

— Passar um dia ou dois ali te recupera dez anos. No fundo, essa gente que caminha sem rumo anda no rumo da Pedra do Ingá.

— Virou místico? Da turma piradona que acende incenso, curte o astral?

— Nada disso, me conhece bem. Cago pressas coisas. Mas na Pedra do Ingá senti uma força estranha, o poder desta força estranha que me leva a cantar. Me mudou paca! Estava a ponto de tirar o time, vender o violão, procurar trabalho. Pensei bastante. Trinta e nove anos, sem nada, nem uma casinha. Vivia rodando, sem acertar um festival, bolar uma puta música, sem emplacar sucesso. Ia desistir, quando passei pela Pedra do Ingá. Fiquei uma tarde parado lá e tudo virou. Saí recuperado, perdi a ânsia. Se acontecer, aconteceu. Andar pelo mundo? Maravilha. Dentro de uma sala, enfiado numa mesa, trabalhando todos os dias, viveria condenado à morte. Num sufoco maior que o de passar fome. Dia desses, em São Paulo, vi o povo pendurado nos balcões, comendo e pagando com tickets. Me deram mal-estar os blocos de tickets. Queria dizer, estariam ali amanhã e sempre. Não, não é por aí que vou resolver.

— Meu último herói... Às vezes, te invejo, outras, tenho raiva de você. Está certo? Ou perdido? Adoro o que o dinheiro me dá, gosto de enganar as pessoas. Adoro representar, sou uma atriz frustrada. O jogo. O risco. Êpa! Temos de correr, providenciar o peixe.

— Peixe pro jantar? Então, como fora. Tenho alergia.

— Nada! Amanhã é a distribuição de peixe na minha igreja.

— Tem a ver com aquele peixão pendurado no teto? Os Parceiros do Amor são adoradores do peixe?

— Tem tudo a ver.

Saem, o sol pinica a pele.

— Vai chover. Sempre chove na festa dos peixes. Dorme aqui esta noite.

Do céu, caem andorinhas mortas. Comem insetos envenenados por inseticidas e morrem em pleno ar, aos milhares. Na esquina, dois homens cobrem uma mulher franzina de porradas.

— É todo dia isso, não sei como a coitada agüenta.

— Pára! Vou lá, que filhos da puta!

— Não adianta, é loucura. Ela foi embora trinta vezes. Volta, ou eles vão atrás. É o marido e o irmão. Vivem juntos, têm uma porção de filhos. Ela e o irmão foram abandonados pelos pais e criados separados. Viviam pela rua, um dia se encontraram, se amigaram, sem saber. Até que, não me pergunte, alguém descobriu que eram irmãos. Aí já tinham dois filhos e não quiseram se separar. Deu um bode, o padre mandou carta ao bispo, ao governador, à polícia, fez passeata com as beatas. O irmão tentou matar a mulher, dizendo que ela era o diabo. Depois, ela encontrou outro cara, passaram a morar os três. Porrada, todo dia. Aliás, o padre maluco é que me fez a vida.

— Como?

— O padre e um peixe que caiu do céu.

Evite aranhas ao amanhecer

O Ganhador, sabendo da história. Tem fascinação por Candelária. Muitas vezes, através dos anos, tem perguntado por que fica hipnotizado diante dela. Mulher feia, pelos padrões televisivos ou a julgar pelas revistas femininas. A testa alta pode ser confundida com ameaça de calvície. Os olhos grandes desproporcionais, o esquerdo estrábico. Nariz um tanto batatudo. No entanto, cinco minutos depois a pessoa está encantada. A perguntar abismado: o que vejo nela? A ponto de achar Candelária tão maravilhosa que fica incompreensível a reação inicial de aversão que o rosto dela provoca. Talvez uma luz imperceptível ou quem sabe o tom de pele. A verdade é que o desejo cresce, as pessoas precisam se conter. Reação mais surpreendente que o discar um número telefônico e Marilyn Monroe atender do outro lado.

O Ganhador espantado. Candelária soube se virar. Abandonou o marido depois de uma noite de vomitório. Ele, um panaca. Enfermeiro, decorador de consultórios de dentista e mecânico de aquecedores a gás. Ganhou dinheiro inventando o dispositivo que facilita a adaptação de motores da gasolina para o gás. Herói para motoristas de táxi. Aparelho aprovado pelo sindicato nacional que estuda a forma de adotá-lo em todo o país. Os entraves correm por conta de subornos que o inventor deve dar, a fim de que o processo corra liso, de mão em mão, angariando assinaturas e okeys necessários. Ele tentou empréstimo, não acertou a comissão a ser paga aos gerentes e agentes financeiros. Também, não anda querendo mexer no assunto, porque dois carros explodiram, na fase de experimentação, matando duas pessoas.

O marido tinha o costume de trepar somente nos dias santos. Garantia, fluidos celestiais o embalavam. Guiava-se por um hagiológio, marcando datas essenciais em roxo. Olhando ali, Candelária – ainda Yvone – antevia os dias em que seria obrigada a mostrar tesão. Todavia, não foi apenas o sexo religioso que fez ela se mandar. Ganhou uma tosse persistente e sem explicação, tremores nas pálpebras, labirintite, garganta inflamada e asma psicossomática. Mal se movia. Contemplava embotada a pilha de caixas de vidros e tubos sobre a cômoda. Antibióticos, antialérgicos, analgésicos, tinturas de colubiazol, roxo de metileno. O médico, firme: para se salvar, partir. Deixar São Paulo, a poluição, o marido. Yvone foi se instalar em Açucena, sul de Goiás. O melhor clima para asma e fugitivos de meios ambientes deteriorados. Ela não buscava a vida alternativa em ermos ideológicos. Jamais se preocupou com tais coisas, não tinha a mínima idéia de política e afins. Queria viver a vida, sem que invadissem o seu espaço. Resumia as ambições num "Se possível, gostaria de ser feliz". Acabou instalada numa comunidade que funcionava de maneira interessante. Todos trabalhavam duro. Cantavam o amor à natureza, curtiam alimentos puros. Fabricavam pão de trigo integral, doces caseiros de mel e frutas sem química e picles naturais. Uma praga dizimou as plantações de volta. Desconfiou-se de "praga fabricada", porque as terras foram vendidas a um conglomerado que produz soja e domina imensas extensões em Mato Grosso do Sul e Goiás. Quando chegou à comunidade, Candelária ficou perturbada com a quantidade de teias de aranha. Era insólito. No momento em que acendeu a luz do quarto, antes de colocar a mala sobre a cama, viu. A aranha negra destacada na parede, como um crucifixo protetor. Recuou apavorada, sua acompanhante disse:

— São de paz.

— Tenho horror à aranha.

— Você tem sorte. Encontrar aranha de noite significa felicidade.

— Não gosto de aranhas.

— Vai ter de conviver com elas. Não matamos, não espanamos as teias.

— E se me picam?

— Nunca picaram ninguém. Trazem sorte, protegem.

— Não tem outro quarto?

— Não. Fique calma. Para te mostrar que não tem perigo, vou dormir com você. Quando acordar de manhã, procure não olhar para a aranha. Não é bom encontrá-las ao amanhecer, dão azar.

— Dão sorte ou azar?

— À noite, sorte. De manhã, azar.

Sua companheira dormiu, ressonando suave. Rolava na cama e encostava-se em Yvone. Que mal pregou os olhos, ainda que não conseguisse ver a aranha na escuridão. Uma hora, achou que a mulher estava encostadinha à sua bunda, as mãos soltas nas coxas. Contato agradável, ela se deixou ficar, quentinha. O corpo, sutil, se comprimiu mais, os dedos se enfiaram cuidadosos por baixo da calcinha, Candelária pulou: *A aranha*. A outra se assustou, sem saber se era a aranha ou uma forma delicada de rejeição. Nas poucas vezes que cochilou, Yvone teve pesadelos. Pouco antes do amanhecer, veio um sonho ameno. Sentada numa pedra, ela se viu coberta por enxame de abelhas vermelhas que zumbiam melodias populares, num arranjo anormal. Como se Bach tivesse adaptado *Águas de março* no estilo de uma fuga. Não eram abelhas agressivas, ficavam a zumbir música, até que foram comidas por galinhas-d'angola, comandadas por aranhas amarelas. Aranhas instaladas na cabeça das galinhas, mantendo nas patas rédeas curtas ligadas ao bico. Uma delas deu uma ordem que Yvone não entendeu, uma vez que foi dito na linguagem das aranhas. As galinhas recuaram, transformaram-se num telefone com sinal de linha ocupada. A aranha-chefe:

— Vim trazer a receita da beleza.

— Para mim? Sou bela.

— Engano seu!

— Então, cadê a receita?

— Agora, não. Vim apenas te confortar. Não devia estar neste sonho, uma vez que necessitam de mim em outros. No entanto, o pressentimento de que precisava de mim me trouxe.

— Para falar bobagem, está sozinha.

Yvone achou engraçado entender o que a aranha dizia, talvez ela se dirigisse aos outros na linguagem própria de cada um. Mais engraçado era uma aranha dizendo palavras como *confortar* e *no entanto*. O que significaria o sonho?

Pela manhã, sentou-se na cama. Olhos fechados. Não queria abri-los. Menos pelo mau agouro do que pelo pavor inspirado. Por aquele pequeno monstro ainda instalado na parede. Depois, muito cuidado, foi abrindo, devagar. Como fazem crianças apavoradas, mas que querem ver. Atraídas pela magia do horror. Estava calma e verificou que não pensava em ir embora. Havia à sua volta uma luz azulada, como se o quarto estivesse iluminado por velas. Sentiu-se descansada, apesar de ter dormido em sobressaltos. Vou ficar. Certeza que parecia nascer de uma definição refletida. Mais, imposição. Algo que estava determinado e do qual não queria. Ou tinha preguiça de fugir.

Um mês depois conheceu o homem que fabricava brincos de ossos. Na forma de sóis, luas, estrelas e diminutas torres de petróleo. Foi ele quem esclareceu a relação entre a comunidade e as aranhas. Nenhuma teia era tocada, ninguém esmagava um bichinho. Quando encontravam aranha morta, tratavam de retirar o dente, incrustando-o em ouro, formando amuleto. Presente para as crianças, a fim de que crescessem com dentes brancos e fortes. Ainda nesse dia, ela estava atravessando o grosso cano de água que fazia de ponte sobre o riacho. Havia a ponte, mas era preciso dar uma volta, de modo que todo mundo atravessava pelo cano. Os meninos gostavam de passar graxa no cano para ver as pessoas caindo. De pernas abertas, tombos doloridíssimos, ou no rio. Na direção, o menino. Que não quis recuar. Yvone também teimosa, *você me viu e veio assim mesmo, volte*. Os dois, parados. Até que o menino tirou uma caixa do bolso. *Te dou isto se você voltar, coroa*. Abriu.

— Um dedo?

— É.
— De quem é?
— De um menino.
— Como conseguiu?
— Troquei.
— Trocou? Com o quê?
— Não precisa saber de meus negócios.
— Vai fazer o quê?
— Guardar na minha coleção.
— Tem uma coleção. Do quê?
— De dedos. Tenho de todo tipo. Grande, pequeno, torto, com unha, sem unha, esmagado, frito.
— Frito? Como?
— Frito, ué!
— Me conta direito essa história.
— Só se você me contar uma.
— Está bem. Um dia, eu estava parada, veio um enxame de abelhas, me cercou. Elas tocavam música. Veio um bando de galinhas, comeu as abelhas. As galinhas eram comandadas por aranhas. A chefe delas me disse: vou te dar a receita de beleza.
— Tontice. Quem inventou isso?
— Sonhei.
— Todo mundo só sonha besteira.
— Se fosse você, que receita pediria?
— Nenhuma. Vou pedir receita para aranha na cabeça de galinha? Dava porrada na aranha.
— Mas aqui não matam aranhas.
— Eu mato. Sou o maior matador. Ataco e acabo com quantas posso.
— E se te pegam?
— Pegam nada. São uns babacas. Meu bisavô inventou essa história. Quando veio para cá, com a família. Estava fugindo.
— Do quê?

— Não sei, nunca me contaram direito. Não é conversa para crianças, falam. As pessoas resolvem botar o pé no mundo, não é? Pico a mula sempre, vão me buscar. Só que nenhuma aranha nunca me ajudou, como a meu avô. Por isso, acabo com a vida delas.

— Aranha ajudou?

— O velho vinha vindo e estavam atrás dele. Então, entrou numa caverna e ficou quietinho. O pessoal passou, viu um monte de teias de aranha, achou que ali fazia tempo que não entrava ninguém, se mandaram. Desde aquele tempo, não matam aranhas por aqui. Menos eu.

O menino conduziu Yvone a uma capoeira. De mamoneiras fechadas. Embaixo das árvores, puxou um monte de terra, grama e tijolos. Tirou uma tábua, mostrou o buraco. Centenas de aranhas. Algumas vivas, cheiro insuportável.

— Mato e jogo aí. O túmulo das aranhas.

Na volta, o menino parou. Diante de um muro. Do outro lado, gritos, berros, nomes, risos de crianças.

— Me ajuda a pular.

Ela deu peia, ele se encarapitou. Tirou o canivete, ficou afiando.

— Você é bonita, muito bonita. Gostei de você.

— O que vai fazer aí? É uma escola?

— Orfanato, onde moro.

— Por que mora num orfanato?

— No tenho pai, mãe, ninguém.

— E o teu avô?

— Avô? Ué! Adivinha!

— Espera aí!

— Gostei de você, vou te dar um presente. Um dedo de neném, é só arranjar um, bonitinho.

— Não quero!

— Tem de aceitar. Quem recusa presente, morre sete vezes. Fosse você, sabe o que pedia pra tal aranha?

— Não.
— Pedia para me deixar linda, quando fosse bem velha. E quando fosse bem velha e bonita, que minha vida durasse muito.

Yvone viveu três anos na comunidade, enquanto descarregava o fel acumulado no casamento. Vivendo sozinha. Por opção, sem angústia. Coração leve. Não queria pensar em homem, associava a idéia ao enfermeiro mecânico. Cujo pau, além de demorar para levantar, ficava a meia altura e terminava rápido. Ela nem começava a suspirar. E ele já de joelhos pedindo perdão pelos pecados da carne, aos quais sucumbia, sem se opor. "Se deus fizesse mais impotentes, haveria menos pecadores", ela desabafou. Levando notável surra. A primeira das quatro que a deixaram. Cheia de ódio. Desde então, em vez de água, urinava no feijão. "Tempero novo, segredo da casa." Ele gostava, era diferente, ácido. Então, vieram a asma, a labirintite, o vomitório. Ela com nojo dela, por suportar. O que suportava. Enfim, a fuga.

Açucena, pacata. Vida normal, de dia. Dividida em duas etapas, à noite. Depois da novela, desligavam os transmissores de televisão às dez horas, por medida de economia. Uma hora depois, para poupar combustível, paravam o gerador. Vida boêmia mantida por lampiões de querosene e velas. A princípio, Yvone incomodada. Queria ler, a vista tremia, desacostumada àquele tipo de iluminação. Começou a sair sem rumo, encontrando o hábito, as cadeiras na calçada. Principalmente no verão, famílias inteiras e amigos agrupados em grandes rodas. Papo rolava, refrescos de frutas, chá fresco, biscoitos feitos em casa. Ou batata frita em saco plástico, sem gosto, borrachudas. Tanto demoravam a atingir os armazéns locais. Yvone tinha a sensação de estar dentro de uma telenovela de época, até assumir a idéia de que certos costumes não tinham mudado em Açucena. Conviviam hábitos antiquíssimos, adaptados, e hábitos novos, reciclados. De modo que era comum ver um casamento formal, com as pessoas usando jeans, sapatos de amarrar engraxados, camisa social, gravata e paletó-saco. O mesmo paletó usado pelo pai e guardado. Os forasteiros discutiam a possibilidade de estarem dentro de um sonho maluco. Pois a vila era anacrônica, sem propósito. *Qualquer dia surge um bando de antropólogos para nos estudar.* Um sujeito se lembrou de palestra feita na Sorbonne onde se falava de uma tribo indígena. Os índios em determinadas comemorações mascavam. Uma erva que tinha a propriedade. Quando estavam todos embalados, fazia a aldeia levitar. Pairar no espaço e voar. Assim agiam cada vez que precisavam se deslocar. De um local para outro. Quem sabe Açucena fosse irmã gêmea desta aldeia que levitava. Esta fixação, ou estupefação, como disse um tipo pernóstico, era característica dos forasteiros. O assunto nunca preocupou nativos. Eles viviam.

Yvone foi perdendo a inquietação, o abafamento contínuo que a dominava. A tosse desapareceu, a asma não se manifestou. A garganta límpida, ela voltou a cantar, participando do coral. A tensão que fazia parte do seu sangue, em São Paulo, se dissolveu. E caminhava devagar, olhava para as coisas, sem pressa. Descobrindo detalhes numa casca de árvore, janela de uma casa, olhar de uma pessoa. Uma noite, ao passar creme nos ombros, sentiu os nervos e tendões soltos. Macios, espuma de borracha. Logo ela, que sustentava uma pedra, tal o repuxamento dos músculos.

Parou de olhar as horas a todo momento e abandonou. O relógio numa gaveta. Aprendeu a respiração que massageia o diafragma e elimina a dor na boca do estômago quando estamos ansiosos. Começou a ganhar pequenos conhecimentos. Coisas que antes julgava inúteis e sem sentido. Não era maravilhoso saber plantar o alho na noite de São João e vê-lo nascer antes do dia nascer? Saber que um parente está passando necessidade através do simples fato da nossa comida cair no chão. Que se assobiarmos à noite estaremos chamando cobras. Não se apaga fogo com água, nem se deve mijar ou cuspir nele. Nunca ia imaginar que os brincos são para afastar maus espíritos que procuram penetrar nosso corpo. Do mesmo modo que gárgulas, nas catedrais européias, os afugentavam. Foi nesse dia que conheceu o homem dos brincos e ganhou. Um par especial, protetor. Soube a linguagem dos lenços: com uma flor nas pontas, pessoa comprometida. Dobrá-lo perto de alguém indica que se quer falar com essa pessoa. Soube também que galinha que canta como galo está atraindo a morte.

— E sonhar com galinha?
— O que ela fazia?
— Comia abelhas.
— Estava choca?
— Não reparei.
— Cuidado, galinha choca faz mulher abortar.
— Não estou grávida.
— A galinha estava assustada?
— Tinha jeito.
— Ótimo, anuncia visita.

E houve, visita. Anunciada de maneira violenta. Semana a semana, gado a amanhecer morto na região. Sem razão, para os veterinários. Nem doença, ferimento. É o *arranca-língua*, comentou o povo, *ele voltou*. A teoria não teve confirmação, examinados os animais. Estavam intactos, língua e tudo. Sabe-se que o macaco gigante ou homem amacacado que mata animais costuma tirar a língua. Uma noite, voltando para casa, Yvone não conseguiu abrir o portão. Forçou, e nada. Alguma coisa obstruía. Escuro demais, ela um tanto tocada, vinha de uma rodada de aluá, com muito empadão goiano e feijão casado. O portão baixo, ela pulou. Caiu em cima de uma coisa mole. Examinou, um bezerro morto.

— E essa, agora!

Ao virar, deu de cara com a figura familiar. De cara mesmo, porque o homem estava bem junto a ela.

— O que faz aqui?
— Vim te buscar.
— Quem disse que vou?
— Vai por bem ou por mal.
— Ficou louco. Não gosto de apanhar.
— Mudei bastante. Sinto falta do teu feijão.
— Não parece. Matou o bezerro. Para que a judiação?
— Matei o bezerro, e o gado. Vou matar até você voltar!
— O que tem o povo com nossa história? Deixe o povo em paz.
— Vou espalhar que você traz má sorte. Vem comigo.
— Não gosto de trepar só nos dias santos.
— Tem santo todo dia.
— Seu pau é mole.
— Estou tomando vitaminas, comendo mocotó, chá de sabugo, fazendo trezena, comprei pomadinha chinesa e aneizinhos de borracha.
— Saí da brasa, não vou cair na labareda. Não quero saber de você.

O enfermeiro bateu nela. Desapareceu, com a frase infalível: *volto*. Passado um mês, Yvone se recuperando, o braço na tipóia. Esperou-a no escuro, na hora da visagem, desta vez sem bezerro. Antes dela cruzar o portão, agarrou-a, Yvone gritou, foi enfiada no carro, antes que vizinhos abrissem a janela. Na saída da cidade, quando ele diminuiu a marcha para atravessar o mata-buracos apodrecido, ela atirou. Tinha o revólver na tipóia. Estava ali havia semanas, desde que tinha decidido. O tiro pegou no ombro, ele ficou assustadíssimo.

— Que é isso?
— Vou te matar, e sossegar minha vida.
— Ficou louca?
— Tanto quanto você.

— Pára com isso.
— Só quando estiver mortinho da silva.
— Meu deus, não quero morrer!
O segundo tiro foi na perna, porque sem saber atirar Yvone estava com a mão mole.
— Não vai me matar. Se quisesse mesmo, tinha atirado no coração.
Vontade enorme de vê-lo em pedaços pelo chão.
— Quero que sofra, como um cão.
Não teve coragem de atirar mais.
— Desce. Some da minha vida.
Não olhou para trás. Não era questão de se transformar numa estátua de sal. Uma trava desconhecida a impedia de voltar-se. Virar era encarar o passado, assumir o que estava acabando de ser morto. Quando criança, a mãe aconselhava: *quem olha para trás se torna cavalo do pavor. O susto penetra em você, paralisa, não se vai adiante. Até bichos perseguem quem olha para trás.* Uma chave desligou sua cabeça, o marido nunca existiu. Ficou com o carro. No outro dia examinou, não havia sangue. Nos dias que se seguiram, ela refletiu, impressionada com a sua frieza. Teria sido capaz de matá-lo, e não sentia remorsos. Nem uma ponta de culpa. Depois, caiu numa prostração, preocupada com o fato de ver que era tão fácil matar uma pessoa. Ela, que não era violenta. Odiava brigas, agressões. Conseguiria entender esse mecanismo? A preocupação vinha desse ponto, o desconhecimento da gente, do que somos capazes. De não conseguirmos ir até o fundo de nós, a não ser em situações limites. E, nesta situação, sermos imprevisíveis. Desde então, Yvone sentia-se diferente. Não sabia o que estava acontecendo com sua cabeça. Não conseguia se lembrar do passado, quem tinha sido, como chegara a Açucena. Impulsionada por uma vontade crescente. De ir embora. Todas as noites sonhava com chuva, acordava molhada de suor. À tarde, em pleno verão, sol de 38 graus, e ela

encolhida de frio, como se estivesse dentro de um bloco de gelo. *Estou ficando histérica!* Acordava de manhã com as coxas molhadas, sem ter tido sonho erótico. O intestino prendeu, funcionava uma vez por semana, dores horríveis. Uma noite, foi visitada pelo homem que fabricava brincos. Ele trouxe uma beberagem de ervas e uma garrafa de aluá. Beberam todo aluá e fizeram amor por dois dias. No começo do terceiro dia, ele abriu a sacola, tirou a flor murcha, azulada.

— Tome, e se vá.
— Ir?
— Vá, ache sua certidão. Guarde esta flor.
— Por que penso em ir? Por que não ficar?
— Aqui não é teu lugar. Ficar fazendo o quê? Lavando urubu?
— Que flor é essa?
— Veio de longe. Não está quase fresca? Colhi há onze anos, quando deixei o Piauí.
— Onze anos! Palavratório, seu!
— Acredite. Vou mentir depois de tanto carinho? Apanhei esta flor em Oeiras, na pedra do Pé de Deus. Lá, vive cheio de flor. Esta me protegeu, estava quase morto, vivi onze anos. Agora, é tua.
— É o teu amuleto?
— Leva. Fazia onze anos que não me deitava com mulher. Não peço que fique comigo, teu lugar é no mundo. No instante em que descobrimos, estamos perdendo. Só que, se estivermos atentos, veremos que ganhamos. O que fizemos, fica. Vai para aquilo que te espera.

Cada conversa que a gente escuta nesta vila. Não disse, com receio de ofender o homem dos brincos. Afinal, apesar dos onze anos de jejum, ele tinha sido bem gostosinho. Suave e amoroso. Apanhou a flor. Partiu dois dias depois, levando empadões, frango ensopado no pequi, pamonha frita e seis garrafões de gengibirra, preparada pelo sistema antigo. Mal sabia que Yvone estava morrendo. Para nascer Candelária.

O PEIXE QUE NASCE DO RABO DO CAVALO

Yvone não tinha noção de por que deixava Açucena. Era uma idéia vaga de que estava na hora de partir. Nunca em sua vida tomou decisões fortes, precisas. Mesmo quando abandonou o marido. Saiu dirigindo, levada pela estrada. Como se o asfalto, magnético, a puxasse. Nos entroncamentos, tomava direção oposta aos out-doors publicitários. Uma velha ojeriza contra anúncios. Noroeste de Minas Gerais, estradinhas vicinais, movimento nulo. Unaí, Paracatu, estrada melhor. Conduziu no sentido de Três Marias, atraída pelo nome. Que Marias eram estas? Uma região arada recentemente, desolada. Eucaliptais silenciosos, estrada sombreada. Passou pela ponta da represa, rumo a Sete Lagoas. Sete mesmo? Virou para a Serra da Saudade. Vilas e vilas, bateu em Estrela do Indaiá. Sempre o nome a fasciná-la, empurrá-la. Estrela. Uma das poucas mágoas da mãe contra o pai. Na noite em que Yvone nasceu, enquanto a mãe era atendida pela parteira cigana, o pai percorria nervoso o exíguo quintal cheio de poços de água. Nessa época vivia de vender água pela cidade, que foi o seu melhor negócio, até que a prefeitura instalou o sistema de canalização. De repente, no céu, estrelas cadentes. Não uma, duas. Montes. Madrugada, apenas o pai a contemplar o céu coriscado, murmurando: "Fim do mundo? Estrelas, estrelas. Deus as guie, deus as tenha. Que na terra nunca venhas". Ouviu o choro, esperou que a parteira viesse buscá-lo, como de praxe.

— Minha avó disse que esta noite nasceriam muitas meninas. Viriam com as estrelas. Como estava o céu?

— Perigoso.

— Vamos chamá-la Estela?

— Podemos, respondeu ele, sem querer contrariar a parturiente que começava o resguardo.

Mas quando foi ao cartório, registrou-a Yvone. Achava

Estela muito antigo, sem graça. Numa venda de pau-a-pique, Yvone parou. Sede. Buracos da parede tampados por latas, embalagens de pastas de dente, kolynos, colgate, chicletes.
— Tem Maçãzinha? Tubaína?
— Uai, que isso não existe mais, moça! Só coca, fanta, esprite.
Refrigerante quente, adocicado. Enjoativo. Ela parada, sem disposição de se jogar na estrada. Calor. Aí, viu a tabuleta: *Socorro do Céu – 17 quilômetros.* Tocou em frente. Quando se aproximava da cidade, nuvens se fecharam. A um quilômetro da entrada a chuva densa, granizo puro. Não enxergando um palmo, encostou. Ao lado do imenso out-door que anunciava: CUP HOLLYWOOD DE TÊNIS. Vidros embaciados. Ligou o toca-fitas, ouvindo guarânias, única música que o ex-marido admitia. Cochilou. Acordou com o carro estremecendo, chacoalhando. Tudo tremia em volta, pensou em terremoto. A cortina de água, espessa. Vento, relâmpagos, trovões e raios. *Tudo num lugar só. Por que São Pedro não esparramou um pouco essa tempestade? Minas é tão grande.* Baques surdos, contínuos, como tijolos caindo no chão fofo. A chuva diminuiu, ouviu-se um barulho rascante, espécie de tecido grosso sendo rasgado. Depois, silêncio, o vento levou nuvens e água, o céu abriu.

Saiu do carro, a estrada atravessava extensa várzea, pasto puro. Coalhada de pedaços de gelo, tamanhos variados. Em tal quantidade que havia trechos em que o solo parecia o Pólo Norte. Yvone apanhou um pedaço de gelo, cubo perfeito, com alguma coisa no interior, difícil de identificar. Deixou no capô do motor para derreter. Examinando, verificou que havia triângulos, losangos, poliedros, cilindros, todas as formas geométricas possíveis. Perfeitas como se tivessem saído de fôrmas. Cada uma com a mancha no interior. A atmosfera clareou totalmente, veio o sol, o vento continuava frio. Foi então que ela viu. O cubo de gelo do tamanho de uma casa, semi-enterrado no solo. No centro, a mancha escura era identificável: o grande peixe.

    Não sabe quanto tempo se deixou ficar, andando, sentindo os pés congelarem. Os raios voltaram a cair, no seco. Riscavam feito foguetes. Havia instantes em que parecia haver cem raios ao mesmo tempo, caindo em toda a volta, próximos ao cubo de gelo. Um fogo só, e ela sufocada, com medo. *Vou ficar boba. Raio caindo perto deixa a pessoa boba.* Como veio, a chuva de raios se foi. Yvone, exausta. Moída de pau. Sentia-se amarrada, correntes machucando sua pele. Levou algum tempo e as pessoas começaram a chegar. Até que o pasto se encheu, todo mundo a contemplar o grande cubo. Admirados com os pedacinhos que forravam o chão. Um menino gritou, olhando um cubinho: "Tem um peixinho vivo dentro". Todos correram a apanhar gelo e a derreter com o calor das próprias mãos. Esfregavam nas roupas, rompiam o cubo, encontravam os peixinhos. Apareceram latas enferrujadas, encontradas por ali, e em pouco tempo se viam os peixes voltando à vida e nadando lépidos em águas turvas. Yvone estava frente ao grande cubo, quando o raio partiu o gelo ao meio. Ela desmaiou e o cubo se abriu em duas partes iguais, liberando o grande peixe em seu interior. Tipo de peixe que ninguém conhecia. Mais tarde chamaram os pescadores, gente acostumada com Furnas, Três Marias, homens que enganavam a fiscalização, homens do mar, que tinham estado no Araguaia e no Pantanal. Constatavam apenas que os peixinhos eram miniaturas do grandão. Nem mesmo o homem da ilha Marajó, que tinha sido grande cabeiro e considerado o maior entendedor, soube dizer uma certeza.

— Os pequeninos parecem muçu. O outro é muçu gigante.

— Peixe é esse, compadre?

— Dá em tanque alagado. Pode ter crescido aqui na várzea.

— Qui veio da várzea, nada! Veio no gelo, você viu.
— Nasceu na várzea, subiu na evaporação, se alimentou no céu, voltou no gelo. Deus sabe o que faz.
— Conversa fiada, sô! Crescê no gelo, lá em cima? Gelo num faz vida. E que muçu é esse?
— Peixe bom, compadre. Nasce dos fio dos rabo de cavalo que cai n'água. Aqui é pasto, pode procurá nas poça, tá cheio de fio ou de muçu. Peixe bom, protege as água.

Um moço sem dentes, chapéu de palha, levou Yvone, no carro dela, ao hospital municipal. Que não quis recebê-la por falta de um depósito em dinheiro. Não havia quem se responsabilizasse por ela. O médico de plantão nem quis ver se era grave, estava com a manicure tratando as unhas dos pés. O moço banguela se lembrou de um farmacêutico, célebre por saber mais do que os médicos. E que levava nas costas processos pela prática ilegal da medicina. Yvone voltou a si.

— Tá bem, moça?
— Onde estou?
— Tava procurando ajuda, a senhora desmaiou.
— E os meus peixinhos?
— Aí no banco de trás.

O gelo descongelando, o banco molhado. Yvone apanhou um, ele se agitou na palma da mão. Respirava, mesmo sem água.

— Credo, que coisa mais estranha, moça!
— Não entendo nada! E o peixão?
— Tá lá. Não viu como a cidade está vazia?

Voltaram. Todo mundo catava gelo e peixe, havia de sobra. Um cordão isolava o grande cubo partido, agora no meio de uma lagoa. Um grupo trabalhava para transferir o peixão. Tinham trazido uma piscina de fiberglass na carroceria de uma caminhonete.

— Pedra do raio não pode ser. Pedra do raio, quando cai, enterra sete metros.

— Ói ela aí, gritou uma velha.
— Óia a santinha!
— Me dá a bênção! Me dá a bênção!
Tumulto. Os soldados rodearam Yvone para protegê-la. Não estava adiantando, ela foi colocada no camburão. Entraram o prefeito, o delegado e dois vereadores da oposição. Os quatro apertados, espantados.
— Quem é a senhora?
— Como, quem sou?
— Nome, profissão, endereço, o que veio fazer aqui? Sapecou o delegado, acostumado a interrogatórios.
— Devagar com o andor, disse o prefeito.
Yvone, atordoada, inteiramente fatigada. Confusa. Explicar o quê? Contar sua vida. Que vida? Tudo besteira. Além do mais, não estava com vontade de conversar.
— O povo diz que você veio do céu, junto com o peixe.
— Do céu?
— Disseram que, quando o cubo explodiu, a senhora estava dentro.
— Acreditam?
— Não vimos nada. Quando chegamos, a pauleira estava armada. Como explicar tanto gelo?
— Chuva de granizo.
— Choveu só no pedaço? Olha, moça, moramos aqui há muito tempo. E antes da gente moravam nossos pais e avós e bisavós. Nunca se ouviu falar em bloco de gelo caindo das nuvens. A chuva passa, a senhora está ali.
— Vinha passando, parei, ouvi um barulhão, lá estava o bloco.
— Tem gente que conta diferente. Quando chegou, havia uma sereia dentro do carro. A sereia se assustou quando viu a gente e se transformou em gente também.
— E eu sou a sereia?
Um cansaço enorme, vontade de desmaiar de novo,

deixar rolar. Querendo rir também. Se era uma sereia, então era. Fazer o quê?

— O que pretendem comigo?

— Não sabemos, não temos nada contra as sereias, a senhora não fez nada de mal ainda.

— Ouvi dizer que as sereias quando cantam são perigosas, atraindo marinheiros, disse um vereador.

— Não tem marinheiro nesta cidade. Ninguém nunca viu marinheiro por aqui. Minas nem tem mar.

Havia admiração no rosto deles. Não que acreditassem na história da sereia, mas dariam tudo para que fosse verdadeira.

— A senhora aceita ser hóspede da cidade por uns dias? Perguntou o prefeito. Havia no olhar dele um acento malandro.

— Por que não?

— Será que temos de chamar o padre Antuerpe? Quis saber o delegado.

— Melhor não. Ele vai querer as dele e o povo não vai com a cara do padre. Esqueçam.

O povo começou a gritar. Corre-corre. Mulheres se arrastando de joelhos na lama. Um soldado, apressado.

— Vem só ver, chefinho.

— Que confusão é essa?

— Milagre! Milagre do peixe!

Foram embora. Esquecendo Yvone, aturdida com as conversas malucas. Pessoas agitadas, para lá e para cá, erguiam os braços. Todo mundo com uma tigela, lata, vidro, prato, vasilhas de barro. Cada um com seu peixinho. Yvone deixou o camburão, cercada por gente a beijar sua mão.

— Santinha, curou a Delfina.

— Não curei ninguém.

— Curou, curou.

— Estão loucos.

— Nós vimos, santinha. Nós vimos. Ela vem te agradecer. Me ajude também, santinha, me faça colher uma boa safra de jiló.

— Um marido pra minha filha.
— Tire a espinhela caída.
— Acaba com meus catarros, estou morrendo.
— Meu figo anda tão ruim, troca ele.
— A quina, uma vezinha só.
— Cura meus bicho-de-pé.
— Um tênis pro meu filho jogar vôlei.
— Preciso uma dentadura.
— Meu corrimento não tem fim.
— Fortalece meus nervo.
— Uma sandalinha daquela com reloginho pra minha filhinha.
— Vê se Deus abre uma caderneta de poupança.

Yvone se desvencilhou dos beijos babosos. Nojeira, a mão molhada de cuspe. Ficou alguns dias escondida no hotel. Escondida! Quem não sabia? Entreabria a janela, o povão amontoado. Gente de joelhos, véu na cabeça, velas na mão, faixas, flâmulas, quadros, fotografias, maletas, imagens. Meninos vendendo paçoca, amendoim, pipoca, pirulito, sorvete. O prefeito passava, jantavam juntos.

— A televisão vem do Rio. Para o Fantástico.
— Loucura! Não quero saber de nada!
— Fica mais um pouco, e não se arrepende. Precisamos da senhora, talvez possamos acertar, fazer uma troca.
— Ajudar no quê? Não sou milagreira.
— E por que não?

A pergunta ressoou. Yvone se debatia intimamente: *por que não?* Era a grande representação, superprodução. Talvez pudesse desmentir aquele professor da escola de arte que a tinha aconselhado: esqueça interpretação, mude, faça dramaturgia ou direção. Não era o talento, e sim o nariz batatudo que incomodava o homem, sua concepção de ator sobrevivia ligada à ordem estética. Nada de pessoas subnutridas, baixas, nada desses barbudinhos que não tomam banho e querem revolucionar o teatro. *O palco requer gente bonita. Nunca foi uma arte social, de discurso. É para elite, esta classe que sabe se vestir para uma estréia.* Ela abandonou o curso, entrou para um grupo, fazendo produção. Divertia-se batalhando objetos, patrocínios, correndo sem parar, em contato com mil pessoas, viajando. Era o modo de estar perto daquilo que gostava. Mas o teatro foi perdendo o encanto, ela murchou. Não sabia se eram as pecinhas medíocres. Dramas e comédias vazias, montadas às pressas por duplas famosas por um momento na televisão, para mambembarem pelo país. Ou se a impossibilidade de fazer um texto decente. Não que ela se incomodasse com política, porém existia um abafamento geral que pesava, e Yvone não gostava da situação. Detestava imposições de qualquer tipo. E não admitia aqueles homens obrigando a cortar trechos, cenas, gestos. Só pássaro canta na gaiola e sabe-se lá a razão ou o que significa aquele canto. Estava na pior quando apareceu o decorador. Conversa interessante, que melhorou quando ele se revelou inventor. Terminou quando o estoque de fascínio se mostrou escasso. Suficiente para conquistar, não se mantinha.

— Esta é uma cidade boa para se morar. Está crescendo. Vamos fazer dois prédios de apartamentos. Socorro é a única cidade das redondezas que não tem edifícios. Uma vergonha. Agora, tem lei votada pela Câmara. A construtora que levantar um prédio aqui ganha o terreno, isenção e material. Quem morar em apartamento ou montar escritório em edifício não paga impostos predial nem territorial. Não é uma boa? Queremos atrair indústrias também. Tem umas casas velhas no centro, uns casarões que não servem para nada. Coisa do tempo do Império, imagine. Os professores garantem que uma era casa de veraneio ou de inverno da Marquesa de Santos. Pense bem, a mulher era uma safada, isto não é monumento, é uma vergonha da história do Brasil. Vamos derrubar tudo, limpar, esperar quem se habilite. Tem uma firma de São Paulo, especialista em estacionamentos, que vem oferecer tecnologia. Perto da estação tem um depósito vazio, enorme e inútil, um monstrengo de feio, todo em tijolinho. O primeiro armazém regulador de café de Minas. A ferrovia acabou, o café não é mais aquele. Que tal um grande estacionamento ali?

Se for para agüentar este tipo de conversa todo dia, me mando e logo. Todavia, não queria se mandar. Havia alguma coisa no clima, na luz da cidade, naquele peixe que despencara deus sabe de onde. Deve ser a promoção de alguma grande firma, costumam fazer isso, vai ver caiu no lugar errado. Ou filmagem de um comercial.

— Montamos um esquema, você fica. Vem a televisão, os jornais, a cidade aparece. Vou sair para deputado, senador e quem sabe governador. Talvez ministro.

Tudo é possível neste Brasil, um jeca desses, ministro, basta lamber a bota dos milicos, soltar uma grana. Não quero ir e, para ficar, só topando. Me meti em tantas.

— Temos também, logo, de tirar o povo daquele lugar. Está assim de gente cavando, invadiram tudo.

— Para que cavar?

— Procuram ouro. Onde cai pedra do raio, provavelmente existe ouro. O dono do terreno é o sujeito mais influente da cidade, um mandão. Quer todo mundo fora de seus pastos. Vamos desviar a atenção.

— Como?

— Fundando uma igreja para você.

— Ah, ah, ah, uma igreja! E podemos empalhar o peixe, ele fica o símbolo.

— E onde está ele?

— No reservatório municipal.

— Sabem o que é?

— Veio gente do Instituto de Pesca de São Paulo. Cada um diz uma coisa: é boto, jaú encantado, peixe-afrânio, pirarara.

— Pirarara?

— Um peixe cuja gordura é tiro e queda! Cura qualquer coisa!

Haveria explicação? Se havia, onde encontrar?

— Quando passei por aqui, da primeira vez, você ainda estava na fase do espanto absoluto, disse o Ganhador ao ouvir a história.

— Vivi meses aturdida, tonta, de não ter idéia do que fazia.

— Agüentou firme, até eu acreditei na conversão. Não entendia, depois achei normal, naquela época todo mundo flutuava numa fase mística, lembra-se? Uma garotada estudando o sobrenatural, pesquisando mundos paralelos, paranormal, entrando para os Hare Krishna, fazendo yoga. Piração geral. Você deu sorte.

— Dei sorte, também, porque o povo andava de saco cheio com a igreja. O padre tinha se indisposto com todo mundo. Continuava a dizer a missa em latim, dava broncas tremendas nas noivas que casavam grávidas, não fazia o casamento de quem chegasse atrasado.

— Esclerosado?

— Que nada, um mocinho. Quase mataram ele, os filhos de um fazendeiro. Por causa de um batizado. O padre não aceitava nomes não cristãos. E sabe como é? O pessoal tira tudo de telenovelas. Na hora do batismo, ele dizia: Waldon? Não existe, vai ser Pedro. Herwig? Nada, vai ser Carlos. Isso me ajudou, quando abrimos a igreja, veio um mundo de gente, inclusive os missas-secas, que eram muitos.

— Missa-seca?

— É assim que chamam os protestantes por aqui.

— A coisa pegou, te adoram. Me lembro quando você falava de Joana D'Arc, tinha acabado de ler um livro do Érico Veríssimo. Tem a ver?

— Pode ser, não se esqueça que sou diferente, tenho sangue cigano.

— Você adora não ser igual.
— Por isso gosto de você.
— Engraçado, você não tem segurança nenhuma no comando daquele bando, e fica com eles na mão. Igual à primeira vez que te ouvi, ainda na primeira igreja, naquela tecelagem abandonada, a que faliu.
— Maioria daquele pessoal está desempregado até hoje, esperando a solução. Sei porque são meus melhores fiéis. Ao menos sirvo para isso, consolo.
— Foi legal aquele festival aqui. Cheíssimo. Fizeram mais dois e desistiram. Por quê?
— Mudou a política.
— E você mudou o nome.
— Yvone não dava. Foi um advogado da prefeitura, que explora o jogo do bicho e é dono das lotéricas todas, quem me disse: isso não é nome de santinha. Ele estava olhando uma revista velha, com as fotos do carnaval, e bati os olhos na igreja da Candelária. Que tal Candelária? perguntei. Ele adorou, ficou, pegou. A banca do bicho que funciona atrás da igreja é a que mais rende, o povo acha que dou sorte.
— E o peixão?
— Morreu depois de um tempo. Fizemos aquele, um chinês montou para nós. São fodidos em trabalhos de papel esses chineses. Acho que nem é chinês, é coreano.
— Ainda pensa no que aconteceu?
— Sabe o que eu acho? Tudo acontece dentro de normas que regem o mundo e essas normas não são inteiramente conhecidas. Há situações que se revelam aos poucos, à medida que o mundo caminha. Pode-se dar que vai chegar um dia em que os peixes virão à terra dentro de cubos de gelo. Aquilo foi um aviso.
— No cu, que acredita nisso. Está ficando conformada.
— Às vezes, o conformismo é o pior tipo de inconformismo que existe!

— Besteirol.
— Por que não fica? Eu adoraria.
— Preciso ir, tenho muito compromisso assumido.
— Tem nada, quer é pôr o pé no mundo. Tem medo, horror a compromisso. Não vou te prender.
— Estou preso em mim, é pior.
— Vamos ver quem ganha o concurso de frases? Estamos sempre rodeando, um com o outro. Pode dizer, continua em busca de Maria Alice? Não é?
— Continuo em busca de porra nenhuma.

AUTOBIOGRAFIAS

Não gostei quando Teixeirinha gravou Coração materno *conseguindo o sucesso que todo mundo sabe e enchendo cuias de dinheiro. Sempre falei mal da música dele e de muitos outros porque sou ressentido mesmo. Roberto Carlos cantou os cabelos brancos do pai. Vicente Celestino fez o coração ensangüentado da mãe proteger o filho nojento. Francisco Alves provocava desmaios com "minha mãezinha querida/mãezinha do coração" e Caetano Veloso colocou a Gal cantando "Mãe". "Eu canto/grito/corro/rio e nunca chego a ti." Se eu escrevesse a história de minha mãe ia agitar e lotar um vagão de notas. Dólares. Descrevi meu pai com a flecha na cabeça e nada disse sobre a mãe o que provocou indagações. Famílias são constituídas assim:*

Podem modificar como o giro dos jogadores de vôlei durante a partida. O triângulo é baseado no sagrado preceito da santíssima trindade. Dogma que abordei recentemente enquanto chupava os peitinhos de uma catequista. Elas ainda existem. Nunca tive certeza sobre a mulher que vivia com meu tio ou interposto pai. Parece assunto de novela ou filme antigo só porque as pessoas pararam de pensar nesse enigma que contraria as leis naturais e que se chama mãe-pai. Minha tia seria minha mãe? Eu passava noites imaginando horrorosos e deliciosos assassinatos com meu tio/pai matando meu pai verdadeiro (quem era ele?) em cumplicidade com minha mãe (a tia?) uma vez que os dois eram amantes desde tenra idade. Tais determinantes me transformaram num durão preparado para a vida e me deixaram com traumas e neuroses suficientes para alimentar a criação artística. A arte nascendo da sublimação dos conflitos internos. A porcaria é que esta desordem nunca me rendeu tostão nem música de sucesso.

O PASSARINHO DO RELÓGIO ESTÁ MALUCO

Meu pai provável tio ou quem quer que fosse aquele homem alegre e espetadinho me levou ao relógio velho orgulho da cidade. Lindo mostrador enfiado na torre da igreja nova que a cidade adorava. Por ser moderna e tão alta que se podia ver as horas de qualquer ponto. Meu tio/pai disse sem emoção ou preparação: "aqui vi teu pai pela última vez". Perguntei: "que horas eram?" Nem quis saber por que foi a última vez tudo o que me ocorreu foi perguntar as horas. Respondeu que não tinha sido possível determinar porque havia um ponteiro só no relógio. O famoso ponteiro tão louco. O outro tinha caído sobre a cabeça de meu pai que costumava se reunir ali com os amigos pra papos bobos de interioranos. O pai se estendeu duro. Tanta coisa ia mudar por causa deste ponteiro. A cabeça do pai espetada igual galos de torre que vemos em filmes franceses ou o cara-pálida atingido por peles-vermelhas. Não posso até hoje ver filme de índio sem lembrar do pai que nem soube como era pois nunca vi. Óbvio não é preciso ter lido Freud Jung Lacan Basaglia Karen Horney Rogers Melanie Klein e toda a canalha. Falando nisso é bem provável que indaguem sobre minha mãe amantíssima que me deixava lamber suas coxas.

O HOMEM DA BALA DE GOMA

UUUUUUUUUUU, AAAAAAAAAAA, ÊÊÊÊÊAAAAAA-ÊÊÊÊÊAAAA. Os gritos dominam a tarde, encobrem o barulho do trânsito, passos, conversas. Agressivos, partem das janelas das academias de artes marciais que ocupam o prédio em cima do *Jeca*. O homem gordo e ágil, fresco como se tivesse saído do banho, passeia pela esquina da Avenida São João com Ipiranga, em São Paulo, Sampa. Sabe que ali é ponto de encontro dos músicos, alguém há de ter a informação que ele deseja. Agora, está na hora de perguntar, porque faz doze dias que ronda, dia e noite, vigiando a esquina e não encontrou quem deseja. Aquele que procura com obsessão. Tentou não perguntar para não chamar a atenção. Quem há de desconfiar dele? No décimo terceiro dia, por coincidência uma belíssima sexta-feira, pelas sete da noite, se dirigiu a um sujeito que carregava um saxofone.

— O senhor é músico?
— Sou.
— Conhece todo mundo?
— Aqui no ponto? Quase todos. É muita gente.
— Conhece os cantores?
— Conheço muitos, procura alguém?
— Procuro.
— Como se chama?
— Tenho a fotografia.

Exibiu um recorte de *Notícias Populares*, mostrando a foto do Ganhador durante um festival organizado por uma loja de tecidos num bairro de periferia. O saxofonista olhou desconfiado.

— O senhor é da polícia?

— Sou amigo da mãe dele. Ela está morrendo e me mandou à procura do filho que não vê há doze anos. Não sou da polícia, sou representante de uma indústria de calçados.

— A cara do sujeito não me é estranha. Faz o seguinte. Está vendo aquele homem ali? O magro da barriga inchada? Fala com ele. Agencia cantores para circo e teatros de interior, promove shows em cinemas.

O gordo foi ao magro.

— Boa noite, senhor.

— Onestaldo, às suas ordens. Queria?

— Um cantor.

— Para circo, cinema, quermesse?

— Circo.

— Até que enfim os circos acordaram para a vida moderna. Estão todos fazendo shows. Quer o quê? Sertaneja, rock, samba, música lenta?

— Rock. Gostaria de ter este aqui!

Mostrou o recorte.

— Não trabalha mais comigo. Sumiu. Está pelo interiorzão fazendo shows. Não, não. Espere aí. Bragantino, ei Bragantino! Sabe por onde anda o Ganhador?

— Não tenho idéia, ele vive de festivais. Disseram que está montado na nota. Ah, espera aí, não foi ele que se casou com uma cozinheira e foi morar no Acre?

— Acre?

— É o que corre. A única certeza é que fez bico por uns tempos na conservação de elevadores. Na Copelia.

Na Copelia:

— Trabalhou aqui este homem?

— Qual o nome?
— Deve ser Maxi.
— Deve ser ou é? Pra que quer saber? Quem é o senhor? Polícia?
— Não. Estou a serviço do bispo de Cafelândia. O bispo está para morrer e revelou que tem um filho, desaparecido no mundo. É este aqui. O bispo vai deixar tudo que tem para o filho. Tem que deixar antes de morrer, senão a igreja abocanha tudo.
— Esses padres de hoje. Vai no Departamento de Pessoal e fala com a Ofélia. Ela é chefe há 17 anos. Se foi do tempo dela, vai se lembrar. Tem uma memória filhadaputa, principalmente para se lembrar dos atrasos da gente.

Com a Ofélia:
— Este homem trabalhou aqui? Trabalha?
— Não trabalha mais. Saiu faz nove anos e meio. Era o pior funcionário. Não tinha nada que ver com mecânica de elevadores. Ficou só seis meses. Quer ver a ficha?

O gordo estava com uma nota bem alta na mão, estendendo para Ofélia.
— Quero, e já.

A ficha trazia uma foto. Era o Ganhador mesmo. Sem barba, bem mais novo. Teria a mesma cara agora?
— É esse.

O gordo sentiu uma sensação estranha, de familiaridade.
— Sabe onde posso encontrar o cara?
— Não tenho a mínima. Parece que foi internado, bebia demais. Ao menos diziam, nunca vi. Mau mecânico, mas um tipo correto, nunca faltou, fazia horas extras. Saiu porque se considerou culpado num elevador que caiu, aleijou um garoto.

> JUSTIFICAÇÃO DE IMPROPRIEDADE:
> *Violência inaudita contra aves*

ESPORÕES DE PRATA VAZAM OLHOS E CÉREBROS

— Tu tá com sorte guapa, tchê! Tem trampo!
— Que trampo, o quê?
Todos olham. Nem ameaçadores nem desconfiados. O Ganhador é complexado, fica indisposto quando chega pela primeira vez num lugar. Desconhecidos o deixam estragado. Não leva em conta que as pessoas observam por curiosidade, basta a situação sair do normal. O gaúcho armado se dispõe a confundir. Será ligado à rinha? Às vezes tem disso, num lugar onde se é noviço. Um começa a ganhar, aparece o aprontarolo, você acaba sem dinheiro, o ganho e o que veio no bolso. Se houvesse jeito de perder uma vez, uminha, para despistar. Só que a sorte desvairou. Por que a maldita não se manifesta num festival dos grandes? Se ela pintar assim no Festival Maior, ninguém segura. O suspense para o Maior deixa o Ganhador ansioso. Ele tem certeza. Esse festival é curso divisor na sua vida.

— Tu é preá!
Melhor desviar, ver se o tipo esquece. Encanou. O que pretende? Será que não existe fórmula para se ganhar na rinha, a menos que os galos estejam preparados? Que alguém coloque um chocho no tambor, sem avisar? Para iniciante ou cara nova no pedaço, pode haver tapia. Combinações. Entre donos de galos e de rinhas. A menos que estejam na tapeação do gaúcho e o Ganhador sirva de anteparo, inocente útil. Inocente, porque não conhece um único entre os apostadores. Ficou sabendo desta rinha quando passou por Naviraí, no Mato Grosso, vindo do Festival de Corumbá. Ali ganhou dois bois, não havia prêmio em dinheiro. O gado está no sítio de um conhecido, o dono do jornal. Na engorda. Se um dia bater o aperto, manda vender, pede ordem de pagamento. Se o tipo não for matreiro. Também, o que podia fazer? Sair com os bois, estrada afora? "Dois hoje, vinte amanhã, dois mil em cinco anos, o Mato Grosso ainda é a terra do capim e do dinheiro. Deixa aí, não cobro aluguel de pasto, na sua volta a gente faz um churrasco, você canta pros meus amigos, gostei das guarânias." Porque o Ganhador tem oito ou dez guarânias de prontidão, para festivais daquele lado. Ou para cantar em festa, às vezes pinta convite. Dinheiro extra brota, peãozada tem bufunfa a mais não poder. A cinco quilômetros de Naviraí, o clube de carteado clandestino, escondido. Por eucaliptal, disfarçado pela granja. De aves e ovos. Nos fundos, nove tambores. Dinheirama correndo, bons rinhadores, linhagens de Espanha e Cuba. O Ganhador estava lá com o amigo que guardou os bois ao ver o galo. De olhos amarelos, achou que era o vencedor. Apostou o que tinha e recomendou ao sujeito do lado, paraguaio moreno, de chapelão panamá branquinho, contrastando com a pele encardida.

— Esto me parece muchomás um cururu. Que vá a salir tucano!

— Nada, manda a grana nele!

Na primeira água, de olho amarelo revelou-se leve e ágil, com suas asas curtas e velocidade incrível. Na segunda água, investiu contra o adversário e o combate estava resolvido em minuto e meio. O Ganhador e o paraguaio estufaram bolsos. Terminaram a beber pisco e tequila, comeram as mulatas da zona, cantaram e tocaram para putas e cafetões, peões e a indiada sonolenta. Rinhas são encontráveis em todo o Brasil. Oficiais umas, clandestinas outras, localizáveis através de indicações, senhas, códigos, recomendações. Desde que um presidente proibiu, nos anos sessenta, a situação complicou. Há pendências com associações protetoras de animais, tudo tem que ser na moita.

Desembarcou em Ibaiti, caronado pela universitária bioquímica. Sapatona cujo pai, fazendeiro envergonhado, a mantém longe da cidadezinha natal. O Ganhador tem uma ternura especial pelas lésbicas, se dá bem com elas, nunca vêem nele o machão dominador, nem o rival. Também, não fosse assim! Sua vida pode vir a ser mudada por uma. Quem sabe? Nem tinha idéia de que estava no Paraná. Ficou olhando a fila imensa de caminhões, estacionados debaixo de um sol ardido no acostamento. Outra greve de caminhoneiros? Nos últimos meses, encontrou quatro, pelas estradas, transportadores de gasolina, carga comum, produtos tóxicos, e madeira. Gosta de caminhoneiros, dão caronas, vai-se conversando. Conhecem lugares comuns, trocam informações sobre postos, lanches, restaurantes, hotéis beira de estrada, onde ficam as melhores putas de bordo. Aquelas que apanham o caminhão num ponto, seguem trepando, ficam quilômetros adiante, para depois retornar. Ou ir em frente, como Marilda-Coxa-Quente, que saiu de Novo Hamburgo e a esta altura está na Transamazônica. Se é que existe esta estrada!

Lembrou-se do paraguaio de chapéu panamá: "Em Ibaiti, saia pelo lado sul ("Como saber o lado sul?"), ande três quilômetros. Vai encontrar um pau seco e o Cristo Redentor, cópia do Rio de Janeiro. Ao pé do Cristo, flores. Remexa, embaixo ficam papeizinhos informando horário e local. Leve o papelzinho, é o meio de entrar. Nunca conte a ninguém, a não ser a outro bom apostador de confiança. Cuidado com os preás." Desde pequeno, o Ganhador se acostumou aos combates. Certa vez, ao entrar com o pai num galinheiro, viu o galo dardejar sobre a cabeça do velho, a bicadas. Não fosse o chapéu de feltro que caiu sobre o rosto, o pai estaria cego. Admirou-se quando o velho, em lugar de fugir, se dispôs a capturar o galo maluco. Conseguiu, com arranhões, enfiou num saco. Saíram sem galinha para coxinhas, mas o pai parecia satisfeito. Durante dias, tratou do galo. O bicho solto no quintal, muito milho. Galinho nervoso. À noite, o pai preparava ínfimas lâminas de aço. Afiava, que afiava. Sabe-se lá onde tinha aprendido tais coisas. Uma tarde, saiu, o galo numa caixa. Ao voltar, trazia bom dinheiro. Passaram meses até o Ganhador seguir o pai. A distância. Descobriu a rinha, nos arredores, o pai bancando apostas. Fascinado com a luta no tambor, o Ganhador se aproximou. Seguro pelo pai. "Não é coisa para crianças, vá embora. Já!" *Não vou*. Estava começando outra água, os galos eriçados se esporeavam, lâminas coriscavam. O Ganhador disse, *o amarelo vai ganhar*. E o pai: "Ora o amarelo é apanhado! Só eu sei por que está aí. Galo chocho". O amarelo azarão derrotou o outro. O pai, emputecido: "O que aconteceu?" Na próxima, o Ganhador olhou, *esse de penas vermelhas nas asas*. Não deu outra. O pai, intrigado: "Como sabe estas coisas, se nunca viu um galo de briga? Como conhece um matador, um apanhado, um galo tucado?" *Sei, porque sei*. "Sim, mas como pode mostrar o vencedor, sem nunca se enganar?" *Pai, ô pai! Não sei o vencedor. Quando olho, vejo o perdedor.*

Desta maneira, ele sobrevive nas aperturas. De tempo em tempo, encontra boa rinha. Apostas pesadas, galos em condições, bravos, combatentes, senhores do tambor, Calcutá, Malaio, Asil, Vepo, Giro Vermelho, Bankiva. Depende de temporadas. Gosta de ir ao Sul, em dezembro, para a Califórnia da canção em Uruguaiana. Festival coincide com o Galo de Ouro, prêmio em estatueta só que apostas correm por fora, altas. Fortes linhagens se defrontam. Quando sobe para o Nordeste, dá um jeito de passar pela Paraíba, há galos de quilate. O Ganhador não vai só pelo dinheiro. Destreza o deixa excitado, competência. O depender de si mesmo na defesa da vida. Ao mesmo tempo, vê nesses galos completo desprezo por esta vida, jogar-se na morte. A velocidade do viver e, muitas vezes, a sua inutilidade.

Bolada no bolso. O gaúcho armado pode colocar tudo a perder. Por isso o Ganhador está furioso. Não é primeiranista, sabe o que pode vir, já encontrou antes. Na Bahia viu uma peixeira destripar um franzino desafiador. No interior de São Paulo, dois tiros liquidaram um tapeador. A atmosfera na rinha é quente, temperaturas altas, espécie de bolsa de valores, todos vulcões explodindo, frementes. Alguém desanda. Qual é a desse gaúcho enfezado? Arranjar encrenca? Com este dinheiro, vai poder ir a São Paulo de avião. Cansado de caronas, ônibus, traseiras de caminhão. Deitar num bom hotel, apanhar o compacto, se promover na televisão. Andou pelas lojas de Porto Alegre, Florianópolis, ninguém sabe do disco. Ouviram falar da gravadora, ninguém tem certeza. "Esses independentes não distribuem direito, o senhor talvez só encontre no Rio ou São Paulo. Compacto? Não se vende mais compacto, se fosse LP." Tempos atrás, num festival, o Ganhador conheceu dois disc-jockeys, prometeram ajuda, entre uma cerveja e outra. Podem promover um pouco, não muito, já que não têm como pagar. Neste caso, as grandes gravadoras levam vantagem. Daí a necessidade de vencer o Festival Maior, ganhar uma alavanca. Vai tentar tudo, qualquer espaço é lucro. De repente, alguém ouve, gosta, essa gente é maluca, começa a telefonar para a emissora. A música emplaca, ninguém tem bem idéia por quê.

Porra, que saco! O homem insiste. O Ganhador não tem medo, na igual. Até gosta de um enfrentamento. Ainda que com um braço só. Mas com arma não dá! Ninguém é besta, nem tem o corpo fechado. Uma vez, na Bahia, ao passar por Itaparica, depois de cantar num palco armado adiante do forte, foi visitar o escritor local, Ubaldo Ribeiro, que preparou uma apetitosa moqueca de ostras. Ubaldo tentou levá-lo a um terreiro, para fechar o corpo. *Se não contra faca ou revólver, ao menos contra os críticos.*

— Tu tá mancomunado, chê!

— Com quem?

— Não sei, ganhaste todas, só perdi. Contra mim, sou o pato, hoje!

— Também comecei a perder, olha meu galo.

Outra razão para o Ganhador se chatear. Pela primeira vez, o olho sábio bateu torto. Investiu tudo num galo que parecia temível, Giro Vermelho. O toleirão se arrasta pelo chão, meio morto. Se ao menos fosse dissimulador, algo assim como galo macaco. Belo exemplar, esporões afiadíssimos, na primeira água entrou furioso. Rasgando o adversário. Este, num repente, virou cólera, sangue, pão sovado. Parece que apanhar o revitalizava. Pescoço forte, foi inchando à medida que o combate avançava. Bicos e mais bicos nos careios. Na segunda água, soltou uma facada, seguida de um tuque de arrasar. O galo do Ganhador tem jeito de agonizar.

— Apostei no maljeitoso! Está bicando o vento!

— Pois sim, para despistar.

Os borrifadores mantêm os galos embaixo da torneira. Dinheiro voa, enrolado, de um lado para o outro do tambor. Um velho, de nariz pingando, anota apostas.

"500 no preto, nesta água."

"Todo. Dobro pra mil. Dois mil na última água."

"700 pra 400."

"Aqui, eu dou."

Gritaria. Os borrifadores enxugam os galos, soltam sobre a napa vermelha que recobre o chão do tambor. O apostado pelo Ganhador perde o equilíbrio, cai, treme inteiro. *Vai morrer, logo agora?* Aí, o bicho se arrepia, se ergue, estica o pescoço, forte. Penas eriçadas, como porco-espinho em posição de defesa. Medonho, lanhado, gosma amarelada voltando a sair do olho vazado. *Último alento, o instante que antecede a morte:* Ganhador é dado, com freqüência, a reflexões um tanto intelectuais. É o modo de se desligar, viajar para outra, quando a situação não anda bem. O galo está de pé, inflado como que por bomba de ar. Destemido. Alguns arriscam virar as apostas, "800 pra 400". Gritaria aumenta, apostadores sabem que ali está boa briga, dessas que surpreendem. O galo abre as asas, uma águia. Os esporões brilham, retinem. Do bico, explodem faíscas. Fagulhas. *Pontas de agulhas,* não é assim a música do Moraes Moreira, cantada pela Gal? *Do bico explodem faíscas: preciso anotar, é um verso, para poesia.* Está bem, vá falar de poesia ao gaúcho enfezado. Ele sai atirando, a mais não poder. O galo do Ganhador é raiva pura, avassaladora. Verdadeiro matador. Pode-se sentir a auréola de fúria a circundá-lo. A sua ira se difunde em círculos concêntricos até as margens do tambor, se mistura à excitação febril dos ganhadores. O rinheiro é forno, temperatura de estalar aço, a gritaria é indefinível, dinheiro corre de mão em mão. O velho do nariz pingando está atento e silencioso, hipnotizado.

— Vai! Tuca!
— Na facada!
— Rasga!
— No pescoço, rasga o pescoço!
— Mata!

Dos homens, em torno, vem o cheiro. Suor, cigarros, vapores de álcool, terra pisada, poeira, impaciência. Cheiro espantoso, mesclado ao das penas molhadas, hálitos amanhecidos, dentes apodrecidos, sangue, aroma de morte e violência. Há homens de ternos, amarfanhados. Gravatas desfeitas, camisas abertas na barriga. Peões de alpercatas, chinelos, tênis, jeans surrados e sujos, junto a senhores impecáveis, frescos, como se tivessem acabado de chegar. Denunciados apenas pelo suor e olhos vermelhos, mãos nervosas que esmagam dinheiro enrolado.

— Êta garnisé enfezado!
— Vai na cabeça, Tuca!
— Mata!
— Rasga!
— De esporão!

Os galos se arremetem, se chocam num som cavo, rouquejar inviolável. Caem e se erguem, mágicos. A se observarem, em busca do ponto vulnerável. Bicos pontiagudos, de prata. Disparados num duelo. Poeira sufocante, gritos dos torcedores, catapulta. Facada no pescoço, sangue espirra, esporões exploram os corpos arrancando. Penas, pele, pedaços de crista voam.

— Tasca no olho que ele se caga!

Galos: massa que rola, cutiladas e botes, serpentes e boxeurs, esquivas e espetadelas, estoqueadas. Impossível identificar quem acerta o quê. Os homens gritam, roucos, babantes. Espumam no deleite. Prazer ao contemplar. Os galos altivos, tornados aleijões, demônios em martírio.

— Mata! Abate o mimoso!
— Enterra o molangueiro de merda. Um chocho!

Não se dirigem a nenhum, e sim aos dois. Querem sangue. O corpo das aves é uma ferida só, não há pele, penas espalhadas pela napa. O desejo de morte subjuga, domina o Ganhador. Fascinando por tanta resistência. Os galos não batalham para vencer, se enfrentam pela própria vida. A partir de um ponto, mergulha-se nos limites em que a fragilidade da vida é extrema. Mais delicada que teia de aranha. Momento que nos torna extremamente fortes. Os galos sabem que o fim é próximo, assim como os bois conhecem o abatedouro. A morte é o cheiro putrefato que emana dos homens e sua vontade, torna os olhos enevoados. Como explicar a força que os mantêm?

— Mata de uma vez, escanastrados!

O bolo formado pelos galos engalfinhados é bola brilhante. Energia positiva contra o astral negativo dos torcedores. Os galos rolam, se mancham no sangue. Sangram, cada vez mais. A poeira forma melaço, barro adere às penas. Pode-se ver, os dois param. Não, estão se estudando. Movem-se lentos, um galo enterra o bico no olho do outro, de tal modo que ficam engatados, como cachorros a trepar. Buscam se libertar, um para se livrar da dor, outro para continuar a briga. Separados. O Giro Vermelho se atira de costas. Num segundo salta, subindo.

— Maneiro esse galispo!

Sobe tão depressa que mal dá para acompanhar os movimentos. Cai sobre as costas do adversário, enfiando o esporão. Crava fundo, no pescoço. O esporão cintilante-vermelho vai e vem, atinge a cabeça, martela o osso. Até a resistência se quebrar. O sangue jorra, seringa apontada para o alto. Na assistência, berros, gritos, o dinheiro correndo de mão em mão, xingos, risos.

— Guapos os dois, caramba! Nunca vi!

Rinheiros inveterados, calejados no diário, imunes as bodas de sangue, espantados com a resistência dos galos. E admiração não poupam, valentia os subjuga. O silêncio se forma em torno, magnetizados pela bravura. Um cacarejar roufenho, extenuado. O Giro Vermelho vacila sobre as costas do outro, crava uma vez mais o bico. O impacto é grande, miolos estouram. Massa branca a escorrer, como o nariz de criança porca, resfriada. Os galos arreiam, o Giro tenta um canto. Vitória ou estertor?

— Como é, logrador? Ainda acha que acredito que não é trampista? No seguro!

— Ninguém ganhou!
— Num te salvas por aí! Já me encheu as tampas!
— Qual é a sua? Por que comigo?

O gaúcho não responde. Avança. No que soca, o Ganhador se esquiva, se afasta, o tipo perde o equilíbrio. Ninguém se move, cada um resolve a sua. O Ganhador, parado. O gaúcho investe de novo, tem a fúria do galo índio contra a alma do inimigo. O que irrita o gaúcho é o ar zombeteiro do Ganhador, mal sabe que é assim o rosto dele, a boca em permanente gozação. Desdém para os outros, o mundo. Com a mão única, o Ganhador desvia, manobra, evita murros e empurrões. O gaúcho se distancia, puxa rápido o laço e atira. Puxa, firme. O Ganhador preso, sendo puxado. Que porra é esta? A respiração entrecortada, difícil.

— Gostou, maganão?
— Porra, me solta.
— Quero meu dinheiro.
— O que ganhei é meu, peça pra rinha. Não tenho nada com isso.
— Passa o dinheiro.

O Ganhador, imóvel. Nem poderia ser de outro modo, amarrado. O gaúcho puxa o laço, arranca o violão das costas do Ganhador. Arrebenta as cordas.

— Paga, ou quebro.
— Não, por favor!

Destroça inteiro. Os rinheiros se divertem.

— Muito trabalho tocar com um braço só, arranja outra profissão. Vem ser borrifador, vem limpar bosta de galo.

O gaúcho armado arrasta. O Ganhador para fora. As rinhas, disfarçadas por uma leiteria. Galões de zinco amontoados esperam os caminhões da manhã. Que irão buscar leite em fazendas. Engraçado, não é região de pecuária. Deve haver outra coisa dentro dos latões. Chove, o gaúcho levando o Ganhador por uma estradinha. Num canto da porteira, ele amarra o laço, muitas voltas.

— De manhã, alguém te solta. Vê se não volta mais por aqui, trampeiro!

Nos filmes, o mocinho consegue desamarrar os nós, é só mover as mãos. Na vida real, os nós dados por gaúchos são foda. Não tem como escapar. A chuvinha encharca a cabeça, pingos caem, rolam pela testa, pelo nariz. O Ganhador espirra duas vezes. A roupa se encharca. Os nós. Quando adolescente fez amizade com um sujeito, em Santos. Um dia, o tipo deu um nó na perna direita, na esquerda. Nos braços, na barriga, torceu o pescoço, destroncou-se. E ficou no porto, esperando que chegasse algum navio. Ouvira dizer que os marinheiros dão os melhores nós do mundo. Esperou, queria fazer um teste. Tinha dado um nó melhor que qualquer marinheiro poderia dar. E ficava feliz, vendo fumacinha ao longe, e se entristecendo porque as fumacinhas desapareciam. Os navios não chegavam e ele começou a se preocupar. Não sabia desenrolar os nós das pernas, braço e barriga. E todo enodado (assim que se diz?) não podia viver. E os marinheiros não vinham. O Ganhador não sabe o final, porque se mudou. Outro espirro, ele se preocupa é com a garganta. Não pode ter gripe, ficar rouco, afônico. Precisa participar desse programa de tevê, é uma chance. Há quantos anos não o convidam para nada? Também, fica enfiado no mundéu, não circula mais por São Paulo e Rio.

Escuro. Não passa ninguém. Antes de amanhecer, os rinheiros saem. Um e outro, aos pares. Grupinhos. Os carros, direto pela porteira. Não vêem, ou não querem ver, o Ganhador amarrado, molhado, entanguido de frio. Emputecido. Por um tempo, ninguém. Tudo quieto. A chuva aumenta. Mais um que sai, na direção da porteira. Tomara não seja o gaúcho. Não, é um alto, loiro.

— Te sacanearam, amigo!

— Pois é.

— Vai logo, o teu amigo tá borracho até as pampas!

— Amigo? Caceta, qualquer hora dou o troco.
— Esquece. Ele apronta sempre. É o presidente da Câmara e tem muita nota. Valentão, brigão, ninguém enfrenta ele. Vai embora. Te conheço. Te vi num festival de música em Joinville, minha filha estuda lá.

Desamarrado, o Ganhador enfia a mão no bolso. Sobraram duas notas de nada.

— Te levou o dinheiro?
— E fodeu meu violão.
— Vai, deixa pra lá, aproveita e se manda, enquanto está vivo!
— O que faço sem o violão? Ih, e o meu aparelhinho?
— Aparelhinho?
— Uma adaptação para tocar com um braço só. Ao menos isso preciso achar.
— Você é rinheiro! De briga! Valente. Gosta do bom combate. Quer vir comigo? Uma rinha trilegal. Mas tem de calar o bico. Super-secreto. Na moita, ou todo mundo se fode. Esta sim é sensação, não esses galispos de merda!

O Ganhador vai. Nunca pensa, acompanha. Segue o rumo que as coisas tomam. Caminha como um rio, em curvas, ladeia pedras. Deixa-se deslizar. Estrada cheia de neblina, madrugada, andam meia hora. Penetram por um lamaçal, bosque de pinus, atalhos tortuosos, cercas. Vigias acercam, o companheiro do Ganhador faz acenos, respondem. Uma casa de madeira, fundo de clareira, um mundo de carros estacionados. A atmosfera pesada de fumaça, suor, álcool. Um adocicado toma conta do ar, há certa familiaridade no cheiro. Eles vão empurrando, apertando, até ficarem a distância razoável da rinha. O Ganhador vê dois meninos magros, porém musculosos. Cada um traz esporões. Atados ao tornozelo, farpas ligadas a cada dedo, estiletes triangulares nos cotovelos. E na testa um chifre de metal pontiagudo. Banhados em sangue, cada um com cortes no peito, barriga, o pescoço lanhado. Estão girando. Em volta um do outro, em torno da rinha.

— Briga, de moleque?
— Galinhos enfezados.
— Nunca ouvi falar nisso.
— Novidade, veio da Bolívia. Dá uma cana tremenda. Melhor que briga de galo. Se quer ganhar uma grana, aposte no guri de cabelo curto. Não perde uma. O campeão do massacre, já matou três, aleijou dez, espere um pouco, vai ver sangue voando, dente, ossos, os meninos são uma feras.

Um uivo prolongado dolorido corta o cheiro adocicado do sangue.

AUTOBIOGRAFIAS

Alguém oferece a alguém comunicando que espera no mesmo lugar e hora. Assim era o anúncio da quarta e última vez de Caravan. *Música cantada pela voz negra do Billy Eckstine nos alto-falantes do parque. Todas as noites ofereciam* Caravan *quatro vezes. Meses e meses. Cada vez que a música começava Rosicler se movia em direção à barraca de tiro ao alvo. E se fingia de bailarina oriental na dança do ventre. Como aquelas que víamos nos filmes de Bagdá com María Montez. Velhos filmes de dez, quinze anos. Por que Rosicler não saía de perto da barraca de tiro ao alvo? Não pelo barraqueiro. Que era o homem mais velho do parque com cara de buldogue e boné verde. Juntava gente. Quanto mais gente, mais rodava a bunda como se fosse o carrossel. Bundinha branca que víamos quando ela subia no muro. Dançava piscando para um e outro. Quem eram as pessoas para quem Rosicler piscava? Quem oferecia* Caravan *quatro vezes todas as noites? Havia em Rosicler uma coisa misteriosa. Não era igual às outras meninas. No jeito de rir e olhar. Fugidia impossível de agarrar. Imprevisível como o coelho de olhos vermelhos na barraca da sorte. Nunca se sabia em que casa ia entrar. Imaginávamos que podíamos sentar ao lado dela no matinê. Marcava e não ia e quando se perguntava respondia: não fui porque não quis, só vou quando quero. Passei noites e noites junto à cabine para saber quem encomendava a música. Nunca descobri. Vai ver encomendavam por mês. O locutor dizia:* Segredo, menino, segredo. *Até que uma noite não se tocou* Caravan. *Todo mundo esperou. Rosicler desiludida, murcha. Era para alguém que ela dançava rodando a bundinha branca. Na cabine o locutor explicava:* o disco sumiu, encontrei pedaços no canto do muro. *Há quem jure que foi o violonista que roubou o disco e quebrou.*

BUNDINHA BRANCA AMOR

Rosicler era mais velha que todos devia estar pelos treze anos. Loira muito branca diferente da meninada escura encardida. Nossa cor vinha da sujeira de anos só tomávamos banho malemal. Em bacia ou no rio de vez em quando pois as águas viviam engrossadas por uma garapa escura lançada pela fábrica de óleo de algodão. Um dia meu pai apanhou uma lata de banha furou o fundo. A gente ia buscar água na bica da esquina e trazia baldes não havia torneiras nas casas. Rosicler. Cheirosinha. Vivia subindo no muro bancando a equilibrista. "Quando o circo vier e eu estiver treinada vou embora com ele e não quero mais saber desta cidade nem destes meninos pretinhos. Vou viver num navio." A meninada corria quando Rosicler subia para treinar equilibrismo. Ela adorava platéia. Atravessava num pé só e isto ninguém fazia o muro era abaulado em cima. Parava no meio dava um salto girava o corpo voltava. Rosicler incrível adorávamos a apresentação dela apaixonados. Um dia subiu no muro e ficamos estatelados. Ao ver que não tinha nada por baixo do vestido. Ia para lá e para cá mostrando a bundinha branca olhando direto nas caras para ver como reagíamos. Ria ao perceber que estávamos afobados. Havia uma penuginha loirinha-loirinha na bocetinha dela nunca tínhamos visto assim. Andou um tempão nunca demorou tanto e nós sem saber o que fazer e havia também um estranho olhando. Homem sujo e cheio de cascões. Estávamos acostumados a ver vagabundos que iam de cidade em cidade pedindo um prato de comida roubando e assustando crianças sendo presos às vezes.

CABELO CHEIO DE VAGA-LUMES

Meu pai construiu sozinho o carro-bar que estacionava diante do parque do circo do estádio e do cinema em noites de grandes filmes como Amar foi minha ruína *ou* Suplício de uma saudade. *Balcão de lata com fogareiro a álcool grelha e carvão e estante para garrafas de guaraná e cerveja. Embaixo o depósito pro pão farinha espetos de gato e cachorro latas com molho de cebola e tomate em que minha mãe era especialista. Uma noite Rosicler passou por mim sorriu falou "que cheiro bom". Ofereci um churrasquinho sem pagar porque ela disse "não tenho dinheiro". Papai tinha ido mijar aproveitei pra agradar Rosicler. Tão loirinha que brilhava de noite como se tivesse o cabelo cheio de vaga-lumes. Ela rodou pelo parque e sorriu pro homem do carrossel pouco depois estava girando girando nem sei quantas voltas deu fiquei tonto de tanto olhar. Corajosa subiu na roda-gigante no chapéu mexicano comeu algodão-doce. Fui seguindo Rosicler pelo parque vi que ela ganhou vários prêmios na barraca de tiro ao alvo sempre sorrindo. Atirou argolas nas garrafas ganhou cigarros jogou na roleta e dava sempre o número em que ela jogava. Na saída me deu um maço de* Continental *com filtro havia um mapa marrom das Américas e dei ao meu pai que fumava* Fulgor *ele disse que ia vender era um dinheiro a mais. Rosicler comeu pipocas maçã-do-amor quebra-queixo nunca pensei que coubesse tanta coisa naquele estômago. Nesse momento no palco o músico começou a tocar seu violino.*

"De boa aparência, bonitas e alegres as moças que vi, aqui e ali ou quando assomavam à janela. São os bons costumes um atributo das senhoras de Porto Alegre, tanto quanto pode ver e julgar um viajante em poucos dias... Das ruas da cidade já falei; quase em toda parte tudo tem aparência boa e abastada. Na Rua da Praia pode-se ver empilhado tudo que é europeu, sem que se destaquem lojas muito bonitas... A salubridade de Porto Alegre parece ser muito boa. Pela sua situação em declive para todos os lados, está sempre limpa e seca, lavada pela chuva, varrida pelo vento... Excelentes como o ar são os gêneros alimentícios. A carne, a batata, o feijão, os legumes, o peixe, tudo é de especial qualidade; a esse respeito talvez seja Porto Alegre o melhor lugar do Brasil." Anotações do livro *Viagem pela Província do Rio Grande do Sul* (1858), de Robert Avé-Lallemant, e esquecidas pelo Ganhador dentro de uma valise. Encontrada em Trancoso, Bahia, dois anos atrás, numa pensão, hoje hotel quatro estrelas para turistas endoleirados.

Ratos se suicidam nas colinas de Golã

Guaraná, trigelado. Se tiver Cyrilinha, melhor, pediu a quarentona. *És de Santa Maria? Gente de lá é que pede Cyrilinha*, perguntou o balconista. A mulher tem lábios rachados. O Ganhador não sabe por que, sempre teve o maior tesão em mulheres com lábios partidos pelo frio, ressecados por febres. Carrega a frustração de nunca ter beijado uma, sentir as cócegas que deve provocar. Queria a aspereza dos lábios pelo corpo. A tevê da lanchonete anuncia:

Bom dia, Rio Grande

Setenta por cento dos brasileiros não têm esgotos.

Hipertensão, a assassina silenciosa: entrevista com o médico gaúcho que brilhou no congresso cardiológico de Seatle.

IMAGEM: PLANÍCIES VERDES CULTIVADAS: BOIS GORDOS

Pirepotróide combate o carrapato e controla a berne.

MÁQUINAS: OPERÁRIOS LIMPOS E SAUDÁVEIS: PARQUES INDUSTRIAIS

O cavalo está encilhado! Monte logo!
A livre iniciativa no Rio Grande. Forme a sua empresa agora. Esta é a terra das oportunidades.
A RBS entrevista em Cachoeira do Sul o vencedor do Festival da Canção. Homenagem a Mário Quintana.

O Ganhador torce o pescoço, não quer ver. Magoado. Acha que fizeram gauchada com ele. Tinha sacado uma canção tão bonita. Certeza que ia ganhar, mistura de rock nativista com a simplicidade do Quintana, sua pureza. Desistiu da *Califórnia da Canção*, preferindo Cachoeira, deu em nada. O guri que venceu é cópia do Borghetti, um Barbará menor. Agora, tem vinte e cinco dias até o Festival de Nova Darmstadt. Precisa encher tempo, arranjar grana, dar retoques na música de Cachoeira, trocar palavras. De modo que pareça nova, catarinense. A ajuda de custo de Cachoeira está no fim, deram pouco, andavam sem patrocinador forte. Tem que se virar em Porto Alegre, comer tempo. A vida do Ganhador é comer tempo.

    Deixa a rodoviária, motoristas de táxis vermelhos avançam para a abordagem, desistem. Diante da figura barbuda, roupa amassada, coturnos sujos de poeira. O Ganhador atravessa a passarela sobre a avenida coalhada de automóveis. O aleijado lê a Bíblia e vende mapas, muletas abandonadas no chão. Levanta os olhos, contente, imaginando comprador. Vê o salto 44 sobre as pernas de ossos tortos. Grita ao ouvir o clec desagradável, o Ganhador atira uma nota na latinha vazia, pessoas olham e desviam, riem. Alguém bate solidário no ombro do Ganhador, ele desfere um soco no ar, detesta que toquem seu ombro. A passarela termina em espiral, bancas de ambulantes, bugigangas, espelhos, canetas, cintos, lentes, sapatos de crianças, cuias, bombas de chimarrão. O Ganhador apanha uma bomba. Na boca como se fosse chupar o mate, lança para dentro catarro acumulado. O vendedor mirrado não percebe ou não se atreve a enfrentar o olhar raivoso. O Ganhador, encachorrado. Vendedores de abacaxi, bergamota, putas de vestido curto, xota de fora. O Ganhador olha com ternura a gorda suada que desce com dificuldade a escada podre, grandes marcas debaixo das axilas. Num dia de movimento, ela morre do coração, subindo e descendo. Farmácia anuncia *Modess-promoção*.

    Parado, tanto faz ir, ficar! Duas portas além da puta, um cubículo, tiro ao alvo, prêmios em cigarro. O Ganhador apanha a espingarda, saca da mochila a lata de pastilhas *Valda* cheia de pregos e tachas. Ajeita o prego na rolha, aprendeu com o pai/tio, naquele parque que volta e meia estava na cidade. O prego serve para dar peso, senão a rolha desvia fácil, leve que é. Arremata cinco maços de cigarro, dá para vender picado. Trocar num bar, por pastel, coxinha, uma cerveja. Começa a chover, ele caminha junto à parede, dobra a esquina. De cara com carro de polícia, cinegrafistas, fotógrafos. Policiais transportam imensos latões, dizeres em inglês, assediados pelas câmeras.

— Contrabando?
— Não, leite em pó apodrecido.
— Até leite em pó andam escondendo?
— Da merenda escolar. O chefe do programa desviou o leite, vendia pros supermercados, pegaram o bicho.

O último caminhão carregado, policiais lacram a porta, colam um papel timbrado, a imprensa se vai. Quando criança, o Ganhador costumava ir à igreja dos americanos ganhar leite em pó. Vinha nuns saquinhos engraçados. Depois, os gringos que mal falavam português visitavam as casas, convidavam para a igreja. O pai dizia: *Essa religião é boa, a gente pode se casar com quantas mulheres quiser.* Passava muito americano pela cidade, ficavam um tempo e iam. Encolhido num umbral, tentando se proteger do toró violento, um velho treme, segurando uma tabuleta:

OURO e Cautelas

OURO VELHO, CORRENTES, ANÉIS, ALIANÇAS, DENTES DE OURO

Qualquer tipo de peças em ouro
CONSULTE-NOS SEM COMPROMISSO

— Onde é essa joça?
— Vira a esquina...

O velho desmaia na calçada, a tabuleta sobre ele. A cinqüenta metros, o prédio verde, ele é o primeiro cliente do dia.

— Compra obturações?
— De ouro, sim.
— Quanto?
— Depende do peso.
— Olha este aqui.
— Não sei se é maciço. Não compro dente na boca.
— Vou arrancar.
— Tem o dentista aqui do lado, cobra barato.

A saleta, comunicação direta. Cadeira de barbeiro, o sujeito fede a mortadela podre, manchas amarelas na calça, passa o algodão vermelho nas gengivas, espera dois minutos. Enfia o boticão enferrujado, puxa na marra, o Ganhador grita. O dente fora, raiz sangrando.

— Filho da puta, não anestesiou.

O assistente/cúmplice lava o dente. O comprador na outra sala mete o martelinho, estilhaça o que é osso. Coloca o metal na balança, faz contas na calculadora, entrega mixaria.

— Não pague tanto, senão vai à falência!
— Porra, não era ouro puro! Uma liga vagabunda.
— Caceta! Perdi o dente, a boca dói, sangra, ganhei uma bosta que não paga comida pra dois dias.

Saindo, cruza com três que chegam, sujos de terra. Ainda ouve: *Tá uma concorrência triforte no cemitério, essa noite tava assim de guri arrombando túmulo, num tem mais morto com dente inteiro na boca.* Se der sorte, o Ganhador pensa ficar no Hotel Majestic. Os andares de cima estão abandonados, só precisa entrar antes do centro cultural fechar. E ficar escondido, já fez isso uma vez, quando foi à *Califórnia da Canção*, três, quatro anos atrás. O Quintana morava no Majestic. O Ganhador admite: não foi ao *Califórnia* este ano por medo. Sabia que sua música não era boa, sem garra pra enfrentar a turma. *Ando com preguiça, sem vontade, no deixa pra lá.* Num supermercado rouba leite condensado e maçãs. *An apple a day keeps the doctor away*, dizia Cássia, tão louquinha, gostosa. Vai encontrá-la em Nova Darmstadt com o marido caretão. O que mantém as pessoas juntas? A música para o Festival Maior. Por que demora tanto o final? Porrada de eliminatórias, uma em cada Estado. Pura média, para criar a imagem da emissora. *Nada disso, estamos fazendo o verdadeiro levantamento dos novos talentos do Brasil. Um pente-fino.* Novos talentos! *Eu lá sou novo talento? Fui, um dia, hoje sobrevivo e engano. Bem, ao menos por alguns meses moro na esperança, igual gente que espera a quina da loto.* Tempo demais, suspense explode coração. Livraria do *Globo*, Rua da Praia, uma figura desconhecida.

— Doutor Scliar, permite uma pergunta? Sei que o senhor é médico.

— Pois faça.

— Tenho um braço apenas, gostaria de implantar o outro, é possível?

— Tu perdeste há quanto tempo?

— Uns trinta anos.

— Braço mesmo, agora, somente mecânico.

— A medicina moderna anda uma merda, não, doutor? E os livros, como vão?

Um assessor do Festival Maior aconselhou, no ensaio para a primeira eliminatória: *Faz o seguinte, deixa outro cantor, se quiser, use um dos nossos, para defender tua música. Na final, defende você, mas é melhor que arranje um braço artificial, não vai me aparecer no vídeo feito mendigo, não fica bem para o padrão de imagens que temos concorda?* Concordo porque preciso me classificar. Só que tem um bando de cantor cego, bundudo, anão, sem perna, e ninguém fala nada, porque fazem sucesso. Espera que mostro!

O Ganhador se considera deslocado. Nasceu para viver na Grécia, onde os cantores dos festivais eram ídolos, ganhavam instantes de deuses. Quis ser Orfeu, o que conseguia dominar todas as emoções com a música. Comandava, estimulando batalhas, acalmando pessoas. Ninguém como Orfeu dominou tanto o poder que a música tem, em qualquer sentido. O Ganhador se vê arrebatando platéias, fazendo-as cantar, dançar, pular, gritar, transar, correr. No seu quarto, no conjunto residencial da USP, havia um verso emoldurado. Copiado por Cássia. De Ovídio ou Virgílio, não tem certeza.

Nos bosques profundamente silenciosos das montanhas trácias
Orfeu, ao tanger sua lira melodiosa, arrastava as árvores,
Conduzia os animais selvagens da floresta.

Assim o Ganhador se via, desafiador. *Encantarei o Senhor dos Mortos / Comoverei os seus corações com estas melodias.* De um sobradinho vem o som do piano, alguém ensaiando. Não um amador ou estudante, estes não tocam Berlioz tão bem. Estranho o som do *Réquiem* na manhã porto-alegrense. O Ganhador respeita Berlioz, homem capaz de escrever músicas gigantescas, para 500 executantes. Puta sensação devia ser. *Morreu fodido o Berlioz, acho que vou na trilha dele, é o destino dos grandes músicos.* Riu sozinho. Pode sonhar, ter delírios, Maria Alice não está perto. Não, não se pense que ela era chata, pegava no pé. Só que mostrava as paradas, quando as viagens do Ganhador se prolongavam, sem destino algum.

Um sebo, corredor compridérrimo, mal iluminado. Fazer hora olhando livros. O som de Berlioz até ali. Abre *O corcunda de Notre-Dame*. Uma antologia do Gorki. Numa carta Maria Alice comentou: "Acabei de ler *Desgostos e caretas*, de Gorki, e a história me pareceu a sua cara, tão você, quase chorei". Estaria aqui o conto? Um volume esculhambado, em pedaços, sem índice. *Tudo bem, tenho todo o tempo do mundo, posso folhear página por página.* Não encontra o conto. Uma coleção familiar. Fica contemplando, conhece esses livros, atravessou-os. Viajando por dentro das viagens. Comovido, apanha um volume. Onde estariam os seus livros? Percorreu o Brasil através deles, muito antes, quando nem sonhava que correria, como faz agora. Companheiro de Saint-Hilaire, Agassiz, Hans Staden, Frei Gaspar de Madre de Deus, Thomas Ewbank, John Mawe, Ferdinand Denis, Zaluar, D'Orbigny, Jean de Lery, Avé-Lallemant, Ribeyrolles, Wasth Rodrigues, Debret, von Eschwege, Spix e Martius, Armitage, Gandavo, Freireyss.

— Quanto custa esta coleção?

— Nem adianta te dizer, está vendida. Está completa, é tricara! Deixo aí porque é linda e preciosa, levei anos para montá-la. Um americano de Harvard, brasilianista, pagou em dólar, vem buscar em junho. Não é coisa pra ti, brasileiro.

Ao sair, chuva diminuiu, o Ganhador é abordado pelo rapaz que se abriga debaixo de uma sombrinha vermelha:

— Te vi em Cachoeira do Sul, triboa tua música, tchê!

— Gostou?

— Imagina? Milhares de ratos estão se suicidando em massa em Israel.

— Os ratos se matam, até eles, puta merda!

— Nas colinas de Golã. Calculam que há uns 250 milhões de ratos e uma boa parte se mata.

— Até os ratos não estão agüentando o mundo!

— Vem, vamos acompanhar a noiva, está na hora dela passar!

Aglomeração atrás da mulher. Que debaixo da garoa leve atravessa o centro. Alguns assobiam a *Marcha nupcial*, tã tã tã, tantan. Chegam à igreja, proximidades da Santa Casa, a noiva entra. Todos esperam.

— Daqui a pouco ela sai, feliz.

Meia hora e a noiva esfarrapada apareceu. Velha, sessenta anos mal conservados. Pára na soleira da porta, vira de costas, atira um buquê de flores brancas. As casadouras se precipitam, ela retorna pelo mesmo caminho. Multidão atrás. Diante do lambe-lambe na esquina. Posa, depois as pessoas em fila a cumprimentam. Alguns a beijam. O Ganhador se aproxima, a noiva chora, felicidade.

— O que é?

— Todo ano, neste dia, ela coloca o vestido de noiva e faz o caminho da sua casa à igreja. Trinta anos atrás, na hora do sim, o noivo chutou o padre, urinou nas alianças, virou as costas e foi embora dando cambalhotas, abandonou-a no altar. Desde aquele dia, ela repete a cerimônia. Vem à igreja, fica meia hora diante do altar, atira o buquê da porta. As moças querem o buquê, dá sorte. Todas que o apanharam casaram. Ela só fica assim, no aniversário do não-casamento. Nos outros dias, é normal, tem emprego nos correios.

Homens maltrapilhos suportam cartazes: Empregos. Worktime. Folhetos: Compre hoje o seu flat. Letreiros de acrílico: Iron Pumping Academy, Mister Piza, Grande corrida de stock-cars. Lojas. Drugstore. Deck. Art-dealer. Precious stones. Na manchete de *Zero Hora* aberta na banca: "Brasileiro dispara na poleposition". Branca e graciosa vai a noiva, pensa o Ganhador, chupando leite condensado por um buraquinho. Precisa descolar comida, sem pagar. Se encontrar algum jornalista conhecido. O bom é época de campanha política, sempre há rango nalgum comitê.

> **JUSTIFICAÇÃO DE IMPROPRIEDADE:**
> *Ausência de moralidade*

DESENHO NO AZULEJO COMPROMETE O PASSADO

Desce na rotatória, o caminhão se vai. Ainda o cheiro de bosta de cavalo. Caminhão de fazenda, voltava de exposição. Cabine lotada, o Ganhador viajou com o animal, num trailer metálico-madeira. Com medo de coices, depois se aquietou. Bicho bonito, pêlo lustroso, cascos manicurados. *Vale meio milhão de dólares*, disse o dono. Baixinho falante, botas de couro bordado, salto carrapeta, manejando vareta de ponta aguda. Bigodinho aparado, fanfarrão. *Come mais que vinte empregados tratados a filé, meus cavalos correm no Rio, Curitiba, Punta del Este. Este ano vou a Las Vegas.* Não parecia animal caro. No caminho, o Ganhador se encarapitou nele. Queria ter o prazer de montar 500 mil dólares. *Já tive meio milhão debaixo da bunda. Meio milhão de verdinhas americanas. Verdadeiras e pelo valor do black.*

À espera do ônibus circular. O lugar mudou pouco. Um vagão-bar a vender hot-dog, x-burguer, sprite. Mostardeiras de bico sujo, ketchup ressecado na boca das bisnagas, moscas zumbem. Empregado sonolento lê revistas Disney, ausculta o Ganhador. Um out-door da John Player, que se ilumina por dentro à noite. A avenida corta o loteamento, agora com ruas delimitadas e postes sem fios, terrenos cobertos de mato. Um menino numa bicicleta, a tocar a campainha. No descampado, o monte fumega, cheiro repugnante. Há três anos, quando veio à cidade pela primeira vez, a população inteira assistia ao início da queima. Himalaia de pneus, ardendo sem parar, indiferente à chuva ou ao vento. Ninguém conseguia apagar, vieram bombeiros até de Florianópolis. Atração turística em fins de semana, churrascos ao cheiro de borracha.

Duas figuras pintam na estrada, longe. O Ganhador acompanha, única distração. Lentas, uma atrás da outra. Jovem a arrastar um velho, puxando-o pelos longos bigodes. De vez em quando, uma puxada forte. O velho geme, trotando afobado, incapaz de acompanhar o passo rápido do rapaz. Somem atrás do monte de pneus. Risadas no ar, vindas de onde? O som de um tiro, seco. Nenhuma sombra. O Ganhador está em bicas quando o ônibus chega. Só ele, o motorista e o cobrador vesgo que dá o troco errado. A mais, o Ganhador embolsa. Cidade, ninguém nas ruas. Lojas vazias, nem vendedores. Na praça, direto ao orelhão.

A cobrar. Outra vez? Ela vai ficar putíssima. Foda-se! Não responde. Há três meses não fala com Maria Alice, desde que passou por Socorro do Céu. Por que ela se mandou para João Pessoa, abandonando a carreira de cantora? Antes conversavam bastante. Depois da gravidez, Maria Alice se mostra reticente. Não se abre, perdeu a confiança. *Sou um imbecil, querendo que o mundo se agite à minha volta. Tudo mudou com Maria Alice, tenho de aceitar isto. Mas é que a gente gosta de possuir as pessoas, não deixá-las escapar.* Ele demora um tempo no jardim deserto, até se lembrar de Olavo.

No caminho, vê a moça pendurando calcinhas no varal. Canteiro com hortênsias, caminho de ladrilho esburacado. Calcinha colorida, tanga. Ela: cara marota, exibicionista.
— Molhou muito a calcinha esta noite?
Ela sorri, ar debochado.
— Não molhei. Tirei, seu bobo!
— Não molhou, mas malhou?
— Muito.
— Aposto que ele brochou.
— Ah! é? Dei tanto, mas tanto, que amanheci com cistite! E você, tem muito calo na mão?
Olavo regando a rua, para assentar a poeira.
— Como é? Ainda não asfaltaram a merda?
— Olha quem chegou!
— Surpresa, nego.
— Surpresa? Com teu nome pregado nos postes? No cinema e no clube, cartazes mais chiques. Com fotos. Nosso amigo famoso.
— Guardou um para mim? Não é sempre, cartaz com foto. Ainda mais nesta época caixa baixa. Minha cama está arrumada?
— Pequeno problema.
— O que é? Tem outro hóspede?
— Não há lugares, moram quatro pessoas conosco. Estamos dando pensão.
— O que há, nego?
— Estamos na pior. Faz onze meses que perdi o emprego, não arranjo nada e não posso sair da cidade.
— Como perdeu o emprego, porra? O melhor professor da cidade! Foi a história da xoxota?
— Nada, aquilo era folclore. Me entortei noutra. Me pegaram.
— Te pegaram? No quê?
— Era tão sem furo, achei viável. E só pegaram porque um sujeito achou que foi passado para trás, virou a mesa. Éra-

mos um grupo que vendia vagas para a Federal de Florianópolis. Coisa sólida, protegida pelos milicos que nomeavam o reitor. Caralho, mudou tudo, os milicos não estão mais nas jogadas, o reitor foi ser não sei o que no ministério, agora dá uma de sério.

— Ao menos, pegou nota preta. Investiu? Poupança, open, Vale do Paranapanema, dólar, commodities?

— Está a par da economia, hein?

— Tem vez que leio até a última linha do jornal. Os classificados, anúncios de cinema, massagistas, endereços, tudo. Nada a fazer, o dia inteiro. Jornal só discute economia. Como é, investiu?

— Gastei, era tão seguro, infalível.

— E agora? Xadrez?

— Fase de apurações ainda. Estamos tentando soltar uma grana pros caras, anda difícil. Tem uns filhos de cadelas metidos a honestos. Não posso acreditar.

— Quer dizer que pode estar na cadeia o ano que vem?

— Livro a cara, vai ver. A gente sempre livra, cadeia é pra pé-de-chinelo.

— E Cássia?

— Uma barra. Eu andava sujo, primeiro com a história da xoxota, sem explicações e que acabou se alastrando, revolucionou a cidade. Por um lado, ajudou no meu relacionamento com ela. Por outro, ficou um certo mal-estar.

— Pelo pouco que sei, foi difícil de engolir. Muito louco, ainda que divertido.

— Agora, esta cagada federal. Maré de azar. Ela tem sustentado a casa. Puta mulher, não quero perder.

— Cadê ela?

— Foi entregar umas gamelas. Nesta época do ano, está assim de encomendas. Temos um bolicho, salvamos a pele. Mais o emprego dela.

— Bolicho de quê?

— Faço gamelas para ajudar no orçamento. Sempre tive habilidade, era o melhor aluno de trabalhos manuais do nosso tempo.

— Me lembro de um caralho perfeito, em pau rosa, que você deixou na cadeira da professora de ciências. Ela não falou nada, enfiou na bolsa, caladinha. Deu a aula, te chamou. Todo mundo sabia que só você podia ter feito aquilo. Tão bem feito, e também porque só pensava em sacanagem o tempo inteiro. Conta, agora! Pode contar, já se passaram bem uns vinte e cinco anos. Diz a verdade.

— Que verdade?

— A turma soube que te levaram pra diretoria, tiraram tua calça e te obrigaram a sentar naquele caralho de pau.

— Qué isso?

— Sentou, acho que você sentou. Por que faltou à aula um mês? Diziam que teu pai tinha te levado para um hospital, com as pregas arrebentadas.

— Apanhei pneumonia.

— No rabo?

— Qual é a tua, agora?

— Saber a verdade.

— Quer dizer que falavam de mim, naquele tempo?

— E como!

— Por isso que as meninas riam?

— Até hoje, se você entrar naquele armazém que foi o cinema, na nossa terra, vai encontrar o mesmo banheiro. E tem um azulejo com o teu nome inteiro e um cacetinho entrando no cu.

— Jura?

— Está lá. Te dou o endereço! Armazéns Reunidos Alabama. Rua Nove de Julho, ao lado da loja de Jeans US Top. Vai e pede pra ir ao banheiro.

O Ganhador pensativo, rosto contorcido. Como alguém picado de abelha. Nada insuportavelmente dolorido, mas desagradável, incômodo. Provocando inchaço. O dente latejando.

— Cássia continua no hospital? Ao menos, não deixou o emprego na tua fase de mordomia.
— Adora ser enfermeira.
O carrilhão bate. Sonoro e demorado. O Ganhador se emociona. Deu o primeiro beijo em Maria Alice, às onze da manhã, nesta sala. Na hora em que o relógio tocou.
— Cássia está grávida.
Cássia grávida. Como Maria Alice. O Ganhador se enternece, ao pensar em Maria Alice, tão longe. Que tamanho estará a barriga? Alguns festivais até encontrá-la. Se pudesse se organizar melhor, estruturar roteiros, fazer viagens num sentido, apenas. Agora mesmo, tem de bundar dias, à espera. Não pode se deslocar. Sorte ter Olavo, ou estaria gastando numa pensão. Houve tempo em que carregou nas costas uma barraca de camping. Não mais. Depois dos trinta, necessitamos confortos. Se pudesse ficar pelo Sul, se agüentar até a *Califórnia* seria legal. Ainda mais que andou estudando a história gaúcha, encontrou uma idéia. Não anotou, diz a ninguém, medo que roubem. Parado em Vitória quatro meses atrás fez arranjos. Mandou a fita ao Rio, gravadora independente quer lançar long-play de compositores marginais. Prometeram resposta, pediram telefone, só se lembrou de Maria Alice. Quando estavam juntos ela cuidava de tudo, foi a boa fase financeira. Ela o colocava a trabalhar.
— Mormaço danado. Uma ducha vai fazer bem.
— A do quintal? No velho estilo?
— Bateu.
— E os hóspedes?
— A estudante trabalha num banco, vai do emprego para a escola de computação, só volta à meia-noite. Muito gostosinha, te mostro o lugar onde troca de roupa.
— Porra, você ainda olha pelo buraco da fechadura?
— O casal foi a Laguna pedir as graças de Santo Antônio dos Anjos. O filho é descontado da cabeça e eles querem ver se o santo dos pés molhados protege numa operação.

De olhos fechados, gozando o cheiro adocicado do xampu de mel. Espuma pelo rosto, ombros. Dedos macios tocam sua pele. O Ganhador sabe de quem são. De um lado, o jato violento de água, a machucar com cócegas. Água de poço artesiano, das boas coisas da casa de Olavo. Desce de uma caixa altíssima. Vem com pressão, gelada. A água na pele e os dedos suaves, mão de Cássia.

— Como vai nosso passante? Achei que nunca mais voltava. Só vem em festival.

— Alô, lindona. E a barriga? Quedê a barriga, o nenê?

— Tiro para o banho, assim me achas macota.

— E você é, cada vez mais. Ainda pratica muita ginástica?

— Agora mais que nunca. Quero ficar uma grávida linda.

O dente ruim, a doer de novo. Enquanto lateja de modo irritante o lugar de onde o sacana gaúcho arrancou. A obturação a ouro. Pode ter sido o impacto da água fria. O Ganhador sente-se incomodado, não gosta do modo como Olavo olha para ele, desconfiado de Cássia.

— Tem passado por Canoa Quebrada? Ainda se pode nadar pelado, como naquele tempo?

— Há quantos anos não vão lá?

— Uma porrada. Antes, ele precisava trabalhar, agora, não pode sair da cidade.

— Mudou muito aquilo, nem vão reconhecer. Acabaram com os pescadores, fizeram casas, está cheio de barzinhos de alvenaria a vender batida para turistas. Tem até estacionamento, derrubaram um porrilhão de coqueiros.

— Sobra um lugar no mundo, não invadido pelos caretas?

— Vamos correr, gente. Hoje é terça, não é, meu bem? São quase cinco e meia. Vamos festar e levar o Ganhador. Se a gente não correr, perde. E esta não perco por nada. Até colaborei com algum, vou perder?

— Perder o quê?

— A inauguração da estátua ao *filho da puta*.

Filhos da puta merecem estátuas

A se enxugar. Cássia ao marido, observada pelo Ganhador. Foi um abrir e fechar de olhos, porém ele tem certeza. Ela se esconde. Quando enxugava as pernas de Olavo, o Ganhador viu que Cássia levou a mão à boca. Rapidamente, logo retirou. Gesto de alguém que sente vontade de vomitar, de repente. Os olhos de Cássia e do Ganhador se cruzam e ele percebe, os dela são mortiços. Alguma coisa não está bem e ela dissimula, nunca foi de confessar problemas. Não houvesse nada, por que desviou de imediato? Ela acaba de enxugar, Olavo vai para dentro. Cássia continua sem encarar o Ganhador, fita um pouco vago por trás dos ombros dele.

— Mereço, também?
— Ia oferecer! Me deu vontade de te enxugar.

A toalha felpuda, manejada com maciez. Há uma diferença, agora, nos gestos de Cássia. Lentos, e ela aperta, aqui e ali, a carne do Ganhador. Ajoelha-se para enxugar as pernas e então contempla. Com os olhos não mais mortiços. Engolindo em seco, esquecida do enxugar. O Ganhador deixa, sentindo-se quente, o calor concentrado todo ali, a enrijecer. Ela sorri e reforma o ar zombeteiro, sua velha defesa.

— Pára! Está ficando louco?
— Gostou! Fazia tempo que não via assim, não é? Tem melhor?
— Convencido! Não se sinta tão importante!
— Ora, você não viu outro além do meu e o do Olavo.
— Quem garante?

O riso é amplo, suave, Cássia inteira entregue. Descansada. Desde os tempos da universidade, o Ganhador é fissurado no riso de Cássia. A criatura mais doce que conhece. Por que se casou com Olavo?

— Vai bem uma omelete?
— De milho?

— Ainda agüenta?
— Vinte e um dias comendo omelete de milho, sem enjoar. Um recorde. Só porque era você que fazia.
— Tempo bom, fomos dos primeiros a chegar a Trancoso.
— Também, não havia lugar em Arembepe. Cheio demais, muito hippie, piradão, cada um na sua, festa geral. Mas tinha uma coisa, muito amor à vida! Porra a gente curtia viver, queria mudar tudo.
— Estávamos fugindo do sufoco. Não dava pé ficar em São Paulo, Rio, em cidade grande. Era um pavor ouvir o noticiário, ver os jornais abertos nas bancas.
— Que bom estarmos ainda ligados. Onde andará o resto daquela gente?
— Quando passo pela Bahia, cruzo um e outro. Tem cara em barraquinha de praia, vendendo peixe frito, lagosta, caipirinha. Os filhos pretos do sol, soltos. Entraram nessa para o resto da vida.
— Fala com eles? Como estão?
— Não dá pra saber. Dizem que estão bem, que é isso aí. Essa frase sempre me intrigou: "é isso aí, meu chapa!"
— O bom, estes anos todos, têm sido suas cartas, cartões.
— Nem isso tenho feito, escrever cartas. Parava num bar, rodoviária, boteco de estrada, num tronco de árvore, lia, escrevia pros amigos.
— Que não podiam responder. Você é um homem sem endereço. Outro dia, o Olavo teve uma idéia, juntar tuas cartas, montar um livro de viagens. São cartas engraçadas, bem-humoradas, raivosas, indignadas.
— Livro de viagem! A idéia foi por causa da minha tese, a tese mais longa e inacabada do Brasil.
— Você lia aqueles livros chatíssimos, quase todos iguais, aquelas visões estrangeiras curiosíssimas e tirava trechos que nos divertiam bem. Gente pirada cortando o Brasil em canoa, a pé, lombo de burro, cheios de arcas, colecionando plantas,

fazendo desenhos. Sabe que tinha um monte de anotações tuas guardadas? Ficaram comigo, não sei como. Você dormia um dia aqui, outro ali. E os livros?

— Uns com a Maria Alice, outros sumiram em viagens. A polícia ficou com uma parte, interessada em saber por que eu lia aquele tipo de trabalho. Disseram, veja se pode: você está fazendo um mapeamento do país para grupos subversivos.

— E a tese?

— Adianta tese sem ter terminado faculdade? Acabei igual àqueles viajantes. Sou um estrangeiro andando no meu país.

— Ah, como você roda! Invejo, juro que invejo! Não cansa? Fiz um mural com os cartões, eram a minha viagem. No começo, Olavo ficava grilado. Agora, com a diminuição do espaço na casa, guardei tudo numa caixa. Nunca, mas nunca recebi um cartão seu que não fosse pra cima. Posso pegar a caixa, te mostrar. Você é um cara bom, só não admite. Quer ser durão.

— O que há?

— O que há o quê?

— O que está acontecendo?

O olhar mortiço passa, ligeiro. Desaparece.

— Está na beira de me contar.

— Não enche o saco. Vou fazer a omelete.

— Preciso de umas coisas.

— Sempre precisa.

— Uma camisa de Olavo. Minhas roupas estão sujas. Enquanto vocês vão à inauguração, fico lavando. E um violão. Tem um, por aí?

— O do Olavo está encostado. Me dá as roupas, jogo na máquina. Onde já se viu lavar roupa? E a toalha do Elvis? Está na hora de lavar também!

Cássia gosta de ver o Ganhador comer. Há uma dualidade singular que ele resolve com espontaneidade. O rosto traduz fome, vontade. De se atirar ao prato, engolir tudo. Os gestos são contidos, educados, de alguém que domina a etiqueta. Pessoa refinada. Com o braço úmido transmite calma e o olhar indica. A comida cai bem, é saborosa. O garfo lento a boca e Cássia se excita ao ver o movimento conjugado. De lábios e língua, sendo a língua entre os dentes rápida e sensual. Ela beijou o Ganhador, certa vez. Tempos de estudantes. Brincadeira dominical no DCE, todo mundo bêbedo, ela o empurrou sobre o sofá desconjuntado. Teve medo quando o beijo se prolongou, começaram a suar, se querer.

Cássia era quase garotinha. Entrou cedo para a universidade, meio prodígio, brilhante aluna de física, sonhava estudar. Energia nuclear. Manteve-se virgem o curso inteiro, sem moralismo e ansiedade. Tinha a idéia fixa, transar apenas com alguém apaixonado. Os rapazes gozavam as virgens. Por moda, elas davam. O Ganhador estava com 20 ou 25 anos, nunca soube sua idade. Nem importava. Ele tinha o apelido de "o Velho", a barba e o cabelo montavam aparência mais madura que a real. Espécie de ídolo, vivia entre os de 16, 18. Tocava bem, compunha músicas que todos aprendiam fácil. Autor do hino da contestação que os estudantes, ainda hoje, cantam nas manifestações de sua cidade. Puxava comício, em qualquer movimento surgia à frente. Primeira fila rendia foto, o público via. Sempre teve faro promocional. Animou, se é que se pode usar o termo, uma greve de fome, em 1971. Tocando para os que, na escada da matriz, buscavam chamar a atenção para estudantes desaparecidos. Virou notícia, ganhou espaço nas rádios. Cássia, companhia constante. Morria de rir com a ironia do Ganhador. Vantagem: ele não se levava a sério, se desmascarava. "Estou nessa e não estou", era uma frase que o definia na época.

Ele era famoso também pela violência do punho único. Muitos combinavam provocá-lo, para vê-lo brigar com um braço só. Ágil como quê! Naquele tempo, 68, aproximadamente, olhavam com respeito para o Ganhador. Se dizia (boatos nem desmentidos nem confirmados, portanto alimentados) que nos inícios dos anos sessenta tinha participado da bossa nova paulista. Noites no João Sebastião Bar, na Baiúca, reuniões no teatro de Arena, encontros em casas particulares aos sábados, bate-papos e discussões. Paulistas querendo desmentir Vinícius, a frase mortal, "São Paulo é o túmulo do samba". Havia fotos do Ganhador ao lado de Caetano Zamma, Marisa Gata Mansa, Válter Santos, Claudete Soares, Paulinho Nogueira. Moleque ainda, devia ter quantos? 14 anos? Ele prometia mostrar Carlos Castilho, Azeitona, o contrabaixista negro, quase anão, Toquinho, Zimbo Trio, César Camargo Mariano, Walter Vanderley e Carlos Paraná. Esquecia.

Alto-falantes ao longo das ruas. Bandeirolas. Volume máximo. Madonna canta. Meninas à espera das mães, no portão. Dançam. Lionel Ritchie canta. Automóveis enfeitados, como se fossem para um corso. Pat Silvers canta.

me enfrento completo
de vidros e farpas, átomos,
sou repleto

Um vagabundo faz barba com navalha, aproveitando o espelho lateral de um carro. Usa a água que corre na sarjeta. Um grupo passa, garrafas de vodka na mão. Rindo, batem no braço do homem, a navalha se afunda na carne do rosto, talho profundo. O sangue ensopa a roupa encardida, o homem se espanta, ainda não chegou a sentir dor. Olha para os rapazes que caminham, indiferentes. A rua é larga, casas com varandas envidraçadas por causa de invernos, jardins gramados se comunicam, muros baixos na frente, espaço entre as construções, telhados altos, com grande inclinação. Arquitetura europeizada, importada aos trambolhões. Casas de chá têm cortinas, madeiras entalhadas anunciam Café Colonial. Apfelstrudels dourados nas vitrines enfeitadas com flores frescas, bolos cremosos. Asseio. Cartazes nos postes anunciam o festival de música, o nome do Ganhador em destaque. Cordéis entre postes sustentam posters: um homem de nariz adunco, queixo reduzido, cabelo à escovinha, olhos aturdidos.

— É o *filho da puta?*
— Não posso nem olhar, disse Cássia. O que sofri nas mãos desse homem! Me demitiu e não adiantou entrar na justiça. Só ganhei a causa depois que ele deixou a prefeitura e a corja saiu. Era a máfia da cidade, todo mundo num barco só.
— Demitiu, por quê?
— Havia no hospital, como em toda parte, uma caixinha de médicos, enfermeiras, atendentes, o chefe da farmácia. Tudo combinado. Cirurgias fantasmas, chapas inexistentes, atendimentos de mortos. O chefe da farmácia só entregava medicamento do Inamps a quem contribuísse. O medicamento era revendido às drogarias da cidade. Em alguns casos, entregue, repassado, porque uma rede pertencia à quadrilha. Se o paciente devia tomar dois comprimidos por hora, tomava um a cada dois dias, o resto era desviado.
— Não entendi.
— Era uma enorme confusão. Eu não topava o negócio, queria o remédio para os doentes. Havia outros como eu. Representávamos menos lucro e éramos incômodos, sabíamos.
— Eu disse para ela: entra nessa, se defende!
— Imaginou? Olavo insistia, dizia que se todo mundo mamava, não tinha sentido eu não mamar também. Não conhece a mulher que tem.

Filas de carros parados, calçadas cheias. Bandeirolas nas mãos das pessoas, com as iniciais FP. A brisa transforma-se em vento fraco, mulheres seguram penteados com as mãos.

— Se a gente não corre, perde o início do discurso.
— E daí? Todo discurso é igual, as mesmas besteiras.
— Este, não! Você tem de ouvir o início.

Grupo na calçada, diante do Banco Nacional de Habitação. Duzentas pessoas, ar exausto. Uns dormem, deitados no meio-fio. Bule de café sobre fogareiro apagado. Cartazes em cartolina, escritos a mão. "Revisão da política de habitação: o povo não suporta mais os índices." "A ordem é NÃO PAGAR." "Se pago, moro. Se moro, não como. Se não como, morro. Se moro, morro." "Prestações: um assalto."

— Aquela ali? Não é a casa onde vocês moravam? O sobradinho?

— Essa mesma.

— Tão gostosa! Por que se mudaram? Aperto? Ou a xoxota?

— Não fala essa palavra, não gosto, disse Cássia.

— Então, que palavra vou usar?

— Nenhuma, são humilhantes, grosseiras.

— Ela é feminista, de vez em quando.

— E Pombinha?

— Pombinha, coisa nenhuma. A minha é uma águia. Odeio diminutivos.

— Mostra Olavo, onde a x... onde ela aparecia?

Olavo se abaixa diante de uma janelinha gradeada, junto ao chão. Abre as pernas, cacareja um pouco, có có có rororo có có có có ro.

— Como homem é bicho besta! Fiquem aí com suas tontices, encontro vocês depois.

Cássia junta-se a um grupo de mulheres que levam cadeiras portáteis e isopores. Vento aumenta de intensidade, o céu tem ligeiro tom cinzento. O Ganhador estremece: esse vento.

— Deixe a mulherada! Hoje, o maior movimento, a gente pode caçar um pouco. Está assim de gente de fora e a mulherada dando como louca. Não come quem não quer. A gente nem se mexe, elas pulam em cima. Anda até chato, às vezes a gente nem escolhe, é capturado.

— Ô, Olavo! Eu? Se alguma quiser me dar, vai ser no banheiro do jardim. Porra, nem sei onde vou dormir.

— A gente arranja.

O vento arrasta grama recém-cortada e uma poeira penetra nos olhos. O céu é de chumbo, pessoas se apressam.

— O *filho da puta* era tão filho da puta que até pode estragar a festa em sua homenagem.
— Ele vem?
— Não seria louco. Também, não dá pra vir. O país é uma bosta, mas preso ainda não pode sair da cadeia.
— Preso. Quer dizer que mudou alguma coisa neste Brasil!
— Em termos. Foi preso porque matou um cara.
— Matar não dá cadeia, dependendo de quem mata, ora!
— O morto era cunhado do comandante do destacamento militar. Um rolo! O filho do morto se drogava na pesada. Tinha quinze anos. Numa virada política, o garoto acabou bode expiatório, foi preso. Acusou o *filho da puta*, então prefeito, de ser o traficante, dono dos pontos de venda em frente às escolas. Sabe como é? O pipoqueiro, o sorveteiro, o baleiro e uns tipos que não querem nada, ficam rondando, a fim de ganhar alguma mão carente. O pai do garoto foi acertar contas, saiu um bate-boca num restaurante e o *filho da puta* mandou bala. Tem quem diga que não foi ele que matou, trama armada, só que essas coisas jamais são esclarecidas. No fim, tá todo mundo aí, numa boa, e até o prefeito acaba saindo, dá um chá de sumiço pra esquecerem, depois volta.

Banda, crianças fantasiadas de super-heróis, homem-aranha, batman, mulher-maravilha, super-homem, thor, conan, mickey. Praça superlotada. Bandeiras: Masters, o fino da economia em cigarros, saúda o povo de Nova Darmstadt. Nenhuma festa é completa sem os sorvetes JohnJohn. Trists, marca mundial em refrigerante. Famílias nas janelas, cotovelos sobre almofadas, garotos nos telhados e árvores. A voz de Nina Hagen sobrevoa. Diante do palanque, a estátua recoberta por um plástico azul. Repórteres das televisões de Florianópolis circulam. O Ganhador se apruma. A menina da Globo na sua direção. Passa reto, sem se importar. Ele faz a volta, se coloca estrategicamente, ela dá de cara com ele. O Ganhador sorri. Ela também, e continua. Desapontado, ele penetra na multidão, chutando tornozelos. Passa a mão na bunda das velhas que se voltam atordoadas, o Ganhador mostra a língua. Pára, atrás de uma mulher cujo marido é franzino. Encosta-se nela. Deixa endurecer, aperta, ela tenta socá-lo com os cotovelos. "Não é todo dia que alguém te encosta assim, tesão! Esse bostinha aí não é de nada!" Ela quer gritar, sem voz. O mestre-de-cerimônias, suando no terno escuro. Pede as autoridades no palanque, prefeito, juiz, promotor, padre, presidentes do Rotary, Associação Comercial, Lions, diretores de vendas, produtores de soja, diretores de escolas, representantes das ligas teutônicas, *Hino nacional*, mão no peito.

O mestre-de-cerimônias trazia cartola de seda, fraque: "Citadinos de Nova Darmstadt.

É um dia histórico para o nosso burgo. A inauguração deste memorial assentará a cidade na ordem do dia. Seremos respeitados por todo o país, vistos como exemplo. Porque em tempo algum se ergueu monumento como este. Iniciativa que se for seguida fará edificar no Brasil, por toda parte, estátuas, arcos triunfais, hermas, obeliscos, colunas, cenáculos, partenons, bustos, lápides, cenotáfios, mausoléus, essas, marcos, pilastras, armoriais, capelas e fóruns. Placas serão afixadas em ruas, praças, edifícios públicos. Pois que cada capital, cidade, aldeia, lugarejo, povoação, arraial, povoado, aduar, terriola, vilota, toca, acampamento, teve, nas últimas décadas, o seu zherói, herói zero, negativo. Ou vulgarmente chamado, com o perdão das famílias aqui presentes, o *filho da puta*, como passa a ser designado, daqui para a frente, o crápula de hoje.

Se tivéssemos vergonha, se quiséssemos honrar o nome de citadinos probos, deveríamos todos nós, brasileiros, estar descerrando placas como esta no país inteiro. Desde Brasília, que em tempos passados foi o berço de tantos zheróis, até o mais modesto vilório, no sul, norte. Mas, sejamos esperançosos. Um dia, o exemplo dado por esta modesta cidade catarinense, um dos berços do Contestado, há de reverberar, provocando as reações dos cidadãos decentes. Então, forneceremos know-how para o país e quiçá para o mundo.

Inútil morar aqui a biografia do nosso *filho da puta*. Debalde ficarei a tecer loas à atitude de nossa cidade inconformada que decidiu: este homem cruel, corrupto, canalha, biltre, má rês, borra-botas que se fez milionário à custa do erário público, depravado, meliante, finório, maganão, pulha, merece a estátua de granito e bronze, elementos que hão de perpetuar o que ele significou.

Acaso não sabíamos do seu orgulho em ter montado a Operação Piano? Não foi ele que engendrou o plano de votar com as duas mãos no Congresso? Votar pelos ausentes? O plano funcionou anos e anos até ser desmascarado. E, assim, era ele quem recebia as propinas para distribuir e engatilhar as votações. Acaso não sabíamos das comissões recebidas em obras como a Transamazônica, ferrovia do aço, ponte Rio-Niterói, barragem de Itaipu e, dizem mesmo – e era seu orgulho —, uma parte na usina nuclear de Angra?

Quem aqui não o conheceu? Somente os recém-nascidos. Os idiotas, os deficientes mentais.

Quem não sabia que era bandalho, grosseiro, mangalaço, trapaceiro, capadócio, rasteiro, raboso, fementido, pérfido, ancípite, indigno, abjeto, vendilhão, fraudulento, rei das tramóias, infame, subornador, devasso, ladrão, mentiroso, ignóbil, desqualificado, vulgívago?

Que me perdoem se faltaram adjetivos, significados, palavras que melhor classificassem suas ações cotidianas.

Lavo minha boca quatro vezes, antes de pronunciar este nome. Lavo com água recolhida no sereno de nossa cidade, extraída pelas virgens das folhas da manhã e fervida nove vezes. Todos conhecem esta simpatia, a única capaz de purificar a língua. De hoje em diante, na pia que foi erguida diante da estátua, haverá sempre desta água. Quem aqui passar, antes de ler a placa, que faça a ablução da boca, para não se contaminar.

Regozijemo-nos, irmãos! Nossa proposta vai adiante em sua abrangência. A placa que vocês poderão ver na frente do monumento é ampla. Nela, afixado, apenas um nome. Por enquanto, por enquanto. O primeiro é o *filho da puta-mór*, que maior não houve, talvez não haverá. Administrador infame, salafrário, depois que saiu, foi necessário repintar a prefeitura inteira, tanto fediam envergonhadas as paredes duplamente centenárias, após abrigar por anos um sacripanta da pior espécie. Todavia, abaixo do seu nome, outros poderão vir. Este é o primeiro. Estamos procedendo a um levantamento, de maneiras que se cuidem outros valdevinos, aqueles que fizeram e desfizeram e estão a salvo. Outros nomes virão, não vos aquieteis, conformados. Faremos justiça.

(A multidão se agitou inquieta. Cochichos, risos abafados, murmúrios, diz-que-diz-ques incomodados. Ninguém mais à vontade.)

Idéia das mais originais, para sua consecução colaboraram todos os setores de nossa sociedade, pois que todos foram atingidos pelo nefasto, por este intriguista infido que dizimou famílias, confiscou fortunas, provocou mortes, suicídios, ruínas por toda parte. Que Deus nos livre e guarde!

Citadinos! Antes de prosseguir, queria registrar a presença, aqui nesta praça, de um conhecido compositor de música popular brasileira. Ele veio para o festival que inaugura semana que vem. Veio antes para participar desta cerimônia, porque, de certo modo, é um homem que pertence à nossa cidade, tantas vezes aqui esteve e participou e foi premiado. Quero convidar este homem, mais conhecido como o Ganhador, para subir ao palanque, abrilhantar nossa modesta festividade. Modesta, no entanto de profundo significado social."

Entre aplausos econômicos, o Ganhador sobe, aperta a mão do prefeito, do juiz, aperta qualquer mão que se estenda, não sabe quem são as pessoas. Acena para o povo, o braço estendido.

"Sabemos que o Ganhador é também bom repentista. Gostaríamos de vê-lo improvisar alguns versos, em homenagem ao *filho da puta*. Por favor, Ganhador.
— Mas, sem o violão?
— Precisa?
— Claro, para dar o ritmo do verso. Senão, me perco.
— Vamos mandar buscar. Enquanto esperamos, vamos ouvir, pela ordem, as autoridades, a começar pelo padre Prata, sacerdote que ousou excomungar o maldito, em tempo de seu maior poderio. Excomunhão anulada pelo Vaticano, sabe-se lá a que custo. Um por um, e vocês terão o relato mais fiel do que possa ser, em exatas proporções, um *filho da puta*..."
— Momento! Espera aí! Espera aí!
— Não há mais inauguração.
— Pode-se saber por quê? Em nome do quê? E de quem? Coisas do *filho da puta*?
— Temos um mandado de segurança.
— Impetrado por quem?
— Aqui, pela mãe do homenageado.
Novos murmúrios. A turma de trás não ouve, os que estão próximos transmitem boca a boca, os sussurros aumentam.
— Nada temos contra ela, se quiser pode até participar.
— Participar? Nunca se viu maior desrespeito a um homem público.
— Veja, veja, quem está a nos chamar a atenção. Um rábula de porta de cadeia. Como se não conhecêssemos a sua banca de advocacia. Você vai merecer o nome naquela placa também.
— Respeitem a mãe.
— Nada temos contra ela.
— É? Leiam a placa.
O oficial-de-gabinete do prefeito vai até a estátua. Levanta o plástico e, microfone na mão, lê alto: "À inesquecível memória de Nova Darmstadt ao seu maior *filho da puta*".

— Viram? Qual é o erro?
— A acusação não é contra o homem, e sim contra a mãe. E ela é mulher inocente!
— O problema é ele, esqueça dela.
— Atentem bem. "Ao seu maior filho da puta." Filho de quem? Da puta? Quem é a puta? A mãe dele.
— É, disse o prefeito.
— Parece que tem razão, disse o padre Prata, cujo coração amolecia facilmente.
— Como não se pensou nisso antes? acrescentou o presidente da Câmara de Vereadores, opositor do prefeito peemedebista, sempre louco para encontrar furos na administração. Tivéssemos cabeça para governar e gastaríamos menos, insensatamente.
— Vamos interromper e deliberar.
— Consultemos as bases.
— Estranho, por que essa mãe não apareceu antes?
— Vivia na Suíça, à custa das contas numeradas do filho.
— Jogada aprontada, de propósito, para desmoralizar. A família inteira é filha da puta, até a mãe é filha da puta!
— Não parem nada, continuemos!
Intervenção da professora de português. Lingüista pela USP, semiótica, pós-graduada em alemão. Célebre por uma tese que relacionava Von Braun, o pai dos foguetes, a Schumann, especialmente o de *Liederkreis von Eichendorff*, e, as correlações na literatura moderna, determinando autores como Peter Schneider. Erudita, falava latim, grego e recuperava uma língua morta, o estensol, falado por uma tribo da Ásia Menor, com palavras que também se encontravam no linguajar diário de aldeias piauienses. Cursou filosofia com Habermas, da Escola de Frankfurt. Pessoa respeitada.
— Não é preciso interromper nada. Basta discutir a expressão, atentando-se para o fato de que ela tem um sentido genérico, tem que ser apanhada num todo, e não decom-

pondo-se os seus elementos, para analisá-los separadamente. Se fosse *filho de uma puta*, indivíduo desclassificado, então não haveria problema. Não podemos desmembrar a expressão em suas partes constituintes:

1) filho de;
2) uma puta.

Porque neste caso, automaticamente, estaremos dando ênfase à segunda parte: uma puta. Aqui, sim, atingiríamos a figura honrada de sua mãe, que todos conhecemos, educou o filho vendendo legumes da horta no fundo do quintal. Ao menos, é o que contava meu pai à mesa, quando queria irritar minha mãe, que tinha a maior preguiça de plantar um pé de rabanete, comprava tudo. Ora, filho de uma puta é expressão consagrada, refere-se a um sujeito específico, é ele, o canalha, e não ela, a puta. Está claro?

— Demais, prossiga professora, com suas luzes!
— Vejam bem. Filho da puta. E não filho de uma puta. Há uma diferença básica. Se usássemos o *de uma* estaríamos generalizando. Agora, ao usar *da*, mudamos o conceito, como se falássemos de alguém conhecido. Aquela mulher que todos conhecemos e nem precisamos nomear. Parte-se de um princípio diferente, infelizmente nascido de um preconceito da sociedade contra um setor. Fique claro que não concordamos com este conceito a respeito das putas, mas temos que nos ater aos aspectos intrínsecos, na forma como foram consagrados pela popularidade e integrados à língua. O que é uma puta, repito, no ver tradicional? Sinônimo de baixeza, aberração, símbolo do mal e do escabroso, pessoa mergulhada na lama, sem princípios, sem noções de moral. Sabemos que é a moral cristã empenhada nisso, todavia ressaltemos que a discussão não deve ser levada para este lado ou nos encalacramos. Portanto, ao nomearmos alguém filho de uma puta, estamos querendo dizer que ele, agindo vilmente, estaria agin-

do como alguém nascido das entranhas de uma puta, ou seja, alguém capaz de praticar as maiores torpezas, porque desqualificado pela sociedade. São fatos significantes em sua não-significação. A nomeação se encerra nele, não extrapolando para sua mãe.

— Bravo, bravo, professora. Vamos nomeá-la secretária da Educação, pode crer.

— Obrigado, obrigado, mas pretendo ser vereadora no próximo ano. Quero que fique claro que o sujeito poderia ser filho de uma freira, mas agindo mal seria filho de uma puta, e não filho da puta. Era isto, encerro minha intervenção.

— Ficou tão claro que nós queremos que a cerimônia seja interrompida. Que grande sacanagem!

Era um bando de mulheres, vinte ou trinta, idades variadas, protegidas por sombrinhas do chuvisco fino.

— Agora que entendemos tudo queremos acabar com isso.

— Quem são vocês?

— Qual é, Berenício? Não nos conhece mais? Ou só quando vai lá?

— Estão atrapalhando uma cerimônia histórica.

— E vamos nos foder por causa da história?

— O que querem, afinal?

— Somos as putas daqui, para os que não conhecem. Mas todos conhecem. Os homens, porque vão lá, as mulheres porque ficam putas da vida com isso. Putaria geral! Colaboramos com gosto para este monumento, o homem sempre encheu nosso saco. Vendeu proteção e quem não pagou teve polícia em cima, gramou xadrez, teve que se mudar. Comemos o pão que o diabo amassou e o prefeito assou. Só não tínhamos raciocinado ainda sobre o título dele. Por que puta é aberração, escória da sociedade? Quem desta cidade ainda não foi às nossas casas? Até algumas mulheres que estamos vendo por aqui. Verdade que a meninada hoje não freqüenta, come as namoradas, com essa história de liberação. Portanto, não somos escória, coisa nenhuma! Somos utilidade pública. Arranquem a placa, mudem os dizeres ou parem a cerimônia.

— Não podemos parar, de modo algum. Só pararíamos se vocês tivessem um mandado.

— Ah, é? Juiz, senhor juiz. Ei, Dieter, faz que não ouve, é? O Dieter das salsichas, conhecido entre as mulheres. Salsicha com mostarda, salsichona. Como é, Dieter, pode dar um mandado?

— Mandado? Impetrar um? O juiz só recebe, despacha, dá a liminar ou não. Tem que ser feito por advogado.

— Advogado? Tá cheio aqui, todos clientes. Olha ali o Wessel. Como é, Wessel, impetra aí para nós.

— Temos que fazer requerimento, ir ao fórum.

— É? Quando quer impetrar na gente, vai chegando e impetrando. Todo mundo te conhece, nem tira as calças, bota a coisa de fora...

— Calma, que estão excedendo. Atenção à linguagem, minhas senhoras. Há mulheres e crianças entre nós.

— ... Agora, quando nós queremos impetrar temos de ir ao fórum.

— Não tenho papel, máquina, carimbo, nada.

— Compramos papel, já!

— A papelaria está fechada.

— Mas o Klaus está ali. Ele é louco para aparecer fora de hora com sua barriguinha de chucrute.

— E a máquina?

— Na loja do Cristofer está cheio. Lá está ele na porta, querendo se esconder. Ei, Cristofer!

— Pronto, gente. Tem advogado, papel, máquina. Vamos mandar esta bosta parar.

— Não é possível, vocês estão sendo muito filhas da puta.

— Não somos filhas, somos as próprias. E outra coisa. De hoje em diante, não se diz mais filho da puta, nesta cidade.

Vamos impetrar um mandado contra isso, também, por isso vão aprendendo. Por que não usar filho do padre, filho do juiz, filho do bancário, filho do delegado, filho do político, porque todos os políticos são uns cadelões, filho do verdureiro que rouba na alface, filho do açougueiro que rouba no peso, filho do leiteiro, do sapateiro, do barbeiro, do motorista... e o que mais?...

— Protestamos! Filho de freira, nunca. Também contribuímos para a estátua, porque ele desapropriou o convento que tinha cento e sessenta anos, para construir um prédio de apartamentos. E se fosse filho de freira seria pessoa de respeito. Por que seria filho de Jesus, uma vez que somos suas esposas espirituais.

— Nem filho de bancário. Nan, nan, nan. Esse filho de uma...

— Olha lá o que diz!

— ... esse cabrão estava ligado aos banqueiros, botou a polícia em cima de nós na greve. Bancário dá duro.

— Dá duro no banco e fica mole!

— Põe aí filho de farmacêutico, então. Esse cara vende pílulas pra todas as meninas e elas estão fazendo concorrência, não se vê mais moleque na zona, só velho tarado. Hoje, as putas nem desvirginam mais os meninos que eram levados pelos pais. Eram tão bonitos os costumes. Aqueles pais esperando no bar da zona que o filho provasse ser um bom machinho. Vejam nossa cara. Estamos magrelas, esfomeadas, acabaram conosco. A pílula, esse prefeito filho de uma... os filmes de sacanagem. Hoje em dia, só dá punheteiro, os caras vão ao cinema, e ficam nisso, cinco contra um. Merda!

A um gesto do prefeito a polícia desceu o cacete.

A multidão se dispersa. Mulheres apanham filhos pequenos, retirando-se. "Xi, mixou a coisa. Pena." Puxam maridos curiosos de ver no que ia dar. Homens se esquivam, distanciando-se das putas. Medo de ver denunciadas suas taras vespertinas. O vento aumenta, o Ganhador tem a visão de novo. O caixão entrando no cemitério. *Não, não, isso foi antes, bem antes, foi no dia do enterro e o que aconteceu se passou anos mais tarde.* Empurrado pela polícia que se fechou em torno das putas. Levadas para fora da praça, xingando e se descabelando. O mestre-de-cerimônias tenta dar prosseguimento. A chuva desmonta bandeirolas, posters rasgam com o vento, o povo corre, nenhum abrigo, as lojas em torno fechadas. O prefeito apanha o microfone, desapontado. Manda aumentar o volume.

— Com esta singela cerimônia está inaugurada a estátua ao *filho da puta-mór.*

O oficial-de-gabinete estende a cordinha, ninguém quer enfrentar a chuva. O prefeito puxou, o plástico caiu, padre Prata bate palmas rápidas. A estátua, em todo o seu esplendor. Pedestal de pastilhas coloridas, placa de bronze reluzindo, e o *filho da puta* dourado, brilhando sob a água.

O Ganhador e Olavo descem a rua, procurando Cássia.

— Deve ter ido, ela odeia chuva fina.

— Mas gostava de andar na enxurrada. Uma vez, em São Paulo, quase foi levada pelas águas.

— Cássia é meio louca, não bate bem. Não anda legal!

— Falando em loucura. Como fico? Não tenho onde parar.

— Sei, vai por mim. Tamos indo pra lá. Vai ficar dentro de uma mulher.

— Na casa de uma mulher?

— Não! Digo, dentro. Dentro de uma mulher.

Não é possível esquecer Antofagasta

Olavo, cheio de dedos:
— Volta de vez em quando à nossa cidade?
— Vez ou outra. Quando vem temporada longa, sem festivais, fico a perigo. O jeito é a terrinha. Me enfio na casa de

um velho que é um barato. Começou a vida em Brodósqui, como bananeiro. Fez amizade com Portinari no dia em que apareceu com um cacho em que havia seis filipes, aquelas bananas gêmeas, que nascem juntas. Raridade. Portinari achou que o homem ia dar sorte, contratou para pequenos serviços, e o bananeiro começou a olhar e aprender. Hoje, é um puta pintor, só que fodido no interior. Faz vinte e três anos que pinta os painéis da matriz, aquela onde fomos batizados, fizemos a primeira comunhão e você roubava o vinho de missa pra embebedar Filhas de Maria na sacristia. O velho mistura a história da cidade com o Apocalipse e cada anjo, santo, virgem, pecador, apóstolo, tem a cara de alguém conhecido. Como as pinturas são muito altas, as pessoas não se reconheceram, não houve reclamação. A marca das pinturas são as bananeiras, o céu está repleto delas, com os santinhos refestelados à sombra, comendo bananas. Voluptuosas. No inferno, se come banana seca com casca.

— Pára! Tá falando mais que a boca! Só perguntei se vai lá.
— Vou, o que é?
— Preciso de um favor. Coisa simples.
— Diz.
— Quero que vá ao armazém Alabama e arranque o azulejo do banheiro.
— Armazém Alabama?
— O tal que tem o azulejo com meu nome.
— Ah, o do cacetinho no rabo?
— É.
— Não sei se vou poder entrar, o banheiro é depósito.

A Mulher: refestelada, satisfeita, num terreno afastado, de onde se avista a cidade, amansada ao lado do Itajaí. Ponto final da última linha de bondes. Dois carros deteriorados que sobem e descem lentos a colina. Conduzidos por motorneiros de uniformes vermelhos. Recrutados entre detentos de bom comportamento na colônia penal agrícola.

— Estive aqui outras vezes e não vi essa maravilha.
— O povo não fala nela, tem vergonha. Acha cafona.

A Mulher: de barriga, queixo apoiado num braço, o outro segurando o lado da cabeça. Sorrindo. Loira bonita, cabelos presos por um laço vermelho à antiga. Difícil calcular, mas talvez 30 metros de altura por 60 de comprimento. Indiferente ao tamanho, mostra graciosidade nas curvas, toda bem acabada. O Ganhador toca, quer saber que material é aquele. Jeito de papier-mâché; mais sólido. Liso, enquanto o mâché é um tanto grosseiro. As dobras do vestido, tom da pele, transparência das meias. Cada detalhe bem cuidado. De certa distância, pode-se dizer que a mulher é viva. Repousando por um momento, a olhar a cidade.

— Olavo! Ela respira!

Há um leve movimento nas costas, acompanhando o que seria, num humano, a respiração.

— Venha ver os olhos, então!

Sabe-se lá que material foi usado, a verdade é que há nos olhos um brilho incomum, as pálpebras se movem, a íris gira lentamente.

— O povo diz que Ludomiro usou retinas verdadeiras. O pessoal do banco de olhos chegou a verificar.

— Vou ficar aí dentro? Parece coisa de filme mal-assombrado.

A garoa parou, quase. Os dois dão a volta, penetram entre as pernas da mulher, onde o vestido cai suave em dobras. Envolvidos pelas coxas gigantes, param diante da porta com a forma de boceta.

— Esta xoxotona deu um bochicho, as famílias queriam destruir. O que salvou foi a alemãozada que ainda é forte, teve um certo senso democrático. Só aconselham que as crianças não subam até aqui, o bonde tem ordens de não transportá-las. Bobagens.

— Pelo visto, xoxota é mania por aqui. Você, então, deve se sentir à vontade, depois do que aconteceu.

— Porra! Nunca entendi. Era doido demais, e mesmo assim me liguei mais à Cássia. Acho que um dia ainda decifro o mistério. Foi mágico!

— Vai ver, não tem mistério.

Com a ponta do dedo, Olavo toca numa saliência, correspondente ao clitóris, e a porta se abre. Estão num canal, mal iluminado. Umidade escorre das paredes que têm o tom róseo. Chegam a um pequeno salão, dez mesas, balcão, meia dúzia de velhos bebem. Um homem pequeno e redondo, de idade indefinida, andar cambaleante, cara marcada por manchas vermelhas, bigode cinza em forma de ferradura, botas brancas, aperta firme a mão de Olavo. Aqueles apertões de quebrar ossos que fazem a gente ter vontade de dar um chute nos culhões.

— Ludomiro, wie geth's.

O do bigode cinza puxa um bloco de bolso, escreve qualquer coisa. Olavo lê, passa ao Ganhador. "Que favor fazer?"

— Pois é, amigo, me conhece, favor mesmo.

Nova escritura rápida: "Se você pagasse favores, gastava a vida".

— O meu irmão aqui precisa de alojamento. A cidade está superlotada com essa porra de inauguração da estátua. Por que você não foi? Afinal, o *filho da puta* te encheu o saco. Só te chamava de alemão batata.

O homem rabiscou: "Ter saleta do olho. Bom?" Olavo fez que sim e cochichou ao Ganhador: "A saleta é só dele, se esconde lá. Tem muito significado". Do bar, uma portinhola. Corredor, caixotes de bebidas, caixas fechadas sem rótulos, alçapões, encanamento aparente, fios. Escada estreita, luzes fracas. "Estamos caminhando dentro do braço, já vim aqui, é grande paca esta porra. Um labirinto por dentro. Ludomiro pode se esconder quanto quiser, só tiram ele jogando bombas." O cubículo junto ao olho. A janela é uma abertura circular, a íris. Cama de vento, criado-mudo, amontoados de jornais e revistas amarrados, paredes cheias de fotos: fases da construção, sem ordem cronológica. Pedaços sendo montados, a bunda ajustada, o rosto sem pintura, sem traços, mostrengo indefinível, ameaçador. A *Mulher* pronta, o modo incrível dela olhar, como se fosse viva.

Ludomiro rabiscou o papel: "Non ficar andando dentro. Vai de quarto ao bar. Só, non contrariar". Deixou os dois, se foi.

— Não fala, é mudo?

— Desde a morte da mulher, nunca mais falou. Prometeu silêncio. Não abre a boca, disse que a boca matou a mulher.

O Ganhador, sabendo da história.

O tataravô de Ludomiro veio da Alemanha para o Brasil, em 1851, com seis anos. Entre cento e poucos imigrantes que aportaram com o barco *Colon*. Para fundarem uma colônia no Sul. Aos 11 anos, empregado na fábrica de velas de Joinville, onde se queimou todo com cera derretida. Com pequena indenização, aos 15, montou o engenho de mandioca, produzindo farinha, ótima. Logo, plantava mandioca e investiu na erva-mate. E comprando terras. Plantou tabaco para não manter terrenos ociosos e abriu a fábrica de charutos. Tornou-se o maior produtor de malte, lúpulo e milho, vendidos para indústrias de cerveja. Durante anos, o tataravô teve sua marca exclusiva. De uma cerveja preta, forte, cuja fórmula vendeu mais tarde a Cuba, garantiu.

O avô nasceu em 1880, já dono de boa fortuna, dois dias depois da inauguração do sobrado da família, o primeiro casarão de Nova Darmstadt. Casa que abriga o museu da colonização alemã. Os livros existentes no sobrado deslumbravam o avô. Devorava os que traziam ilustrações de estradas de ferro. A paixão pelos trens levou-o a ser o principal acionista da companhia que em 1906 estendeu os primeiros trilhos entre Joinville e Nova Darmstadt, período que marcou o início da devastação vegetal; para a produção de lenha e carvão para as locomotivas. Cinco anos depois, o avô implantou os primeiros bondes na cidade, por inveja a Joinville que era mais desenvolvida. A única linha que resta é a que sobe para os terrenos do Leste, onde se encontra plantada a *Mulher*, de Ludomiro.

O avô: homem sensível, colaborava com a Sociedade Lírica, fundou a biblioteca, colecionou relatos de viagens de estrangeiros ao Brasil. Mandou construir a Sala de Música, ao lado do sobrado, financiou concertistas alemãs, suecos e noruegueses. Apaixonado por órgão, gastou fortuna na reprodução de um. Semelhante ao que havia na Inglaterra, altura do ano 1000. Quatrocentos tubos e vinte e seis foles, teclas de dez centímetros de largura. Tocava-se com punhos fechados ou socos de cotovelos. Os foleiros usavam os pés para alimentação do ar. Em 1938, fez doação à igreja-matriz de um órgão, réplica do existente em Rouen. Cidade onde passou dezessete minutos no começo dos anos trinta, ninguém sabe por quê. O velho tocava a espineta e, sendo um tanto extravagante, divertia-se. Fazendo acompanhamento de filmes, aos domingos, no cinema da cidade. Do qual era proprietário, exibindo filmes da UFA. Em 1943, um grupo de brasileiros fanáticos invadiu a cidade, vindo do Rio Grande do Sul, à caça de alemães. Puseram fogo na Sala de Música, consumindo o órgão. Cujos tubos de chumbo retorcidos podem ser vistos no museu, registro fiel da história daquela gente. Enquanto viveu e teve condições, o avô patrocinou. A montagem de uma ópera por ano. Sendo que, na temporada, remodelava-se o interior da Sociedade dos Ginastas. Com palco e platéia improvisados, em excelentes condições técnicas. A cidade assistiu *Cavaleiro da Rosa* de Strauss, *Desertor* de Monsigny, *Euryanthe* de Weber, *Falstaff* de Verdi, *A flauta mágica* de Mozart, *Norma* de Bellini, *Navio fantasma* de Wagner, *Lakmé* de Delibes (uma das favoritas do velho), *Guilherme Tell* de Rossini. O homem surpreendeu a cidade em 1917, com duas atitudes. Não se conformou com a mudança do jornal *Kolonie-Zeitung* que passou a se chamar *Actualidades*, impresso em português, contrariando a tradição que vinha desde a fundação, em 1862. Dois anos mais tarde, o *Kolonie* recuperou o nome. O outro protesto inclui aspectos complicados. O avô se revoltou contra a lei que determinou a cada alemão ou descendente fazer declaração solene de lealdade ao Brasil, contra a Alemanha. "Sou brasileiro e não vejo sentido em tal declaração. Falo alemão, porque na região só se fala alemão, portanto se eu falar outra língua estarei fora. Se todos os brasileiros fizerem tal declaração, também a farei. Mas me oponho, enquanto gerada por discriminação." Não chegou a ser preso, todavia sofreu pressões econômicas e psicológicas que o levaram a profunda depressão e desencanto. Abandonou negócios, família. Deixou crescer cabelo e barba e penetrou nas montanhas. Liderando um movimento religioso fanático, cujo deus, o navio voador, costumava pescar os fiéis com a âncora, levando-os aos reinos divinos.

Deixou um filho de 12 anos, incapaz para o trabalho, mimado pela mãe. Que passava a tarde a ler Grimm e Perrault para o menino. Mãe e filho bebiam absinto, de modo que o fígado dele estava destruído aos 17. Internado até os 29 num sanatório, fugiu. Engravidando a enfermeira que tinha apenas 14, mãe de Ludomiro. Ela cuidou do filho, ganhando a vida como cozinheira de bordo. Num barco que fazia linha pelos pontos navegáveis de Itajaí, levando mercadorias onde estradas não alcançavam.

Maníaco-depressiva, atirou Ludomiro ao rio, encerrando-se na cabine. De onde a tiraram mordendo e espumando. Ludomiro tinha crescido no rio, a água era familiar. Portanto, nadou. Contente por se livrar do barco monótono, onde lavava chão. Sem brincar, sem companheiros. Talvez agora pudesse ter um lugar para dormir, cansado de ficar ao pé da porta da cabine da mãe, enquanto a marinheirada entrava e saía. Às vezes, três ou quatro de uma vez. E ainda levava chutes quando, por alguma razão, lá dentro brigavam com a mãe. Ou não ficavam satisfeitos. Mas ele não suportava mesmo era o marinheiro velho que, sanfona em punho, cantava o tempo todo uma canção chamada *Lorelei*.

Ludomiro desapareceu entre 1947 e 1966. Ao retornar, envelhecido, inchado, irreconhecível, contou. Que tinha trabalhado na primeira indústria de automóveis de São Paulo. Peregrinou ao Tibete, passou por Londres, muito fumo, pó, haxixe, chás diversos, plantas de todo tipo, viagens transcendentais, ashrams indianos, gurus e a tralha que dominou parte dos anos sessenta. Um dia se viu em Buenos Aires, ganhando a vida como acompanhante de velhotas brasileiras que queriam aprender o tango, ou famílias classe-média a fazer compras. Às seis horas do primeiro de junho de 1966, regressou a Nova Darmstadt, 6 de 6 de 66, comunicou ele, acrescentando que era interessante para sua vida. Comprou a primeira moto na cidade, depois de vender o terreno onde ficava a Sala de Música do avô. Aos poucos, torrou propriedades, conservadas por amigos fiéis da família que viam preocupados a dissipação dos bens centenários. Ludomiro construiu uma pista de cross, patrocinou gincanas e rallies, apostava corridas.

Um dia foi a Bento Gonçalves, no Rio Grande do Sul, participar da festa do vinho e não resistiu ao famoso desafio. O torneio da morte para a garotada: atravessar de moto sobre o arco da ponte do Rio das Antas, próxima à Ferradura. Ludomiro vencia na velocidade, audácia. Imobilizava a moto no topo do arco, o rio enganador e calmo cinqüenta metros abaixo, talvez mais. Ganhou prestígio até hoje não igualado, ao subir sem tocar o guidão, braços abertos como equilibrista de circo. Nunca alguém tinha feito. Jamais viria a se repetir. O jornal *Laconicus* publicou a foto do herói. Primeira página. Nessa noite, conheceu Silvana, cabeleireira morena, Miss Vinho. Voltou para Nova Darmstadt, a moça na garupa. Mudou a partir disso, apaixonado, inquieto. Vendeu a moto, alugou a pista de cross, transformou-se num pacato comerciante de vinhos. Visto, às vezes, à noite a contemplar jovens que atravessavam o centro. Com suas máquinas japonesas. Silvana nunca saía sozinha, ao supermercado, feira, igreja, cabeleireiro. Lá estava Ludomiro, ansioso. Para lá e para cá na calçada. No bar com uma cerveja, posição estratégica, de onde pudesse vê-la. Ficava em casa todas as noites, gostava. De estar ao lado dela. Se o cinema exibia programa bom, o que era raro, algum filme de terror, compareciam. Silvana engordava, feliz. A cada ano a Fenavinho recebidos em Bento como personalidades. Ela, do júri para miss. Ele no clandestino cross sobre a ponte. Nessa época vigiada pela polícia, tantos tinham morrido. Ao despencar. Não tiveram filhos e juram que ele era estéril, pela droga. Enquanto outros optam pela impotência. Ludomiro mais gordinho, barrilete, contrastando com a exuberância e sensualidade de Silvana. Cobiçada, inacessível. Nunca pilharam deslize da mulher e isto é impossível em cidade deste tamanho. Mesmo quem não compra, paga.

Então, ele começou a emagrecer. A tossir, se engasgar. Sufocado, a precisar de auxílio médico. Tentaram interná-lo, recusou, não se permitia longe de Silvana. Foram a todos os médicos possíveis, ao curandeiro de Minas que entortava garfos, ao pajé da ilha de Santa Catarina. Ludomiro tossia, emagrecia, punha sangue, enfraquecia. Se recolheu à cama. Tratado por Silvana que não descolava. *Vou morrer*, disse ele, e o médico, irlândes positivo e franco, concordou. *Quanto tempo tenho?* "Impossível prever." Daí para frente, Silvana acordava com Ludomiro tossindo em cima dela. *Não posso morrer e te deixar, você vai comigo.* Ela saltava, corria ao banheiro, longas duchas. No começo, cheia de compaixão, entendia a alucinação do marido. Aos poucos, tomou nojo, ficava na poltrona, a vigiar. Ludomiro não tinha forças para se levantar, tentava dar ordens, gritar, impor autoridade, mas sua voz débil, fina, soava ridícula, Silvana ria. Aí, ela deixou de dormir no quarto. Após o último prato de sopa de cenoura, única coisa que ele engolia, Silvana ia para a sala, via televisão, saía sozinha, dizem que transava um jovem por noite, nunca duas vezes o mesmo. E cada um que transava com ela endoidava de tesão, ficava atrás, queria mais, porém a mulher era inflexível. Nada. São histórias que correm e jamais serão confirmadas – negadas. Até que uma noite, no meio da praça, ela vomitou, tossiu, o ar faltando. Apavorada, voltou para casa e encontrou Ludomiro na sala, rindo feliz. *Estou bem, meu amor, vou viver.*

Ela não viveu. Morreu dois meses e meio depois, magra, reduzida, quase anã. *Câncer violento, devia sofrer há muito, o corpo estava corroído*, explicou o médico. Ludomiro fingiu aceitar. Vendeu o negócio de vinhos, deixou o dinheiro no over e se foi. Uma semana depois, a casa pegou fogo sobrou nada. Tempo passado, não interessa quanto, ele reapareceu, com o bigode cinza, curvo como ferradura, rosto manchado. Instalou-se numa barraca de lona nos terrenos da festa da cerveja. Certificou-se no cartório de que o terreno no alto da colina, final da linha leste de bondes, era dele. Havia as ruínas de um prédio, ninguém se lembrava o quê. Capela, Forte, Sanatório. Ludomiro mudou a barraca para o terreno, passou a limpá-lo. Sozinho, sem pressa, arrasou as ruínas, vendeu o material usado, carpiu e cercou. Tapumes altos, vivia encerrado, não permitia a entrada. Comprava madeira, cimento, cola, farinha, óleo, tintas, gesso, tecidos. Pessoas tentaram colocar escadas e olhar por cima. Recebidas a tiro, nunca se sabia se ele estava dormindo ou vigiando. Como atirava para valer, a curiosidade foi recolhida. Algum dia saberemos, se tivermos de saber, concluíram. Ou, quem sabe, não há nada a saber, disseram os mais velhos, com a tola experiência de quem, não encontrando explicação, forja teoria.

Quem viu primeiro foi o amolador de facas. Que percorria a cidade empurrando o carrinho, em que a roda servia para impulsionar o esmeril. Acima do tapume, divisou, o esqueleto de madeira e canos de ferro. Pensou que um circo ou parque estivesse montando uma baleia, pois anos atrás tinha visto uma na cidade. Não comentou, vez ou outra subia a colina para ver a marcha da construção. Lá estava Ludomiro, encarapitado nos paus, sem camisa, gorduchote, ativo, suado, a bater pregos, serrar, limar, acertar, puxando um plástico, que foi recoberto de lona envernizada. Os dois, o amolador e Ludomiro, se entreolhavam. Sozinhos na tarde, um intrigado com o outro, obstinados. Um no trabalho, obsessão intraduzível, o outro na contemplação, impregnado da misteriosa paciência que nos avassala quando queremos uma coisa. O amolador podia ter perguntado, aos gritos. No entanto, intuía que nem haveria respostas, nem podia invadir a concentração em que Ludomiro se enfronhara. Via o dorso recoberto por uma camada de gesso ou outra substância. Ludomiro fazia e refazia com pachorra, demonstrando insatisfação. Destruía, ajeitava. Certa manhã, o amolador não ouviu barulho atrás dos tapumes. Terminou o dia, parado, tudo em silêncio. Cheio de serviço, só voltou uma semana depois. Quando o bonde contornou a curva por trás da pedra de moinho (ali, tempos atrás, tinha existido o moinho de vento, parte da geradora de eletricidade local, instalada pelo avô de Ludomiro), atingindo o topo, o amolador viu os tapumes no chão. No bonde, apenas ele e o motorneiro. Ninguém ia até o final, a não ser à noite. Refúgio de namorados. Os dois, assombrados. Com a gigantesca *Mulher* deitada, em sono tranqüilo, segurando a cabeça. Olhos fechados. Rescendia a tinta fresca, os cabelos brilhavam ao sol de outono, o inverno estava para chegar. A familiaridade do rosto incomodou o amolador. Demorou a reconhecer Silvana, acostumado apenas ao tamanho natural do rosto dela. Ao riso fácil quando abria a porta, facas na mão.

No dia seguinte, a cidade subiu. As escolas fizeram excursões, vereadores estudaram projeto de urbanização e iluminação. Mas quando se descobriu o detalhe da grande xoxota de entrada, as mulheres ficaram ressabiadas. Manifestações, desagrado. Também Ludomiro protestou, ergueu cerca, proibiu entrada em seu terreno, não permitia visitação. Vivia dentro da *Mulher*, saía raramente. Uma noite, dois namorados transavam sossegadamente, quando a gigantesca *Mulher* moveu os olhos. A garota de frente para ela, embalada, ouvindo o gemido bom do companheiro, deu com a pálpebra imensa abrindo devagar e o globo mexendo, como se a *Mulher* estivesse viva. A moça empurrou o companheiro, assustadíssima. Desceram a colina a pé, enfiando roupas. Ludomiro retornou ao convívio da cidade um ano mais tarde. Não falava, comunicava-se escrevendo no bloco, explicando que fazia voto de silêncio. Uma vez que abrir a boca perto da mulher tinha levado à condenação dela. Não falar era a maneira de prestar tributo a Silvana. Comprou outra moto e era visto dando voltas em torno da *Mulher*. Tanto rodou que os sulcos se aprofundaram, bastava ele soltar o guidão e a moto girava sozinha, as rodas presas como que a trilhos. Descia a colina a toda velocidade. Pelo lado mais íngreme. A cidade atenta, esperando que ele se esborrachasse. De repente, chamou amigos. Abriu a casa, em geral. A *Mulher*, por dentro: salão repleto de vestidos em cabides, dispostos na ordem dégradé de cores, preto, azul, vinho, vermelho, laranja, amarelo. Camisolas, saídas-de-banho, praia, peignoirs, calças, conjuntos, blazers. Perucas, sapatos, meias, sutiãs. Quatro mil calcinhas num armário. Silvana usava uma por dia, atirava fora as do período menstrual. Objetos do cotidiano: batom, base, pó-de-arroz, esmaltes, tesoura de unha, lixa, cortador de cutícula, agulha de tricô, coleção de pregos tamanhos variados numa caixa de laca chinesa, garfo, colher e faca de prata com iniciais. O pires onde tomava café, hábito mantido até em reuniões sociais, tinha nojo de xícaras, medo de contaminação. Vai ver, sabia-se frágil. Descobriu-se que Ludomiro tinha passado a vida a fotografar Silvana. Lá estava ela, desde as Feiras do Vinho até as viagens: Puntal del Este, Acapulco, Cuzco, Ilha de Páscoa, Fray Bentos, Antofagasta, Uberaba. Uma foto ampliada, em cores, mostrava Ludomiro e Silvana, fantasiados de Adão e Eva, no carnaval de Antofagasta. Cestos cheios de sabonetes estrangeiros, óculos escuros com armações exóticas. Dezenas de espelhos, Silvana tinha um em cada canto da casa, gostava de se ver. Refletida o tempo inteiro. A imagem saltava de um para o outro, ela se acompanhava. Agora, os espelhos recobertos por panos estampados, tecidos que ela tinha comprado para vestidos.

Em seguida, a cidade se surpreendeu: Ludomiro abriu pequeno bar, dentro da *Mulher*. Bem freqüentado, enquanto novidade. Destronado pela moda de danceterias que desviou os clientes. As atividades se ampliaram: sinuca, fliperama, restaurante, havia quem afirmasse que se alugavam quartos. Ao mesmo tempo a *Mulher* vinha sendo aperfeiçoada, experimentando-se melhores materiais. Obteve-se um tom de pele exato. Plásticos e cetim moldaram os lábios carnudos e vermelhos. Pequeno mecanismo fazia o olho se mover na intensidade do humano. Mais difícil foi a respiração, teve de se modificar a estrutura das costas, antes fixa. Uma noite, amigos encontraram Ludomiro chorando diante do rosto de Silvana. Emocionado: *"Ela falou comigo. Tem conversado bastante. Está viva. Louca para fazer amor, sente falta. Me acariciou, mas não conseguimos nos beijar. Como fazer amor com ela?"* Angustiadíssimo em busca de solução. Hábil, construiu um pênis gigantesco, que se adaptava à xoxota de entrada. Porém, Silvana não se satisfez. As tentativas continuaram. Ludomiro em seu gabinete, na bunda da *Mulher* (o que ele mais gostava nela), a desenhar projetos e projetos, lendo guias orientais de erotismo e sexualidade. Comprou a coleção de Carlos Zéfiro na esperança de que o clássico pornógrafo brasileiro pudesse dar caminho.

Todas as noites, a *Mulher* é coberta por lona, para evitar o sereno e constipações. Lavada uma vez por semana, repintada periodicamente. Vez ou outra, há uma festa, Silvana gostava, mas aparece somente a escória, aproveitadores, marginália. O povo abandonou Ludomiro, tem medo, outras coisas a fazer. Turistas ocasionais são levados à colina, se bem que a cidade prefira esquecer a presença da *Mulher*, envergonhada. Fala-se na retirada do bonde, os trilhos congestionam o trânsito, há o projeto de uma avenida dupla que abrigaria edifícios com dúplex. Está havendo também pressão de um grupo imobiliário internacional para a construção de um hotel para convenções. Nova Darmstadt se localiza no centro de uma região que une produtores de vinho, soja, cana e indústria têxtil. A cidade é capital de um conjunto de minifúndios que formam a base econômica do território. Na Câmara Municipal, os vereadores, alimentados por um lobby secretíssimo (todos têm medo do nome ir para a placa do *filho da puta*) estudam o meio de declarar Ludomiro insano, internando-o num sanatório na Suíça. Assim se poderá desapropriar o terreno. Mas os motoqueiros estão contra, fazem passeatas e manifestações barulhentas por causa do rally anual de motos e Antofagasta. Despesas pagas e um prêmio enorme em ORTNs. Quando perguntaram a Ludomiro por que instituiu o rally até aquela cidade chilena, abaixo de Mejillones del Sur, ele fechou os olhos. *Não é possível esquecer Antofagasta, a bem-aventurada. Fomos tão felizes ali e só nós sabemos por quê. Um dia, quem sabe, se encontrar, um diretor de cinema, ou um bom escritor honesto poderá contar direito, sem alterações, a mais estranha história de amor do continente. Louca, complicada, doce, dolorida. Tudo se passou numa semana apenas. E preencheu minha vida.*

AUTOBIOGRAFIA

O Escalador me procurou com a revista na mão. Manchete especial sobre o quarto centenário de São Paulo. Perguntei ao manco barbudo da rádio sobre esse tal quarto centenário. "Uma boa época de minha vida. Três ou quatro anos atrás. Grande festa. Trabalhei no serviço de alto-falantes do Ibirapuera. Um parque maior que todos os jardins desta cidade." O Escalador mostrava os prédios de São Paulo. Tinha rua cheinha deles. Um atrás do outro. "Quero subir num destes. Quando terminar o ginásio vou para São Paulo escalar prédios. Ficar a vida inteira subindo por lá." Nunca soube direito o nome do Escalador. Minha mãe brava: "Não fica correndo atrás desse moleque maluco que vive trepando em telhados muros qualquer dia se arrebenta todo". Ô Escalador me conta dessa tua mania! "Andar direitinho na calçada todo mundo anda para lá e para cá. Quero ver subir e descer. É difícil e só gosto do difícil. Tenho que ficar pensando muito antes de mudar o pé. Estudar a situação. Dependo de mim só de mim. Posso morrer se cair. Além disso posso ver tudo ao mesmo tempo lá de cima. Como se olhasse o mundo por uma lente de aumento ao contrário." E por que você nunca passa acima do relógio? Faz tempo que empaca ali. "Não sei. Gosto de ficar ali. Um dia subindo de repente me bateu: para que ficar subindo subindo se chegar na torre não posso subir mais a menos que eu possa voar? O que fazer quando chegar no alto? Sou feliz ali no meio assobiando para o vento. Ouvindo o ponteiro ranger a cada troca de minuto. Chega um ponto da subida em que tudo é igual." Certa manhã encontraram o Escalador furado no chão ao pé da torre. Não tinha morrido no tombo. O povo inteiro: "Foi o relógio outra vez. Esse relógio assassino não pode ficar matando a cidade toda". Falaram na rádio nas escolas na igreja nos clubes no cinema antes dos filmes nos bares na estação. Um grande movimento. Passaram listas. Uma tarde fomos para a praça assistir à retirada do mostrador macabro sem ponteiros. Não encontraram nunca o ponteiro menor o que tinha sobrado. Eu queria ver de perto o relógio que tinha matado meu pai. As crianças perguntavam: "Se o ponteiro matou onde está o ponteiro?" Mandaram a meninada calar a boca: "Não é conversa para criança coisa de gente grande". Crianças a chorar quando o mostrador foi depositado no chão. Enorme monstruoso fiquei paralisado igual ao dia em que vi o caminhão dos bombeiros. Legal morar numa cidade assim onde acontece tanta coisa perigosa. Nunca pensei que os números fossem daquele tamanho. O 3 era tão grande que podia me comer com facilidade. "Vai para o porão da prefeitura." "Não. Ele pode fugir de lá. Prendam na cadeia tem que ficar atrás das grades. E grades pequenas para os números não fugirem olhem só que marotos." Procissão enorme seguiu o mostrador amarrado por correntes. As pessoas ficaram a distância para poder correr se fosse o caso. Arranjaram a cela maior de 16 presos vazia e vinha gente das cidades vizinhas olhar. Desse dia em diante os outros mostradores da torre desandaram. Cada um marcava uma hora. Batiam desencontrados. Quando era 1/4 para um lado era meia hora no outro ou 39 minutos para o terceiro. De tal modo que as pessoas que se regulavam pelos mostradores quase enlouqueceram. Os horários eram diferentes para cada lado da cidade dependendo de qual mostrador a gente visse. Não houve jeito de consertar. Vieram relojoeiros de São Paulo Florianópolis Caxias. O homem que cuidava do relógio do mosteiro de São Bento passou um mês e desistiu. Foi assim que a cidade se dividiu. E como depois de um tempo se pôde determinar com exatidão as diferenças de mostradores se organizou a vida. Quando alguém marcava ao meio-dia indagava-se: meio-dia de que lado? Esclarecido o ponto se consultava a tabela organizada pelo Departamento de Pesos Medidas e Horários da prefeitura. O mostrador assassino ficou preso vários anos enferrujou na cadeia quase se dissolveu era lugar muito úmido. Até hoje a boca da torre está aberta qualquer dia volto à minha cidade para ver.

O HOMEM DA BALA DE GOMA

Em maio de 1983, ao passar pela banca da Avenida Ipiranga com a São João, que vende jornais de todas as partes do Brasil, o homem gordo e ágil, com bigodes postiços, parou. A observar revistas de homens nus, fechadas em plásticos. Ele tem ojeriza por esses plásticos, nunca se pode ver o que há dentro, várias vezes se decepcionou, os homens fotografados eram feios e nem se destacavam pelos acessórios. Deu com um jornal de Maringá, uma foto estampada na primeira página e o rosto familiar. Seria aquele o homem? Leu:

"Um dos mais conhecidos ganhadores de festivais de música popular brasileira chegou ontem a Maringá, a fim de participar do 11º Festival de Músicas Dedicadas ao Café. Este compositor que raras vezes perde tem um grande público em nossa cidade e seus fãs o esperam com ansiedade. O Ganhador tem feito mistério em torno da música a ser apresentada, apenas declarando que se trata de algo novo, composto especialmente para o evento. Ele considera Maringá dos festivais mais bem organizados, opinião abalizada de quem costuma percorrer o Brasil inteiro. Esta é a sexta vez que o Ganhador comparece, em anos não consecutivos, sendo que venceu três, pegou dois primeiros lugares e uma vez fez parte do júri. Desta vez, os prêmios serão bastante altos, uma vez que a safra do ano passado foi boa, há muito café estocado e os preços dispararam em função da longa seca. Os produtores, satisfeitos, decidiram jogar dinheiro a rodo, tudo indicando que os velhos tempos do Paraná devem estar de volta".

O homem gordo e ágil comprou o jornal e foi para casa. Morava no apartamento da mãe de um presidiário que cobrava caríssimo pelos quartos alugados a quem saía da prisão. A intermediação feita na própria penitenciária, mediante adiantamento em cigarros e pinga ou, no caso do homem gordo e ágil, também algumas noites de amor. A mulher cinqüentona sofria de menstruação desregulada, agravada após a menopausa. Tornara-se permanente, o que a obrigava a manter grandes estoques de modess no quarto de empregada. Amigos do filho estavam encarregados de roubar farmácias e supermercados, de tempos em tempos, para abastecer a mulher. Até hoje não se descobriram em São Paulo traços da célebre Quadrilha da Boceta, conhecida nos jornais apenas como Quadrilha da B..., o que levava a interpretações errôneas. Esta mulher tinha duas diversões. Passava o dia telefonando para nomes escolhidos ao acaso na lista, contando que era paralítica e muito só. O marido, ainda jovem, tinha morrido na revolução de 32 e estava enterrado no Mausoléu do Ibirapuera. O filho tinha morrido na revolução de 64 em combates na tomada do Pão de Açúcar. Quando as pessoas indagavam que combate era esse, ela começava a chorar, soluçando tão desesperada que o outro mudava de assunto. Sabia que, assim que desligasse, a pessoa ia correr para saber se tal combate se dera e não ia sossegar enquanto não descobrisse. Essa idéia tinha vindo certa vez ao ler um jornal onde um humorista levantava a hipótese do Pão de Açúcar ser tomado por revolucionários. Falava horas ao telefone, pedindo inclusive que a pessoa ligasse para ela, pois sendo viúva e pobre não podia pagar impulsos. Alegava que o telefone vinha do tempo do avô, das primeiras pessoas a se instalar na Barra Funda, quando aquilo ainda era várzea cortada pela estrada de ferro. O avô era médico e necessitava do aparelho que foi passando de geração para geração. A outra brincadeira era com modess usado. Guardava num saquinho plástico e saía pela rua. Abandonava em poltronas de cinema ou banheiro de restaurante. Enfiava sorrateiramente em sacolas de compras ou bolsas fáceis de abrir, técnica aprendida com o filho que, em tempos de liberdade, fazia ponto na Avenida São Luiz. Atirava o modess (se estava ressecado, molhava com óleo de milho) no freezer de carnes do supermercado ou dentro das latas de sorvete de morango. Uma vez, no banco, foi tão rápida, que enfiou na maleta de um homem bem posto que ela considerou de nariz muito empinado. No fim do dia, instalava-se diante da televisão, no meio de um conjunto de mesinhas onde havia, ao alcance da mão, água, biscoitos salgados, mamão (dois por dia, para os intestinos; e nunca funcionavam, de tempos em tempos corria ao hospital fazer lavagem), bombons e um empadão de mandioca assado de véspera. Saía dali no final do último noticiário, imaginando nos intervalos comerciais as reações das pessoas diante do modess ou da inexistente batalha do Pão de Açúcar.

O homem gordo e ágil passa o tempo recolhido ao seu quarto, buscando um modo de se orientar nas investigações. Está perdido, tem pistas vagas, não sabe fazer ligações, entre elas ou encontrar novos pontos de apoio, interpretar fatos. Tudo escuro, tateia, e o que apalpa não tem como identificar. Comprou livros policiais, identificou-se um pouco com Poirot e não entendeu que o pacato Maigret possa solucionar qualquer coisa, o homem é tão careta. Adorou Rubem Fonseca, ele fala de coisas que estão perto. E se telefonasse ao Rubem, pedindo aulas de investigação? No final das contas, não aproveitou muito. Diga-se a verdade, o homem gordo é ágil, mas um tanto tacanho. Tem a inteligência reduzida e os anos passados na prisão embotaram o cérebro. Ali está, a foto do porteiro. Uma fotografia de jornal interiorano, mal impresso, mas também naquela noite o porteiro estava atrás do balcão, mal iluminado. A cena está gravada tão forte em sua cabeça que basta apanhar a ilustração do jornal e colocar à frente, para que as imagens se ajustem. O jornal é de ontem e anuncia o festival para hoje. Não há tempo para deslocar-se até o Paraná, são tantas horas. No terminal rodoviário informam que os leitos se esgotaram, há um ônibus comum, às 11h37min da noite, só que não fazem reservas por telefone. Se quiser, na Avenida Rio Branco, no centro, uma agência vende passagens.

Na volta, o homem gordo apanha a maleta encardida, morre de vergonha. O dinheiro que tem dá para chegar a Maringá, depois não sabe o que fazer. Problema para depois, agora é partir.

Com o recorte no bolso, embarcou, mostrando ao fiscal da companhia uma identidade falsificada. Vivia há tantos anos com ela, se habituara a este rosto, esquecera seu antigo nome. A velha carteira, tirada no governo Juscelino, estava dentro de um envelope, envolvida em plástico, com veneno para evitar baratas e ratos. Tudo metido numa caixa, com fotos de sua família. Teve uma família normal, alguém acredita? Este pacote, por sua vez embrulhado com encerado, ficou guardado com o dono de um bar, um amigo quase de infância, meio sócio de um antigo negócio mantido pelo homem gordo e ágil. "Melhor enfiar a carteira embaixo da poltrona", aconselhou o fiscal, "pois nesta linha tem tido muito assalto. Fique com o dinheiro pequeno no bolso, para não enfurecer os bandidos, e esconda o grosso." Satisfeito, ele percebeu que o sacolejo do ônibus provocava sonolência. Há semanas sofria de insônia. Revirava na cama e quanto mais se preocupava menos fechava os olhos. Abatido, deixava-se ficar na cama durante o dia, mesmo sabendo que não ia dormir. Com a luz do sol não consegue, a cabeça fica pesada. Tem passado as noites na varandinha do apartamento, a fumar, contemplando três putas à espera de fregueses que nunca vêm. De que vivem, se há doze dias não apanharam um só freguês? Talvez ninguém as queira, velhas e macilentas, os homens gostam de carne nova, durinha. Quem sabe, o ponto é ruim. Antes do dia clarear, desaparecem, engolidas pela portinhola cinza. Além da insônia, outra coisa o preocupa muito. Está se esquecendo. Noite dessas, ao voltar para o quarto, viu-se refletido nos vidros da porta: *o que estou fazendo aqui? Quem é aquele ali que sou eu?* Não tinha idéia, agora cada vez mais freqüente, de por que morava no apartamento. Se indagava de onde tinha vindo ou para onde ia. Uma noite, puxou a identidade e teve um pensamento que considerou bastante estranho, não compreendeu a frase que disse alto: *Me tornei aquele que não sou.* Agora, no ônibus, observa a foto e pergunta: *por que matar este homem?*

Finalmente, faz anos que tentam

— Não acredito. Não ligou a cobrar?
— Estou falando da casa de uma amiga, preciso ser rápido.
— Quando pago, não se apressa.
— Vamos começar?
— Onde está, desta vez?
— Santa Catarina.
— Vem para cá? Tem um festival em Areia. Já esteve lá?
— Uma vez. Era um festival de artes, tinha música, teatro, dança, literatura.
— Este é só música, vão convidar uns compositores do Sul Maravilha, para dar o tom.
— Conhece alguém? Para descolar um convite, com passagem!
— Vou ver o que dá para transar. Quem sabe você pode lançar aqui sua nova gravação.
— No dia de São Nunca.
— Ligaram da gravadora do Rio. Deu meu telefone como contato?
— Dei! É a única pessoa com ponto fixo que conheço.
— E a tua amiga aí? É bem mais perto do Rio que João Pessoa. O pessoal achou que você era nordestino. Pegava bem. Ficaram decepcionados quando falei que era paulista.
— Não sabia o telefone do pessoal aqui. O que há?
— Aprovaram a música, querem saber se você autoriza modificações no arranjo, para diminuir custos.

— Aprovaram? Puta que o pariu! Quando foi isso?
— Um mês atrás.
— Merda! Perdi a chance?
— Nada! Como não me ligou, quando chamaram de novo avisei que você andava no Amazonas, com maleita, mas tinha autorizado tudo, podiam mexer. Confiava neles. Fiz mal? Vão prejudicar tua música?

Mal sabe ela, pensou o Ganhador, que a música não é minha. É do garoto de pés tortos. Vou ver se dá para colocar o nome dele, na parceria. Ou dar um dinheiro, se vender. Afinal, sou parceiro. Quem é que transou tudo? Será que a sorte está virando?

— Fez bem, Maria Alice, fez bem. Te adoro! Vou te levar um presente.
— O compacto está pronto. Estão me mandando um. Traz um presente pro meu filho.
— Nosso.
— Lá vamos nós, outra vez. Vai ser assim até o meu filho ficar velho e aposentado! Pára com isso, esquece. Já fez tua parte.
— Tá ficando difícil. Sinto que a criança é verdadeira, agora. Existe. Vai nascer. Puta sensação, fico arrepiado. Ser pai.
— Você não vai ser pai.
— Diga o que quiser, vou me sentir pai! Vou acompanhar esse filho pela vida afora.
— Desde que não me encha o saco, fique a distância. Pode até alugar uma casa vizinha, só não pule o muro. Fique na tua!
— Tá radical, mesmo!
— Tem outra coisa, antes que me esqueça. Querem que você vá a São Paulo para um programa de tevê.
— Na Globo?
— Não. Na nova rede, a Monções. S. Campestre tem um quadro aos sábados que se chama, *Finalmente. Faz dez anos*

que eles tentam. Pra quem tá na luta há muito tempo e conseguiu gravar.

— Os fracassados!

— Até que não. Deixa de ser besta! Lá está em condições de escolher, julgar? Dá um jeito, vou te dar o número, comunique-se com o produtor em São Paulo. Tem tempo, acho que um mês ou dois. Eles programam com antecedência, para evitar furos. Deixei a coisa ajeitada.

— Sempre eficiente, hein, Maria Alice! Viu como preciso de você?

— Agora?

— Será que pagam a passagem?

Na vida não há ilustrações coloridas

— Candelária, por favor!

— Quer dizer a Ministra, a Rainha das Águas?

— Quero dizer Candelária, a minha amiga. Está?

— Quem deseja falar?

— Max.

— Ah, o sueco que estávamos esperando, porventura?

— Por desventura, um brasileiro! E não tenho culpa! Não é um bom nome, reconheço, mas é o que tenho. Dá para falar com Candelária? Particular!

— Tem que dizer o assunto, não existem particulares aqui!

— Pois o meu é. E não digo.

Outra voz:

— Que o Grande Peixe o abençoe, parceiro! Traga paz às suas águas interiores! A Ministra está em importante reunião, com políticos locais. Tente outro dia.

— Tentar outro dia?

— Podemos agendar. De onde o senhor está falando?

— De muito longe e a ficha vai cair. Quem é você? Chama aí a Candelária, vai logo.

Desligam.

— Nossa, disse Cássia, nunca vi gostar tanto de telefone, você não muda. E era foda telefonar naquele tempo, não existia orelhão, era telefone de bar, uma briga por uma linha, escutava-se mal!

Sobem, pedalando devagar, cheiro do mato amassado. Chegam à *Mulher*. O Ganhador conhece o caminho pela lateral do pescoço, leva Cássia por degraus enviesados. A bomba do sistema respiratório funciona com ternura, como se a *Mulher* dormisse. Saem pela orelha, se acomodam no ponto em que os cabelos loiros formam cachos, presos pela fita vermelha, em laço.

— Vai embora logo? Assim que o festival acabar?
— Tenho de ir. Ficar fazendo o quê?... Chorou...?
— Um pouquinho.
— Vai mal?
— Nem mal, nem bem. Eu é que de vez em quando me grilo. Não é nada disso que sonhei.
— Nunca é! A gente é que se ajeita. Conforme dá!
— Acomodação! Tinha horror de pensar nisso. Acabei nela. Não batalhei.
— Tudo bem! Eu batalhei. E deu no quê? Pensa que eu não sei. Pensa que me engano?
— Oh! meu amigo! Você tem uma coisa boa! Batalha, corre, vira, mexe. Vai lá! E eu? Lembra-se? Queria ser jornalista, comecei o curso, adorava escrever. Quem fazia o jornal da Comunicações? Aquele que todo mundo curtia? Eu, sozinha. Desenhava, adorava artes gráficas. Larga isso, entra logo prum jornal, me diziam. Tá perdendo tempo na faculdade. Não larguei, não entrei. Casei. Escuta, o Olavo não tem culpa. Sou eu, comigo! Me abandonei.
— Como vai? Com ele?
— Vai. Já pensei em me separar, quem não pensou? Não é por aí. Teve um tempo ruim. Veio então aquela história maluca, louquíssima. Sabe qual.

— A xoxota?
— Hum-hum.
— Verdade aquilo? Ou fantasia da cabeça dele? Da cabeça de todo mundo?

No rosto de Cássia um riso abafado, os lábios traem. Qualquer coisa de enigmático. Irônica na forma como encara o Ganhador.

— Um dia, escrevo essa história. Com o que sei, o que me foi contado, o que posso inventar. Seja o que for, foi bom, por um tempo. Mas não dá para se arranjar xoxotas na janela a vida inteira.

— A ligação com Olavo é um desafio. Você é teimosa. Não passa disso!

— Não, não! Aprendi. Hoje quero esgotar os limites, ir até o fim. Meu problema era esse, as coisas ficavam pelo meio, mornas.

— E se já acabou?

— Não tenho certeza. Sinto carinho por ele, me faz bem às vezes. Uma piração. Quando estamos juntos, e bem, fica gostoso. Quando estou longe, não sinto falta, fico disponível, vejo que posso me apaixonar por outro. Agora, tem o bebê. Estou curtindo, Olavo também. Quem sabe, muda.

— Mil casais esperaram mudar com o filho. Essa não!

— Te deixa infeliz eu continuar com Olavo.

— Por você! Se não está bem, vou ficar contente?

— Ah, meu velho amor, algum dia gostou de alguém?

— De você. De Maria Alice.

Horário de verão, oito horas e ainda luz de sol. O Itajaí correndo manso, a cidade solta nas margens, quieta, o povo em casa vendo tevê, um luminoso aceso. Cássia se vira, um último raio bate em sua orelha, o brilho.

— O brinco. Ainda tem.

— Claro. Nunca esqueço a temporada no Arraial.

— Era um barato a cidade no escuro. Tinha luz só no centrinho na rua principal, no cemitério.

— Uma doidice, o cemitério iluminado, nunca entendi. Luz para os mortos.
— É, foi na porta do cemitério que o bicho-grilo me vendeu os brincos. O sol e a lua.
— A lua e a estrela. Olhe aí, a lua e a estrela.
— Ué, por que pensei em sol e lua?
— Era do que gostávamos.
— Era tão bom, nem sentíamos o cheiro podre de peixe, nos mercadinhos na saída da praia.
— Onde se comprava peixe fresco, apesar do cheiro.
— Meu espaguete com camarão ainda é arraso.
— Melhorei muito o arroz com lulas, Olavo lambe os beiços.
Noite já. De alguma parte, o som do Premeditando o Breque. Congestionamento na avenida marginal ao Itajaí, buzinas roncam, povo se aglomera. Sirene da polícia. Vento, frio. Todavia, o arrepio que toma conta do Ganhador vem de dentro, ao sentir a brisa com jeito de chuva. E o rosto de sua mãe se desfazendo.
— A gente se encharcava de sol.
— Adorava ver você sair do mar gelado, a pele encrespada pelo frio. Deitado, via tuas coxas bem junto ao meu rosto, cada poro arrepiadinho.
— Daria a vida, agora, para entrar naquele mar. Vê, me arrepiei só de pensar.
— Teria coragem de largar tudo, em dois minutos, se enfiar num ônibus, pegar um avião, se mandar para o Arraial?
— Já se foi o tempo em que entre o pensar e o fazer existia menos que um fio de cabelo.
— Não para mim.
— Pois é, solto demais, tive medo. Me incomodava. Nunca se apegando, sempre rolando, não conseguia te entender.
— Como eu era?
— Só quero que saiba que era lindo o teu sonho, a história de fazer música, o quarto cheinho de discos, você

ouvindo, horas e horas, as músicas do Gil, Vinícius, do Sérgio Ricardo, do Edu Lobo, tua alucinação em fazer igual, maior. Era um barato te seguir nos festivais da Record, hipnotizado, carregando faixas, invadindo os bastidores, se grudando nos compositores e cantores, torcendo, gritando. Depois, veio um momento que degringolou, você sumiu, tava tudo confuso no país. Quando apareceu, não te reconheci, vivia inquieto, baixo-astral, aí ficou tudo escorregadio, trombei com Olavo, trombei com você. Olavo me protegia, cuidava de mim, mimava. Adoro ser mimada. Tinha segurança com ele, não me amarrava, continuei trabalhando, nunca me vigiou, pediu explicação de nada. Era um careta esclarecido.

— Brincou comigo, ou o quê?

— Tem sentido? Fazer uma pergunta dessas, tantos anos depois? Não brinquei.

— Puxa, você me emocionava. Um dia, estava dirigindo, me pediu para amarrar o lenço no cabelo solto, o vento jogava nos olhos. Me atrapalhei todo, trêmulo, com medo de não dar o laço direito. Fizemos tantos planos no Arraial.

— Uma hora volto pra lá.

— Velha, aposentada!

— Pode ser.

— Vocês têm ainda o terreno em Saquarema?

— Aquele é dos bons. Foi uma linda compra, beira do mar. Um ida faço uma casa ali, Olavo pode pescar, abrimos uma barraquinha na praia, caipirinha, cerveja e peixe frito.

— Teria coragem? No duro?

— Tenho. Não sou como você, com fogo no rabo. Consigo ficar parada por um tempo. Por um tempo, olhe lá.

— Gosto de viajar.

— Sozinho?

— Viajou para fora, alguma vez?

— Nenhuma, e você?

— Também não. Ainda espero ir à França, ao Midem.

— Fiz um cartaz pra tua apresentação no Olimpiá. Está pronto, guardado. À espera. Ah, como você morreu de inveja naquela semana que a turma foi cantar bossa nova no Carnegie Hall.

— Vivíamos dentro de um livro colorido. O que sobrou?

— Se disser que foram as páginas em preto e branco, desço e vou embora. Não quero fossa.

— Não é fossa. Estou bem. Sabe, Cássia? Às vezes, tenho certeza de que dá para chegar lá. Ao Festival Maior e a tudo que vem depois. Agora, tem dia que acho que não passo mesmo do Festival de Nova Darmstadt.

— Vou te contar uma coisa. Não estou grávida. É mentira.

— E quando Olavo souber?

Beijando, se acariciando (*os seios dela são um pouco moles, mas gostosos demais*), escorregam pelo laço de fita, caem na grama, rolam abraçados, o Ganhador puxa o vestido de Cássia, ela ri, "ponha em mim sem tirar a calcinha, gosto assim".

Nas vigas que sustentam o nome do restaurante, cartazes do festival estragados pela chuva. A foto do Ganhador desbotada, rosto em pedaços, como se tivesse sido comido por ratos. A noite tem uma inclinação muito pouco acentuada!

> JUSTIFICAÇÃO DE IMPROPRIEDADE:
> *Incentivo à violência*

"Esses índios se movimentam em bandos diminutos, esgueirando-se cautelosamente entre as árvores da mata e caindo inopinadamente sobre sítios isolados, onde degolam as mulheres e as crianças e fogem ao primeiro tiro de espingarda que ouvem, deixando em poder de seus inimigos os seus próprios filhos, quando se mostram fracos demais para acompanhá-los. Seja dito em louvor do presidente da província, o Marechal de Campo Antero José Ferreira de Brito, que essa autoridade, longe de açular seus governados contra esses infelizes selvagens, que não sabem o que fazem, exige que sejam tratados com brandura os prisioneiros, proibindo que sejam considerados como escravos. Ele próprio tomou a seu encargo uma das crianças deixadas pelos selvagens em sua fuga. 'Quando os sertões, hoje impenetráveis, que servem de asilo aos selvagens forem cortados por estradas e se civilizarem, talvez seja possível' diz Antero José, 'ensinar a esses homens a religião cristão e trazê-los para o seio da sociedade da qual eles hoje são inimigos implacáveis.' A época em que as matas habitadas pelos selvagens serão cortadas por estradas ainda está muito distante, não seria uma iniciativa digna do Presidente Antero José, que mostra tanta sabedoria em seus relatórios, procurar uma forma de antecipar essa época? Os antigos missionários não ficavam à espera de que as matas fossem derrubadas para enfrentar tribos mais cruéis do que os bugres, porque eram antropófagas, e nos dias atuais vemos o francês Mercier civilizar, na medida do possível, os botocudos, que dentre os índios atuais são considerados os mais ferozes." Das anotações feitas pelo Ganhador, talvez em 1968, extraídas de *Viagem a Curitiba e Província de Santa Catarina* (1851), por Auguste de Saint-Hilaire, quarta parte da *Viagem ao interior do Brasil*. Encontradas por Cássia entre seus guardados, como os vestidos estampados dos tempos hippies e algumas flores secas.

PAI ME DÁ O BRAÇO

"É um porquinho lindo gordo vai dar muita carne e banha vamos vender o pernil um lucro enorme." Mas aquele cara é conhecido pela espingarda! "Sei disso mas temos de arriscar porque o porquinho é uma beleza me dá água na boca. Além do mais é tiro de sal o máximo que pode acontecer é uns dias de cama a bunda cheia de compressas." Nunca entendi direito por que atiravam na bunda da gente. Só que a espingarda do homem não era mais de sal. Chumbo grosso pra caralho estraçalhou todo o meu braço esquerdo quando me vi encurralado no fundo do chiqueiro. Os fiapos de carne e músculos ficaram pendurados como fitinhas sangrentas. Eu feito mastro de São João nem sentia dor. Estava muito passado olhando o sangue que esguichava das veiazinhas azuis sacudidas pelo vento. Quem me apanhou e levou ao hospital foi o próprio dono do porquinho: "Juro que não quis fazer isto juro era só pra assustar. Me perdoe e pode levar o porquinho. Meu deus uma criança". Correu comigo para a Santa Casa de Misericórdia enquanto meu pai/tio ficava escondido que não era trouxa nem nada. Me jogaram na maca fiquei olhando aqueles pedacinhos de meu braço. O médico cortava com a

tesoura jogando no lixo. Aí está uma coisa que dói sinceramente. Ver pedaços de você atirados ao lixo decerto iam jogar aos cachorros pra comer. Ao menos me dessem eu levava ao circo e dava ao leão. Assim entrava de graça e ainda podia dizer ao porteiro: "Este ingresso vale meu braço". Aaahh ele não ia entender nada.

NA GARUPA DO VINGADOR DE BANHEIROS

O sujeito encara. O Ganhador dá as costas, se esconde. O tipo se movimenta. Pô, até em banheiro de estrada tem bicha? Deve estar a perigo, a cabocla. Até que é bom lugar para caça. Pouco movimento, reservadinhos que se fecham. Teve tempo, em 60, que o Ganhador ficou conhecido nos banheiros de cinemas do centro, em São Paulo. Descolava notinha para sobreviver. Adorado pelas bichas velhas, de bunda mole. Tratava com docilidade, incapaz de agressão. Naquela época, a violência comia, os sádicos davam surras, marcavam com cigarros, beliscavam de arrancar pedaço, mordiam. Ninguém tinha idéia do que acontecia nos banheiros de chão alagado. Pés molhados.

Disso o Ganhador se lembra, por causa dos sapatos furados. Ele não gozava, ficava horas sem gozar. Não porque tivesse alguma técnica, é que não conseguia mesmo. Ainda que algumas bundinhas fossem deliciosas, redondinhas, rebolativas. Mudou tudo, hoje bichas cobram, travestis querem dinheirão, concorrem com putas. Claro, foi tempo que durou pouco. Logo o Ganhador foi tocar no *Esplêndido*, inferninho de loiras anãs. Ele se tornou ídolo, gigante no meio dos baixinhos de pernas tortas. Tinha vontade doida de ver os minicasais transando. Insinuou, sem conseguir. Tinham pudor, nem se beijavam em público.

O sujeito se aproxima, vai atacar. Tá doido, seu! Com a Aids comendo solta, quem se arrisca? O Ganhador termina, abre o registro, solta a água na fileira de mictórios. Detesta urina parada, o cheiro podre. Desde os tempos da fossa negra no fundo do quintal, onde o irmão caiu, um dia. O pai, em vez de socorrer, ficou vomitando, foi preciso chamar os vizinhos. Vai para a pia, deixa a água escorrer, nunca é bom lavar na primeira água. "Acorda, Maria", diz baixinho. Aprendeu em Maceió, anos atrás, quando namorava a estudante de arqueologia. Ela nunca bebia ou se lavava, pela manhã, sem antes deixar a torneira correr. Em água de bacia, remexia com a mão, recitando três vezes: "Acorda, Maria". Porque a mãe de Cristo, rainha das águas, estaria dormindo e não se pode engolir o espírito dela. Certa vez teve a tentação. Lembrando-se de crianças, quando diziam que o espírito de Cristo entrava nele através da comunhão. O que pode acontecer se juntarmos dentro o espírito de Maria e seu filho? Nos santificamos? O que importa: a estudante era a pessoa mais alto-astral que o Ganhador conheceu. Feliz mesmo! Período rico e divertido, por isso ele não vê mal algum em cumprir o ritual. Acreditar não custa nada. Uma superstiçãozinha todo mundo tem.

Lava as mãos observado pelo grandão, camiseta mostrando músculos esculpidos em academia. O Ganhador tem necessidade de se lavar. O tempo todo. Com sabonetinhos de hotel. Traz no bolso. Tem centenas, rouba. Pela manhã, no corredor, à espreita do carrinho da arrumadeira. No que ela se distrai, mete a mão nos sabonetes. Sem o que para enxugar, vê o camarada avançar com o lenço. Vem a cantada, já! Se aceitar, puxar conversa, não desgruda. Ficar de mão molhada, enxugar nas calças? Besteira, pega o lenço.

— Te manjava, você é educado.
— É funcionário do posto?
— Não, sou o Vingador dos Banheiros.
— O quê?

— O Vingador dos Banheiros. Vem tomar café, e pago um. Já comeu?

— Muito cedo, um pão com manteiga. Tive de acordar de madrugada, para pegar carona.

— Roda por aí?

O Ganhador não quer dizer que é músico, vem a pergunta: "Com um braço só?" O Vingador encomenda chocolate quente, abre uma caixa com bolinhos redondos.

— Donuts.

— Donalds? do *Mac Donald*?

— Donuts. Bolinho americano com recheio de geléia. Quer de quê?

— Qualquer um, nunca comi. Onde arranjou?

— Minha mãe manda de São Paulo, basta telefonar. Encomenda expressa pelo correio. Me viciei nos Estados Unidos, ela sabe, ela que me levava a comer donuts nas cafeterias. Agora os americanos tão montando uma rede, vai ter no Brasil inteiro.

Não fosse o gosto, puxado para gordura, seria igual ao *sonho*, que qualquer mãe faz. O Ganhador comeu quatro, enjoou um pouco, tomou dois copos duplos de chocolate. Após um tempinho, sentiu-se bem.

— Tá indo pra onde?

— Pensando em Curitiba, como escala. Mas vou para São Paulo.

— Posso te levar até Porto União, depois você atravessa, arranja uma carona pra Curitiba. Talvez tenha que dar uma paradinha na Serra do Espigão.

— Vamos nessa! Dou uma puta volta, mas me divirto!

Na garupa da moto, um cachecol que o Vingador emprestou protege o rosto. Garoa fina, estrada vazia. Araucárias isoladas mostram paisagem mudando. Conversam aos gritos.

— E você? De férias?

— Nunca tive férias na vida.
— Pô! Que jeito?
— Nunca trabalhei.
— Vive de quê?
— Peguei a grana do velho, o que tinha direito, me mandei pro mundo. Estou rodando.

A estrada atravessa uma cidade. Média, trinta mil habitantes. Bancos da praça abrigam aposentados. Placa de granito com o verso, letras metálicas, douradas: "Fiz um pedido a deus/ para me dar alegria/ e deus me respondeu/ trabalha, planta e cria". Uma fila retíssima, todos abrigados do sol debaixo de marquise, penetra a Caixa Econômica Federal. Penhores. Carregam rádios, bandejas, relógios, cadeiras, bastão, abajur, urinol, quadro, aparelho telefônico, tevê, panelas, roupa de cama, jóias em caixinhas, porta-retratos já sem as fotos dos parentes queridos, discos.

— Teu pai mexe com o quê?
— Nada, era dono de banco, faturou firme quando decretaram intervenção, tudo arranjado c'os caras do governo. O velho foi legal, dividiu a grana c'os filhos, se mandou para a Pensilvânia. Cedo ou tarde, sonhos se realizam, ele garantia. Meu pai deu duro. Acreditava que no Brasil, uma hora, a gente acerta. Acertou, valeu! Agora, quando a poeira baixar ou o governo mudar, ele vem assuntar, abrir uma financeira. Tá assim de gente querendo aplicar, vendendo casa, apartamento, fazenda, indústria pequena. Tá mole ganhar uma puta nota.
— Menos para mim.
— Vamos fiscalizar ali.

Entrou no posto, contornou as bombas, parou diante de uma porta WC – H.

— Puta merda, fede a cem metros.

Moscas, uma lampadinha de quarenta velas, o mictório de lata enferrujada e furada, podia-se mijar no pé, se não tomasse cuidado. A privada entupida, bosta por todo canto. O chão encardido, a torneira da pia quebrada, nem sinal de água. De virar estômago de porco. O Vingador vai até a moto, volta com uma marreta. Quebra o vaso, a pia, destrói o que restava do mictório de lata, mete o encanamento à mostra. Quando saem, um português barrigudo, umbigo de fora, chega.

— Qui houve?
— Nada.
— Ouvi um barulho.
— Foi a descarga.
— Mais num tem água.
— Mentira, foi um peido.
— Mais que peido, com esse barulhão? És um cagalhão.
— Vai lá ver tua pocilga.

Sobem na moto, de longe observam. O português estupefato, sem reação, a coçar a cabeça, olhando para o banheiro e para a estrada.

— Por que fez aquilo? perguntou o Ganhador.
— Acha que pode, uma sujeira daquelas?
— Vai ter de destruir todos os banheiros do país.
— É o que estou fazendo, vou fazer.

O Ganhador gostou do Vingador. Esta aí uma coisa que podia ter pensado, quando era obrigado a lavar privadas para comer. Porrada em quem mija e caga fora. Horas depois, grande restaurante. O Vingador não tinha parado em postos menores, nem em quitandas de beira de estrada. Quando viu o ônibus, mesas cheias, ficou. Direto ao banheiro. Assim que entraram, o empregado colocou uma toalhinha no ombro de cada um. O Vingador olhou, cara de nojo, o pano de cor duvidosa, parecendo não lavado, apenas seco, depois de cada uso. Com um movimento, jogou no chão. O empregado, irritado.

— Não precisava jogar, podia tê me devolvido.
— Vai se fodê, viado!

Banheiro razoável, limpo, o cheiro do mijo substituído pelo desinfetante de bolas, enjoativo. O Vingador vai a cada reservado, olha. Apesar de muito papel higiênico no chão, não dá para reclamar. Numa privada, alguém não tinha dado a descarga, o Vingador chama o funcionário.

— Olha a merda que tá isso, porra!
— Esses cagões num aprendem, caralho. Quem é você? Fiscal de bostas?

Pelo sim, pelo não, o sujeito trata de dar a descarga, passa um pano no chão. Sabe-se lá quem é o homem tão exigente. O Vingador, meio cabreiro. Compra uísque, exibe um maço descomunal de notas, emboca a bebida aos golões. Sentados, os dois, embaixo de uma árvore fendida, ferida por raio. A beber, sonolentos. Adormecem. O Ganhador está dentro da *Mulher*, é o sonho que se repete desde que deixou Nova Darmstadt. Amarra um fio no coração de Silvana. Coração de cetim vermelho que pulsa, Ludomiro é diabólico, pensou em tudo, a *Mulher* é viva, sangue corre por sinalizações plásticas, o pulmão de borracha faz um ruído atemorizador ao se encher de ar. Segurando a outra ponta do fio, o Ganhador avança pelos labirintos subterrâneos, até atingir a sala em que o pássaro dourado se entendia com o negrinho de bronze. Nenhum dos dois. O que existe, isto sim, é a escada. Que não dá para lugar nenhum. Os degraus morrem no ar, no meio do salão. Curioso, ele sobe e no alto percebe que está embaixo. Sobe, outra vez. O final da escada é também o princípio. Retornou, os degraus embaixo mergulhavam no vácuo, igual em cima. Apavorado, mas confiante, percebeu que não podia sair da escada, prisioneiro. Subir ou descer, dava no mesmo. Seu destino eram os degraus; sua vida. E, no entanto, não era desagradável. Acordou, achando que suava frio. Garoa. Completamente molhado, batido pelo vento fresco. Com o vento, o Ganhador vê, nítido, o rosto da mãe, intacto. Olhos fechados, muito pálida, os lábios cor de cera. Logo ela que adorava o batom vinho, quase negro. Em busca desse batom, o pai/tio andou dias e dias, de cidade em cidade, desesperado porque o aniversário dela se aproximava; ah, como se gostavam.

O Vingador acorda, incomodado com a chuvinha. *Quem é esse sujeito e por que estou indo com ele? E para onde? Numa boa.* Partem. O Vingador dirige à toda, em curvas escorregadias ele tem pulso firme, trabalha ágil com os pés para manter o equilíbrio, quando a moto se inclina demais ou escorrega no chão como quiabo. A moto salta nos buracos, atravessa poças, voa pelas lombadas, cai firme na estrada aderindo ao solo. O Ganhador se caga de medo, e não quer pedir que o outro diminua a marcha, ao contrário, o desejo é que acelere mais. Ultrapassam caminhões, filas de carros, ônibus, jamantas, tirando finas, recebendo jorros de água na cara, sentindo apenas a velocidade crescente, veio a sensação de onipotência. Podiam fazer o que quisessem, nada aconteceria. Transformados em água e vento, maleáveis e sem forma, aos trancos e barrancos, navegando nos relâmpagos, energizados pelos raios.

O grande posto, alegria do Vingador. Caminhões estacionados esperam a chuva passar. Os dois direto ao banheiro, o chão de ladrilhos traz marcas de lama. O Vingador se encolhe num canto, como um cão à espreita da perdiz, nariz fremindo. Abre o blusão, deixa à mostra a faca de lâmina serrilhada e o volume embaixo do braço não disfarça o revólver. Puxa um gorro preto de lã, cobre a cabeça.

— Não saio daqui enquanto não pegar um.

— Já leu Platão? perguntou o Ganhador, sem saber por que perguntava tal desnorteamento.

— Nunca li um livro. Desses de história. Manuais, leio aos montes.

— Que tipo de manual?

— O kung-fu, artes marciais chinesas, tae-kwon-do, lutando com espadas, a flecha e o alvo. Compro o que sai, decoro tudo, pode perguntar. Agora, estou amarrado em guias de fuga. Como fugir de uma superprisão, de um campo de concentração, de guerrilheiros vermelhos, de uma cela sem saídas, de uma caixa trancada, de armadilhas eletrônicas, como destravar células fotoelétricas. Leu dessas coisas?

— Não. E você nunca leu Carlos Pena Filho. Aposto.

— Não, quem é? Um guerreiro bárbaro? Putz, o Conan é de arrasar.

— Um poeta.

— Poesia é coisa bonita. Como uma briga. Minha mãe escrevia, meu pai gozava: não vai fazer meu filhos poetas. Para dormir, ela me dizia poesias, dela. Sabe recitar alguma?

Três motoristas entraram, ruidosos. Um gargalhava e outro exclamava: "... e ela abriu a janela e ficou gritando para a rua, louca de pedra, queria todos os homens da cidade..." O terceiro palitava os dentes, chupava e cuspia o que tirava. O Ganhador começando:

Buscava tudo o que havia / de nunca mais encontrar / em sua face macia / em seu leve caminhar, / nas rotas claras do dia / nos verdes sulcos do mar / e de tudo quanto havia / de nunca mais encontrar / restou a forma vazia / suspensa no seu olhar / e a tênue melancolia / de quem não se soube achar / nas rotas claras do dia / nos verdes sulcos do mar.

O Ganhador sabe, não há sentido algum em toda a cena, mas é o que agrada. Poder dizer a poesia de que tanto gosta. Decorou há mais de dez anos. Gostaria de musicá-la, não encontrou melodia. Que se ajustasse, tem que ser suave e agressiva, forte e triste. Que notas para traduzir solidão e busca? Ruído do mijo nos azulejos. Motoristas, calados, ouvem o Ganhador. O do palito teve medo do peso, da atmosfera que se formava.

— Qual é? Banheiro é pra cagar.

— Não é do cacete? perguntou o Ganhador.

— Não entendi bem.

Quando eu morrer, não faças disparates / nem fiques a pensar: "Ele era assim..." / Mas senta-te num banco de jardim, / calmamente comendo chocolates.

— Essa é engraçada, o sujeito é piradinho! Só me diz o que quer dizer disparates.

Os motoristas se foram, atirando uma gorjeta no capacete do Vingador. Só aí ele percebeu o capacete de borco, no chão, como que aberto a contribuições.

— Tem medo de morrer?

— Desafio a morte todo dia, respondeu o Vingador. Cago pra ela, nunca vou morrer, a não ser bem velho. Mas a gente tem que cutucar a morte, empurrá-la, é o que ensina meu professor. Assustá-la, mostrar-se tão louco que ela tenha pavor de se chegar. A morte é uma cagona.

— *A morte é o repouso, mas o pensamento da morte perturba o repouso.*

— Não entendi, você fala complicado.

— É frase de um escritor italiano chamado Pavese.

— Minha mãe fazia pavesa. Conhece? Caldo de carne, com pão e um ovo dentro? Coisa de pobre matar a fome, a gente era criança, antes do meu pai pegar o cargo de gerente que foi a mina de ouro.

— Pavese se matou.

— Tenho um amigo que se matou, semana passada. Amarrou um alvo em cima do coração, ajustou o fuzil, puxou o gatilho com um barbante. Na mosca. Tinha vinte e dois anos e estava cansado.

Ninguém entra por um tempo. O Ganhador apanha o bilhete que Cássia enfiou em seu bolso, três dias atrás, na hora da partida. *Leia daqui a uma semana, vinte dias, não antes. Dê um tempo, até estar bem longe.* Bobagem, esperar tanto tempo, puta curiosidade.

"No fundo da tua mochila, entre as camisetas e calças passadas, tem uma cópia da história. Qualquer hora, dê uma olhada. É tudo que aconteceu. Mudei os nomes, mas você vai reconhecer Olavo, eu, cidade. Inventei pouco, brinquei em cima. Mas fantasiei tão pouco, nem era necessário. Conhece alguém que possa publicar isto? Queria publicar, para que a cidade visse e o Olavo também, ele pensa que fiquei de boba em todo o episódio da xoxota. Queria que saísse na *Playboy*, todo mundo lê por aqui, até fotografaram uma garota da cidade que foi Miss Soja. Dá um jeito, é a maneira de pagar a tua roupa que lavei e passei, eu que odeio lavar e passar".

O homem entrou com um pontapé na porta. Pau de fora, mijando no chão.

— Deus me ajudou! Este é meu!

Nem viu o Vingador e o Ganhador. Urina em volta do mictório, fazendo desenhos. Começa a assobiar, enquanto dá as sacudidas. O Vingador bate no ombro, o homem se vira, recebe o murro no nariz. Vai para trás, ganha o pé no saco, toda a força. A bota do Vingador pesadona, cheia de travas. O sujeito salta, grita de dor, avança. Corajoso, acerta um soco no peito. O Vingador se surpreende, não esperava a reação, é forte. Se socam e mesmo o Ganhador, que nada entende, percebe que sabem brigar, o páreo é duro. O Vingador satisfeito, talvez porque uma briga só é boa quando o adversário tem categoria. Senão, fica a sensação de covardia, agressão pura. O som dos murros é oco, cavo, rolam pelo chão, se erguem. O Vingador com ligeira vantagem, o outro está cansado. Passou o espanto do ataque e ele se indaga por que o parceiro do agressor não entra. Por que o homem não usa as armas que tem à mostra. Não quer roubar? Apenas bater? Curva-se, murro no estômago, leva o joelho no queixo. Se retorce e cai, tem as mãos pisadas. O Vingador vê o pau de fora, esquecido, pisa, amassa. Pontapés no estômago. Massacra tranqüilamente, sem ódio, mínima expressão no rosto, como se estivesse a fazer nhoque, esparramando a massa. Não move músculos. Concentração plena, olhar alerta, atento aos gestos, a estudar e devolver a ação. O homem desaba.

— Era assim que eu queria pegar. Esses bostas que emporcalham os banheiros do mundo.

— Só porque um sujeito mija fora, você pira?
— Me tira de mim.
— Já vi muito louco, essa do mijo é demais.
— Desde pequeno implico com banheiro sujo. Na escola, era uma fedentina, eu segurava o mijo horas e horas, me atacou a bexiga.
— Por causa do banheiro da escola resolveu ser um cruzado?
— Não sei quando resolvi! Uma vez, um cara mijou no meu pé. Dei-lhe uma porrada, o cara caiu de boca no próprio mijo. Fiquei na maior alegria, aí que descobri, nunca mais parei.
— Caralho, não entendo.
— E você faz o quê?
— Viajo.
— Viaja? Só?

Há um resto de uísque, dividem. Arrastam o mijão derrotado para um reservado. "Amanhã vai pensar que a descarga estourou na cabeça dele." O Vingador puxa um papelote.

— Vamos estourar uma graminha?

Se refugiam dentro de um reservado. Quando abrem, dois sujeitos observam irônicos, o Vingador abre o blusão, revolvão à vista.

— Estava dando meu cuzinho. Alguém quer comer?

Não correram porque o Vingador estava entre eles e a porta. Fingiram urinar, nervosos.

— E, se mijarem fora, levam cacete! Olhem lá!

Moto na estrada. À beira de uma vila, ponto de ônibus suburbano, com cobertura de amianto, garoa recomeça. Cochilam no banco e seguem quando o dia nasce, enfarruscado. A estrada atravessa trecho de mata. O Vingador pára na entrada de uma trilha, imperceptível.

— Aqui, a gente se separa.
— No meio do mato, na chuva? Sacanagem, meu!

— Preciso, não posso te levar.
— Prometeu me deixar em Porto União.
— Claro, não me esqueci! Só vou lá depois de amanhã. Tudo bem?
— Agora, vai onde? Não posso ficar também?
— Você é legal! Não se meteu dando conselho, enchendo o saco.
— Andamos um tempão na estrada vazia. Vou me foder aqui!
— É capaz de ficar de boca fechada?
— Tanto que você nem soube quem sou.

A moto pela trilha, dois quilômetros. A trilha virou picada, o Vingador encosta, passa corrente nas rodas, cobre com plástico. Descem com dificuldade seguindo por um valo de pedras. Numa clareira, o Vingador vai a uma árvore marcada por um lenço, amarelo, enfiado num oco. "Para o norte." O Ganhador não tem idéia de nada, ainda mais norte-sul-leste-oeste. Vai atrás. "Estão no acampamento menor, em dia de chuva é o melhor." Sobem por mais de uma hora. *Por que não arranjo um bom emprego, me caso, sossego a bunda? Acordo, vou trabalhar bonitinho, volto, almoço, levo os filhos para a escola, saio de tarde e vou tomar chopinho. Como todo mundo! O que faço no meio deste mato, nem sei se Paraná ou Santa Catarina ou a puta que o pariu, atrás de um doido que pode ser um mentiroso de pedra? Tenho açúcar, sou pára-raios de desbolados. Tudo que é lunático cruza meu caminho. Certeza de que se encontram na África uma pessoa bem complicada, ninguém tem dúvida, embrulham, botam num envelope, entregam na minha porta. Esse aí, não entendo, nem preciso entender. Mania de compreender tudo, vai-se levando, e pronto!* As barracas, acampamento vazio. Caboclo magrelo, barbicha rala, olhar fundo, amontoa lenha úmida debaixo de um telheiro. Curvado, desdentado, seguido por um vira-lata marrom, sujo.

— A turma, seu Carmelo?
— Atravessando o rio na cordinha.
— Muita gente?
— Uns déis.
Riacho, dois metros de largura, correndo entre pedras. Garotos imberbes, de 14 a 17 anos, encarapitados sobre cordas, esticadas a pouco mais de metro e meio uma da outra. Coturnos novos, lisos, escorregam. Pendurados no ar, olhando o rio, apavorados. Não com as águas rasas, e sim com o instrutor, americano de cabelo à escovinha, uniforme de camuflagem, voz estentórea.
— Cair, jacaré comer.
As cordas bambas, os garotos mal se equilibram, chegam às margens, mãos sangrando. Sem um gemido ou contorcer o rosto, provando que são homens. Dois atravessam rapidamente, mostram prática. Equipamentos pesados às costas.
— Nossos recrutas. Vão pastar quinze dias, quando voltarem ao Rio ou São Paulo serão homens diferentes.
Outra corda sobre o rio. Atravessar por ela, sem apoio dos pés, na força dos braços. Cada vez que os pés tocam na água, o americano grita.
— Camam, boys! Camam! Piranha! Perder o pé! Clay estar sem pé!
Dois meninos caem na água, são considerados *mortos*. Vão para as margens, tristes, desiludidos. À noite, a decisão. Se devem voltar ou continuam o treinamento. Ninguém vai falar com eles, não se conversa com cadáveres. O teste é ficarem ali, imóveis, o resto do dia. É também uma prova, para despistar guerrilheiro, vai explicando o Vingador.
— O que é isto?
— Um Survive Camp.
— Entendi bulhufa.
— Chamam também *outwar bounds*.
— Qual é a jogada?

— Treinar homens para a vida moderna. A coisa anda violenta, essa meninada precisa se defender. Existem destes campos aos montes nos Estados Unidos, se espalham pela Europa.

— O instrutor é americano?

— Dos bons, tem um puta senso de organização. É o décimo campo que montou no Brasil. Tem no Amazonas, em Mato Grosso, Minas, no Rio, onde foi o primeiro, e agora no Sul.

— Vai me dizer que o cara lutou no Vietnã?

— Tem também um inglês. David Guinners, do caralho! Era do SAS.

— Você fala como se essas coisas me fossem familiares. Que porra de SAS?

— Special Air Service. Tropa de elite.

— Não vem me dizer que estão treinando meninos só para se defenderem da violência. Tem jogada aí.

— Se tem, não sei. Meu negócio é aprender a lutar, sobreviver na selva, brigar com guerrilheiros.

— O último guerrilheiro do Brasil morreu em 74.

— Nunca se sabe, dizem eles. O continente está para explodir, os americanos estão investindo nos campos, devagar.

— Tem interesse escondido atrás.

— Caralho, você é dos que levam tudo para o lado político! Caceta! A nova moda é o corpo, a musculação. O que adianta um puta corpo, sem uso? Aqui, a meninada aprende. É como se fosse uma academia física, só que em vez do Leblon está no mato. Preparamos pra selva e pra cidade.

Um homem salta à frente dos dois, fuzil engatilhado. Figura toda branca, cara a cara com o Ganhador. Que gelou, a boca secou. Ficou sem ação. Vendo o Vingador puxar a arma. Um segundo, e a pistola na mão. Antes que ele atirasse, o homem branco tomba, atingido por uma flecha de metal que atravessou seu peito. No lugar exato em que havia o coração desenhado. O alvo desapareceu e o instrutor fez o sinal de OK. Para o garoto que estava com o arco eletrônico ainda na posição de tiro.

— Viu? Os meninos andam rápido com menos de uma semana. Não sai de perto de mim, aqui é cheio de armadilhas.

— O treino é pra valer?

— Muita coisa. Claro que não se mata, mas se chega perto. O problema é a honra, nenhum quer ser *morto*. Amanhã começa o combate mortal entre amarelos e vermelhos. Aprender é na marra, no perigo!

No meio da tarde, uma pausa. Os garotos no centro do acampamento. Molhados e cansados. Agressivos, olhares duros, chicotes na mão, faca na cintura, encaram-se com rudeza. A sensação do Ganhador é de que além dos treinadores de luta há também um diretor teatral, a encenar expressões. No fundo, pensa, essa garotada se divertiria mais na pista de danças, ao som de música. Ou na garupa de motos.

— Sabe que está sentado em cima de uma mina?

— Mina, menina?

— Mina, bomba. Que explode!

— Conversa!

O Vingador atira um pau, com força. Explosão surda, fumaça, poeira negra, o Ganhador pálido, putíssimo. *Foda-se, quero me mandar daqui, já.* Todos rindo, divertidos. O Vingador mostra. Buraco, uma lata com dispositivo de ar comprimido, muita cinza, poeira, folha seca, bomba de São João. Não passa de efeito especial, a jogada é detectar as minas, fugir delas. O único moreno do grupo senta-se ao lado do Ganhador, prato de alumínio. Grude preto no fundo. Come sem vontade, *disseram que é ensopado de cobra, estou com nojo, mas preciso me habituar.*

— Comer cobra! Tá doido. Mora onde?

— Florianópolis.

— Lá tem cobra na rua?

— Claro que não.
— Então, não precisa se acostumar. Não vai viver no mato, não tem cara!
— Pode ser que precise, aí tou preparado.
— Tem aprendido o quê? Vale a pena?
— Vale! Luta de faca, defesa pessoal, descobrir armadilhas na selva. Ontem, salvei meu grupo, vi os fios invisíveis que fazem granadas explodirem. Percebi também o buraco coberto de folhas, cair nele é foda, morre. Cheio de espetos de pau, você vira paliteiro. Tem vietcongs por tudo que é lado.
— Sabe o que é vietcong?
— Um guerrilheiro fodido, cheio de manha, disposto a matar.
— Não acha mais emocionante um racha de carro ou de moto? Com a polícia chegando de repente?
— Não dava mais emoção. Tinha toda noite. Isso aqui sim. É barato, custa poucas centenas de dólares, ao câmbio do dia, e vale mesmo. A gente fica ouriçado!
— Tem namorada?
— Várias.

A chuva volta, começo da noite. O Vingador diz que não pode levá-lo de volta à estrada. *Fica mais dois dias, aprende a lutar com um braço só, o instrutor é ótimo, nem precisa pagar, é meu chapa.* Quando todos dormem, o Ganhador dá um tempo. Imagina que acampamentos são vigiados. Deita-se, ajeita o cobertor, depois se arrasta. Sabe o ponto exato por onde chegou. Rasteja. Apalpa à frente, buscando fios invisíveis. Começa a rir, dele mesmo. *Aqui estou, igual essa garotada, brincando de guerra.* Se me vissem, ia ser um vexame. Quando passa pelo Vingador, julga vê-lo fechar os olhos, rapidamente. Será ele o vigia desta noite? O Ganhador tem de chegar à árvore de casca rugosa. Ali deixou amarrado o barbante. Não é difícil, escolheu o tronco de propósito. Tomara que algum dos recrutas não tenha encontrado o barbante. Está no mesmo lugar. Agora, o Ganhador sobe lentamente, guiado pelo fio que desenrolou, à medida que descia para o acampamento. A partir de um ponto, levanta-se. De saco cheio de se arrastar, morto de medo de cobra. Ou sapo, tem nojo de sapos, eles mijam na gente e cegam. Tem de caminhar vagarosamente, seguindo o barbante. Atinge a estrada, não se localiza. Veio da esquerda ou da direita? Senta-se assobia. Canções que ecoam pela selva (matinho). Precisa com urgência de novo violão. Escuro, silêncio. Aquela velha melodia que o persegue retorna. Tem metade da letra pronta, pode ser a música que vai levá-lo à glória. Percebe-se cantando Pat Silvers, é o condicionamento, de tanto ouvir. O compacto! Louco para ver/ouvir. O terceiro disco gravado em toda a sua vida. Os outros dois independentes. O primeiro feito pelo DCE, na faculdade. O segundo numa gravadora da Bahia que pretendia descobrir valores, após a explosão de Caetano, Bethânia. Logo depois do Festival de Estudantes de Ilhéus, o primeiro que o Ganhador venceu. Na brincadeira, música feita na praia. De repente, as críticas: *um passo além do tropicalismo, a reescritura do movimento*. Ele não tinha idéia do que era, não andava em movimento nenhum. Demorou para o terceiro compacto, nem tem mais tanto tesão. Mentira, anda doido de vontade de pegá-lo, ouvi-lo quinhentas vezes. Comprar um monte, enviar aos amigos, provar que acontece. Ajeita-se debaixo de uma árvore, incomodado pela chuva. Tira um cochilo, no quebrar da barra, acorda. Sacudido por um soldado. Um caminhão cheio de gente, as luzes acesas. Meio enregelado, zonzo. Qual é agora? Exército, polícia?

— Vai depressa.
— O que é?
— Sobe no caminhão!
— Para quê?

Na penumbra da carroceria um amontoado de rostos indistintos. Ninguém falou nada, disse *olá, como vai*. Silêncio. A traseira do caminhão bem cheia.

— Tem mais gente aí? Viu alguém? Estamos evacuando a região. Enchente, das bravas. Calamidade!

— Acho que não, não vi ninguém.

Em dúvida. Deve falar do Vingador, do acampamento? Amanhece, com o caminhão parado na cauda de imenso congestionamento. Quilômetros e quilômetros. Arrastam-se metro a metro até atingir o ponto em que divisam a cidade inundada. Porto União. Pontilhado de casas, postes inclinados, barcos, madeiras flutuando, cães nadando, bombeiros, helicópteros. Gente sobre telhas, nos galhos das árvores, torres, altos de caixas d'água, janelas dos prédios de três, quatro andares, cadáveres de animais, crianças mergulhando dos tetos. O helicóptero desce e o bando de fotógrafos emerge. Como se das águas, por milagre. O governador desembarca, se dirige ao ponto exato dos jornalistas, dando a entender que observa, preocupado, a enchente. Luzes se acendem, microfones se estendem, entrevistas. Depois sobe numa lancha que quase sossobra de tanto puxa-saco e se vai pelas ruas/canais. A imprensa tenta arranjar barco, não há, todos ocupados na remoção de refugiados. *Não liga, não, diz um sujeito,* tipo anacrônico, de paletó e gravata em meio à lama. *O governador volta, nunca fica longe das câmeras. Só veio a esta cidade porque sabia que a imprensa estava aqui. Tem lugares em piores condições e ele nem se toca.*

COXAS MOLHADINHAS EM JANELAS DE PORÃO

O Ganhador indiferente à água que continua a subir. Alheio à excitação que emana da beira de rio. Amontoado de gente. Repórteres entrando e saindo. *Bem que pediram verbas ao governo federal para obras nos rios e vertentes, mas o ministro do Interior queria saber o que Santa Catarina e o Paraná significavam de votos no Colégio Eleitoral.* Médicos a gritar. Funcionários da Defesa Civil enlameados. Macas. Famílias inteiras, ar apalermado, sem entenderem. Gritos, buzinas, choros, tilintar de caixa registradora. O Ganhador bebe cerveja, despreocupado. Sirenes. Seria possível fazer uma canção sobre enchentes? Quando as águas subiram e Sete Quedas desapareceu, ele estava perto, foi ver, uniu-se aos grupos ecológicos que se manifestavam. Tem uma letra, esquecida em alguma parte, deve estar com Maria Alice. De vez em quando, faz uns pacotes, junta coisas, manda para João Pessoa. De tempos em tempos, amontoa recortes, cadernos, despacha, no fundo é organizado. Detesta jogar fora papéis, cartas, bilhetes.

O Ganhador lê, agitado, o texto que Cássia entregou. Tinha ficado no fundo da mochila. Lê com um olho só, os óculos se quebraram naquela noite com Candelária. Ainda não arrumou.

"A xoxota provocou um notável período de reformas em Nova Darmstadt. Não havia pedreiros para tanta procura e eles cobravam o que queriam, pediam o que não podiam pagar, viraram todos aproveitadores de marca maior.

No começo ninguém acreditou, riam e gozavam e comentavam que era imaginação, coisas dessas não aconteciam. Besteirada inventada pelo professor para se excitar e voltar a praticar a cópula com sua mulher, uma vez que eram casados, há vinte anos e estava tudo morno, aborrecido, homem não se contenta, quer sempre coisa nova.

Os pedreiros comentavam entre eles que todo mundo que queria reformar a casa insistia em fazer um porão e gente teve de escavar a casa inteira por baixo, para criar o espaço necessário a uma saletinha, tão pequena que às vezes parecia caber uma pessoa só, como uma cela solitária numa penitenciária."

(Como escreve mal, coitada, pensou o Ganhador, sem vontade de continuar. Porque do outro lado do rio, em União da Vitória, havia agitação. Parece que o governador do Paraná tinha chegado, com grande comitiva e caminhões carregados de víveres, em campanha de solidariedade.)

"Quem reformava casa estava esperando certamente que a misteriosa xoxota surgisse, provocando o encanto que tinha provocado no professor. Enfim, esperar a vinda da xoxota tornou-se uma necessidade, igual a gente espera o sorteio dos números da loto, para saber se fizemos a quina.

Durante meses, todos se perguntavam:

— Apareceu para você?

Os honestos garantiam que não. Os que tinham medo das mulheres garantiam que não. Os malandros, conhecidos como 'já comi', porque diziam que tinham passado todas as mulheres da cidade, garantiam que a xoxota tinha aparecido não uma, mas várias vezes, e tinha sido a maior farra.

— E como é a mulher? Daqui? Conhecemos?

Todos respondiam com evasivas, deixavam dúvidas para confundir. Segundo se conseguiu apurar, tudo começou com o professor Laerte. *[NOTA: Viu o nome que dei para Olavo? Porque tudo partiu dele, esta história maluca. E é engraçado que, ao menos, agitou a cidade, ainda que me enchesse um pouco o saco.]* Numa noite, ele estava em seu estúdio, no porão da casa, corrigindo provas, com a janelinha aberta, por causa do calor. A janelinha era ao nível da calçada, de maneira que ele podia ver os pés dos transeuntes. Evidente que agora, tarde da noite, poucas pessoas passavam, e quando era alguém conhecido, costumava se abaixar e cumprimentar o professor, indo em seguida.

Eis que, de repente, o professor ergueu os olhos das provas e deu com ela, o que quase provocou o riso, porque parecia que ela estava também olhando para dentro, a observá-lo com curiosidade. E claro que era, pois que se torna impossível confundir uma. Pode-se ver um biscoito e pensar que é chapéu, um moinho e imaginar um cavalheiro armado, um prato e imaginá-lo disco voador. No entanto, a xoxota é única e até crianças em idade razoável conhecem sua forma perfeita e exclusiva. *[NOTA: Gostou desta? Posso redigir anúncios, não posso?]* Um desenho estilizado, invariável por milênios. O professor coçou os olhos, sacudiu a cabeça, olhou as provas: estes alunos me deixam maluco com suas besteiras, vejam só o que acaba de acontecer, uma xoxota na minha janela. Engraçado, continuou pensando o pobre professor (*Pobre coisa nenhuma,* pensou por sua vez o Ganhador, *quisera eu enxergar xoxotas na minha janela, de madrugada. Nunca me aconteceu*). Laerte ficou imaginando: não comi nada pesado, não fiz nada diferente, foi um dia normal, joguei vôlei, comi pastel, bebi uma cerveja no fim da tarde, verifiquei meus investimentos, o gerente me aconselhou a vender o dólar e comprar um pouco de ouro, única coisa que não vai desvalorizar com as encrencas que estão por aí. *[NOTA: Se tivesse que colocar a verdade da vida real, teria que colocar também o Laerte encalacrado com as vendas de vagas, se bem que os advogados conhecem bem o juiz, está correndo um dinheirinho para se ajeitar as coisas, não me pergunte como, mas é preciso disfarçar um pouco.]* O professor no começo imaginou que fosse alguém metido a engraçadinho [ou engraçadinha? qual o certo?] querendo fazer brincadeira de mau gosto, mijando dentro de seu estúdio. Iria molhar as provas, sujar a mesa, tudo ia fedendo, ainda que provas mijadas combinassem com o colégio de merda, como todos chamavam a espelunca, onde bastava pagar para ser aprovado. Mesmo com a perspectiva de mijo o professor não recuou, era um bravo homem, aliás na verdade até achou que era coisa agradável se a xoxota mijasse, nunca tinha visto uma daquele ângulo, nunca tinha visto uma mulher mijando. Excitado, o membro rompendo a calça de pijama *[NOTA: Não consigo mesmo dizer palavrões, nem escrevendo, preciso fazer força, me violentar um pouco]*, o professor quis enfiar a mão pela grade e acariciar aqueles pêlos castanhos, mas não conseguiu. O tal mijo não vinha e a mulher movia o corpo ritmado como se estivesse fazendo amor com alguém invisível e o professor contemplou as pernas tão perfeitas. Seria possível identificar mais tarde aquelas pernas? Se bem que, em matéria de pernas, Maria Olívia, sua mulher *[NOTA: Gostou do nome que me dei? Queria tanto me chamar Maria Olívia, detesto Cássia]* era invencível, uma escultura admirada nas piscinas, há anos e anos. Seria uma das alunas do professor? Brincadeira, trote, gozação, armadilha? Perigo! A cidade era fogo! Laerte de vez em quando notava na classe movimentos suspeitos, lascivos, atitudes lúbricas que lhe pareciam tentativas de sedução, como pernas cruzadas, joelhos à mostra, decotes, blusas entreabertas, beicinhos sensuais que o deixavam cobiçoso, apetite estimulado. *[NOTA: Ao menos foi assim que o Olavo me contou, você sabe, ele é meio tarado, fica maluco com aquela meninadinha, acho que gosta de lolitas. Ah, lembra-se de um romance que me emprestou sobre um professor quarentão e uma menina de 14 anos?]* Eram bastante conhecidos os casos de certos professores que levavam alunas para casa, diziam até que as mulheres participavam. *[NOTA: Sabe que dizem mesmo isto aqui na cidade?]* Observando a xoxota na janela, o professor entendeu que era bobagem ficar ali parado, tinha que fazer uma coisa. Gritou: 'Espera aí que vou abrir a porta, e você entra'. Falava mais para ele mesmo, nem sabia ou tinha certeza de que a mulher estaria ouvindo e subiu correndo. Para chegar à porta tinha de percorrer pequeno corredor, subir um lance de escada, cruzar a sala, abrir três fechaduras e dois trincos, e foi aí que ele bateu a mão na cabeça e pensou: Êpa! E se isto é uma armadilha? Ladrões usando uma isca para entrar em casa, andam usando todos os recursos, outro dia um deles se vestiu de mulher e se empregou como babá durante duas semanas, até dar o golpe com tranqüilidade. Paulão, o advogado e dono da imobiliária, muito amigo de Laerte, jurou que o dono da casa na ausência da mulher tinha beijado a babá e sido chupado por ela, o que provocou uma repulsa geral na cidade, todo mundo se afastando do tipo, por causa dessa paranóia de Aids que anda por aí, e por causa dos boatos a mulher dele foi embora.

Entre o desejo e a segurança, venceu a segurança e Laerte primeiro subiu ao andar de cima, de onde, da janela do banheiro das crianças, podia enxergar a calçada. Estava nervoso, irritadíssimo com sua caguira, falta de ousadia. Bom mesmo era o Paulão, um sujeito da maior cara de pau que chegava às mulheres, a todas as mulheres, e pedia: me dá? assim, na lata, explicando que eram pouquíssimas as que recusavam, porque mulher gosta mesmo é de ousadia, com esta história de feminismo, os homens decidiram ser delicados e gentis, e homem mesmo não é nada disso, é durão, firme, decidido, mandão, que é como elas gostam. [NOTA: *Isto é uma crítica porque uma vez você me disse que a literatura tem que conter uma certa dose de crítica social. Certo?*] Tendo a segurança vencido o desejo, ainda que o desejo continuasse dentro dele, Laerte desceu de novo ao porão, mas tornou a subir em seguida, pensando em ir ao banheiro, praticar algo que há muitos anos não fazia, e que era uma boa lembrança da adolescência: a masturbação. Sentiu um pouco de vergonha, pois um homem de cinqüenta anos se masturbando não parece nada normal, é coisa típica de certos adolescentes, e digo certos, porque adolescentes hoje estão praticando o amor com as namoradas. [*NOTA: Percebeu aqui anotações sobre os novos costumes?*]

Laerte subiu, mas em vez de entrar no banheiro, entrou no quarto de Maria Olívia. [NOTA: *E isto, meu querido, aconteceu de fato entre Olavo e eu; olha que é uma absoluta confidência.*] A mulher dormia, camisola transparente. Estava de camisola porque nunca na vida tinha dormido sem ela. Laerte ficou admirando as coxas, bonitas ainda que com um pouquinho de celulite, no entanto celulite até aumentava o desejo dele. O professor se inclinou na cama e suavemente desceu as calcinhas da mulher que se moveu, sem que ele soubesse se era do sono ou alguma malandragem. Conseguiu retirar a calcinha e ficou olhando um pouco as pernas dela entreabertas, ela tinha uma xoxota tão bonita quanto aquela da janela e Laerte subiu, beijou as coxas suadinhas e começou a lamber a própria mulher, o que era feito pela primeira vez. Então, ela o agarrou pelos cabelos, empurrando a cabeça quase para dentro da xoxota, de maneira que ele quase ficou sufocado, sem poder respirar, mas no entanto continuou com a sua tarefa.

— Chupa, chupa, seu filhadaputa, chupa minha boceta!

E Laerte se assustou demais, porque nunca na vida a mulher dele tinha dito tais coisas, não falava um palavrão, e toda a vida eles tinham feito amor no escuro e muito quietos, ela mal gemia um pouquinho quando chegava ao orgasmo. *[NOTA: Está vendo meu Ganhador, as palavras que escrevo? Se fosse na vida real eu teria que confessar ao Olavo quem me ensinou a ser lambida e lamber. Era o que você mais pedia às meninas nas festinhas do DCE, lembra-se? E não começava nenhuma assembléia sem antes levar uma chupadinha. Elas te adoravam, você era nojento, cafajeste, bem-humorado, gozador. Sabe por que não se hospedou em casa? Puro ciúme de Olavo, queria te ver longe de mim.]*

No dia seguinte, Maria Olívia contou tudo às amigas na piscina do clube, onde passavam a tarde se bronzeando e fofocando, e como tem fofoca na cidade! As meninas claro que contaram aos maridos e aos amantes e namorados, de maneiras que em pouco tempo a história tinha se espalhado e foi aí que começou a lenda, todo mundo vendo xoxotas nas janelas, e esperando para ver, e quem tinha visto (ou dizia que tinha visto) enxergava, e quem não tinha visto (ou tinha e dizia que não para disfarçar) esperava, ansioso."

[NOTA: Sei que não é uma história. Ainda tenho muito a contar. As reações na cidade, as manifestações das senhoras católicas, o clima de erotismo que tomou conta, todo mundo superexcitado, a fazer amor com as próprias mulheres, para poder satisfazer aqueles desejos provocados por uma xoxota na janela. Sei que preciso escrever muito e sei que tenho um material nas mãos que não quero perder. Me ajude, quero terminar.]

Desgraçada, podia ter acabado, inventado uma conclusão. Terá sido verdade tudo isso? Ou, então, o final da história é esse mesmo, não há final, tudo na vida se encerra num vazio.

— Como é? Vai ou não vai?

O sujeito da Defesa Civil, autoritário.

— A balsa está atravessando todo mundo, rápido, mexa-se, não dá pra ficar deste lado, não tem segurança.

O Ganhador caminha para o cais improvisado, senta-se nuns caixotes. Uma complicação pára a balsa. Certa vez, esperando o barco para cruzar o rio, ele dormiu. Às margens do Paraíba, em Timon, Maranhão. Olhando Teresina do outro lado. O calor baixou a pressão, ele se encostou debaixo de uma árvore minguada. Tirou cochilo. Um grupo veio, cagou mole, apanhou a bosta, passou nas cordas, jogou cocô dentro do violão. Acordaram o Ganhador: "Agora, dormilão, pode cantar sua musiquinha de merda".

No pender do sol, a balsa desencalhou. Levou para a outra margem. O Ganhador pegou carona num jipe, sessenta quilômetros. Ficou a pé, tirou o coturno, caminhou pelo acostamento. Barro penetrando entre os dedos.

> JUSTIFICAÇÃO DE IMPROPRIEDADE:
> *Grosseria e vulgaridade*

FAMÍLIAS ALEGRES PELAS ESTRADAS DO BRASIL

Gravador ligado, recebendo estalos, pios, ruído de pneus no asfalto quente. De tempos em tempos, o silêncio. Parece haver ritmo entre silêncios e barulhos. O Ganhador pensa na harmonia existente. O Ganhador espera, sentado no banquinho. Onde chacareiros deixam o leite para o caminhão das usinas. Quando percebe veículo ao longe, ele se levanta, faz sinal. Não param. Descalço, escava a terra com o pé. Recebe o calor do chão. Deita-se, aspira o cheiro, com toda a força. Os gases da terra penetram no sangue. Energia. Volta ao seu posto. Aprendeu. A ter infinita paciência. A ponto de se dispor a dormir ali, é possível se ajeitar no banco. Paciência que nada tem a ver com a ânsia contínua que o domina. Coisas diferentes. Angústia que o leva a sair do cinema, antes que o filme termine. A comida no prato, insuportável, engole a grandes garfadas. Fazendo xixi e já apertando a descarga. Tira a chave do bolso uma quadra antes de chegar em casa. Não espera elevadores, sobe escadas. Vontade perpétua de saltar para o instante seguinte, e o seguinte. Sem estar em momento algum. Será por isso que anda tanto, sem saber onde ir? Saltando barreiras, queimando etapas. Caminhando para o ponto obscuro e indesejado. Está difícil compor, ver o final da melodia, ter a letra organizada, compassos certos. Deseja que o ritmo saia espontâneo. Pronto, na primeira tacada.

Apanha a música que o menino de pés para dentro entregou. Uma boa letra. Pequena modificação, troca de palavras. Eliminar termos regionais. O que significa *suestar*? Além disso, palavra mais feia. E *desengordar*? Por que não *emagrecer*? *Pacacidade* poderia ficar. E também *melgueira*. Palavras diferentes ajudam, dão a nota estranha. A melodia é agradável, colorida. Retoques, o menino sabe música, arranjou-se bem. Vai dar. Um parceiro ajuda. O pensamento alegra o Ganhador. Idéia: colocar violinos e guitarras, que combinação. Um toque nostálgico. Violinos, mas com um som crítico. O deboche. Se fosse possível uma harpa.

Perua Kombi cor-de-rosa, senhoras sessentonas de tailleur, cabelos armados, broches camafeu. Encantadoras e sorridentes. "Sobe, filho, parece cansado." Estão indo para o Congresso Eucarístico. Oferecem biscoitinhos, feitos em casa, bolinhos. Chá e café que trazem em térmicas. Adoráveis. Cantam hinos religiosos.

— O senhor faz o quê?

— Toco e canto, sou compositor.

— Toca? Só com...

— Com essa mão? Quer dizer?

Lá foi ele tentando, assobiando, apanhando como podia as melodias, vagamente repetitivas. As senhoras, encantadas. No final:

— Será que também sabe tocar com o pé? Soubesse, podia ir ao show do Sílvio Santos, tem um quadro chamado "Isto é incrível". Se fosse, aposto que ganharia.

As piedosas o deixam na porta do Seminário. Vão tomar chá com o superior, entregar donativos. O prédio enorme, parte em ruínas.

— Aqui nos despedimos. Bem que o senhor podia ser padre, há tanta falta de vocações. O Seminário comportava duzentos alunos, só estudam quatro. Um deles é... é meio...

— Pederasta.

— Acho que é essa a palavra, maricas. Só espero que os outros não sejam dessa igreja progressista. Precisamos de padres de verdade, que saibam dizer uma boa missa, ouvir uma confissão, com penitência severa, e encomendar direito um morto. Pobre Jesus!

O Ganhador à espera, ainda ri um pouco. Monza vermelho, último tipo. A gorda come banana. Rosto balofo, simpático.

— Se o aperto não lhe incomodar, suba!

Atrás, dois moleques. Um gordo, óculos com esparadrapo, puxou a mãe. O outro, magro, aparelho nos dentes, parece filho do marido, um espigado, bigode fino, dentes salientes, óculos sem aro. Boina marrom, caída de lado, bem maior que a cabeça do homem. Os garotos, carecas. Cabeça raspada a máquina zero.

— Pronde vai?

— São Paulo.

— Meio fora do caminho, né?

— Vou como posso, acabo chegando.

— Estudante?

— Não enxerga, tesouro? Ele é meio velho pra estudante. Só se for professor.

— Sou cantor.

— Tua cara não é estranha. Te vi na televisão?

— Acho que viu.

— Han? Quando? Han? Aparece em programas? Qual, han?

— Bom, quando Tancredo morreu, estive lá. Passei dias e noites diante do Instituto do Coração, tocando para animar as pessoas, fazendo corrente positiva.

— É mesmo, tesouro! Lembro dele. Como se chama?
— Massiminiano. Ou Massi. Também já fui Big Max.
— Nunca ouvi falar nele, pai!
— Cala a boca, mal-educado. E no *Globo de Ouro*, apareceu?
— Não. Mas no *Empório Brasileiro*, no *Som Brasil*, no *Raul Gil*, no *Perdidos na Noite*.
— Sai, velho. Você não vê o *Globo de Ouro*, nem nenhum programa de música, tesouro. Não gosta de música, só do hino à bandeira. Acredita, moço, ele é amarrado no hino à bandeira.
— Não gosto! Han, que história é essa? Só porque não agüento ir ao karaokê, toda sexta-feira? Tem santo que te agüente?
— A mãe ganhou dois prêmios no karaokê.
— Ele não vai me ouvir, tem inveja. Por todos os santos, morre de ciúmes! Não me deixou colocar toca-fitas no carro. Acha possível, um carro sem toca-fitas? O senhor tem gravador? Se quiser ouvir a fita do karaokê...
— Vai encher o saco do pobre homem?
Os meninos abrem com fúria um saco de baconzitos, metade se esparrama. Comem, tomam Glut-sabor morango, chupando vorazmente os canudinhos. Junto ao espelho retrovisor, medalha de São Cristóvão, carregando o menino Jesus. Fitas do Bonfim, um terço, santinhos de Nossa Senhora Aparecida. No painel, os retratos emoldurados dos filhos: "Papai, não corra. Esperamos por você". Retrato do que devia ter sido a gorda quinze anos atrás: "Dirija com cuidado, meu amor".
— Implico com a vitrola naquela altura que os meninos ligam. Outro dia, meu amigo. Como é mesmo o seu nome? Ah, desculpe! Outro dia, na greve dos bancários, levei trabalho pra casa. Não podia trabalhar na agência, os caras me matavam. Acredita? Não consegui fazer nada. Por causa da barulheira desses dois. Vitrola, gravador, tape, televisão, tudo ligado naquela casa. Sabe o pior? Quando levei o trabalho de volta

sem fazer, o gerente achou que eu era grevista também, só que fazia média. Piorou, só piorou!

— É, é, te peguei! Pros outros, confessa. Entende o que te digo? Não vem depois reclamar que sou sofredora, uma vítima. Agüentar esses dois o dia inteiro em casa!

Os meninos comem bananas, jogam cascas pela janela. Abrem uma caixa de sucrilhos, a mãe estende a mão. Enfia a bolada na boca, estende de novo.

— Sucrilho, tesouro?

O magrinho faz sim, olho na estrada. Ela põe um a um na boca do marido, como a alimentar passarinho. Quando demora, ele se impacienta. Dirige vagarosamente, no meio da faixa. Não dá passagem e, quando buzinam, resmunga.

— Estou no meu direito. A 80 por hora. O que querem tais valdevinos?

Preciso colocar esta palavra numa canção, pensa o Ganhador. *Num rock da pesada, vai deixar a meninada de cuca fundida.* Os carequinhas tomam Toddynho, fazendo barulho com os canudos. Abrem uma caixa de sapatos, cheia de empadas. O Ganhador apanha uma, a gorda é ótima cozinheira, a massa podre saborosa, o recheio de palmito é fresco, cremoso. Ela divide um frango assado com o marido, dando pedacinhos na boca. Ele sorri para ela, ternamente. O Ganhador aceita uma coxa envernizada, tempero saboroso. *Até que dá para viver com uma mulher assim, não entendo por que o sujeito é tão magro.* A empada e o frango caem bem no estômago, melhor maneirar, senão acaba vomitando. Os meninos estouram um pacote de amendoim torrado, misturam com iogurte, laranja e cenoura. O magrinho pede coxinhas, a gorda abre o porta-luvas, há três embrulhadas em papel de seda. A gorda arrota, todos riem. Segue-se a sessão de arrotos. Um mais forte que o outro, o menino de aparelho nos dentes é o rei, produz prolongadíssimos.

— Verdade que arrotar mostra que gostou da comida para alguns povos? Li no *Almanaque Abril.*

— Soltar vento também.
— Peidar, o senhor quer dizer.
Os carecas iniciaram sessão de peidos, o carro ficou insuportável. O Ganhador, sem jeito. Pedir para descer?
— Me dá melancia, mãe!
— Só quando parar no posto.
— Nessa estrada não tem posto, não vimos nenhum.
— Está no porta-malas, vamos ter de parar.
— Pára aí, pai! Pára!
— Não posso, temos de fazer seiscentos quilômetros até o fim do dia. Não posso parar cinco minutos pela minha média.
Olha uma tabelinha presa no painel, confere mentalmente, faz sim com a cabeça, satisfeito consigo mesmo.
— Quero melancia, pai.
— Melancia, melancia.
Gritam, jogam pela janela pedaços de jornal, espinhas de peixe, ossinhos de frango. O magrinho encosta, a gorda busca a melancia.
— Você é cantor, mesmo?
— Ia mentir?
— Vive disso? Não parece ter dinheiro. Não entendo. Os cantores que vejo na televisão e na *Amiga* são ricos, fazem comerciais, comem as mulheres, têm carrões. E você me parece num miserê. Tá me alugando, não?
— Não estou, não.
— Diz uma música sua. A mais conhecida.
— *Corações num bloco.*
— Quem gravou?
— Ninguém, só foi cantada em festival.
— Conhecem essa, meninada?
— Não. Por que o senhor não faz uma música pro Pat Silvers? Ele é legal!
— Eles conhecem tudo. Têm posters de todos os cantores. Só se você canta no *Festa Baile!* Aquele programa dos coroas? Não? Então, me desculpe.

— Tem um mundo de gente fazendo música e não aparece! Como? Vê o caso do futebol. Quanta gente joga neste país? Milhões. Mas a gente conhece uns trinta ou quarenta, ou cem.
— Os bons aparecem.
— É...
— Desculpe, não quis ser grosso. Não quis ofender. Pega melancia!

Talhada vermelha, e quente. Os meninos se lambuzam. Cospem caroços pela janela, o vento traz de volta, grudam na barba de dois dias do Ganhador. O magrinho motorista está sorvendo uma cerveja de lata. Devagarinho. *Faz tudo devagar, será que trepa também assim?* Termina, atira a lata na estrada, ela saltita, junto ao barranco. Montes de latas, garrafas, papéis, plásticos, madeira, embalagens de cartão, alumínio, copinhos, lixo. As placas de sinalização na estrada, tortas. Arrancadas. Com buracos de tiros, letras apagadas quando o nome da cidade favorece a formação de um palavrão. Nomes com sprays, declarações de amor. Nas laterais dos cortes de montanhas, nas pedras, grafites a óleo. Letras garrafais, nomes dos candidatos, anúncios de lojas, bares, criadores de cachorro, igrejas, cristo é o único que salva.

Os meninos continuam a consumir: danoninhos, yakults, dan-up, bliss, suquinhos, bis, chocolatinhos, chokitos, chiclets de bola. As bolas estouravam, as bocas melavam, a borracha aromática grudava.

— Viu como os meninos estão carecas? Pegaram piolho na escola. Contando, ninguém acredita. Uma das melhores escolas de São Paulo.

— Aquela escola é um saco, pai. E pegamos piolho no prédio.

— Prédio, nada. Não acredite, meu caro. Moramos num condomínio espetacular. Plena segurança. Tem tudo. Até cinema, locadora de cassetes, sauna. Condomínio fechado, o máximo, limpíssimo.

— Cuidado com a estrada, Nepomuceno.
— Estou cuidando, benzinho.
— Está conversando. Não pode conversar e guiar. Olha a jamanta!
— Calma.
— É só me descuidar, você vira um papagaio. Firme na direção.
— Pau nele, mãe. O pai apanha da mãe, moço.
— Meninos!
— Olhe a estrada, brocha.
— O pai é brocha, brocha.
— Corto a língua de vocês.
— E a mãe corta a sua, brocha.
— Língua inútil, não serve pra nada.
— Cala a boca, cadela.
— Hipopótamo.
— Pau nela, pai! Dá uma surra na mãe!
— Arrebento com os dois. Calem a boca, trombadinhas!
— Olha a estrada. Olha o ônibus.
— Cala a boca, gorda nojenta!
— Pau-mole.
— Você é que é uma geladeira.
— Com você.
— Guardou a *Manchete* que fala da cura da frigidez? Vou levar você àquele médico.
— Enfiei no rabo.
— Esse rabo não serve nem pra cagar.
— Dá uma coça nele, mãe. Vocês ainda não tinham brigado na viagem.
— Quero mijar, pai.
— Não paro mais. Já parei por causa da melancia.
— Pára essa bosta, ou mijo no chão.
— Cago na tua cabeça, pixote!
— Pára aí, filhodaputa de pai.

— Olha como trata seu pai, menino.
— Vai tomar no cu, mãe. Quero mijar, não enche o saco!
Súbito, o Ganhador percebe que a boina do magrinho saiu da posição, onde era mantida por grampos. Ela estava cobrindo a orelha esquerda, inexistente. No lugar da orelha, um orifício duplo, como se o nariz tivesse se achatado e deslocado violentamente para o lado direito do rosto. *Porra, arrancaram a orelha do bicho. Vai ver, encontrou um bando de cangaceiros. Ou foi a gordinha simpática, a dentadas. Então, ele é ladrão e andou roubando no sertão nordestino, acabaram com o escutador dele.*
— Quero chisito de camarão, mãe.
Saquinhos abertos. Sabor cebola, sabor camarão, ovos mexidos, abóbora. Eles comem, derrubam, enfiam na boca do pai. A gorda arrota.
— Quer um beijo com arroto querido?
Ele ri, olho na estrada. Mantém os 80. Bom motorista, ultrapassa com perfeição, só entra quando tem certeza. Quando ultrapassa jamantas cumpridas, ou três, quatro caminhões tirando finas com incrível golpe de vista, desviando ao mesmo tempo dos buracos da estrada, dá uma palmada nas coxas da mulher. Comemoram.
— Você é foda, tesouro! Essa, nem o Piquet!
— Tem pasta de amendoim, mãe? Quero no pão.
— Vocês já acabaram com a comida da praia. Vamos ter de fazer todo o supermercado de novo. Mortos de fome. Adoram porcarias. Em casa, nem tocam no prato.
— Aquele grude nojento?
— Não fosse a avó fazer frangos e coxinhas, íamos comer bosta.
— Tesouro? Ouviu o que estão dizendo?
— Grude, não! Mas salgada, isso lá é!
— Salgada de propósito! Até você fazer seguro de vida. E entrar num convênio de hospital.

— Salgar a comida é o de menos. Sabe o que ela me faz, meu senhor? Vomita nas forminhas de gelo, a cadela.
— Para você parar de beber uísque de tarde.
— O pai é bela merda, moço. A mãe faz o que quer dele. Bela merda, merda!
— Prego a mão nos dois, já.
— Prega o cacete, seu veado. Olha como fala com os menininhos.
— Piolhentos. Menininhos? Bichas, isso sim.
— Bicha é você, seu escroto.
— Sirigaita de merda.
— Sirigaita, eu?
— É. Estava grávida do halterofilista quando me casei com você. Dei meu nome aos seus bastardinhos. É assim que me paga, na frente de estranhos?
— Bundão.
O motorista se enfurece. Parecia impossível. Liga o acendedor de cigarro e quando o botão desliza vermelho ele tira. Enfia no nariz do gordinho que estava mijando dentro de um litro de coca-cola. Ele salta, gritando. O litro sai pela janela, se espatifou. No mesmo instante em que um motociclista veio, direção contrária. Os pneus, cortados pelos cascos, a moto derrapa. Gira, o motociclista voa de cabeça pela ribanceira. O Ganhador olhando, aterrorizado.
— Pára, pára aí. Olha lá!
— Paro nada, estou atrasado!
— Atrasado o caralho, pára aí! Quero descer!
— Motoqueiros de merda. Bagunceiros. Que se fodam!
— Vamos ajudar.
— Não vou parar. Senão, perco minha média. Depois, telefonamos para a polícia.
— Então me deixa sair.
Diminui a velocidade, o Ganhador passa com dificuldade pela gorda, pula. Ainda ouve ela dizendo: "Nem agradeceu, o

filhodaputa". Ainda estava olhando para o carro quando viu atirarem seu violão para a beira da estrada. O motociclista sobe a ribanceira, um braço solto ao longo do corpo. Um corte na testa, sangrando nos joelhos.

— Está bem?
— Estou vivo.

Faz cinco horas que estão parados, a noite começou. O Ganhador e o motociclista esperam uma carona. Quando alguém passa, diminui. Ao ver o Ganhador amulatado e um homem sangrando, acelera. O jeito é esperar que a polícia venha. Atraída por um aviso: lá na estrada tem uns bandidos.

AUTOBIOGRAFIAS

O carro de bombeiros chegou no aniversário da cidade. Vermelho reluzente cheio de mangueiras registros relógios cordas escadas. Passei a manhã babando diante dele descobri que estava escondido na garagem do Cecílio o dono dos ônibus. À espera do desfile. Nunca tinha visto coisa igual era de partir o cotovelo. Às dez horas o caminhão desfilou pelo centro atrás da parada de estudantes. Eu já tinha visto fiquei contando vantagens. Olha o relógio a mangueira a escada as machadinhas de arrombar porta. Nos filme americanos sempre havia caminhões de bombeiro. Acabado o desfile todo mundo foi almoçar. A cidade ficou chata como no domingo. Mais chata porque domingo tinha matinê. Todo mundo foi pescar. Saí andando pro parque. Ameaçava chover estava escuro fazia um friozinho besta. Tudo fechado os cavalos pareciam dormir no carrossel. As cadeirinhas do chapéu mexicano balançavam ao vento. Ouvi então Caravan *mas era impossível. Não podia ouvir. A cabina de som escura janelas cerradas. Somente Orlando tinha a chave a cabine era dele não do parque. Orlando vivia de alugar som para circos parques quermesses rodeios carnaval um dia eu havia de ser como ele.* Caravan. *Ele mesmo. Como? Devia ser engano.*

Encontraram o disco ou mandaram comprar outro em São Paulo nenhuma loja da cidade tem. O cachorro sarnento veio me lamber lasquei pontapé. Se tivesse circo na cidade a molecada podia caçar cachorro pro leão. Esse é tão sarnento que nem o leão havia de comer e meu pai não teria coragem de pegar pro churrasco. De onde vinha Caravan? *Fui chegando a barraca das bolas de meia pra derrubar latas. Som de violino. Me agachei sai rastejando. As barracas tinham abertura por baixo e assoalho alto por causa das águas da chuva. Fui procurando um buraco entre as tábuas do assoalho mal feito. Primeiro vi a contorcionista toda enroscada. Mulherzinha maluca não tinha ossos. Estava de calcinha e sutian e podia ver os pelinhos dela. Fumava um cigarro com chupadas rapidinhas tão engraçadas. Fui trocando de buraco no chão até dar com o violinista descabelado. Estava sem camisa e com o cuecão branco e podia ver o piriu dele durinho saindo um pouco de fora. Alguém ria e não era a contorcionista ocupada com o cigarrinho fedido nem o violinista a tocar. Tinha outra pessoa na barraca continuei a procurar posição estava difícil. Fui localizar no canto. Rosicler inteira nua. Ah, ela! Só eu vi nunca disse a ninguém não acreditariam. A bundinha bocetinha coxa os peitos grandes que ela tinha. Tudo de fora. Um copo na mão o que ela podia beber tão pequena assim? Dançava a dança do ventre e o violinista respirava fundo. Ele parava um pouco e ela gritava* Continua! *Era muito autoritária senhora de si todos faziam suas vontades desgraçadinha. Merecia. Rosicler mais bonita que o caminhão de bombeiros vermelho reluzente e cheio de relógios. Com seus lábios rachados pelo frio. A pele áspera e partida. Bem que minha mãe/tia diz para usar manteiga de cacau neste tempo. Como deve ser gostoso o beijo de Rosicler fazendo cosquinhas na boca.*

INGLÊS NÃO AGÜENTA PAMONHA FERMENTADA

O manco barbudo me levou à casa dele tão longe. Andamos que andamos depois do ponto final. Chacrinha de árvores e arbustos formando desenhos de estrelas luas poltronas borboletas pássaros nunca visto coisa igual. Mulher dele magrinha e sorridente com manchas de batom violeta na bochecha vivia para lá e para cá cantarolando. Nunca vou esquecer o vestido preto com estampados rosa e vermelhão. O tecido se mexia escorregadio sobre o corpo e era como se eu estivesse passando a mão nela. Fiquei arrepiado. O quarto do fundo muito arrumado cheio de fotos de cantores: Nora Ney Linda Batista Carmem Miranda Emilinha Borba Carmélia Alves Carlos Galhardo el broto Francisco Carlos Ruy Rey Martinha Ademilde Fonseca Luís Gonzaga Isaura Garcia Blecaute Orlando Silva Vicente Celestino Marion Trio de Ouro Adelaide Chiozzo Heleninha Costa Marlene Francisco Alves Alvarenga e Ranchinho. Os nomes fui aprendendo com o tempo. Ouvindo as músicas de cada um e olhando revistas A noite ilustrada Carioca Radiolândia Revista do rádio Vida doméstica Fon-Fon Jornal das moças. *Tinha orgulho: "Fui da produção do programa de calouros do Paulo Gracindo ajudei muita gente a subir e vi o Cauby Peixoto cantar* Conceição *pela primeira vez e disse: essa vai pegar. Sei quando a música vai pegar". E por que mudou veio cair nesta cidade de bosta que não tem nada? "Primeiro pela minha mulher depois que a filha morreu e depois porque meu pai precisava de alguém para tocar o seu negócio." O pai nascido na Inglaterra era engenheiro de companhias elétricas. Aposentado da Light and Power em São Paulo mudou-se para o interior disposto a fundar companhias de bondes. Mas a Light tinha concessões para todas as áreas e impediu. Não adiantou lutar na justiça os advogados eram comprados pela grande empresa. No fim o velho ficou com uma lojinha de agulhas linhas aviamentos que progrediu. Foi então que intoxicado por uma pamonha de milho fermentado soube que ia morrer. Pediu ao filho que o ajudasse. O manco se mudou e quando o pai morreu fechou tudo e batalhou a direção de programação na rádio e audiência subiu. Era coisa que ele entendia. Uma noite o manco abriu uma caixa: "Vou te mostrar as minhas músicas. Compor é a melhor coisa do mundo".*

O HOMEM DA BALA DE GOMA

O homem gordo e ágil não tem dúvidas, a faca começou a ser estampada em sua testa naquela noite. Em que, descendo a escada, deu com o porteiro a segui-lo. O outro observava, como se tivesse conhecimento do que se passara no quarto, lá em cima. O problema não era o conhecimento, e sim o alcance do ritual compulsivo, tão necessário. No entender representava a condenação. Acostumado a hotéis sórdidos, o homem gordo se habituara ao comportamento extremamente impessoal dos porteiros, os rostos vítreos e transparentes que nada assimilam. Aos olhares que vêem, sem enxergar, porque assim é melhor. Porteiros formam raça distinta, a dos que pactuam com tudo, crescidos na cumplicidade, sem julgamentos ou classificações, aceitando qualquer gesto vindo do homem. Parecem compreender que bem e mal são noções imprecisas e mutantes, não possuem contornos, se interpenetram. E podem se camuflar uma na outra, como camaleões ou parceiros, porque podem se dissimular, o bem travestido de mal e o mal de bem, nascidos na mesma raiz primordial. O homem gordo teve muito tempo para pensar nisso, mais de três mil noites: por que a inquietação tinha se apoderado dele, no momento em que o porteiro, a dedilhar o violão, o encarou? Era um porteiro como centenas de outros e no entanto o homem gordo estremeceu, a espinha gelada podendo se dissolver no calor da noite. O porteiro olhou e disse, apenas: "A chave, por favor". Apanhou-a e depositou no escaninho, com gesto automático. Sem querer olhar o número. Tanta prática tinha, sabendo, de costas, onde estava o lugar de cada coisa. Porém, foi como se um flash tivesse estourado, fotografando o homem gordo. Tanta a certeza, que ele saiu, atravessando as vielas sujas, de sobrados deteriorados, próximas à Estação da Luz, intestinos retorcidos pelo medo, capengando e a perna repuxando. Logo ele, que jamais entrara em pânico, seguro da impunidade que a competência confere. Tantas e tantas vezes repetira a operação, que podia realizá-la de olhos fechados. Evitando o perigo, não se expondo, preparando a fuga, as artimanhas, para esconder o feito.

Entre o deixar o hotel e o momento em que percebeu a faca, não há memória. De tal modo que, às vezes, imagina que tudo se passou na portaria e não na cela, debaixo dos risos que caíam sobre ele como uma cachoeira. A faca rompendo entre suas pernas e ele vendo, antes de desmaiar, suas duas bolas caindo no chão. Semelhantes àquelas bolas de gude que as crianças chamavam de americanas. Leitosas, raiadas de vermelho. Caindo, sem barulho, suaves. Saltitando um pouco, brincalhonas. Não houve dor, porque se deu uma explosão ao contrário, a luz sugando veloz os objetos, muros, pessoas, e comprimindo-os em diminuta caixa negra. Até os risos se dissiparam no instante do conhecimento, quando ele aprendeu na carne o código de ética dos prisioneiros. O julgamento implícito a que estão submetidos os contraventores. Os julgados, julgando e condenando. Porque há no homem uma necessidade imperiosa de estabelecer um juízo sobre atitudes, como se isso pudesse dar forma, tornar visíveis e compreensíveis as coisas. Junto com o negror, penetraram na caixa pedaços de frases, *assim é, para quem faz o que você fez, com quem mata crianças*. E a faca penetrava e escavava.

Quando acordou, e preferia não ter despertado, estava na enfermaria. De onde? De onde? Entorpecido por Dolantinas, de modo que se passaram semanas sem dor, consciência. Talvez porque a dor fosse tão monstruosa que era inconcebível, portanto inaceitável, inexistente. Uma fantasia, inacreditável. Mais tarde, e também podia ser antes, o tempo não tinha dimensão alguma, foi levado para uma cela. A mesma? Outra? Trazia os olhos enevoados, a mente cheia de neblina, e gostaria de permanecer sem o conhecimento do que tinha se passado em seu corpo. Adiava o encontro com ele mesmo, sem idéia de quanto tempo se pode fugir, escapar, romper os filamentos nervosos que agitam o cérebro. Até que se viu, todavia a sensação foi a de estar num parque de diversões, na galeria dos espelhos deformantes. *Sou assim, de agora em diante*, pensou, acometido de incontrolável diarréia que durou dias e dias, sendo reconduzido à enfermaria, alimentado por soros.

De regresso à cela, na primeira noite foi agarrado. Estava tão fraco que nem era preciso força. A princípio, imaginou a faca, de novo, penetrando em sua carne. Não, a lâmina chapada entrava suavemente, a dor demorava um pouco, em velocidade diferente, como luz e som. Aquilo era macio, porém rijo, arredondado, rasgando tudo, e o que sentiu foi ódio. Assim, a noite toda, e na seguinte. Um acabava, outro recomeçava. Nenhuma noite sem. Durante o dia, permanecia em estado de torpor, não queria ir ao pátio tomar sol, ficava sozinho na cela. Não muito, porque também o guarda chegava, *tem de ir*, mas não quero, *é do regulamento*, estou cagando, *então fico fazendo companhia*. Desde então, sua vida foi uma sucessões de apertões, abraços, bafos na nuca, joelhadas, mordidas, apertos na cintura, beijos de bocas podres e aquela penetração sem fim. Cheios de ódio. Ele por quem o enfiava e quem o enfiava por ele. Tudo dentro de um horror tão intenso que o homem, que agora engordava rapidamente, passou a necessitar daquela operação, viver em função dela. Se odiando, cheio de nojo e paixão por si mesmo, lambuzado de autopiedade por aquela expiação, o purgatório que devia aceitar. Até o dia em que não havia mais expiação, e ele continuou querendo. A operação transformada num prazer intenso, suplicava que a noite eterna se fizesse sobre a cela. Suas formas cada vez mais arredondadas, os pêlos caindo, rolando de braço em braço, sentindo-se desprezado e se vingando, porque necessitavam dele. Ao sair, completados 9 anos e 58 dias, se viu empurrado para a solidão do espaço aberto. Desarvorado, sem o conforto da cela e dos tentáculos que o tinham envolvido naquelas 5.343 noites. Arrumou um chapéu, comprou um bigode postiço e ao passar num bar viu o pacote de goma. Que longa abstinência tinha sofrido. Entrou num hotel e se revirou a noite toda, sem dormir, tendo pesadelos, vendo o número 39 na porta, e ele descendo a escada, e o porteiro indagando: "E a menina, fica?"

> JUSTIFICAÇÃO DE IMPROPRIEDADE:
> *Tensão e insinuações torpes*

A STRIPER FERVIDA EM ÓLEO DE PASTEL

O Ganhador, alarmado. O elevador pára no andar, as grades pantográficas se abrem. Ranger de ferro emperrado. Ele à espera, olhando a porta, boca amarga. O trinco não se move, os passos silenciam. Um truque? Maldita hora em que decidiu não sair, a rua é mais segura que o hotel. Por que ficou, há tantos bares novos explodindo na região dos Jardins? As portas do elevador se fecham, não foi agora. Haverá, algum dia, esta vez que o Ganhador espera? Hotel sórdido, beira da Estação da Luz. Soalho caruchado, pia com ferrugens, a cortina plástica do box tem manchas de mofo. De fora, o silvo agudo dos freios, trens de subúrbio. Cusparadas secas sobre flores desbotadas no papel de parede. Ano e meio sem pisar São Paulo, tudo é desconfortável. Não se pode abandonar a cidade por tanto tempo, perdem-se referências. Ainda que tenha certeza, nos bares vai encontrar as mesmas pessoas, freqüentam há séculos.

Tevê em preto e branco, mal sintonizada, vultos, fantasmas. Deve ser de segunda mão. O aparelho possibilita duas estrelas ao hotel que não vale uma. Filme classe B, perseguições, jovens fugindo. Duas meninas, quatro rapazes. Planejam matar uma delas. A outra puxa o vestido, coxas suadas, quer trepar, passa a língua pelos lábios. Assanhada, os rapazes nem ligam, só pensam em como liquidar a outra. Cortá-la à faca. Não, navalha. Cacos de vidro, quebramos o litro de uísque. Jogá-la na estrada, passar o carro por cima até virar recheio de esfiha. Cortar a cabeça, chupar os olhos. Arrancar os bicos dos peitos, estourar a boceta, largá-la na porta do xerife que sacaneou. A provável vítima grita. Socam, prazer em socar, doidões.

COMERCIAL

Sabor e alegria é a cervejinha gelada no verão.
Jeans, o sucesso de quem veste, é como estar nu.

Aviões, ilhas, iates, carros fulgurantes, velocidade, sucesso, asas-delta, loiras diáfanas, restaurantes chiquérrimos, crianças bem nutridas brincando com as últimas novidades, enganando professores, vinhos rolando, champanhe, aplique bem o seu dinheiro, aplique *A vida é prazer*.

O filme, pularam rolo. Vai ver, mataram a menina. Carro virado na beira da estrada. A que estava louca para dar, encostada numa árvore, bolinada por dois policiais. Peitos de fora. Que coisas deixam passar na televisão! Está mudado este país! O elevador subindo. Pára no andar, outra vez. O coração do Ganhador, disparado. Será ele? Precisa se libertar deste medo, não consegue. Cada vez que chega a um hotel, vê o homem descendo a escada, sente o olhar de ódio, a ameaça velada. Desde então, nunca mais teve sossego. Não compreende também por que vem sempre para esta região, exatamente onde tudo aconteceu naquela noite. É como se fosse empurrado, a boca travada, gosto azedo. Tantos anos e o pre-

sentimento continua, o mal-estar. Troca de canal. Um faroeste italiano, desbotado. Ringo, Giuliano Gemma, Clint Eastwood.
Troca: entrevistas sobre economia. Chatice.
Troca: debate político, dizem que o povo pode voltar às ruas mobilizado. Para quê?
Troca: Um seriado americano sobre um detetive que se disfarça de mil maneiras.
Troca: o rosto de mulher trintona, não bonita, traços fortes, está desaparecendo.
Troca:
— Ei, era a Candelária! Caceta!
Volta, rápido, até localizar o canal.
"... dias agitados na pequena cidade do interior mineiro. Desde os tempos do Padim Cícero ou do Padre Donizetti, em Tambaú, interior paulista, não se registravam em tal intensidade fenômenos místicos. Dezenas de pessoas afirmam ter se curado de doenças que carregavam há anos. Há dias a ministra Candelária que tem atraído multidões a Minas está em Belo Horizonte. Ela não recebe a imprensa. Como se sabe, a mulher do governador está em coma, atacada por infecção hospitalar gravíssima. A presença de Candelária é secreta, para não atrair a má vontade da igreja católica ou outros credos, visto que o culto da ministra é um peixe, aparecido no interior de um cubo de gelo que caiu do céu. Como se sabe, o governador mineiro é com certeza o único ministro já nomeado pelo futuro presidente da República. Sábado, 23 horas, vamos apresentar especial de uma hora com esta sensação mística brasileira que suplanta Chico Xavier, a falecida Tia Neiva, Joãozinho da Goméia, e que, afirma-se, tem mais poderes que famosas mãe-de-santo como Menininha do Gantois. O especial tratará do sincretismo religioso no Brasil e das diversas formas de misticismo analisadas por sociólogos, teólogos, psicólogos, pedagogos e artistas que obtiveram curas fantásticas."

Não percam, amanhã, a quinta reportagem especial da série Grandes Místicos Brasileiros, um programa patrocinado pela revista Planeta *e destinado a fazer o verdadeiro levantamento espiritual do povo brasileiro.*

Troca: video-clips americanos. Todos parecem iguais. Truques, efeitos, a música diluída, a imagem não deixa prestar atenção nas letras.

Desliga. Ali está o disco, sobre a toalha encardida da mesa. Um compacto com sua música de um lado. Sua? Quando apanhou o disco, sentiu que era sua. No ônibus, teve uma ponta de remorso, talvez não devesse ter feito isso que fez. No entanto, fez, agora é ir em frente. Quem garante que os sucessos dos big-ídolos tenham sido compostos por eles mesmos? Quanta reportagem se lê sobre a compra de composições? É normal, por que ficar grilando a cabeça? Quando foi buscar o disco, ficou decepcionado. Esperava big-ídolos, salas apertadas. Entrou numa biboca da Rua do Triunfo. Moleque encardido, office-boy, recepcionista, nariz empinado: *Quer seu disco? Como, quer? Tem direito a uma cota? Sei não, não posso entregar assim. Cadê o contrato? Não tem. Como sei que você é compositor? Aparece tanto vigarista por aqui. É o lugar que mais tem malandragem. Se quiser um, vai a preço de custo. Depois, vem buscar os teus, o chefe volta em uma semana, foi organizar um show para Águas Claras... Sabe? O festival, um barato. Você não vai lá?*

Acabou comprando cinco. Capa micha, duas cores. Mas seu nome ali, ainda que com um Z no lugar de S. Talvez vire bossa, quando acertar a grande música, todo mundo vai estranhar: *mas que engraçado, este nome com Z em vez de S. Devia ser X, é o normal.* Vai ter de explicar nas televisões, jornais. Assunto que pode alimentar espaço, precisa deixar anotado, para o dia que tiver assessor de imprensa, secretários, toda a canalha que envolve grandes ídolos.

O elevador, outra vez. A boca seca. Medo. Basta com esta situação. O Ganhador, enjaulado. A mochila de roupas. Trapos, não pode aparecer na tevê com esse lixo. Se pagassem cachê, poderia comprar alguma coisa. *Cachê?* O produtor riu. *Devia me pagar por aparecer, pega ou larga, tem uma fila de espera.* Conversa velha, tudo igual, nada muda. *Porra, fazem o programa de graça, pensam que tem tanta audiência, estão com a bola toda, acham que somos bobos?* Aceitou, o que interessa é ocupar espaço, por menor que seja. A bíblia do criado-mudo, o regulamento, o rol de roupas para a lavanderia (o tempo em que o hotel devia manter lavanderia). Juntando tudo, daria para montar uma canção? *Ah, onde está a minha porralouquice? Sou um careta, conformado em defender comida dia a dia. Muita chance passou, não vou dar em nada.* Não pode falar o que quer, inventar delírios, fazer declarações absurdas, imaginar situações malucas. *Já foi o tempo em que o mundo se espantava com John Lennon e Yoko dando entrevistas deitados na cama. Quem se importa com isso, hoje? Com o que as pessoas se importam, o que choca? Vontade de ser lúbrico* [adora esta palavra], *me estragar inteiro, alcoolizado, fumar tudo o que tenho direito, beber chás de ácido, escrever minhas músicas entre as coxas de mil mulheres. Besteirol, minhocações de quem está fechado há muito tempo.*

Perdeu a conta, há quanto tempo não trepa. Quer dizer, direito, tranqüilo, ligação forte, troca de carinho. As transas têm sido ocasionais, furtivas. Como a da mulher que se dizia índia e tinha cara de. Dava gritinhos esquisitos, estremecia. Provocados, o Ganhador descobriu, decepcionado, por um capim duro que furava o rabo da coitada. Estavam na beira do mato. Em Apucarana conviveu com a gerente de uma locadora de vídeos. Teve que provar, com dificuldade, não ser esquizofrênico, paranóico e maníaco-depressivo. Atributos dos três últimos relacionamentos da pobre, perturbada, por tanto tormento. Ela comprou livros psicológicos, assinou tudo que era revista. Submetia namorados a baterias de testes. Só ia para a cama quando provada a normalidade do parceiro. De maneira que foi fácil ao Ganhador livrar-se dela. Bastou dizer frases incoerentes, comportar-se sem lógica. Colocando livros na geladeira e fôrmas de gelo no guarda-roupa. Ela mesma fez questão de levá-lo até Santa Cruz do Rio, alegando que devia buscar um lote de filmes. Deve ter saído pelo fundo da locadora, pois o Ganhador desistiu, depois de duas horas de espera. Então ele encontrou a química. Quarentona falante, andava atrás de um composto. Capaz de permanecer no estômago, transmitindo à boca suaves emanações de verbena. A química era conhecida como *passadora de fogo*, verdadeira mania. Por dá cá aquela palha, espalhava brasas no quintal, fazia footing sobre a quentura, como se pisasse em flocos de algodão. Nem o Ganhador escapou. *Mas não tenho fé nenhuma, só quem tem fé pode pisar no fogo.* A química ensinou, bastava não pisar na brasa quando tivesse cinza em cima. Brasas incandescentes, cara de perigosas, eram inocentes e frias.

A última foi a professora, mãe de cinco filhos, corpo incrível, capaz de expulsar mouros da península ibérica. Saía de casa pela madrugada, dizendo ao marido que precisava pegar a fila do frango (andava em falta) no Sacolão. Passava horas com o Ganhador. Os gemidos abafados pelo cocorocó dos frangos, amarrados pelos pés, jogados no chão do quarto. Qual é mesmo o nome dela, Juvenília o quê? Mulher de peruca ruiva, chupava rola babando. Sem querer largar. Não deixando pôr dentro, medo de engravidar, pílulas provocam enjôos. Sem confiança em DIUS, diafragmas. Se mijou na hora de gozar, o Ganhador divertiu-se rolando sobre o lençol molhado. Importante, a professora gostava da música dele. Cantarolou as letras, de cor. Coisa mais gentil, ele se comoveu.

Nem tocou, o elevador chega. Paralisado, e se for ele? Casal desce, à procura do número do quarto. *Então, é isso? Um puteiro! E eu aqui, caraminholando. Para quê? Aquele homem deve estar morto, gente assim logo encontra a sua.* Avenida Conceição, ônibus no ponto, onze e meia no relógio da Luz.

Lojas de roupas usadas, camisas listradonas, ternos com ombreiras, fardas verde-oliva do exército, casacos antigos comprados pela meninada punk, neo-hippie, os indefiníveis. Gravatas largas estampadas, década de cinqüenta fora do lugar, constrangidas. Ambulantes, pamonhas de milho passado, boas para dar caganeira. Chocolates, cigarros, bolsas, camisetas com estampas espaciais, cosmos, terror, conjuntos de rock, *Strawberry Switchblade, The Jesus and Mary Chain, Dream Academy*, vestidas por matutos e nordestinos, encostados nos umbrais das casas de discos sertanejos. Moças mirradas, minissaia, esperando fregueses. Caixas de som roufenhas, o disc-jockey tenta entusiasmar ouvintes noturnos, pomposo entusiasmo.

People, nada de down, hoje!
Depois do tremendo su, big Su,
do impacto que foi, mas foi mesmo, shining.
o Su que foi SEM AFETO NO ÔNIBUS DO SÁBADO,
música, big-hit, o thriller que ferveu a juventude,
splish-splash, Pat Silvers,
eu disse Pat Silvers, PAT SILVERS
vem com nova canção.
SMACH, cransh-cransh, great Pat.
Canção de arrasar mercado, nuclear, TNT,
arrasar mais que terremoto, BRUUUUUM, cranc!
Pat vai balançar tudo, numa nice, NAICE,
no down, nada de blue, Sir sings the rock,
Pat-trepidação, Pat-efeito especial da MPB
Nada a dever, no account, aos Stones, Nina Hagen,
Queen, Presley, James Taylor, Sting, Bowie, e all stars, STARS
Antes da prensagem começar, as lojas compraram cem mil
cópias, cem mil, ceeeeeeemmmmmm mmmiiiiiiilll cópias de
MEU FÍGADO NÃO SUPORTA OUTRO DESASTRE NUCLEAR,
now here this,
SILVERS, o SUCesso, Su, impacto, a crítica ao mundo
moderno.

Por um momento, o Ganhador se revê nos aliciadores de clientes, empurrando passantes para as lojas, o sujeito rodeado, não sai sem comprar. Sobreviveu assim uma época, trabalhando no *Listão dos saldos*. Loirinha oxigenada, raízes dos cabelos ainda negros, olheiras, parece com Sabrina. Sabrina, há quantos anos. Ela deve ter um violão. Ou dá um jeito de arranjar um. Como fazer o programa, sem violão? Não ocorre ninguém a ele, não se lembra de um amigo em São Paulo. Solto na grande noite, escorrendo pelas esquinas, olhos lambuzados. Sirenes de polícia. Meias e calcinhas penduradas nas janelas, carro derrapando ao virar esquina, cheiro gorduroso de pastel, preto gordo carregando enorme buquê de flores, o carro de lavar ruas, o riso de uma puta atravessando cambaleante a avenida São João, cartazes convocando para o Primeiro de Maio, em que dia estamos? Um novo filme de James Bond, uma bicha levando navalhada no rosto de algum desafeto, o talho ainda não sangrou, faxineiros varrendo o meio-fio, caldo grosso e negro, o Ⓐ anárquico desenhado nas paredes do City Bank, conversível vermelho cheio de garotos com bandeiras e balões coloridos, enfermeira empurrando cadeira de rodas vazia. Debaixo da marquise do cinema abandonado vagabundos assistem televisão de pilha, crepitar de fogo, cuidado, a AIDS te espreita, um armário de louças antigas despenca do vigésimo andar, valsas de Strauss dançadas nas calçadas diante de lanchonetes de hambúrguers. A loja de departamentos *Drugstore Company*, maior shopping da América Latina, tem as vitrines abertas e iluminadas a noite inteira. Vitrines exibem sensações de verão para crianças: animais desventrados, rostos com tumores purulentos, bocas abertas mostrando gengivas com pus, cabeças humanas abertas a machado, intestinos em processo de evacuação, bonecas com ranho escorrendo de nariz, vômitos verdes, olhos remelentos. Tudo em plástico que imita carne com perfeição, mesmo material usado pelos estúdios em efeitos especiais. *Última novidade do mercado americano de brinquedos.* Um tape roda interminável numa tevê de 70 polegadas. Menina entrevistada:

— Gosta destes brinquedos?
— Adoro.
— Por quê?
— Gosto de coisas feias.
— Por quê?
— O feio é maravilha. O feio é moda. Adoro a moda.

FAÇA COMO ESTA CRIANÇA
ELA SABE O QUE QUER
ENTRE NA ONDA, FIQUE NA MODA

O teatro anuncia sessão à meia-noite, na sexta-feira. No saguão, stripers descansam, comem x-egg, ovos escorrendo pelo canto da boca, tomam café, observadas com tesão-desapontado pelos que saem da platéia. *Essa nanica de dente preto é aquela gostosinha? Não pode ser.*

— E Sabrina? Ainda trabalha aqui? Era bilheteira, dois anos atrás.

— Sabrina? Não sabe? Quase morreu. Agora, não sai mais de casa.

— Quase morreu de quê?

— O tacho de fritar paxtel virou em cima dela, cheio de óleo fervendo, excapou por pouco.

Fala, arrastando o s, transformando em x, imita o acariocado. O Ganhador conhece o porteiro, era gamado por um cômico e ia transar no fundo do palco, quando a última sessão terminava. O cômico gostava de bater. O porteiro vivia lanhado, feliz, equilibrava o orçamento vendendo tortas de banana. Que deixava todo mundo com água na boca.

— O que ela fazia perto do tacho de fritar pastel?

— Vivia disso, tinha uma barraca, à noite, na Rio Branco aox domingox, na praça da República, no feirão, extava acertando bem a vida, deu o revertério.

— Deixou o teatro, faz tempo?

— Não dava maix pé, gorda, como fazer strip-tease? Velhuxca, a turma vaiava, quando ela entrava, um dia jogaram bagaçox de laranja, de banana, o gerente achou que era demaix, ia acabar afugentando o público.

— Porra, não era tão velha!

— Extava virando bofe, se acabou muito, deram o emprego de roupeira, max não tinha o que fazer, cada bailarina cuida da própria roupa, você sabe como é lá dentro, pega pra capar, puta rivalidade, é só o público bater maix palmax pruma, que querem se comer. Cada um por si. Você sabe! Quanto tempo ficou tocando aqui?

— Um ano, mais ou menos.

— Sabrina passou para a bilheteria, depoix de tomar conta do café, deu encrenca, um dia ela saiu pro lanche, o porteiro meteu a mão no dinheiro, bafafá dox diabox, veio polícia, ela não quix maix bilheteria, tiveram dó de dar o pé na bunda, ficou na faxina. Cada dia maix gorda, nem conseguia andar, doença de glândula, agüentou tudo, menox o dia que tiraram a fotografia dela do saguão, nem precisava, foi frexcura, o gerente reformou a entrada, achou que a foto extava velha, desbotada, muitax meninax nem trabalhavam maix aqui. Veja só, você conhece a cafonada que freqüenta, nunca ligou prax fotox, querem ver peito e bunda no palco, tão cagando se tem foto ou não. Sabrina avançou no cara que extava sacando ax fotografiax, o cara arrancava, raxgava, jogava numa lata de entulho e quando ela viu que ele ia pegar a dela, raxgar, assim, sem maix nem menox, se enfureceu, foi preciso segurar, um bafafá dox diabox. Merda, nem sei por que fex isso, era uma fotografia antiga, tirada logo que chegou ao teatro, ela tinha mudado muito, nem parecia a mexma, pra que queria guardar coisax assim?

— Espera aí, Onésio, ela queria guardar uma coisa importante. Me diz, teve mulher mais bonita nesse teatro? Teve?

— Era bonita demaix, muito presse lugar, bem que ela tentou a televisão, unx carax convidaram prum filme, era sacanagem, a gente só vive no meio de sacanagem, num consegue livrar a cara nunca, exte mundo não funciona, nunca vai funcionar, Ganhador. E você?
— Vou indo, vim prum programa de televisão.
— Pra falar a verdade, você também é Ganhador de porra nenhuma, né? Tamox todox iguaix.
— Vou devagar, mas firme! Não me interessa sucesso gratuito, sem querer.
— Conversa, Ganhador. Você era bom de conversa, já naquele tempo, muito empertigado prum teatrinho dextex.
— Como é o gerente? Legal? Casca grossa? Conversável?
— Prá quê?
— Ia falar com Sabrina, ela ia quebrar o galho, agora, não sei. Queria que tocassem meu disco.
— Tocar como?
— Tem vinte strip-teases por hora. Uma das meninas pode fazer o strip com minha música.
— Pra quê?
— Pro pessoal ir ouvindo, acostumando.

MÃE SEM BRAÇOS NÃO PODE CARREGAR A FILHA MORTA

Sete da noite de sábado. O Ganhador dormiu quase o dia inteiro, teve que tomar banho frio, chuveiro queimado, não adiantou reclamar. Encontra o prédio. Da década de trinta, sofreu tantas reformas que está desfigurado. Deve ter sido bonito, com balcõezinhos rococós, agora entupidos de tralhas, as mais desencontradas. A porta da frente aberta, putas saem

acompanhadas de cafetões. O porteiro, ou o que quer que seja aquele molambo ao pé da escada, nem olha para o Ganhador. Que sobe quatro andares a pé. Cubículos abertos, tevês ligadas em novelas, crianças chorando, ruídos de descargas, cheiro de coisas esmagadas, pimenta, incenso Pai João, tocos de cigarro, perfumes lumpem de sábado. Aperta a campainha que dá a idéia de um olho caindo da órbita, preso pelo nervo. Bate, rebate, gritam, abrem.
— Que é?
A porta entreaberta, o homem careca – parece um padre? —, muito alto, ar desconfiado, cachimbo apagado na boca.
— Sabrina está?
— Quem é você?
— Um velho amigo.
— Diz o nome.
— Ela me conhecia como o Ganhador.
— Ganhador?
Ao entrar, o Ganhador não acredita, vendo Sabrina, sentada perto da janela, a observar a rua. Não pode ser, meu deus, não pode! Escarrapachada. Ocupando, inteira, o sofá de três lugares. Banha solta por todos os lados. Gordura inenarrável. Sabrina, a bailarina. De slogans memoráveis. *Sabrina, adeus adrenalina. A que provoca angina. Qualquer um larga a batina.* (A Igreja protestou, o pároco próximo ao teatro fez manifestações com cartazes.) *Depois dela, muita vitamina. A que explode a rotina.* Esparramada, camisola bege de cetim, manchada de gordura. Suando, se abanando com leque espanhol esfarrapado. Velha mania, os leques. Era procurado o seu strip-tease, onde leques se alternavam sobre o corpo nu, dexando entrever partes. A platéia urrava. No tempo em que era obrigatório tapa-sexo e depilação, Sabrina desafiava a censura. Pêlos não podiam existir nas mulheres, em teatro, cinema e revistas masculinas. Ela não usava tapa-sexo, nem se depilava. Cabeleira pubiana abundante, deitava-se no chão, abrindo as

pernas e exibindo a xoxota rósea, rolo compressor sobre a platéia. A sala cheia nos momentos em que ela entrava, sessão sim, sessão não. Todos sabiam. Não era à toa que o teatro não a deixava ir, cobria propostas. Meados dos anos sessenta, época em que cinemas do centro passaram a alterar a programação, filme e strip-teases, buscando as meninas nos teatros. Sabrina, estrela. De manias e caprichos, satisfeitos.

O corpo espalhado, risadas debochadas. Tomando rum com suco artificial de laranja, de uma jarra plástica. O prato cheio de ossinhos explica as manchas de gordura. Ela continua adorando frango à passarinho. *Agora estou comendo peru à passarinho, avestruz, jaburu. Aves grandes, frango é pro aperitivo.* Continua igual, nunca se levou a sério. Limpa os dedos na camisola, o ventilador soprando. Direto em cima. No ar, cheiro azedo de suor, pinga, cigarros amassados em cinzeiro, carpete molhado. Paredes descascadas, manchadas por infiltrações. Um console sustenta um Buda colorido repleto de pequenos Budas encarapitados nos ombros. Ao pé da imagem, montinhos de moedas. Um cão late, abafado, preso num quarto.

— Simpatia! Lembrô de mim? Da Sabrina! Quanto tempo. Ainda trilhano o mundo, fofura? Por onde se movimenta?

— Festivalando. E você?

— Rolano.

A voz, da saleta ao lado. Tabique de eucatex divide o estreito apartamento. O Ganhador percebe homens em torno de uma mesa de fórmica. A estudar papéis cheios de desenhos. Um deles disfarça tentando esconder o rosto.

— Tonico, meu gatão, fofura da minha vida. Os outros são amigo.

— Quem é o marido?

— O padre careca. O que te atendeu.

— Careca é a tua mãe, na boceta, disse o padre, encarando também o Ganhador, de modo inamistoso.

— Casou de novo? E o argentino? Ia tão bem.

— Dançou pirueta, caiu na roleta. Faz dois ano, gamei no Tonico.

— Quem é o cara? Como vai deixando entrar? Esta casa é cu de Maria Joana, vive cheia.

— Meu amigo! Você tem inveja, se pica de ciúme.

— Vai cagar, vai.

— Fica frio, apaziguado, fofura. O simpático aqui é o Ganhador, num é de entregá ninguém. Soubesse o que já aprontô! Teve até polícia atrás, com notícia no jornal.

— Sei, não! Você sempre entra pelo cano. Lembra quando passava fumo, ano passado?

— Posso ir, volto depois, disse o Ganhador.

— Qué isso? Fica numa naice! Preparamo um assalto pra ver se tiramo o pé da merda, tá uma barra. E tua grana, como tá?

— Liso, para variar. Agora há pouco, ganhei um festival, entrou algum. Mas escorre logo, num pára no bolso. Posso dividir, é só querer, dinheiro é para isso.

— Muito grata, continuas o mesmo! Nunca foi aflito por dinheiro.

— E o padre? História é essa? Casou com um padre progressista?

— De araque, um ilícito.

— E a batina?

— Vive de batina, levanta esmola pra creche, orfanato, asilo, menor abandonado, casa de mãe solteira. A última é pra vítima de talidomida, ele viu a notícia no Fantástico. Destabocado, o meu gatão! Cada dia inventa uma. Chora azeite por um olho e vinagre por outro. Os armários aqui estão cheio de talão de associação trapaça. Antes, fazia uma nota. Agora, simpatia, acabô a caridade, ninguém dá, o jeito é se virar. Quer entrá nessa?

— Como quer entrar, sua baleia gorda? Quem pediu sócio?

— Se ele topa, entra.
— Que entra nada, quem é o chefe?
— Escuta, ele é meu amigo, está na pior!
— Se é teu amigo, por que não apareceu quando te cortaram a perna? Ficou sozinha naquela enfermaria suja do Inamps.
— Devia estar viajano.
— Viajando, aqui, ó!
— Sabe o que ele faz? Canta em festival de música. Olha que tem uma porrada de festival no Brasil. Num é, simpatia?
— Que história é essa de cortaram a perna?
— Xiii, num te contei, nem deu tempo, gatão! Amputei a perna direita, num é chique?

Aí o Ganhador percebeu o que faltava. A camisola cobria as pernas de Sabrina. E que pernas ela teve! Falsa magra, coxudinha, corpo comprido, toda durinha, peitos saltados. A gente até esquecia o modo dela falar, acaipirado, abrindo o *e* e o *o*, com os erres alongados. Foi mandada embora no terceiro dia de uma filmagem por causa dessa fala. E na televisão fez dois programas, não havia meio dela eliminar o sotaque, nem tinha vontade de estudar ou melhorar. No teatro ia levando, mostrava o corpo, ninguém queria saber de falas ou erros.

— Doideira! Como foi?
— Podia ter morrido, fiquei inchada, a perna negra. Depois, comecei a engordar, sei lá o que os médico me fizero. Ainda bem que sobrô uma perna.
— Faz tempo?
— Um ano e pouco, dois, num guardo essas coisa, nem tenho folhinha.
— Colocou perna mecânica?
— Sô boba?
— Como assim? Para andar? Não precisa de muleta, cadeira de rodas...
— Tonto! Bancando a entrevada, boto o Tonico pra trabalhar, me sustentar. O padreco tem que se virar nas missa. Se

puser a perna, vô ter de fazer tudo, e num tenho saco, quero mordomia, sossego? Quero ganhar na loto, beber minhas cervejinha, comer meus docinho.

— Com a perna mecânica, pode voltar a desfilar. Era seu tesão!

— Um saco! Eu queria aparecer, dava um trabalhão! Bordar aquelas pedrinha, uma a uma. Eu e minha mãe. E as missanguinha, paetê, as pluma! Um puta peso, andando de um baile pro outro, enquanto todo mundo rebolava. Nunca pulei carnaval na vida. Pode?

— Qual é? Se alguém aproveitou carnaval foi você. Ganhava concurso em São Paulo, ia pro Rio, Porto Alegre, interior.

— A rainha das fantasia. E num brincava. Quando menina, minha mãe num deixava, era pecado.

— A velha Marciota mudou muito, endoidou. Puxava saco de jornalista, fazia cada almoço!

— Garotona, num tinha dinheiro pra entrar nos clube, os menino só me pagava se eu fodesse, me enfezava. Grandona, fui trabalhar no teatro, do meio-dia à meia-noite, todo santo dia, acabava sem cu que agüentasse, no fim queria era ir dormir. Tempo legal foi quando trabalhei junto contigo na rádio-perua. Então, inventei a fantasia, foi pior, ganhava um dinheiro e morria de inveja de quem se esbaldava. Agora que posso pular, fiquei sem perna!

Sabrina estende a mão para a caixa de doces cristalizados. Frutas, abacaxi, abóbora, mamão. O Ganhador vê as luvas, finíssimas, quase pele, lembra o óleo fervente, tacho de pastel. Até aqui não tinha reparado, o corpo dela coberto, com exceção do rosto. Também, ele foi vidrado nesse rosto, pele transparente, olhos maliciosos. Uma vez, ela recebeu de um fã um buquê de gladíolos com o bilhete: "Teus olhos só faltam latir".

— Como é, padreco, vai enfiar meu amigo no bando?

— Gorda, o homem só tem um braço. Quer bandeira

maior? E se ele é de festival mesmo, vai ser reconhecido, entrega a rapadura.

— Ele é bom na fuga, escapava feito quiabo, com a polícia atrás.

— Não tem cara de malandro. Por que a polícia andava atrás?

— O maior destruidor de vitrine de São Paulo teve. O rei do vidro moído. Saiu até em jornal. As notícias sobre o misterioso quebrador.

— Porra, que gosto tem quebrar vitrines?

— Esquece, Sabrina. Não vou roubar nada.

— Ô, gatão! Tou arrumano tua vidinha e fica invocado comigo!

— Não sou ladrão!

— Qual é, encaretô? Que besteira é essa? Num é ladrão! Quem num é? Te roubam todo dia, toda hora, cê fica quieto.

— Fazer o quê? Tocar violão pra distrair os assaltados?

— Pega um revólver, gatão, vê o tesão que é!

A cerveja corre, Sabrina repete o rum com laranjada, os sujeitos discutem ruas de fuga. O Ganhador, ao ficar bêbedo, sente-se bem.

— Você era tão gamada no argentino.

— Quando gamo, gamo mesmo. Soubesse que ia virar baleia, tinha ficado com ele. Ao menos, ganhava privada de graça.

— Privada?

— Ele enricou, sabia? Ganhô uma porrada de grana. Sabe essa privada pra gordo que vendem por aí? Umas enorme? Foi o gringo que inventô. Puta jogada, deu certo, era um problema pros gordos cagar nas privadica, o gringo inventô uma, enorme, almofadada, pros bundão ajustar.

— Por que destransou?

— Me conhece, num conhece? Uma noite, cheguei em casa, ele comia tripa frita. Um nojo. Comer um troço que a bosta passa dentro e depois me beijar. No cu, jabu! Nunca mais dei beijo nele, nem nada.

— E o Hideo? Você andou amarrada no japa.

— Gracinha! Lembra dele? Me visitô no hospital. Simpatia, levô flor, bombom, docinho. Está rico. Elegante! Só usa terno marrom brilhante com camisa de seda verde, um luxo. Cada anel! Olha na cristaleira quanto cartão me mandô do Japão e dos Estados Unidos.

— Sabe onde posso encontrá-lo?

— Todo sábado almoça no Kakuso, um restaurante da Galvão Bueno. Às vez, me levava lá. Anda metido com a máfia coreana. Revende moto roubada.

— O Hideo? Que o quê! Ele representa firmas japonesas.

— E por que a polícia abre e fecha a loja dele?

— Ia ver se ele tinha um violão, foi a única pessoa que me ocorreu. Acho que fica meio ridículo.

— Precisa de um? Num tem violão? Como canta?

— Afanaram o meu. Preciso para o programa de tevê.

— O Tonico arruma, nem que seja preciso roubar.

O Ganhador mistura cerveja com rum, campari para dar cor, nem percebe o gosto. Doido de vontade de dar um beijo na boca de Sabrina. Ela beijava bem.

— Ô Tonico, liga essa televisão. Tem o concurso de Miss Brasil.

— Ah, vamos ver as gostosinhas.

Sabrina tinha o beijo molhado, sem ser baboso. Lábios cheios e bem pintados. Que ele se lembre, jamais viu Sabrina sem a boca vermelha. Quantas vezes, ela não corria ao espelho, interrompendo beijos, abraços, transas, para retocar a boca? Usava o pincel fino para o contorno. Voltava satisfeita, se melecar de novo. O Ganhador, pela manhã, ao olhar o travesseiro manchado, o próprio rosto marcado, tinha a sensação de luta de faca, alguém sangrando.

Na tevê, o apresentador entrevista misses. Elas descem a escadària de acrílico, sorrisos grudados aos rostos. Em trajes regionais. A do Ceará metida numa rede prateada com peixes dourados. Tropeça, não perde o sorriso, transformado em careta indefinível. A rede se engancha no microfone do apresentador. Entram os comerciais.

— Tenho uma filha, Rosana Mara.
— Então, está contente, queria tanto.
— Num podia ter, com 34 anos e uma mixórdia no meu útero. Rosana Mara passô os seis primero mês numa incubadera.
— E a menina está onde? Queria ver.
— Desde quando se importa com crianças?
— Acho que vou ter um filho.
— Essa não! O mundo virô de verdade, despencô.
— Uma namorada ficou grávida, estou curtindo paca.
— Vai casar?
— Não, ela não quer. A situação anda complicada, estou ansioso, nem sei se vou poder ver esse filho.
— Até com o filho você complica, simpatia! Relaxa! Deixa rolar!
— E Rosana?
— Olha as foto, em cima da cômoda. Ela está em Botucatu com umas tia minha solteirona, uns amor. A barra aqui pesô, fiquei entrevada no hospital. Rosana foi uma gracinha, desfilô fantasia nos programa de televisão, pra me ajudar...
— Caceta, voou baixo, hein?
— Por que acha que tamos tentano roubar?
— Vão roubar, de verdade?
— Sei lá, estão fazendo plano há uns três meses. Daí só um é ladrão, mesmo, os outro não sabem nada, pode dar o maior bode.
— Você tinha uns amigo na televisão, no teatro.
— Ah, num vô procurar ninguém. Gostava do circo.
— Andamos um bocado, eram lindos os dramas.

— *Maria, não me mates que sou tua mãe.*
— *Os feios também amam.*
— *Coração roído de câncer.*
— Até eu chorei. Acho que fizeram aquele filme em cima desse drama. *Love Story*, tudo copiado.
— Que nervosa fiquei, simpatia, no meu primeiro drama.
— Não esqueceu nenhuma fala.
— Você ficava invocado com meu jeito de falar, queria me corrigir. Me enchia o saco!
— Melhorou, não melhorou?
— Me enchia a boca de pedrinha e me fazia falar, um dia engoli uma pedrinha, dura de cagar. Viado, fingia que me dava a mãozinha, queria me comer.
— Quanto tempo demorou? Trabalhamos na rádio-perua um tempão, depois é que veio o circo.
— Era esquisito transar contigo.
— Como esquisito?
— Num era bom na cama.
— Tem mulher por aí que gosta.
— Sabe, você fazia um puta esforço, e pouco resultado. Nervoso demais. Tinha quantos anos? Vinte e cinco? Trinta? Nunca vi tua idade, sempre teve essa cara.
— Por que me dava, então?
— Você era legal comigo, carinhoso. Isso conta. Gostei de você desde que tive de trocar o modess e você não ficô me olhando. Paquerano minhas pernas. Que ódio dos homem. Quando passava, me beliscavam, gritavam: bunduda gostosa, te chupo o cuzinho! Queria vomitar na boca deles!

O Ganhador, louco para desviar o assunto. Joga uma dose de rum na cerveja, disposto a acionar turbinas. Sabe que a noite promete ser longa, é o que quer. Cada vez mais com vontade de passar dias e dias fora de si, numa viagem intrépida. Para se suportar.

— E aquela peça que não saía mais de cartaz?
— *Um anjo sobre os destroços do meu corpo.*

— Demais! A mulher, que era eu, lavava roupa pra fora, e teve os braço cortado num acidente. Sem trabalho, passô fome e a filha morreu. No enterro num apareceu ninguém, ficô só ela e a filha morta. E ela num podia carregar o caixãozinho, num tinha braço.

— O público chorava, que chorava.

— E o circo num saía daquela cidade, se encheu de grana.

— Depois, andamos pelo estado inteiro, o drama tirou o circo da merda.

— Pois quando me levaro pro hospital e me cortaro a perna pensei: cacilda, estou sonhando com o Circo Serena. Tudo que estava acontecendo já tinha acontecido comigo, simpatia. Pode? Que fodida que a vida é! Então, meu gato, me deu uma desorientada. No circo, eu chorava de verdade quando acabava de fazer a lavadeira e a peça terminava. Lembra? Eu tentano achar um modo de pegar aquele caixãozinho, com os toco de braço, e num tinha jeito. Ia me dando o desespero, a noite chegano, as vela se acabava, ficano tudo escuro, o cemitério ia fechar, os coveiro me esperava. Com os toquinho de braço queria me ajeitar, gritava pros vizinho me ajudar, mas era dia de jogo da Copa, ninguém queria nada cum nada. Então, gatão, o caixãozinho caía no chão, a criancinha rolava pra baixo da mesa, eu conseguia agarrar o mortinho com os toco de braço e corria pra porta. Fim. Ai, meu deus! Quanta lágrima!

— Era demais!

— Você sempre foi empafado. E sacana. Toda noite, quando a peça acabava, ia latrás, sabia que eu tava chorando. Ia me consolar, me passava o ferro. Naquela hora, eu, mole, fazia qualquer coisa.

— Assim, parece que sou um puta cafajeste.

— Quando estava no hospital e cortaro um pedaço de minha perna, nem liguei. Num senti pena, chorei pouco. Parecia que estava no circo, representano outro drama, só que não tinha platéia, nem tua música.

— Fiz as músicas direto, em dois dias, muita bola na cabeça. Naquele tempo vivia cheio de fumo, de bola.

O apresentador entrevista candidatas a Miss Brasil.

— *O que você lê?*

Miss Mato Grosso do Sul: Não leio nada.

— Para que obrigar as gostosinhas a pensar em perguntas tão difíceis? murmurou o padre careca.

O bando, hipnotizado, vê o desfile, as coxudinhas, maiôs entrando nas rachas das xoxotas. O Ganhador cobiça a negra, candidata de Rondônia, beleza de mulher.

— Era boa tua música, diferente, mas o público embarcava. Vinham perguntar se tinha disco!

— Bobeei, podia ter feito uma gravação independente e faturado. E aí fazia a minha música. Só bobeio na vida.

— Tinha vergonha, num tinha? Tonto, o que tem de gente fazendo sucesso com música romântica. O que anda compono agora? Por que não faz música sertaneja?

— Rock pauleira.

— Rockeano na tua idade?

— A gente acomoda a bunda conforme o banco.

O apresentador:

— *O que acha do sexo antes do matrimônio?*

Miss Maranhão: Acho uma depravação. A mulher deve se guardar para o seu homem, conservando-se pura até o momento da entrega, que deve ser após o casamento.

— Tem namorado? Ele aceita você ser Miss?

Miss Goiás: Não aceita. Brigamos antes do concurso e nos separamo-nos, infelizmente. Gostava dele, aliás ainda gosto, no entretanto tenho minha carreira e minha vida. Se ele quiser voltar e me estiver ouvindo, saiba que ofereço-lhe esta noite a ele. E se por acaso o digno júri me julgar digna de ser Miss Brasil quero oferecer-lhe este título ao meu ex-namorado, Lourenço, o pão.

Sabrina, excitada, agita-se. Grita ao padre, *traga a cadeira de rodas*. Todo mundo a ajudá-la. Cadeira especial, adaptada ao seu tamanho.

— Agora, Ganhador, vai me levar pra dançar.
— Dançar? Sem perna?
— Quero sacotear um pouco! Me leva? A gente saía tanto pela noite, quando eu trabalhava na rádio-perua. Um barato aquele tempo, faturei bem pra rádio, não?
— Dançar onde?
— Gafieira, discoteca.
— Discoteca! Agora, é danceteria. Preciso olhar o jornal, ver endereço, não venho a São Paulo faz um tempão.

Sabrina, nada mudou. A sensação do Ganhador é de que poderiam cortá-la inteira e continuaria no mesmo pique. Não deu certo em nada, e ela nem está aí, parece não se importar. O que é a vida para ela? Deixar andar. Não seria isso? Fosse igual a ela, não teria essa inquietação empurrando, formando montículos de dor, às vezes quistos sem possível cirurgia.

Apresentador:

— *Por que você quer ser miss?*
Miss Ceará: Todos me acham gostosinha na minha idade, quando passo viram e me olham. Quero que o Brasil inteiro me olhe.

Miss Paraná: Para me divertir. Ser miss não é o meu sonho, tenho 23 anos, estudo administração de empresas e as meninas aqui me chamam de vovó.

Cerveja acabou, o padre passa um baseado.
— Vai um tapinha, aí?

Na rua, calçadas vazias, mendigos dormindo nas soleiras, crianças esfarrapadas, motoristas cochilando dentro dos táxis, um cachorro mija num poste. O Ganhador dá um pontapé. Empurra a cadeira aos solavancos, calçadas esburacadas.

— Bom, o ar da noite!

— Tão fedido como de dia. São Paulo, fede, Sabrina. A cidade apodreceu, não sei o que venho fazer aqui.
— Falano nisso, por que veio?
— Lançar um disco.
— Gravô?
— Produção independente.
— Você é um cara estranho, Ganhador. Sempre foi. Num consigo entrar na tua, se é que dá pra entrar. O que quer? Ser famoso?
— Não, não quero mais. Teve tempo, era o que mais sonhava. Se tivesse sido naquela época, teria aproveitado. Agora, quero levar a vida.

Ele encosta a cadeira, pede um *minuto*, volta do bar com dois copos de papel parafinado, cheios de cerveja.
— Pra ir refrescando. Calor danado.
— Você sempre foi um cara pra baixo.
— Às vezes sou! Igual a todo mundo. Tem dia que sinto falta das pessoas, de uma coisa sólida. Penso muito nesse filho que vem vindo. Que é meu, e não vai ser meu!

Difícil para o Ganhador controlar a cadeira apenas com a mão direita, ele guina para o outro lado. Sabrina não faz esforço, se deixa empurrar. Feliz, suarenta, acenando para as pessoas. "Sabe? Adoro ser gorda, macia!" Conhece todo mundo, o quadrilátero é seu reino, há muitos anos. Praça Júlio Mesquita, lagostas de bronze se agarram às bordas da fonte de mármore, rodeada de gradis. *Botaram grade, porque gente como você vinha roubar as lagosta, pra vender na sucata.* Cine Oásis, *aqui as cenas mais fortes do cinema pornográfico, só para adultos.* Boteco, balcão de granito branco, teias de aranha nas prateleiras. Steinhager e cerveja. O Ganhador está bem, porre passou ligeiramente. Tem vontade de tomar um caldo verde, fumegante, com muito azeite de oliva. Nesse calor? A camisa gruda no corpo. Viram os copos, se vão. Atraídos por botecos poeirentos, freges, espeluncas, alamedas em torno da avenida Duque de Caxias, Nothman, Glette. A antiga estação de bonde virou caixote de cimento, depósito sem graça, cinza. O Ganhador, absorto. Ar parado, um riso irônico.

— O que pensa?

— Quando você foi contratada pra anunciar sutians. Na vitrine da Clipper. Coisa bem engraçada.

— E eu pensava em você. Quebrano vitrine.

— O governo tinha proibido a rádio. Como é que se chamava mesmo? Tinha um nome engraçado. Esqueci. Nós dois na merda de fazer dó, passamos pela loja, uma puta fila de moças. Bonitas. Perguntamos o que era, podia ser distribuição de brindes, entradas para auditório, a gente era tarado por auditório.

— A gente fazia de tudo pro tempo rolar. Você tem a mesma preguiça minha, somos iguais, daí que a gente se entende.

— Preguiça coisa nenhuma, dou duro.

— Te falta pique, você é paradão.

— Eu ia bem, bem paca! Estava entrosado com o meio. Aí, tive que me mandar, não podia ficar aqui.

— Num podia, é?

— Fugi, pra ficar vivo!

— Conversa.

— Faz diferença? Fazer carreira, ter sucesso?

— Nenhuma. Vai vê, essa gente que faz sucesso nem é feliz. E a gente se diverte. Né?

Duas cervejas, o português cobrou couvert artístico, *que merda é essa, couvert por quê? Pensei que essa turma era de freguês enchendo a cara. Show? Tá mal, hein? Faço um show melhor que esse, pela metade do couvert. Quer? Venho segunda-feira, possa lançar meu disco aqui. Claro que tenho disco. Manéra, Sabrina, não vou brigar, nem estou discutindo, mas por que ele não acredita que sou cantor? Tenho um disco! Volto aqui pra provar.*

— Do que é que a gente estava falando?

— Da fila, a porrada de moça com o jornal na mão. Estavam escolhendo moça pras vitrines, uma novidade, mexeu com todo mundo. Bati todas. Ganhei o lugar.

— Quando viram teu corpo, contrataram na hora.

— Enchia de homem na calçada. Pra me ver de calcinha e sutiã na vitrine. Ao vivo.

— Saiu em tudo que era jornal.

— Te deu ciúme, fiquei famosa. Vivia invocado!

— Invocado! Quem segurou a barra da velha? A que queria quebrar a vitrine!

— Vai ver, segurou, porque quebrador de vitrines era você.

— A velha podia te matar. A mulherada andava enfurecida.

— Aí veio o empresário-mundo-cão, vivia o tempo todo com o palito de fósforo na boca. Ninguém entendia o que ele dizia.

— O cara era legal, se interessou por mim.

— Pelos teus peitos.

— Me levou pro teatro, prometeu um filme.

— Nunca fez.

— Também, nunca acreditei. Pensa que eu era boba? Me fazia de besta! Levava todo mundo na lábia.

Os músculos do Ganhador, atiçados. Acesos ao ouvir ruídos que o instigam. Tim, tim, tim, repetitivo. Da esfera de aço que acaricia pontos magnetizados, acionando a roleta de contagem na máquina fliperama. Como se máquinas registradoras funcionassem em conjunto. Salão ocupado pela algazarra metálica, explosões abafadas, tiros de mísseis, zumbidos de foguetes, assobios. Não há máquinas vagas. Jogadores numa estranha dança de São Guido, tiques nervosos, dedos comprimindo botões, balanço de cintura, tremores do peito, a perna que se curva. Imobilidade geral, de repente. Enquanto a bolinha gira nervosa, provocando tim-tins e acendendo luzes coloridas.

— Podia ter feito carreira.

— O roto fala do esfarrapado.
— Hoje, você diz isso! Porque se fodeu! Bem que me invejava quando eu cantava no *Red Pony*. Pintava lá toda noite. Era um bar legal.
— Inferninho de bosta.
— Tocava lá pra faturar aluguel e uns uísques. Única lembrança boa: Maria Alice não saía de lá!
— A peituda?
— Não, a peituda era a Candelária. Quero dizer, a Yvone.

O Ganhador não ouve. Quer entrar, comichão nos dedos. Parado na porta do fliperama. A mão no bolso amassa as notas, vontade de apostá-las, triplicar o dinheiro. Confia nele. Analisa os freqüentadores, vai ter de apostar baixo, fazer partidas rápidas. Ele tem o trunfo.

— Você gostava dela, a puta aparecia sempre com um homem, nunca te dava chance. Tomava teu dinheiro.
— Gostei mesmo de Maria Alice, Yvone era só amiga, juro. Transamos uma vez ou outra.
— Maria Alice era qual?
— A morena, alta, magra. Uma vez fomos juntos, você também, no festival da Excelsior. Na noite em que Elis ganhou com *Arrastão*. Foi ali na Nestor Pestana. Na saída, criamos coragem, jantamos no Gigetto, estava cheio de gente conhecida.
— A morena de lábio grosso? Não bonita, tesudona?
— Essa! É ela quem está grávida.
— Que homem mais desconforme! Esse caso tem bem uns quinze anos ou mais. E de repente, um filho. O que é?
— Sei lá, veio rolando.
— Aquele bar era bem no meio da putaria.
— O fino da boca-de-luxo, puta movimentação, mulherada a todo vapor. Muito músico contratado. Hoje, tudo é tape. Como se pagava para foder! Mulherada enchia o cu de grana. As meninas chegavam do interior e se tivessem cabeça logo tinham carro, apartamento, montavam boates.

235

— Coisa de puta velha, montar boate!
— Eu tocando, esperando a sorte. Alguém de uma gravadora, rádio, um jornalista que me descobrisse.
— Você devia escrever drama pra circo! *A solidão do cantor que cantava pras puta.*
— Nem mulher descolava. Mulher sozinha não ia lá.
— Eu ia!
— Você era outra barra.
— Me exibia, fofão. A gostosa da vitrine, né? Faturava em cima.
— Parava tudo, ficavam te olhando, queriam até autógrafo.
— Só pediram uma vez, e que merda! Eu não sabia assinar. Era analfabeta.
— Tua cuca era fresca demais.
— Pode? Só fui fazer Mobral quando tinha 28 anos. A gente ia no cinema, você precisava ler as legenda. Daí eu gostar de filme brasileiro ou dublado. Com a tevê, nunca mais fui no cinema.

O Ganhador decide entrar no fliperama. Tem seu trunfo e sabe que vão apostar contra ele. É o que quer. Não o conhecem, vão se foder, perder dinheiro.

— Porra, vai jogar agora? E eu?
— Meia hora, levanto uma grana, enchemos a cara. Com uísque bom.

Vento frio, o Ganhador estremece. Outra vez o rosto da mãe se desenha nítido.

— Que foi?
— Uma coisa estranha, vi minha mãe em cima daquele prédio, no meio do luminoso que anuncia café.
— Tua mãe? Está bêbado? Encheu a cuca de bola?
— Estou limpo.
— Falando em mãe, quantos dias vai ficar por aqui?
— Ah, vou ficando, só tenho pela frente o festival de São José dos Campos, daqui uns vinte dias.

— Daqui duas semanas, mamãe estréia. Lembra dela?
— Velha piradona, arranjou emprego?
— Ficô dez anos desempregada. Agora, volta. Feliz.
— Está com quantos anos?
— 73, pensou?
— Vai fazer o quê?
— Luta livre na televisão!

AUTOBIOGRAFIAS

Rosicler em pedacinhos. Não sei como a reconheceram disseram que por isto e aquilo. Não quis acreditar qualquer hora dou de cara com ela vendendo pipoca na porta de um circo. Assim imagino Rosicler. Vendendo miudezas nos parques casada com o filhodaputa do violinista por quem era apaixonada. A polícia descobriu o corpo no pasto do leiteiro. O corpo em pedaços braços e pernas e pés e mãos amarradinhos dentro de um saco. Rosicler lambuzada por doce que atraiu formigas. O baiano que consertava panelas e fabricava canecas com latas de óleo murmurou: "Coisa do Lucas da Feira". Anos mais tarde fui saber do Lucas quando passei por Feira de Santana num festival de canções sobre o cacau. Que ganhei com uma das minhas músicas mais saborosas. "Bailam diamantes negros no prestígio de sonhos de valsa." Lucas negro estripador fortíssimo violentador de moças. Comia as mulheres apunhalava cortava amarrava na árvore ou jogava sobre formigueiros com o corpo besuntado de mel ou melaço de cana. Mas como? Lucas estava morto há anos. Encontraram uma faca, a polícia correu a vizinhança. Conhece? Viu? Perdeu? "Foi roubada de sua casa?" Estava na porta quando mostraram à minha mãe. Que empalideceu disse "não nunca vi". Fechou a porta a tremer sem conseguir andar e a levei até a cama. Tremia tossia apertando a cabeça com as mãos dizendo que a dor era tão grande que ia arrebentar tudo. Chamava:

"Cadê seu pai que não volta?" Tínhamos de dar comida na sua boca com a colher. Ela não queria empurrava minha mão pedia que saísse do quarto. "Vai embora vai some como teu pai vocês não prestam ia com ele ao parque sabia tudo e nunca me contou. Traiu sua mãe. Nunca mais me peça a bênção." Às vezes acordo de madrugada vejo seu rosto se desfazendo. Depois se desmancha como figura na areia corroída pela água. Também o rosto de meu pai se apagou naquela tarde em que a polícia passou com a faca na mão. É coisa que não consigo entender e reaver. O rosto dela dissolvido. Como era?

A FIGURA DO MEU PAI ESCURECENDO

A minha mãe chorava confortada pelas amigas. Todas diziam: não é possível não deve ter sido ele foi um engano. Então por que fugiu? Por causa do dinheiro deve ter sido roubado ou raptado. Foi visto a correr do largo da matriz pouco depois dos gritos e logo encontram o corpo do Escalador e muito sangue. Ele não é assassino gritava a mãe pode ser tudo malandro jogador vagabundo mas nunca ia matar ninguém não faz sentido. Era um homem de bem católico de assistir missa e comungar uma vez por ano ao menos. Dois dias depois trouxeram a jaqueta ensangüentada. Todos conheciam a jaqueta feita pela minha mãe. Seria sangue dele ou de outro? Pode ser o sangue do Escalador. Já corria toda a cidade que também a menina do parque tinha desaparecido e os irmãos e pai dela rondavam nossa casa por duas vezes me abordaram. Sem violência com firmeza e ódio queriam tirar a limpo que tipo de anormal é teu pai para roubar crianças? Estava uma confusão muito grande até que descobri minha mãe muito tranqüila. Uma noite ouvi barulho na porta fui ver quietinho com medo de ladrão. Minha mãe voltando. De onde? Trazia marmita embrulhada em jornal e muda de roupa. Fiquei na vigília duas noites ela saiu fui atrás. Andou que andou até a pequena estação de estrada de ferro. Tinham desativado o ramal que atingia o garimpo de diamantes e duas fazendas de café. A estação ficava no mato e lá estava meu pai. Pela janela do que tinha sido a sala do chefe ouvi os dois conversando ele garantindo: "Vou repetir pela milésima vez. Acredite não fui eu nunca faria isso". Então vamos a polícia esclarecer e você conta quem foi. O que vi pela janelinha foi o rosto de um homem transtornado que nada tinha a ver com meu pai. Me deu um comichão esquisito fiquei mal. Meu pai teria assassinado o Escalador como andavam dizendo? A polícia desconfiada havia sangue demais no chão. Mais de uma pessoa foi morta garantiu o médico. Alguém que abriu janela na praça durante a madrugada afirmou que viu meu pai e que talvez tivesse mais gente porém os arbustos do jardim impediam a visão. No dia seguinte o prefeito arrancou as plantas altas de todas as praças. Curioso a partir da estação a figura do meu pai escureceu fui deixando de lembrar seu rosto como fotografia que fica amarela desbota some. Os cabelos embranquecidos começavam a cair. Os lábios grossos e rachados. Quem sabe estava com razão pois toda a cidade o procurava. A polícia os capangas do fazendeiro a família de Rosicler e uns metidos a justiceiros. Minha mãe acreditava nele e por duas semanas veio até o esconderijo trazendo comida. Até o dia em que a polícia exibiu a faca e o corpo de Rosicler em pedacinhos foi encontrado. Tinha feito aquilo o filho da mãe? Aí ele sumiu de vez se dissolveu como algodão doce na boca. E minha mãe caiu de cama. Ficou seis meses entrevada. Quando se recuperou fez as malas e pegamos o trem das cinco para São Paulo. Tinha uns parentes esperando e nos levaram à Rua Santo Antônio. Uma casa de cômodos em cima de uma borracharia. Vizinhos de um casal que me ensinou a tocar gaita. Ela era loira, comprida, umas pernas musculosas e dentes enormes. Levou quatro anos para que eu descobrisse que era um transformista. Pessoa divertida e a primeira que me disse: "Vai dar para tocar violão com um barço só". "Vamos encontrar um jeito." E me apresentou Hideo.

O HOMEM DA BALA DE GOMA

Houve dias em que o homem gordo e ágil pensou em desistir, acabar com tudo, supondo que não passasse de sonho, visão na qual passou a acreditar. Este homem não tem certeza, vive dentro de atmosfera nebulosa, nada tem forma definida. Sua única qualidade é a determinação, a mesma que o fez suportar noites/dias intermináveis na cela. A faca gravada na testa, os corpos que se grudaram ao seu. Ele acomodou sua vida, e o que deseja. Agradável viver desta maneira, mantido por uma fixação, flutuando através de sombras e miragens que se desfazem. Às vezes, quando situações ocorrem como ele esperava, se decepciona. Como se a alegria fosse ver as intenções frustradas. Teria sido sempre assim? Mergulhado nessa ciência de viver para não sofrer? Gordo a vida inteira? Há na sua memória, gasta, a lembrança de outro, magro e ágil, esperto e duro, rápido e decidido, mas quem foi? Existiu? Ou ele moldou uma imagem na sua mente, desanimado com o corpo balofo que é obrigado a suportar, suando? Sendo que odeia a transpiração, o cheiro acre que se desprende da pele molhada, poros abertos pelo calor.

Todos desceram do ônibus, famintos, abordaram a lanchonete, se empaturraram com mistos, hambúrgueres, empadas, coxinhas, pizzas, cocas, sorvetes, mandíbulas mastigam vorazes. O homem gordo e ágil ficou. Contempla os bancos da varanda, cada um com um verso popular: *Vi minha mãe rezando / aos pés da Virgem Maria / era uma santa escutando / o que outra santa dizia.* Certa vez, nesta procura que se estende, o homem gordo chegou alegre no Espírito Santo. Dois dias depois de um festival. Perdeu quem buscava, mas encontrou a pista. Pessoas reconheceram a fotografia. Sim, sim, é o Ganhador! O que o senhor quer? Para onde foi? Só deus sabe. Nem o Ganhador conhece o destino, bota o pé na estrada, o primeiro que der carona leva para onde for.

Neste momento ele pode estar em Goiânia, Anápolis, Ribeirão Preto, Rondônia. Vê, como é difícil? Não existe calendário de festivais, mesmo que houvesse, como imaginar em qual o Ganhador vai? Podemos perguntar. Alguém que tenha ouvido conversa. Uma menina que ele tenha comido, músico que tocou com ele. No geral, toca sozinho, o violão com o braço só, uma figura patética, mas ele insiste.

O homem gordo e ágil subiu e desceu de ônibus. Cidade atrás de cidade. Conheceu teatros, galpões, igrejas, ginásios, cabines de caminhão, plataformas de rodoviárias, procurando. Podia esperar, mas se encontrasse antes, melhor. Certo dia, numa cidadezinha de Minas, depois de uma chuva, pensou ter visto o Ganhador no ônibus que partia. Estava sonolento, acordando, pode ter sido ilusão. Além disso, quando abriu a janela, um rádio tocava a música, tão conhecida. A que ele procura. Desceu, atrás do caboclo, o homem nem sabia a estação, estava apenas procurando um jogo de futebol. O gordo e ágil tomou o rádio das mãos do outro, girou o dial, em busca da música. Devia ter terminado.

Agora, o ônibus parado na lanchonete beira-de-estrada, o homem gordo não quis descer. O ônibus vazio. Só ele, gripado, nariz escorrendo, cabeça ardendo. O motorista deixou o rádio ligado, Gregório Barrios cantava um bolero. *Dos almas.* E o homem gordo tinha vontade de chorar, boleros refletem sua vida. Na prisão, o xerife da cela tinha uma coleção, Bienvenido Granda, Trini Lopez, Pedro Vargas, Libertad Lamarque. Gregório cantava: "Surgió una sombra de ódio que nos separó a nos dos y desde aquel instante mejor fuera morir".

Se pudesse agarrar o porteiro e obrigá-lo a beber um rio fedido. O mar envenenado. Seria uma solução? Ou o melhor é apanhar a faca, cortar a sua barriga, deixar as tripas à mostra? Ou dar apenas um golpe? Na veia? Sangra muito, dói, morre-se aos poucos. Os japoneses têm um método, chama-se harakiri, tem de ser feito pela própria pessoa. E que tipo de faca?

Peixeira, faca de cozinha, punhal, uma faca serrilhada, baioneta, canivete suíço, canivete espanhol, estilete de prisão? Qualquer coisa que faça sofrer muito. Para trazer alívio.

BOLA DE AÇO DESFERE BEIJOS ILUMINADOS

press flipper buttons

START

Reconhecimento. O Ganhador examina o painel colorido, campo de batalha. *Rocket's War*, familiar. Andou, máquina por máquina, conferiu novidades, o *Cosmic, Hawkman, Excalibur*, reviu os velhos *Vortex, Polar explorer, Galaxy flight*. O tema do jogo, irrisório interesse. Pura decoração. Daí o gosto pelo colorido, iluminação e fundo sonoro do *Rocket's*. A musiquinha lembra o filme que o impressionou a ponto de assisti-lo sessenta e uma vezes, *Contatos imediatos do terceiro grau*. Há também superstição. Com o *Rocket's*, ele viveu treze dias em João Pessoa. A lanchonete *Barravento* (homenagem ao primeiro filme do Glauber) lotava para vê-lo. A vida que pediu: durante o dia, sol e mar, carne-seca, aipim frito, camarões gigantes. Compositores locais e poetas alternativos o levavam às bibocas onde havia confiança nas coisas do mar, frescas. No fim da tarde, ia para o fliperama, depenava ingênuos, aturdidos com a eletrônica. Meninos desconcertados em jeans de índigo, acostumados até ontem com as calças de couro cru ou brim grosseiro, botinas rangedoras. Disputas pesadas, a dinheiro. Foi bom, estava liso, tinha perdido dois festivais, em Campina Grande e Natal. Ninguém se comoveu com a falta de braço. O Ganhador tem consciência disso, não se engana. É trunfo no fliperama e no festival. Perdeu quanto lutou contra cegos cantadores, uma velha a cantar na cadeira de rodas, pernetas. O júri foi pela voz e letra, o Ganhador se entortou. Não se aplica tanto.

— Consegue jogar?

O menino ficou ali e o Ganhador sabe que é o primeiro, logo junta gente. Concentração. Tudo gira em torno da habilidade de manter a bola de campo o maior tempo possível. Uma das chaves está na movimentação das paletas inferiores, para impedir a bola de cair no *collect*, a recolha. Quando o grupinho se forma, é o momento de apostar. Colocada a ficha, a esfera de aço salta para a canaleta, recebe o empuxo, sobe. Daqui para a frente, o Ganhador se incorpora à máquina. Se funde a ela, sente a bola percorrer seu corpo, batendo em pontos vitais, como agulhas de acupuntura. "Sabe, Maria Alice", ele confessou certa vez, quando começou a freqüentar fliperamas, assim que as primeiras máquinas chegaram ao Brasil, anos setenta, "a coisa é tanta que sinto luzes se acendendo dentro de mim." Ela morreu de rir, "doido de pedra, não inventa desculpa pro vício, vai e joga, numa boa". Quando começam a apostar, vem a excitação. Não perder é fundamental. *Jogar para não perder, como sua vida. A luta contra as perdas.* Este pensamento não disse, Maria Alice era demais realista.

shoot again when lit
tim tim tim tim tim tim
tuc tuc tuc: marcador: 7.200 pontos

Chegam mais dois assistentes, já são sete. Fatal, ninguém resiste. A esfera sobe, desce, bate, rebate, revolve, retorna, tim, tim, bate batim rebatim tim tim, gato transtornado por tromba de elefante. O marcador contínuo, tuc tuc tuc tuc

10.000

11.000

all targets down socre lited planet value
30 – 35 – 36 – 37 – 40.000

fire action, a esfera, rápido para o *collect*. O Ganhador vai perder a bola. Assistentes esticam a cabeça. Nesse momento,

o jogador comum necessita de duas mãos pra mover paletas, aparar a esfera, atirá-la de novo às galáxias em que se desenvolve o jogo. O Ganhador, calmo. Bate com a paleta da direita, sorte, a bola veio para esse lado. Gira o braço, espera a esquerda, rebete. Falta impulsão, na terceira vez decide. Se a bola se movimenta reto pelo centro, bye-bye. A bola continua. Apostas começam. Não sobre o total de pontos, mas em cima de quantos pontos o Ganhador obtém com uma só bola. Apostas em silêncio. Dois índios de jeans e tênis seguem o movimento da esfera. Riem com a campainha e piscar das luzes, olhares oníricos.
bonus multiplier
tuc tuc tuc 85.000

esfera demente, tresloucada, tim pim pim, entra em canais, some pelo interior da máquina, a iluminação um despropósito, como luminosos de Broadway, o marcador atinge 260.000. Murmúrios, ainda é a mesma bola. O Ganhador aceita, apostas violentas de que vai atingir 500 mil com uma só esfera. Fez isso várias vezes, agora não tem muita certeza, mas o bom é a precaridade, esperar o acaso, sentindo o chão voando. A mão bate no botão da esquerda, gira para a direita. Move-se com velocidade espantosa, voa para lá e para cá, repousando um segundo. quando a bola se estica de um pino a outro, em beijos iluminados. A mão se tornou hélice, agilíssima, o Ganhador recupera a perícia, coisa de que não se esquece, como nadar ou trepar. Cheio de gente agora, alguns riem. Do maneta que sua, salta, geme, se abaixa, se deita sobre o vidro do painel. O Ganhador baba. Olhos possessos refletindo o piscar das luzes.
263-65-67-380.000
tuc tuc tuc tim tim tim tim
extra ball
bonus multiplier
a esfera exagerando, parece gritar, a máquina se sacode, *when lit avance,* crumcrumcrumcrumcrum tim tim tim

barriers
caem, uma a uma, fuziladas, o marcador em 600 mil.
— Jóia! Com duas bolas, 600 mil! Nunca tinha visto! E olhe que a pivetada aqui é craque!
— Aleijadinho do cacete! Vai te foder!
O Ganhador, sorriso modesto, de comover júri pela humildade. Vale ponto.
— 700.000 pontos com uma bola só. Quem topa?
Olhado de lado. Malandro esse! Quer meter a mão na nossa grana.
— 900.000 pontos numa bola. Vale uma milha!
— Deixe-me ver.
Tem nos bolsos 450 paus. Separa 200, para o violão.
— 250, é tudo que tenho.
— Micharia, cara! Tá bom, vai nessa! Casa aí!

press flipper buttons
START

a esfera através de túneis, estrelas, montanhas, crateras, pontes, buracos que a imaginação acredita haver nos espaços negro-azulados do universo.
tim tim tim tim tuc tuc tuc tuc tuc
200 pontos na via-láctea
1.000 no *black hole*
500, *laser channel*
when stop, double
lit = 500
score match
900.000. O braço do Ganhador dói nas juntas, *estou ficando velho ou é falta de exercício*. Música computadorizada, abala a máquina, anuncia novo jogo, FREE. Luzes do painel se acendem na palavra em vermelho F R E E. O Ganhador pensa em Barbra Streisand, a sortuda, *Free again*. Leu que existem máquinas novas que atingem milhões de pontos, um desafio.

Enfiado dentro do jogo, preso ao painel colorido, olhos alerta pros movimentos da bola de aço, isolado, o Ganhador é feliz. Não pode desviar a atenção, nem por um segundo.

Sua vida se dispersa, se dissolve abatida pelo tim tim tim tuc tuc tuc e pelas luzes. Longe de si, desconcentrado daquele que é o assunto que mais o emociona, sua própria vida, o destino. Grupo compacto à sua volta, START, *press flipper buttons*, apostas comendo, *again*, o Ganhador provoca suspense. Deixando a esfera correr para a canaleta do recolhe. Joga a bolinha de uma paleta para outra. Sabe o impulso necessário para evitar que ela se perca, mas o público se angustia.

Teve época em que Maria Alice ia com ele para os fliperamas, posava de admiradora, bancava apostas, ganhava, saíam para jantar em restaurantes caros. Hoje vai ganhar uma boladinha, o fliperama jamais decepcionou. Tem que pagar o hotel ou fugir deixando a mochila. Ou o velho golpe de amarrar a trouxa por fora com a cordinha, sair de fininho, dar no pé. Encher a cara com Sabrina. Quando a bola sobe, desaparece nos túneis do espaço, o Ganhador tem um segundo e olha para a calçada. Lá está ela, suando, tomando cerveja, resistência infernal. Rodeada de malandros, cafetões, travestis, mendigos, fedorentos, bêbados, vendedores de bilhetes e o sujeito de terno e gravata, irrepreensível, que há anos freqüenta o pedaço, funcionário da prefeitura, tarado por circos, conhece tudo, todos, as famílias hierarquias.

Bichas interioranas praticando noviciado da madrugada na Avenida São João, soldados da PM prendendo maconheiros e confiscando baseados para revender. Putinhas de bota cano alto, saia pele-de-onça, bailarinas de boate, stripers, fauna noturna, encontros crispados ou ternos.

Sabrina, feliz. Seu domínio. Acena para o Ganhador, sem a certeza de que ele está vendo. Vai pelo rumo. Ela ficou míope com a queimadura do óleo. Calor intenso dentro do fliperama, luzes, o tim-tim-tim, vozes em torno, cigarros, a torcida, deixam o Ganhador tonto. Um de seus problemas no palco, fica aluado, a platéia se funde, massa só, perde o prumo. *Para que estou nessa música, se me divirto mais fora dela? O que pretendo demonstrar? A música virou um jogo de fliperama, todo mundo querendo fazer pontos, não um jogo bonito de combinações e destreza. O que Maria Alice diria deste pensamento? Estou mesmo envelhecendo, cadê minha resistência?* Muita gente em volta, onde está o albino que apostou alto? *Filhodaputa, viu o marcador nos 800 mil, se mandou.*

A chover. Pingos pesados. Largam Sabrina na calçada, ela grita pelo Ganhador. Que não ouve, faltam 500 pontos para 900 mil, gloriosos. Os dedos entorpecidos, o braço mal podendo mover os *flipper buttons* quentes. Duas putinhas se encarregam da cadeira de Sabrina. Dificuldade, não têm forças. As pessoas riem de Sabrina molhada, maquilagem escorrendo, cicatrizes de queimadura expostas, pancake melando o vestido. Gozam as putinhas que não conseguem fazer a cadeira subir os degraus: *Força! Vai! Precisam comer mais! Dar mais! É putada fraca! Empurra com a boceta!*

900.000

game free

Até agora, o Ganhador gastou apenas duas fichas. Satisfeito, feliz. Olha, vencedor. Acena, a turma faz OK com o polegar para cima. Vão se lembrar dele. Merece placa. Pena que o albino tenha se mandado. Não faz mal, recolheu algum. Porra, o que há com Sabrina, molhada, chorando? Ele percebe a chuva. Agora fina, era nuvem de verão. As pessoas retornando às calçadas. Sabrina, putíssima.

— Sai da frente. Me largou na chuva, cacete!

— Não vi, estava enfiado no jogo.

— Vai jogar na casa do caralho, seu merda!

— Ah, vamos encher a cara.

— Encher teu rabo!

— Te pago um jantar. No Parreirinha.

— Um prato de rã?
— O que você quiser.
— Molhada desse jeito? Me descabelei toda!
Sabrina tem vantagem, o humor. Não fica emburrada muito tempo. Era um dos problemas de Maria Alice, difícil de ser contornado. O pavio curto. Quando acordava, levava horas para entrar na real. Agia como zumbi, de uma agressividade! Mesmo assim, o Ganhador gostava dela, era adoração. Fazia café, levava na cama. Procurava chás diferentes, biscoitinhos estrangeiros, Maria Alice tinha mania de requinte.

A chuva passou, eles saem. Os dois índios atrás. Não estão seguindo o Ganhador. Juntam-se a um grupo de índios, embaixo da marquise de uma farmácia. Há fotógrafos, um cinegrafista de televisão. São os Krahôs que vieram a São Paulo buscar a machadinha Kyire. Está em toda a imprensa, grandes discussões em jornal. A machadinha pertence a um museu, comprada pelos antropólogos de um sertanista qualquer. Agora, os índios querem de volta. Foi roubada da aldeia, é objeto ritual, sem ela vários cantos não têm significado. Ficaram desamparados, sem proteções divinas. Choro. Uma criança nascendo, fotografada e filmada. Nasce, na calçada. O índio explica que o nome da criança tem que ser especial. Gerada na aldeia, nasceu na cidade branca. Do toca-fitas de um carro vem música. *Hoje a gente nem se fala, mas a festa continua/ suas noites são de gala, nosso samba ainda é na rua.* Como todas as noites, o grafiteiro magro, barbudo, recobre os pés dos postes. Pequenos murais coloridos, lembrando o mexicano Siqueiros.

Ao entrar na Major Sertório, o Ganhador e Sabrina dão de cara com a polícia. Atirando contra três mulatos. Os fuzilados caem, o tiroteio continua. Corpos se sacodem ao impacto dos tiros. Os policiais examinam. *Viraram presunto.*

— E você? O que estão olhando?
A voz não sai. Os dois, estatelados.

— Esqueçam! Não viram picas! Senão, apagamos vocês também. Esta noite vamos limpar a cidade!

Sobem na viatura, se vão. Um dos mulatos ainda se move, reflexos dos músculos quentes. Sabrina treme e o Ganhador baba, descontrolado.

— Inferno! Não sei por que volto para esta cidade! Merda, bosta!

Amiudar do galo, ruas desertas, janelas se fechando nos edifícios. Testemunhas anônimas, silenciosas, jamais contarão o que viram, tantas vezes viram. Súbito, o Ganhador se arranca, empurra, a correr com violência pela calçada irregular. A cadeira, aos solavancos. Ameaça cuspir Sabrina, como assento ejetor de avião. Ela não se desgruda, banhas presas nas ferragens. A cadeira se desequilibra nas sacudidelas, faz que vai tombar, se apruma, Sabrina grita, *seu louco, pára, ô, simpatia, qual é? pirou?* O Ganhador joga toda a força do braço cansado. Ela grita, ele está fora, tudo o que ouve é o som seco dos tiros, chamas nas bocas dos revólveres. Declive, a cadeira desce, solta. *Correr descontrolado, é tudo o que sei na vida. E não é muito, é coisa nenhuma.* O Ganhador não sabe quanto tempo correu. Atravessou esquinas, botecos, farmácias, postes, lojas, borracharias, casas de móveis usados. Ultrapassou sua raiva. Exausto, tropeça. A cadeira bate numa vitrine empoeirada, agência desativada de carros usados. Ao bater, se inclina, lançando Sabrina contra o vidro. Ao impacto, ela começa a vomitar. Líquido, pura cerveja que, na posição, cai sobre o colo. A rua se inclina como a noite.

Nenhum dos dois soube quanto tempo ficaram assim. Ele no chão, desacordado, exausto. Ela, zonza com a pancada. O Ganhador foi o primeiro a tomar consciência, arrumou a cadeira, com nojo de Sabrina vomitada. Ela riu, sempre o humor. Ou seria mesmo pancada?

— Corre, pára aquele táxi! O grande! O mirim, não. O grande!

O motorista se diverte ajudando a enfiar a cadeira de rodas para dentro, Sabrina soltando palavrões.

— Rebouças, bem embaixo.

O táxi desliza, avenida deserta. Motorista assobia o novo sucesso de Antônio Kid, crooner da banda Garotas Inocentes Mas Não Virgens. É o cantor que desbancou Pat Silvers. Em todas as paradas, FMs, posters gigantes nas lojas.

— Brasil tem 14 milhões de loucos, sabiam? Informou o motorista.

— Aí está bom! Pode parar!

As lojas de vestidos de noivas, enfileiradas.

— Tem aquela outra rua, perto da Luz, mas lá os vestido é pro povinho, os brega. Aqui é do grã-fino, gente com grana pega, os que nascero de bunda pra lua.

Numa só casas, a cauda de um vestido atravessa ao longo de oito vitrines. Sabrina, olhos despencando. Cara inocente, límpida. Contemplando os longos, curtos, mínis. Decotados, fechados, sem mangas. Rendas, brocais, fitas, laços, laçarotes, rendilhas, enfeites brilhantes, flores naturais. Um e outro tom de cor. Pastel, para não chocar. Flores falsas, naturais, bordados com pérolas, miçangas, paetés, atavios, filigranas de prata, franjas, drapeados.

— Não são lindos?

Sabrina dá a sensação de que vai andar. Festival de adereços, ornamentos. Olhos sem ter onde se fixar, como se estivesse a olhar cataratas. Sabrina coça a bochecha, o que indica: estou contente. Cutuca o Ganhador, quer ver. Vitrine por vitrine. Todas, ao mesmo tempo. A cadeira pela calçada. Penetra nos jardins que ostentam caixas de vidro. Onde manequins diáfanos estão aprisionados. Ventiladores impulsionam véus levíssimos.

— Minha mãe tinha razão, filhadamãe, a velha! Não ia dá certo, casei no domingo, não num dia de semana, e na manhã do casamento, vi sangue. Não tem coisa pior pruma noiva.

Meu pai foi abrir a lata de leite condensado, atorô o dedo, *vai embora, vai, noiva não pode vê sangue no dia do casamento, você vai sê infeliz!* Pois não deu outra. Fui infeliz mesmo, mas acho que fui errada, porque dei meu vestido, tinha uma amiga pobre, ia se casá de estampado. Pode, casá de estampado? Não ia deixá, e dei meu vestido. Naquela horinha, dei minha felicidade.

Sabrina, leve, delicada, sorrindo alegre.

— Foi um vestido tão simples, o meu! Era o que a gente podia. Quando trabalhava na loja, mostrano perna e bunda, meu sonho sabe qual era? Queria que me deixasse na vitrine da noiva, ao menos uma vez. Bem que podiam fazê revesamento, noiva-rodízio, não acha? Tão divina, a noiva na vitrine, ficava assim de mulher em frente, todos babano e sonhano, que nem eu! Adoro o último capítulo de novela, em que a mocinha casa de véu e grinalda, entrano na igreja. Fazia um ano que não vinha aqui, o Hideo me trazia, o japonês é superlegal. Há quanto tempo não tava tão feliz, tão bem!

Sabrina, uma furtiva lágrima.

— Podia ficá a vida inteira olhano, me dá mais água na boca que banana frita com canela. Vamo comê, onde será que tem? Olha, tenho um presente prucê! Lembra disso?

— Não.

— Não te diz nada esta chave?

— Por que haveria de dizer?

— Você quebrava vitrine com uma igual.

— Não tenho mais tesão de quebrar vitrines. Naquele tempo, me aliviava. Agora, não me interessa.

— Ô, simpatia, abestalhou-se?

— Tinha motivo. Não sei qual era, só que era bom, bom demais. Até o dia em que descobri que a polícia também quebrava vitrine, para jogar a culpa nos manifestantes!

— Ah, vocês faziam por política ou sei lá o quê, mas eu me divertia com o prejuízo. É tão bom dar prejuízo! Toma a chave, manda ver!

— Não tenho vontade.

Sabrina lançou. A chave contra a vitrine. Os cacos brilharam na luz mortiça dos postes e o som mexeu com o Ganhador. Questão de segundos, para tudo retornar. Velha paixão jamais esquecida. Conservada em estado latente, bloqueada na memória e no coração e que ressurge, de repente. Com dor e alegria. O Ganhador apanha a chave, atira na outra loja. Hipnotizado, observa os cacos, o desmoronamento da vitrine, o desfazer do vidro, tão frágil. Quebra vidros, puxa manequins, arrancando de dentro. Ajusta os corpos. Uns, sentados no meio-fio, ombro a ombro, noivas cansadas à espera de condução. Duas agarradas ao ponto de ônibus, braços estendidos, fazendo sinal de parar. Uma no chão, outra, sem roupa, por cima a trepar. Depressa, depressa, que o alarme está soando. O Ganhador quebra. Atirando a chave, puxando manequins, empurrando Sabrina. Atirando com a mesma precisão com que, quinze anos atrás, demolia vitrines de lojas, durante passeatas. Exatidão que não se perdeu, o jogo eficaz do braço. Atingir o ponto certo, para todo o vidro vir abaixo. A tal ponto que sentiu as calças molhadas, a comichão comendo o corpo. Goza, puro prazer, beleza arrebentar vidros, agarrar noivas, ouvir o barulho dos estilhaços cristalinos. A noite se inclinou mais ainda, tudo parecia pronto a cair.

Orelhões quebrados dão ligações

— Falá com quem?
— Maria Alice.
— Num tá.
— Volta logo?
— Num sei.
— Quem está falando?
— A empregada.

— Posso deixar recado?
— Se quisé, pode, mas num sei escrevê. Quem qué falá com ela?
— Massiminiano.
— O quê?
— Massiminiano!
— Num sei dizê esse nome, não.
— Escute aqui, onde foi a Maria Alice?
— Pro hospital.
— Algum problema?
— A barriga.
— Já vai ter o filho?
— Num sei, não.
— Não tem ninguém aí?
— Tem, eu!
— Tem o telefone do hospital?
— Num tenho, não.
— Sabe o nome?
— Num sei, não!
— Bem, ligo mais tarde.
— Num estô, largo às três, só depois damanhã.
Discou outra vez.
— Queria falar com Candelária.
— Candelária? Por decerto o senhor se refere à Ministra Reverenda.
— Olha, que esse negócio me encheu o saco. Já liguei uma vez, não me atendeu. Diga que é o Max, o Massi.
— Não vejo seu nome na relação de pessoas que ela vai atender hoje.
— Ela nunca precisou marcar hora para mim.
— É o que todos dizem. Quer marcar consulta?
— Que consulta, que nada! Quero falar com ela mesma!
— Impossível, sem marcar.
— É o fim da picada! Me chama alguém aí.

— Fale comigo. Não fique nervoso. Que graça o senhor necessita?

— A graça da puta que o pariu, suas filhas de uma puta! Vou até aí um dia e quebro a cara de todas.

— Que Jesus o abençoe, traga a paz e suas águas interiores, o proteja. Paz, muita paz, e fraternidade, parceiro!

O HOMEM DA BALA DE GOMA

O bigode do homem gordo e ágil é postiço. Quem descobriu foi a loira oxigenada, balconista da seção de cosméticos do Mappin, moça que carrega sua glória. A mãe foi manicura e fez as unhas de Mário de Andrade. Certa tarde, em 1941, enfastiado porque estava chegando ao Teatro Municipal cedo demais, Mário foi tomar chá no Mappin, mas não havia mesas vazias. Deu um passeio pela loja, observando caixeirinhas e imaginando que poderia aproveitá-las um dia num conto sobre o centro da cidade. Ao ver a manicura adolescente lendo *O Malho* e trazendo uma expressão igualmente enfastiada, Mário sentou-se e pediu que fizesse as unhas, apenas com polimento e sem verniz. O que provocou diz-que-dizque, pois homens não se sentavam assim na mesa da manicura. Mas um dos ingleses responsáveis pela public-relations da loja reconheceu o genial escritor e mandou bater uma foto. Pensava publicá-la, seria excelente propaganda, o que terminou não acontecendo, ninguém sabe a razão. A única cópia que existe desta foto encontra-se na casa da balconista dos cosméticos. Ela sabe que foi um escritor importante e até assistiu *Macunaíma*, a peça.

Quando o homem gordo e ágil pediu cola para cílios, a balconista olhou intrigada para o tipo. Não era para a mulher, namorada ou filhas. A moça tinha o feeling. O ar das pessoas denuncia, e ela estava habituada. Detectava a ligeira afetação, o cheiro, a curva dos lábios, dolorida e irônica, ou o modo de olhar, parecendo um carneiro com sede, desapontado diante de um bebedouro cheio de água sanitária. Ela contemplou demoradamente o rosto do novo freguês. Sabia que dentro de algum tempo ele seria um confidente. Sempre voltavam. O homem não usava cílios postiços. Ou pretendia usar? Ela tem diversos clientes que compram ali seu material de maquilagem, gente que viu começar, ajudou a escolher os primeiros batons, bases, sombras, rímel, lápis, blushes. Nos últimos sete anos reparou que são em número cada vez maior, quase se equiparam ao tanto de mulheres. Homens sérios, segundo sua expressão, que trabalham em escritórios, lojas, bancos, restaurantes, jornais, repartições públicas, Câmara de Vereadores, financeiras, importadoras, e há até dois camelôs que fazem ponto no Viaduto do Chá. Ninguém os reconhece à noite, transformados e delirantes esparramados pela Rua Augusta, Rego Freitas, Indianópolis, Ibirapuera, por toda São Paulo. Em vestidos longos, decotes amplos, mínis, somente de calcinhas, com meias pretas e ligas, exibindo seios e bundas de silicone. Quem sabe o homem gordo e ágil também é uma cinqüentona satisfeita, amada, pois há gosto para tudo, até para uma gordinha coxuda, pele alva, principalmente se a mulher for homem. A balconista acha que já viu tudo na vida.

Ao examinar o rosto do homem gordo, a balconista reparou que o bigode estava mal aparado. Não! Estava quase caindo, mal colado. Era falso. Então, a cola era para isso? E ela pensando mal. Acreditando que ele não tinha percebido, a moça ergueu a mão em direção ao rosto balofo, marcado por veias vermelhas. Para ajudá-lo. Foi então que o homem teve uma reação. Gritou: *Não, não, na faca não ! Não toque na faca*. Gritava, recuando, o terror no rosto, como alguém que contemplasse as mãos decepadas subitamente, na rua, por um louco de machado em punho. Emitia gritinhos com voz feminina, quase criança. Todos riram, desanuviando a tensão que ameaçava formar. O homem foi recuando, batendo nos balcões, derrubando mercadorias, dando encontrões. Por sorte dele, não havia homens, era seção feminina, lingeries e perfumes, e as mulheres se afastavam, ao ver que não se tratava de assalto, e sim ataque histérico. Não houve truculência e sim compreensão, e o gordo chegou à rua antes de ser apanhado pelos seguranças.

Na rua, não ouviu os risos – sempre os risos, como riam dele na cela – e aí sossegou. Espantado, porque até aquele momento imaginava que a faca na face fosse invisível. Somente ele sabia, sentia. Agora, está desmascarado, não tem mais controle sobre a arma, e sim, ela sobre ele. Esta faca que traz, semelhante à luz que brilha nos capacetes dos mineiros, dos que trabalham no fundo da terra. A lâmina que fulgura, recordando, cada vez que passa diante de um hotel. Aquecendo, queimando, funcionando como despertador eletrônico da memória. Por isso, ele anda em círculos pela cidade, é muito difícil chegar aos lugares. Antes de entrar numa quadra, perscruta os letreiros, para ver se descobre uma hospedaria, motel, pensão, pousada. Agora, uma nova palavra foi acrescida, *Inn*. Tem de evitá-los. Porque diante deles, a lâmina perfura. A lâmina que o imolou. E o sofrimento do homem é intolerável. A faca: é como se tivesse sobre o corpo a fotografia dela, emoldurada. Guardada em lugar de honra, entronizada como o Sagrado Coração e Nossa Senhora. A lâmina amolada com infinita paciência, porque dentro de uma cela o tempo é correia sem fim que pode girar em qualquer direção, não aciona motor algum. A lâmina: pedaço de metal, afiado com prazer, presa a um pedaço de madeira, cabo de vassoura ou galho de árvore do pátio, onde os prisioneiros passeiam após o almoço. Por causa desta faca o homem mergulhou nessa busca obsessiva. Única forma de redimi-lo e arrancar da testa a marca que o tortura e o denuncia.

AUTOBIOGRAFIA

Nessa tarde eu com dez anos minha mãe chorava confortada. O desconhecido recolhia papeizinhos amarelos do armário da sala. Meu pai fazia jogo do bicho correndo a região de casa em casa recebendo apostas e pagando ganhadores. Evaporou-se sem pagar a enorme bolada ao fazendeiro que acertou milhar na cabeça. Na madrugada desse dia o galo cantou fora de hora e todo mundo acordou. Seria o fim do mundo? Para mim foi. Não dá para esquecer esta noite. Meu pai dissolvido. Rosicler desapareceu. O Escalador *meu amigo tão bacana foi encontrado morto ao pé da torre da igreja. Todo furado e as pessoas se perguntaram: "O relógio uma segunda vez?" Qual? Não é possível um relógio que viva matando gente. Além do mais o ponteiro menor único que sobrava estava no lugar. A morte do* Escalador *foi mistério como tudo naquele dia. Fiquei triste. O* Escalador *não fazia mal a ninguém e vivia com o seu sonho. Eu gostava de meu pai era um sujeito engraçado adorava a vida. Rosicler então! Nem adiantou ir ao parque também estava fechado. Chatices da vida. A polícia foi atrás do meu pai. Que já tinha em sua busca os capangas do fazendeiro e os do banqueiro de bicho e os irmãos e primos de Rosicler. E meia dúzia de safados que não gostavam de meu pai por causa das próprias mulheres. O pai de Rosicler não foi. Sofria de intestino solto e se cagava pela rua. Uma tarde encontram Rosicler no terreno da esquina onde ficavam os cavalos e vacas da leiteria. Ao vê-la murmuraram: "Coisa do Lucas da Feira". Só que não podia ser o Lucas de jeito maneira. Também não podia ser Rosicler. Sei que não. Era despiste. Gostava tanto dela que não erraria por nada deste mundo.*

ORELHA DO FILIPINO PROVOCA ARREMESSO DA VELHA

— Sabia que o senhor tem um fã-clube aqui em São José dos Campos?
— Não, não sabia. É emocionante! Fico feliz!
— A presidente está aqui, trouxe flores!
Quarentona, vestida de azul e branco, tipo normalista, pelinho na ponta do nariz, avançou trêmula com o ramo de flores silvestres. Recebeu um beijo em cada face. *Ela tem cheiro de queijo embolorado.*
— Queremos convidá-lo para o encontro na sede do fã-clube. Às 17 horas está bom? Primeira vez que vem a São José?
— Não.
— Então, já conhece nossa cidade?
— Mais ou menos.
— Nosso festival é tradicional, dá ótimos prêmios. O deste ano é um carro, oferecido pela Associação do Comércio.

Saco cheio, querendo vomitar, nada no estômago. E a mãe de Sabrina, apanhando, apanhando, e ninguém conseguindo defender, por que não mataram aquele lutador? Afinal, a velha estava apenas trabalhando, era o seu emprego. Foi ruim. Sabrina está mal. Que noite, meu Deus! E a perua da prefeitura esperando, quando chegou ao hotel, dez da manhã. Tinha se esquecido de São José. Começa a se esquecer dos compromissos, não consulta mais a agenda, troca mês. Junho por julho, setembro por dezembro.

— Teve tempo que o senhor se apresentou como Big Max?
— Muito pouco, ali por 75 ou 76.
— Animava bailes na periferia de São Paulo. Fui dentista em Vila Ré, morava no largo, ouvia o senhor cantando a noite toda, aos sábados. Era o salão mais animado da zona Norte. Meus filhos freqüentavam, dava muita mulher no pedaço.
— Desculpem, vocês se incomodam se a Tevê do Vale gravar primeiro? Para entrar no *Jornal das Sete*.

Gravando =

"Primeira vez que o senhor vem ao festival de São José?"
"Segunda, mas estou ligado a esta cidade."
"Ligado? Como? Nossa cidade gostará de saber disso."
"Um homem daqui salvou meu avô, oitenta anos atrás, quando ele ia do Rio para São Paulo. Meu avô pegou um febrão e não fosse um maravilhoso curandeiro de ervas, estaria morto. Curiosamente, hoje São José é a capital da tecnologia, dos aviões, das armas e de uma bela universidade. Daqui para a frente estará sempre em meu roteiro."

A mãe de Sabrina voando sobre as cadeiras.

"O que vai cantar aqui? Música nova?"
"Acha que seria capaz de vir a São José cantar música de segunda mão? Há tempos venho trabalhando numa canção que une a tendência rock com o ritmo discoteca e a batida do samba, tentando harmonias que mostrem o som brasileiro. Será uma espécie de laboratório, me disseram que o público aqui é inteligente."

O Ganhador está enjoado, as pernas tremem, bebeu demais na véspera, depois de terem saído da luta livre. Ainda tem na cabeça a imagem da mãe de Sabrina, boa velhinha, dando a primeira bolsada no lutador filipino.
A imprensa então quis saber.

do amor
do machismo
do aborto
das drogas

Filipino, nascido na baixada fluminense, crescido nas favelas de São João do Meriti, no meio de porradas e brigas. Descoberto para as chanchadas de luta livre, escapou da prisão, mas não perdeu o sangue empolado. Quando a velha deu a bolsada e a fivela da alça bateu na sua orelha, ponto fraco, o filipino espumou, perdeu controle, que espetáculo ensaiado, combinado, que nada! Porrada!

O filipino atirou a velha sobre a assistência, o povo delirou. Sabendo que fazia parte da encenação. Atiçavam: *Vai, mata, esfola a velha!* O lutador, esquecido dos ensaios, entusiasmado com a reação favorável do público, foi arrebentando cadeiras e gente. Para chegar de novo à mulher que lhe deu a bolsada na orelha. Mesma orelha que a mãe torcia até sangrar, quando fazia malfeito, como ela dizia. Orelha quase arrancada por alicate. Quando o filipino, aos quinze anos, foi encontrado lambendo a menina de oito, debaixo das bananeiras que margeavam o córrego imundo do cortiço. Orelha sensível que não escutava mais, tantos os tapas e socos em delegacias de subúrbios ou nos ringues do país.

O senhor
faz música de encomenda?
acha que a inspiração existe?
concorda que a música moderna é descartável?
compraria uma canção de um desconhecido? Verdade que isso é costume?

O Ganhador, com a testa ardendo, a fronte latejando, o estômago embrulhado, não consegue esquecer a velhinha passando sobre as cabeças. Aterrissando em cima de um grupo que se levantou para segurá-la.

O senhor
acredita em Deus?
em discos voadores?
no universo paralelo?

Também Sabrina achou que a mãe voando fazia parte do show. Morreu de rir. Alucinada por televisão, a velha freqüentava auditórios desde os anos cinqüenta. Tinha vindo para São Paulo com o marido, depois de perder umas terrinhas. Desapropriadas, nunca pagas, para a construção de um trevo rodoviário. O marido seguiu para Brasília, tornou-se candango, nunca mais voltou. A mãe tinha cadeira cativa no circo do Arrelia, em shows de música da Record, da tevê Excelsior, programa da *Hebe, Família Trapo*. Acabou fazendo parte das claques e ganhou o posto de chefe, perita em comandar risos e aplausos. Quando os programas de auditório minguaram em São Paulo, ela ficou desamparada. As claques, substituídas por discos de efeitos sonoros. A sensação de grande audiência dada por fundos infinitos, jogos especiais de espelhos e telões com rostos pintados. Nervosa, a mãe de Sabrina não tinha jeito de parar, nunca foi dona de casa. Conseguiu emprego de aposentada. Pintava doces industrializados com óleo especial que fazia com que parecessem sempre frescos. Docinhos de batata e abóbora vendidos como caseiros.

O senhor
já fez música para novela?
pensa que novela é subcultura?

Quando as marmeladas de luta livre voltaram a ser moda nos anos oitenta, a mãe de Sabrina percorreu televisões.

Satisfeita ao ver que o pessoal da produção e contra-regra era o mesmo, velhos conhecidos. Obteve o papel de cidadã indignada, aquela que no público se revolta contra o vilão. Quando este é atirado fora do ringue, ela investe sobre ele, agredindo. Não contava com o pavio curto do filipino. Voou, rachou três costelas, foi parar no hospital, sem direito a INPS. Nem ela nem Sabrina contribuem com coisa alguma.

O senhor

(Não acho nada de nada, nunca achei, nem vou achar. Não sei o que estou fazendo aqui, quero vomitar, acabar com a ressaca. Não suporto gente ao meu redor. Não mais. Gente, gente. Ruas cheias, lojas, cinemas, bares, cafés, praias. O problema é que não tem jeito de nos isolarmos, quietos. Refugiados num canto. Poder estar só. O tempo todo pressionados, enjaulados, velozes. Poder pensar, sem ser acotovelado. Formar na minha cabeça um pensamento meu, inteiramente meu. Sem que esteja pensando pronto. Conversar, conviver, responder, falar, ouvir. Tudo igual, falas repetidas, frases, frases, respostas e perguntas, nenhuma novidade. Nasci num caleidoscópio. Uma vez, um amigo me mostrou os postais de um convento de Portugal, dos Capuchos. Encravado nas pedras, entre montanhas. Ali sonho terminar um dia, longe, longe. Metido numa gruta. Ah, o mundo não admite mais eremitas. E quem quer ser?)

conhece os problemas dos metalúrgicos desta cidade?

A GOSTOSA DOS VELÓRIOS

Demorei a dizer quem era o homem do quarto 39. Uma força estranha me levava a calar. Me comandava a vontade de não condená-lo. Forte sensação familiar em sua figura ainda que nunca o tivesse visto. Só me declarei quando o investigador me enrolou. Ele me atazanou: "o quarto está cheio com tuas impressões". Tem de estar respondi. Sou quem cuida da troca e limpeza. "Podemos te estourar. Tua ficha é sujeira. Manifestação estudantil greve de fome quem sabe até barra mais pesada no caminho. Barbudinho conga violão fotos tuas num quebra-quebra. Tá enrolado!" Então fiz o retrato falado do homem da bala de goma. Assim o prenderam depois de ter retalhado outra menina nova num hotel do Belenzinho. Serviço do Lucas da Feira. No espelho estava escrito: "Falta apenas um pedaço." Fosse lá o que quisesse significar. Polícia me sacaneou me fizeram reconhecer o homem por trás de um vidro. Todavia na hora de sair nos emparelhamos no corredor. Ele me fixou atento e triste nem ameaçador nem agressivo. Como se esperasse aquilo. Soubesse que devia acontecer. E foi dez anos depois que me avisaram por acaso num hotel: o homem te procurou. Só podia ser ele. Eu tinha esperado por anos e anos e agora acontecia. Desapareci com Kelly Helena uma garçonete de drive. Nem estava apaixonado que gostar mesmo só de Maria Alice. Morei no interior por três anos. Ganhei a vida vendendo coco açucarado, amendoim achocolatado. Pensei: o destino de minha família é ter carrinho ambulante. Até pensei que podia voltar à faculdade acabar minha tese. Sobrevivi também cantando loas para mortos importantes. Versos engrandecendo as vidas de ilustres locais. Até que fui requisitado certa época. Sucesso em velórios inventei modalidade nova que ainda registro. Terminou porque a garçonete costumava ir junto. Com vestidos decotados e saias justas e curtas. Adorava se exibir e provocar homens de luto que ficavam excitados/constrangidos. Pensando bem nem sei mais: se me convidavam pelas loas necrológicas. Ou se pelas coxas/seios de Kelly Helena. Confesso: parei com tudo por ciúme. Kelly me deixou e se casou com o bem-situado viúvo fabricante de velas de macumba dono de dois Opalas.

"Ao sul de Taubaté, a estrada do Vale do Paraíba vai subindo sobre colinas úmidas, cobertas de matas, com belos fetos arbóreos, aróideas e melastomáceas, hidrófilas. A baixada tem igual riqueza das mais belas plantas e de insetos; entre outros, achamos aqui o *Cerambyx longi manus*; entre as aves de um novo *Tarannus* pardo, de comprida cauda, e o *Cuculus guira*. Após dois dias por campinas verdes, alternadas com mato baixo, nas quais passamos por Vendas de Campo Grande, Saída do Campo, Paranangaba, e pela pequena Vila de São José, chegando a Jacareí (rio dos Jacarés, na língua geral), onde resolvemos descansar um pouco. Aqui encontramos de novo o Paraíba, que faz uma grande curva, e em vez de continuar na direção primitiva para o sul, volta-se para o norte." Dados extraídos de *Viagem pelo Brasil*, 1817-1820, por Spix e Martius. Xerox de uma edição rara da Biblioteca Municipal de São Paulo que faz parte de uma pasta da polícia federal: *Massiminiano = casos inconclusos (1971): nenhuma definição das atividades do suspeito = manter ficha para futuras averiguações.*

EPILÉTICA NÃO VOA. ATRAPALHA TRAPÉZIO

No dia seguinte ao festival, três da manhã, ouviu uma puta farra no corredor. Bateram à porta, violentamente. Abriu, deu de cara com mulatos estranhos que continuaram a bater em outras portas. Dois, três apartamentos abertos, música a todo volume. *Qual é, negão?* O sujeito não respondeu, emborcou o gole de uma garrafa de uísque estrangeiro. O Ganhador chamou a recepção:

— Tem uma zorra aqui, não dá para chamar a atenção dos caras? Quero dormir.

— Vamos mudar o senhor de andar, está bem?

— Não quero mudar de andar, quero dormir. Mandem os caras ficarem quietos.

— Não podemos! Essa turma é do Suriname, do Ministério da Guerra, gente graúda de lá. Hóspedes do nosso governo. Vieram comprar armas, estão fazendo cursos, gastam uma porrada em dólares.

De manhã, quando deixava o hotel (as diárias por conta da prefeitura terminavam ao meio-dia), o Ganhador viu uma das portas do Suriname aberta. O carrinho da arrumadeira na entrada. Ninguém. Viu o telefone, arriscou. Pediu ligação para Candelária. A telefonista foi rápida, deviam ser mesmo hóspedes muito especiais. Se fosse apanhado ali, seria difícil provar o que quer que não estivesse fazendo.

— Cand... por favor! A Ministra Reverenda.
— Está em orações. Quem fala?
— Um amigo antigo dela, Max. Ela me conhece como o Ganhador.
— Não vejo seu nome na agenda.
— Não marquei nada.
— Podemos marcar? Em quatro meses, digamos dia 20 de fevereiro, ela tem sete minutos, entre 16, 23 e 16h30. Tem de ser pontual. Mora aqui?
— Não, longe daí.
— Mande por favor uma ordem de pagamento pelo banco do estado. Assim que chegar, confirmamos sua bênção!
— Pois era o que eu ia pedir. Uma ordem de pagamento.
— Ela deve ao senhor? É fornecedor? Então, seção de contas, cobrança. Não é comigo. O senhor fornece o quê? Velas, miniaturas de peixes, discos, plásticos, santinhos, lápis bentos, medalhas, os frascos com água, correntes?
— Ela me deve dinheiro, pessoalmente.
— Impossível, a Reverenda Ministra não empresta dinheiro de ninguém, a não ser do Grande Peixe Platinado, a quem devemos honras.
— Pois anota meu nome, diga que vou ligar, que ela me atenda, quero dinheiro.
— Que Jesus o abençoe, traga a paz ao seu interior, o proteja.

Desligaram.

Alojado numa pensão, paga pelo fã-clube. O grande problema é saber se sustentar no vácuo, não se deixar dominar pelo nada entre apresentações, festivais. Quando a vida se reduz ao cotidiano, se arrastando. Maneirando, igual técnico de futebol, nunca sabe se vai dirigir time amanhã. O Ganhador montou uma frase, Maria Alice gostou: *a vida é a arte de preencher vazios.* Anda louco para declarar em entrevista, ninguém tem perguntado; *O que é a vida?* Coisa rara, pergunta comum. Dois dias antes da luta livre em que a mãe de Sabrina estreou, o Ganhador esteve na televisão. O produtor contente, quando viu o braço só. *Vai comover o povo, disso que precisamos, puta ibope.* Arremedo de auditório, povo simples de subúrbio, claque paga para uivar. Uma garota desmaiou, o Ganhador constrangido, depois gostou. Ninguém prestava atenção em nada. Enquanto a câmera não focalizava, a platéia se distraía lendo fotonovelas, jornais, conversando baixinho, fazendo tricô, jogando beijinhos para os técnicos. Terminada a apresentação, três telefonemas: onde comprar o disco? Ganhador atendeu mulheres na casa dos trinta, quarenta, afáveis. Bateu a esperança do disco emplacar, existem momentos surpreendentes na música. Produções modestas estouram, imprevisíveis. Nem tudo é manipulado no mercado, ele repetia, tentando se convencer.

Na sala da pensão, o cineasta passa o dia assistindo a desenhos. Muda de canal, impassível aos protestos de outros hóspedes. Autoritário, fuma, escarra sobre o linóleo verde. O terno, maior que ele. Ganhou ou foi mais gordo. Cachecol xadrez sobre o pescoço, indiferente ao calor. Chapéu.

— Doutor Limeira! Faça-me o favor! Quantas vezes pedi? Chapéu em casa atrai a morte.

Reclama, inútil, o dono da pensão. O Ganhador observa os dois velhos, seguindo também os desenhos. Calor, sente as mãos meladas, pés inchados. De tempos para cá tem problemas com os pés, não anda com facilidade. Precisa parar e tirar o tênis.

— Sempre usei chapéu, não vou tirar.

— Dentro de casa é má educação.

— Quer ensinar educação, a mim, um homem internacional? Este chapéu dá sorte. Dirigi todos os filmes com o chapéu na cabeça. Virei moda.

— Não fazia filmes dentro da casa dos outros.

— O Brasil é terra de ingratos, não se tem respeito.

— O senhor é hóspede como os outros. Aliás, nem é como alguns. Paga pouco, divide o quarto.

— Quem fez o filme que levantou a primeiro prêmio de Berlim para o Brasil? A primeira indicação para o Oscar? Diploma de crítica internacional. A estatueta de São Francisco. O Sacy em São Paulo. Aquele filme foi rodado enquanto eu usava este chapéu. Histórico. O senhor não pode entender essas coisas, é um coitado, malacafento dono de pensão!

— Malacafento?

— O Museu da Imagem e do Som devia comprar este chapéu.

— Como se chamava o filme? pergunta o Ganhador.

— Não sabe?

— Não.

— Por que não sabe? Não gosta de cinema?

— Gosto, só que não sei. Em cinquenta eu era criança.

— Meu filme assombrou o mundo, a coisa mais falada dos anos cinquenta. Você tem obrigação de saber. Qualquer um tem. Nunca existiu cineasta como eu! Fundei o moderno cinema brasileiro. Sabe quem sou?

— Não?

— Imbecil, débil mental. Espião do cinema novo! Me descobriu aqui, veio me atormentar. Vocês, do cinema novo, acabaram comigo. De inveja, ressentimento. Pois saiba que não conseguiram, nada. Estou terminando o maior roteiro es-

crito no Brasil. A Colúmbia vai produzir milhões de dólares, efeitos especiais, fotógrafos americanos, Marlon Brando, Ingrid Bergman, Bogart, aquele baixinho infernal, o James Dean, Carmem Santos, Ramon Novarro.
— Que eu saiba, morreram!
— Ninguém morreu, ninguém morre no cinema. O cinema eterniza!

Enterra o chapéu na cabeça, silencia. Afunda-se na poltrona a tossir, mergulhado nos desenhos, olhos febris, vendo Disney, Barbera, Bruno Bozetto, animados tchecos, japoneses, velhos experimentais de Mac Laren. Fuma cigarro de palha.
— Foi mesmo diretor de cinema?
— Parece que sim, e importante! Ele se recusa a dizer o nome, quer que o reconheçam. Sempre pergunta se a imprensa tem procurado.
— Ninguém visita?
— Ninguém. Está aqui por conta de uma secretaria do governo, indigente.

Há três dias, o Ganhador levanta tarde, corre ao Banhado, vê o pôr-do-sol. À noite, o Banhado dá a sensação de mar, águas silenciosas. Tomando cerveja, preenchendo tempo, comendo o vazio. Pensava nisso, sonhando com o disco de ouro, capa de revista *Amiga*, quando foi surpreendido. Ao sair da igreja. Envolvido no cheiro de queijo embolorado, a presidente do fã-clube, diante dele.
— Rezando? Nunca pensei! Vou contar às outras, é uma coisa bonita.

Dizer o quê? O Ganhador não percebe se é ironia ou se ela se comoveu. De qualquer modo, não há como dizer que entrou para arrombar o cofre de esmolas. Precisando toda grana que puder. Chegou liso a São José, deixou com Sabrina o que estava no bolso. Ela, encalacrada. Merda de fazer dó. O bosta do marido nunca vai assaltar ninguém, está a enganar a pobre coitada. Cofres de igreja, caixas de correio. São José é cidade rica. Bom mesmo seria pegar o dia do pagamento na fábrica de armamentos.

— Estamos contentes, felizes porque o senhor ficou um pouco mais. Assim pudemos oferecer a festinha.

— Ora, ora, imagine se não ia ficar, vocês são gentis. Pena eu dar tanta despesa.

— Despesa nenhuma, a pensão é do pai de uma sócia, não se preocupe!

Melhor se me dessem algum, em espécie. Ele quer dar um pulo em João Pessoa. Está inquieto. O telefone de Maria Alice não responde. Perdeu a conta dos meses, o filho/filha deve ter nascido. Faz semanas que se sente bem. Astral novo, vive carregado de energia, acha até que pode pintar na cabeça uma boa composição. Nem se incomodou de ter apanhado o terceiro lugar no festival. Tem certeza de que vai abiscoitar o de Saquarema, patrocinado pelos salineiros da região. Ano passado, primeiro lugar. Disseram: "nem precisa se inscrever, ano que vem chega com antecedência, incluímos você." De Saquarema, ele pretende tomar o rumo da Bahia, Recife, bater na Paraíba. Só não sabe quanto tempo vai levar, mas está acostumado. Não tem pressa, apenas inquietação, precisa saber da criança.

Três.
Quatro.
Cinco, seis. Essa foi boa! Duas de uma vez, cada uma num pé!
Sete.

Os garotos caminham, o passeio cheio de pombas. Pássaros mansos, acostumados a conviver com transeuntes. Nas fendas do calçamento, bicam milho que comerciantes jogam pela manhã. Os meninos andam devagar, com cautela. Ao se aproximar de uma pomba, param. Súbito, se jogam sobre ela, com os pés, esfacelando a cabeça. Ninguém intervém. O

Ganhador segue atrás, distraindo-se com a caça e a contagem. A presidente pára diante da loja de artigos esportivos. Vitrine oferecendo liquidação de tênis para jogging.

— Se incomoda de subir três andares? Não tem elevador.
— Por que haveria de me incomodar?
— Pensei...
— Não tenho o braço, me sobram as pernas. E olhe, ando muito!

Constrangida, ela sobe na frente. A meia com fio esgarçado, canelas finas. Mancha vermelha, circular, como um chupão, na batata da perna. Construção anos quarenta, fachada em cimento com mica, partículas brilham ao sol. Oficina de consertar bonecas, guarda-chuvas, loja de artigos de mágica, conserto de fogões, antenas de televisão, depósito de jornais velhos. Caixas amontoadas pelo corredor, apodrecem, ruído de motor perfurando dente, cheiro de cera Doutor Lustosa. No terceiro andar, o fã-clube.

— Desculpe-me nossas instalações, foi a única saleta em condição de pagarmos!

Fitas de papel crepom coloridas em torno da porta carunchada. Letras recortadas grosseiramente em cartolina amarela.

FÃ-CLUBE BIG MAX
Massi
Massiminiano
O Ganhador de Festivais
Sede de São José
fundada para o Vale do Paraíba

— Lindo, não ficou? Achamos que o senhor ia gostar!
— Me chame de você.
— Nosso clube é dos mais modestos. Imagino como deve ser o de São Paulo, o do Rio, das cidades grandes. Deve haver muitos, não? Centenas, por certo. Tivemos um pouco de ver-

gonha, até decidirmos convidá-lo. Faz um ano que tentamos contato. Não tem o seu telefone no catálogo de São Paulo.

— Mandei retirar, não tinha sossego.

— Ora, ora, vamos entrar, o que fazemos parados na porta?

O Ganhador tropeçou, a presidente se alarmou.

— Não é bom. Tropeçar na soleira não é bom. Precisamos neutralizar.

— Pois eu acredito que tropeçar é bom, indica que há dinheiro escondido no lugar.

A presidente isolou três vezes, batendo o nó dos dedos ossudos na madeira da porta. Saleta minúscula, teria sido depósito de materiais, despensa. Paredes rosa-shoking, forro azulão. Cinco mulheres tinham chegado. Leyla Aparecida, Giuseppina, Selene, Graziela e Dorothy. Uma delas vestia longo vermelho, decote quadrado (seios inexistentes, pele com sardas marrons), rendas nas mangas bufantes, fitas amarelas caindo da cintura. Trazia na mão esquerda algo semelhante a um lagarto verde (ou lagartixa gigante) amarrado a cordel marrom, ensebado. A cauda do tal bicho enrolada no braço da mulher e ele movia a língua tripartida com um jeito obsceno.

— Esta é Selene, nossa princesa.

Ela, de mão estendida, à espera do beijo cavalheiresco. Que não veio. O Ganhador percebeu o que ela desejava, se mancou. Quando ela se afastou, majestática, viu que Selene usava sandália havaiana preta, muito gasta. E seu vestido era esgarçado na bainha. Graziela trazia um menino com roupa de marinheiro, cabeçorra raspada. Um rapaz moreno, altíssimo, mais de dois metros, olhava do alto. Estendeu as mãos, braços tentáculos, voz melíflua, *sou o autor dos cartazes*. Espalhados pelas paredes, vagos retratos do Ganhador, reconhecíveis com esforço.

— Paixão! Está gostando?

Um perfume conhecido. A Visão de um coelho de olhos vermelhos passou pela memória do Ganhador.

— Sou Giuseppina.
— Italiana?
— Do Brás, São Paulo. Meu avô era italiano, de Bari. Teve uma das primeiras distribuidoras de jornal em São Paulo.
— Esse perfume que você usa...
— *Tabu*, tão velho. Vim te recomendar. Cuidado.
— O que quer dizer?
— Olhe onde se enfia, se afaste da princesa!
— Posso saber por quê?
— Ela é assassina.
— Assassina? De matar gente?
— Com a maior frieza.
— E anda solta? Como pode ser?
— Espera julgamento, adiam, adiam, é mulher de ligações.

É do que preciso, pensou o Ganhador. *Alguém com ligações, que possa me recomendar, influenciar. Quem sabe?*

Num canto da saleta, um trapézio com duas meias desemparelhadas, uma cueca e uma calcinha penduradas. A presidente percebeu o olhar surpreso do Ganhador, correu para o trapézio, arrancou as roupas, fuzilou uma das associadas, Dorothy ou Graziela, como saber?

— A recepção não vai ser aqui. O zelador deixou que a gente usasse o terraço. O prédio está inacabado, tem um bom espaço lá em cima. Só queríamos que o senhor conhecesse a sua sede. Ah, o favor! Certamente, o senhor tem a relação completa de todos os seus fã-clubes. Poderia me enviar? Queremos nos corresponder com todos, trocar fotos, revistas, flâmulas.

— Posso! Claro que posso, assim que chegar peço à minha secretária para providenciar.

— O senhor tem um departamento que cuida de fãs-clubes ou não?

— Quatro auxiliares para isso.

— Estamos precisadas de material para trabalhar. De fotos.

Chegam três mulheres, Abigail, Edivalda e Polônia.
— Polônia estava comigo, quando o descobrimos em Aparecida do Norte. Foi um encantamento aquela noite.
— Em Aparecida? Faz tempo.
— No Festival de Música Jovem Cristã.
— Você estava lindo no palco. "Parece um santo", disse a Polônia. E não é que ela tinha razão? Choramos com aquela música. Nunca mais ouvimos, o que houve? Não gravou?
(Que merda de música cantei naquele festival organizado pelos padres? Me lembro que me deram cachê e uma semana de hotel, fiz a letra tirando de um santinho de primeira comunhão.)
— Onde está a comida?
— Comida? Os salgadinhos, o senhor quer dizer?
— Não, comida de verdade.
— Vamos ter canapés, petit-fours, hors d'oeuvres. Está com fome?
— Muita. Estou sempre com fome, acho que é doença.
— A gente podia ter providenciado alguma coisa mais substancial.
— Amenidades? Preciso encher o pandulho. Me traz uma bebida, morro de sede com este calor.
— Quer um refresco?
— Uma cerveja!
— Savêrio, me faz um favor, querido? Vai lá em cima, traz uma cerveja!
O negro olha, cara de puto da vida, *está pensando que sou empregado?* O menino de Graziela se aproxima e pisa forte no pé do Ganhador. Pega o dedinho, o tecido do tênis é fino, não protege.
— Babacão!
— Te quebro a cara, fedelho!
A mãe senta a mão na cabeçorra do pequeno que sai rebolando, imitando bicha.

— Ele anda nervoso com a Olimpíada de Matemática. Sabe que é o campeão de todo o Vale? Venceu quinhentos e nove concorrentes, havia até americanos, búlgaros, tailandeses, uns craques. E olhe que o pessoal daqui é bom em matemática e física, tudo aluno de informática e eletrônica.

— Sabe que Graziela vai fazer um número lindo no trapézio?

— Savêrio, me faz um favor? Pega uma bandeja de salgadinho? Morro de fome, vai me dar dor de cabeça.

O negralhão parece desapontado, demora a se movimentar. Entram outras mulheres, sempre apresentadas: Ercília, Olinda, Torlônia, Carmela, Vanúsia, Magna Amplitude, Tosca, Frescarela. *O grupo está completo*, anuncia a presidente. *Eu disse, somos poucas, mas fiéis.*

— Minhas queridas. Aqui está Massi, ou Big Max, ou o adorável Massiminiano, nosso Ganhador. Que vai nos conceder, indubitavelmente, um abraço, um aperto de mão e, para quem quiser, um beijo. Vamos demonstrar a ele a emoção, o agradecimento de quem o admira, o respeita, o venera. Viva o Big Max.

O Ganhador recebe palmas, acena.

— Não sou mais o Big Max. Isto foi no tempo em que cantei rock. Agora, sou apenas Massi.

Massi, Massi, Massi, Massi, Massi, Massi, Massi.

— Agora, nossa surpresa. Em primeira mão, para o Vale do Paraíba! Se nosso compositor quiser, pode acompanhar. Ouça, sabe que temos vinte e cinco compactos? Queremos que o senhor autografe todos. Para nós, para presentearmos.

O som do compacto encheu a sala. Gravação de segunda. Duas caixas de som e a voz melodiosa do Ganhador. É coisa que ele sabe fazer, interpretar. Já apanhou muita música ruim e deu novo tom. Sua noção de ritmo, encadeamento de frases, de tempo, é muito boa. Um crítico, fazendo um jogo de palavras sarcástico, o chamou certa vez de "o enganador", porque mascarava bem as canções ruins que enfrentava. *Tudo*

que este homem precisa é de um repertório, um bom produtor musical, quem sabe uma melhor definição do que pretende em música. Savêrio está lendo o recorte, com ar zombeteiro.
— Estudei música, quero ser compositor e cantor.
— Como eu?
— Compositor e cantor, mas não como você. Quero ser de verdade.
— E eu? O que sou?
— Você é enganação!
— Qual é a tua, babacão? Um moralista? Purista? Que música quer?
— Música! Não a merda que anda aí.
— Ah, música não é para agradar? Você é daqueles intelectuais que acham que é preciso ser diferente, chocar, quebrar, ser vanguarda, fazer uma coisa de que ninguém gosta.
— Bach agradou, Lizt agradou. Sabe que Haendel dependia de agradar? Era a sua sobrevivência. Fazia música atraente para o público. Conhece tais nomes?
— Uma coisa é a música clássica, outra a popular.
— Haendel era popular no seu tempo.
— Quer ver o álbum artístico que montamos com tuas coisas?

O Ganhador, aliviado. Detesta discussões sobre arte, função, conceitos de qualidade, participação. No álbum, fotos granuladas pela ampliação excessiva, cinza, amareladas. Recortes de jornais, revistinhas de centros acadêmicos, seu grande público. Onde conseguem material? Que tipo de gente forma um fã-clube? Aquela fotografia ali é um show no Parque Oratório, patrocinado por um jornal que na época era popular, dedicava-se à periferia, subúrbios. Foi o tempo em que teve maior promoção, alimentada por Maria Alice, que redigia releases, providenciava fotos, pequenos cartazes, folhetos. Aí está tudo, há quantos anos estas senhoras o perseguem? Sentiu-se vigiado, teve sensação de que os mínimos gestos são *fotografados*, registrados, que haverá sempre alguém invisível a contemplá-lo. Meados da década de setenta, quando atingiu o ponto crítico em que saltava o obstáculo e subia ou mergulhava em ponto morto, as rodas do carro a patinar, girando em falso. Pela janela, vê funcionários remarcando os preços de imenso lote de carros usados. Nos muros, foices e martelos amarelos sobre fundo vermelho e os grafites: *Legalização do PC.*

— Está vendo esta espinha? É do peixe que o senhor comeu no restaurante *A Barca da Virgem*, logo depois do festival de Aparecida. Carmela estava lá, apanhou tudo, veja o guardanapo, a casca de laranja, sequinha, e o resto da cerveja que ficou no copo. Lacramos o vidrinho, o marido de Vanúsia é farmacêutico, empregou um sistema químico que conserva as coisas. Se quiser, pode tomar daqui a cinqüenta anos. Leyla Aparecida morou um tempo na cidade em que o senhor nasceu. Trabalhava no posto de saúde, especialista em aplicar clister nos velhos. Tem o seu boletim do ginásio, do primeiro ano, depois foi encontrado um pedido de transferência. Leyla fez uma tramóia, roubou o boletim, é de nossas posses mais valiosas. Tinha quantos anos quando foi embora de lá? Onze? Malandrão, não ganhava nota boa em nenhuma matéria, só faltava. Não gostava de nada?

— Gostava.

— Cada uma de nós se esforçou ao máximo do máximo, não mediu trabalho, para conseguir preciosidades. Veja, sementes de pitanga comidas em Recife. Não pergunte de que modo vieram parar aqui. E estes fósforos queimados mostram o nervosismo, durante o festival de Itabaiana. Cinco para acender um cigarro!

— Nossa, faz um século.

— Não ficou um quadrinho original? São as recomendações da polícia, em Imaculada. Deviam ser transmitidas ao Brasil inteiro, não pensa assim também? Uma jóia primorosa. Tem seu autógrafo, acho que o senhor aprovou.

(Autógrafo falso, concluiu o Ganhador após exame. Assinaram por mim.)

— Um bandaide. Para esconder o furúnculo no pescoço, em Chapadinha, um festival pequeno, mas louquíssimo, no Maranhão.

— Na volta, em Timon, me cagaram no violão, nunca esqueço.

— Tem mais. Um pregador de roupa, um lenço de papel com batom. De quem, anh, marotão? Outro lenço, no plástico, ah sim, o senhor estava resfriado. Um toco de cigarro, um cordão de tênis, um pedaço de supositório, a folha de alface de um hambúrguer, nossa, como pretejou! Um pé de meia. Se não me engano, Dorothy entrou no hotel disfarçada de arrumadeira. Acredita? Um envelope fechado, a cola grudou, deixa-me ver, ah sim, cabelinhos. Serão fios de barba?

— Pelinhos do braço? comentou Selene.

— Devem ser do peito, ironizou Savêrio.

— Como, do peito? Podem ser cabelos mesmo! O senhor já usou curtinho?

— São pentelhos.

As mulheres em volta, disfarçadas. O Ganhador sente perfumes e suores, cheiros adocicados e ácidos de peles curtidas e vividas, cabelos mal lavados, roupas de gavetas com naftalina, cremes baratos. Savêrio fixa o rosto do Ganhador que se move incomodado, o negro tem uma expressão sardônica, é mesmo desprezo, como se dissesse: sei da tua jogada, sei toda a sua vida. Há pessoas assim. As mulheres, alegrinhas. É o grande dia. Cada uma com seu álbum, para uma frase, *escreve bonito, especial para mim,* beijo afetuoso, o carinho, o Ganhador não é imaginativo em dedicatórias, do mesmo modo que nunca foi para letras. Cada uma de suas músicas foi arrancada com a dificuldade. No ajuntamento, o Ganhador é apalpado, mãos correm pelo seu corpo. O desejo contido nas bocas entreabertas, esgares imitação de lubricidade, copiados de antigos filmes e novelas. Tudo o incomoda e o contenta, necessita disso, se alimenta destas vontades.

Houve tempo em que viveu do amor de mulheres defeituosas. Coxas, nanicas, corcundas, lábios leporinos, estrábicas, narigões com verrugas, peles repuxadas por queimaduras, paralíticas. Vivia, seguro de que espalhava música e carinho pela província brasileira. Predestinado, dono de estranho carisma. Que tinha à sua espera, nas pequenas cidades, as fãs de sua música limitada, esforçada. Era uma troca, normal. Jogo limpo, sabiam que ele estava de passagem, duas ou três noites. Talvez alimentassem ilusões de uma paixão alucinada explodindo. Elas se mantinham vivas e felizes, aguardando uma carta, um disco, uma foto em jornal.

Ele jamais afirmou a qualquer uma delas: eu te amo! Era delicado, afetuoso, cheio de ternura. Recebia a entrega total, desesperada às vezes. Aquelas mulheres faziam amor com tudo, em delírio e deslumbramento. Desejavam e era bonito satisfazer esse desejo. Havia uma espécie de código, o Ganhador podia identificá-las do palco, na penumbra da platéia. As defeituosas sabiam da transitoriedade, conviviam com ela. Um pouco de alegria é melhor que nenhuma. *Vai atrás delas, porque tem medo das mulheres, isso é que é!* Maria Alice instalou no Ganhador uma inquietude até então desconhecida. Passou a conviver com o complexo de culpa, sem saber o nome. Nunca mais foi o mesmo. As defeituosas notaram, sentiram-se rejeitadas.

Depois, nova fase. De amores clandestinos em fortuitas casas de subúrbio. Encontros camuflados com mulheres de professores, médicos, advogados, fazendeiros, engenheiros, funcionários de prefeitura, vereadores, comerciantes e os que nada faziam a não ser viver da aplicação em cadernetas, ações, overs e opens, do aluguel de dezenas de pequenas casas, dos lucros da agiotagem, da especulação imobiliária, dos que faziam estoques de alimentos, vivendo de remarcações. Sentia, cada vez mais, que ele se inclinava com a noite, sem equilíbrio.

Casas de periferia, afastadas, disfarçadas por jardins inocentes. Amigo de frases sem sentido (para provocar Maria Alice?) *porque são as únicas que explicam a falta de sentido de viver uma vida como esta, num país como o Brasil.* O que era certamente outra fase. Com sentido. Casas que cheiravam a outras trepadas. Mulheres ansiosas a chupar, se melar, dar o rabo. E que o abandonavam depois nas esquinas, aconselhando, tom de ameaça: *não me procure mais, é somente uma vez.* Davam o telefone de outras nas cidades vizinhas. *Diga que é meu amigo, não dê a ninguém o número. Elas vão fazer perguntas, é nosso código. Perguntas que só pode responder, sobre como sou, o que digo na cama, o que faço, minhas marcas. Por isso, tem de reparar bem em nosso corpo. E vão dar outros telefones, você é dos nossos.*

Assim, ele penetrou num círculo. No qual todas as casas se pareciam. Planta única, retirada de revistas de decoração/arquitetura. Tudo anestesiante. Daí a sensação de familiaridade que ele tinha ao entrar, como se tivesse vindo outras vezes. Casas na penumbra, rodeadas de árvores. Geladeiras sem alimento, cheias de garrafas de vodca, cerveja, vinho branco, coca-cola em lata. A vodca consumida em cachoeira, *por que bebem tanto estas mulheres?* Fuminhos puxados em tardes quentes (dentes escovados com fúria, gargarejos com cepacol), silenciosas. Poeira vermelha pairando no horizonte, máquinas ceifam cana em São Paulo, soja no Mato Grosso, milho, trigo no Rio Grande do Sul, feijão em Goiás. Sol coando através de antigas venezianas de madeira. Bocetas em fogo, bocetas tépidas e molhadas, umas mais que as outras, cheirosas. Algumas de tal modo higienizadas que se tornavam assépticas, sem graça. Era preciso fazê-las suar um pouco para readquirir o cheiro natural, acre e excitante.

Quem o tirou desta maratona que ameaçava não parar nunca foi Maria Alice. O Ganhador saltava de cidade em cidade. E se abandonou. Deixando violão e festivais, faltando a shows em cidades que o esperavam, criando a fama de canista e irresponsável, abominado por empresários médios. Sem conseguir sequer um circo, vivendo com o que Maria Alice ganhava.

Para culminar, a noite de 1978 ou 79, não importa. quando, ao entrar no hotel, o porteiro que o conhecia avisou: *Um homem veio te procurar. Um meio gordo, de bigode esquisito, com um olhar vermelho que me deu medo. Por cinco minutos ele não te pegou, disse que te acha. Não gostei dele, não gostei nada! Um homem com cicatriz no queixo, parecendo a miniatura de um ovo estrelado.* O Ganhador estremeceu, sentiu cheiro da bala de goma. Então, o homem estava livre, solto. E à procura dele, não tinha se esquecido. Voltou à memória do Ganhador o quarto 39, as lâmpadas queimadas, o cheiro adocicado do sangue, a menina cortada em pedaços coberta pelos lençóis. Tudo misturado com a visão de Rosicler, e a frase do baiano, *coisa do Lucas da Feira*, e o olhar inquieto que o homem depositou nele, ao descer as escadas, naquela noite chuvosa de 1968. Olhar de quem o conhecia, olhar de espanto, sim, o mesmo olhar visto através da janela de um ônibus, quando deixavam a rodoviária de, como era mesmo o nome daquela cidadezinha? Olhar ameaçador.

— Olha, mãe! O papel com bosta!

— Graziela, te pedi para não trazer o Netinho!

No álbum, havia um envelope plástico, com dois pedaços de papel higiênico. Cor-de-rosa, vagabundo, lixa. Marcados de leve por um amarelado. A presidente, desajeitada.

— Torlônia é sergipana, estava lá quando o senhor se apresentou em Laranjeiras, cinco anos atrás. Uma injustiça, ela contou, o senhor não merecia os ovos podres, nem o tomate que jogaram. Se olhar bem, vai reconhecer Torlônia, é impossível que não. Ela contou coisas sobre vocês, que vida levam os cantores, não é? Tanta mulher atrás. Torlônia não é dessas, mas vocês tiveram bons momentos juntos. Quando o marido foi transferido para São José, ele é técnico em arremate de cobertores, ela se juntou ao fã-clube, foi a primeira a oferecer preciosidades para nossas coleções. Estes papéis vieram de um motel, foi o que ela garantiu. Parabéns, o senhor é de uma discrição ímpar, um cavalheiro, fez que nunca a viu, seria constrangedor, não acha?

— Aceita uma canjica?
— Vamos cantar?
— Já? Vamos subir, está tão quente.
— Estamos descendo, começou a garoar e ventar!
— Vai ficar tão apertado! E o número do trapézio, Ariovalda? Olinda disse que hoje vai voar, ela se sente disposta, tem certeza de que pode voar um pouco para o Ganhador.
— Olinda tem asinhas nas costas. Ninguém sabe, só nós. Tem dias que vamos para a estrada, Olinda voa.
— Voa?
— Você está no meio de umas piradas, disse Savêrio. Vamos dar no pé, ninguém sabe como estas festinhas acabam.
— Vem reger o coral, Savêrio, querido!

Olinda cai, espumando. Amparam a cabeça, puxam a língua para que não se sufoque, massageiam pulsos.

— Traidora! Bem que eu disse, Olinda, não vá ter um ataque bem na frente do Ganhador.
— Logo hoje que ela ia voar. Cheia de comichões, achou que estava sentindo o vôo vir.
— Tem asas, mesmo? quis saber o Ganhador.
— Não, mas como anda impressionada dissemos que ela tem umas asinhas, pequeninas, que se abrem quando o vôo vem.
— Está vendo onde se meteu?
— Por que não gosta de mim, Savêrio?
— Nem gosto, nem desgosto.
— Fica me olhando com uma cara!
— De espanto, fico perguntando se é o mesmo que conheci.
— Me conheceu? Onde? Na universidade?

— Olha pra mim! Acha que fiz universidade? Preto faz universidade?

— Então, de onde me conhece?

— Dez anos atrás, você cantou na PUC do Rio. Não era festival, nem nada, todo mundo reunido no pátio, a universidade ocupada, nem sei mais por quê. Sua música lembrava muito o Peter Hammil.

— Quem?

— O Peter Hammil, do conjunto Van der Graaf.

— Sei...

— Sua música dizia mais ou menos "Sou assassinado todos os dias / implacável / por vocês / que se fingem inocentes / muito doentes". Era, não era?

— Acho que sim.

— Eu adorava *Man Erg*, do Hammil. Conhece?

— Não. Como é? (o Ganhador, desinteressado)

— "O assasino vive dentro de mim / posso senti-lo mover-se". Como o Hammil, que era desamparado, acusador. Cheio de raiva! Pensei, taí um cara que não teve chance, mas pinta, vai ser o cantor da gente! Eu tinha dezesseis anos, me amarrava em música, achava a contracultura.

— Dez anos atrás? Ainda se falava em contracultura. Cada vez se arranja uma etiqueta, e se vai em frente.

— Naquele tempo, te vi duas, três vezes, você não tocava violão. Não sei por que toca, a não ser que queira chocar com a falta do braço.

— Preciso me acompanhar.

— Toca mal, não tem como. As música saem lineares, monótonas! Pára com isso!

— Sempre toquei, me arranjei.

— Aí, você sumiu. E te reencontro. O que você é, agora?

— Pós!

— Pós o quê?

— Pós-rock, pós-bossa nova, pós-Sartre, pós-tropicália,

pós-iê-iê-iê, pós-Brecht, pós-punk, pós-funk, pós-Zé Celso, pós-Glauber, pós-tudo, pós-nada. Pós-bosta!

O Ganhador, cansado. Cansaço imenso. De fazer músculos doerem, a pele repuxar. Cansaço misturado à impotência, ódio, achando que faltava ao respeito consigo mesmo.

— Não acreditei quando descobri esse fã-clube. Não tinha nada a ver! Então, as coroas me pediram que ensaiasse o coral. Sou servente na prefeitura, sirvo café, à noite ensaio o coral municipal. Selene, essa de vestido vermelho, com o bicho no braço, canta comigo, tem a voz da Yma Sumac. Lembra da Yma Sumac?

— Nunca ouvi falar.

— Quando cheguei aqui, as coroas mostraram seu último compacto. Musiquinha de merda, hein? Decepção! Aliás, você gravou tão pouco, quase nada.

— É duro romper o bloqueio. Vou me arranjando.

— Passei o dia olhando o que as coroas colecionam a teu respeito. Umas taradas! Sabem tudo de você! Por que você?

— Por que não eu?

— Isto me intriga no Brasil. As pessoas, o que move as pessoas, as cabeças. Um país muito louco, não acha? Para ter gente assim. Elas conseguem o impossível, fazem um culto. Outro dia pensei: depois que esse cara morrer, vão descobrir, montar um culto a volta dele. Não tem os cult-movies? Como *Casablanca?* Assim vai ser contigo. O Big Max. Ou o Massi, não sei como prefere.

— Não me goza!

— Elas têm um mundo de fitas gravadas, te acompanham pelos festivais, quando a distância não é muita. E você nem sabia.

— Estou cagando pra isso.

— Está nada. Adora, quer. Quem não quer? Até eu!

— Sabe o que quero?

Quero correr mundo
Correr perigo
Eu quero é ir-me embora
Eu quero dar o fora

— Caetano Veloso, *Você não entende nada*. Certo? Não entendo! Cadê o cantor que prometia na PUC?
— Cobrança. Tá aí o que este país sabe fazer! Cobrar! Só não cobra o que deve! Te respondo, outra vez com Caetano.

Botei todos os meus sucessos
nas paradas de fracasso.

— Está contente?
— Não me encha o saco, você também. Sabe o que eu quero? O que me deixaria contente?
— Diga...
— Fazer nada, de nada. Para quê? Este país vai estourar! Governo de bosta, povo babaca, aceitando migalhas, uns velhos fodidos que tornaram a vida impossível. Virou tudo um lodo!
— Para que o discurso?
— Esses velhos estavam cheios de talidomida quando fizeram os filhos. Puseram no mundo aleijados, fodidos, sem destino! Somos bárbaros primitivos.
— As coroas estão assustadas.
— O Brasil em convulsão, o mundo vai explodir! Quero acender o pavio da dinamite!

Cansado, com fome, zonzo, vontade de enlouquecer, ser metido numa camisa-de-força. Alegar insanidade mental e deixar o mundo. A epilética se contorcendo. O Ganhador pensou no Brasil, viu dentes arreganhados, boca espumando. O filho de Graziela passou, ele tacou a mão, o moleque rodopiou, gritou, recebeu uma cuspida no rosto, a presidente agarrou o braço do Ganhador. Contente por poder agarrá-lo, fingindo indignação. Ele enfurecido. Quando freqüentava a zona, o que mais odiava eram as putas que o agarravam pelo braço, "vem, benzinho! vem", tentando puxá-lo para dentro de puteiros encardidos. Empurrou a presidente sobre a cômoda, derrubou a jarra de ponche. O Ganhador avançou para as paredes rosa, arrancando posters, rasgando fotos. Esta, com Elizete Cardoso. Montagem. Tom Jobim tocando piano, ele acompanhando. Montagem. Tocando para Maria Creuza. Montagem. No Palácio das Artes em Belo Horizonte, a platéia de pé. Montagem. *Suas vacas tontas!* Junto com o Paulinho Nogueira, fazendo um duo. Imaginem; montagem! Queria saltar pela janela, cubículo fechado. Olhou para a porta, as fãs diante dele, indecisas. O Ganhador caiu, desmaiado. Inconsciente, sentiu perto do rosto o bafo de um animal, o cheiro repelente, a língua tripartida na sua orelha. Ao voltar a si, assustou-se.

AUTOBIOGRAFIA

Quando subi com a muda de lençóis vi a lâmpada do corredor apagada. Hotel decente a cada cinco fregueses devia trocar a roupa de cama. Daí a freguesia fixa de melhor garantia. Não ralé ou marginália que põe o pé na colcha senta na cama com roupa suja cospe no chão mija fora da privada. Não havia lâmpada só o soquete vazio. Porra até lâmpadas andam roubando que freguesia boa que nada. Pés-de-chinelo. Teria que acordar o lituano. Saco o sujeito. Vigia e chefe de almoxarifado odeia ser acordado de noite não entende o português direito. Pegou o emprego porque era compatriota do dono. Homem que fugiu quando a Lituânia foi incorporada à União Soviética. É o que ele dizia acrescentando que pegou o navio errado. Queria ir para os Estados Unidos acabou na bosta do Brasil país pior que comunista. Tudo inclinado quase até o chão. Ao abrir a porta do 39 me bateu o cheiro. Não familiar não desconhecido. Tinha sentido num momento impossível de se identificar. Não o cheiro habitual de quartos fechados foda porra mistura com cigarros apagados arrotos de quem bebeu. Todo mundo bebe antes de entrar no hotel para trepar. Cheiro indistinto difícil de ser determinado. Incomodativo doce. Por que enjoativo? Leve e de tal modo forte. Não sei se foi isso ou a lembrança indefinida que estava dentro de mim o estômago embrulhou vomitei na soleira da porta. Merda teria que limpar antes que chegasse freguês. Toquei o interruptor a luz não acendeu. Noite das lâmpadas queimadas. Roubaram também esta? Abrindo a janela entraria luz do luminoso que estava na altura do terceiro andar. Ao passar pela cama o cheiro penetrou mais forte as ânsias voltaram. A imagem quase se formou na minha cabeça como a palavra ameaçadora na ponta da língua que evita sair pelo choque que vai causar. Puxei cortinas venezianas vidros o homem trancou tudo. Queria ar. Mesmo que fosse o empesteado da Rua dos Andradas com o esgoto estourado há três dias. Vivemos enevoados por uma neblina de merda. Virei e a moça continuava coberta até a cabeça. O homem da bala de goma tinha pago a diária sem saber que diárias de um hotel como este são de duas horas mais o chorinho. Acordá-la ou deixá-la dormir? Precisava do quarto pois sendo sexta-feira ia faltar cama para a trepação. Coloquei os lençóis no criado-mudo tendo cuidado para não fazer barulho. Olhei o soquete a lâmpada estourada. Precisava de alicate para retirá-la. Não tinha outro jeito senão acordar o lituano mal-encarado. Se o homem da bala de goma voltasse ia se haver comigo. Por que me olhou estranho? Como se me conhecesse de alguma parte. Nos encontramos? Familiar como este cheiro. De onde vem e o que é? O banheiro limpo ninguém tinha usado e no espelho escrito com hidrográfica grossa preta: "+1. Quantas faltam até o final?" Quando voltei às cinco da manhã o cheiro continuava forte apesar das janelas abertas. Deixava o serviço às seis devia entregar tudo em ordem. Não podia perder o emprego me ajudava a cursar o último ano da faculdade e a pagar o aperfeiçoamento de violão. Chamei. A moça quieta. Vá ter sono fundo assim no inferno. Puxei as cobertas. Só podia ser coisa do Lucas da Feira. A menina novinha uns quinze anos. Quase não deixei entrar com medo do juizado. Ela estava como Rosicler. Naquele dia em que encontraram o corpo no terreno da esquina onde se guardavam cavalos. Saí de mansinho e fechei a porta e quando o porteiro da manhã me rendeu e perguntou: "Tudo bem?" respondi "Tudo bem graças a deus foi uma sexta-feira calma". Mas nos móveis banheiro interruptor havia minhas impressões digitais.

TÚMULOS EXTRAVAGANTES ALIMENTAM NOITES DE AMOR

Despertado por um cheiro, repugnante. Move a cabeça e o lagarto de língua tripartida salta. Barulho enorme. Ao bater no chão, surpreendente para o pequeno tamanho. Luz azulada através da janela. A cabeça insuportável, não pode ser a cerveja, bebeu pouco. Os molares latejam outra vez. O que estava ruim e aquele que o comprador de ouro fodeu, em Porto Alegre. Tem medo de infecção violenta, morrer podre. Na pensão, cuspiu sangue, se assustou. Deprimido por não ter conseguido falar com Maria Alice. Nasceu a criança? Perdeu a conta dos meses, vive sem noção de tempo. Como pode ser tão descontrolado? E, no entanto, é o que mais gosta. Não tomar conhecimento se é domingo, quinta, feriado, dia útil. Sua conquista, transformar todos os dias em inúteis. *Não colaborar para o avanço da sociedade.* É outra de suas frases. Desses delírios fugazes, do entre-sono, cochilos ocasionais. Vontade de uma piscina de água morna. Move-se, sente-se preso aos lençóis. Está encolhido, engraçado. Sempre dormiu solto, *como criança inocente*, dizia a mãe. Tão linda ela, mais bonita que Rosicler. Loira e magra como Brigitte Bardot. Por isso leva na carteira a foto de Brigitte no filme *A verdade*, um policial. Havia duas fotos, uma com o pai, *qualquer dia mando colocar uma moldura dourada*, ele prometeu. Ouve barulho de vento, gira o corpo, cai agarra-se a uma coisa não forte para sustentá-lo, grita. Acendem a luz, o Ganhador pendurado numa rede, em pânico. Alguém se move, ele ainda vê o rosto da mãe se desfazendo. O vento se distancia. Tocam seu braço, contato tranqüilizador, cheio de energia.

— Onde estou?
— Em minha casa! Sou Selene.
— Selene!
— Nos conhecemos no seu fã-clube.
— Ah, a princesa!
— Está bem?
— Gosto amargo na boca.
— Vai ver, comeu mingau das almas.
— Hum?
— Nada! Estranho! Você alegrinho, animado, tão bem, de repente, bum!
— Desmaiei?
— Caiu duro, exatinho na hora aberta. O sino tocava o Angelus, você escorregava manso. Peguei teu pulso, gelado, parado. Cuidado, coloca uma pulseira, você tem as entradas do corpo desprotegidas, vulneráveis.

O Ganhador desentende, não quer perguntar. A rede confortável se ajusta ao corpo. Selene, princesa de roupa vermelha, fitas amarelas, ampara sua cabeça.

— Savêrio ajudou, abriu sua camisa, abanou para refrescar. Anda tão abafado.
— Savêrio?
— O crioulo compositor! Ele foi enfermeiro.
— Sei, aquele que não gostou de mim. Enfermeiro?
— Era enfermeiro, foi despedido, as pessoas não queriam

ser atendidas por um negro. Minhas companheiras ficaram decepcionadas, iam cantar para você.

Na vitrola, Jean Pierre Rampal executa Bach. Os dedos longos de Selene massageiam a testa do Ganhador, o sangue flui. Ela cheira a cebola cozida, mas ele gosta. *Será que estou com fome?*

— É tarde?

— Duas da manhã. A presidente ficou de voltar, foi ao laticínio fazer bolinhas.

— Bolinhas?

— Da uma às três, ela está no turno das bolinhas de manteiga. Faz milhares, para o café da manhã de todos os hotéis, restaurantes e cafeterias da cidade. Sabe qual bolinha, não? Aquelas de manteiga que vêm num pires.

— Vive disso?

— Também dá aulas de caligrafia, bordados. Esta rede foi feita por ela. A presidente descende de índios, não notou a cor, o jeito dos olhos?

— A presidente volta? Quero ir para o hotel!

— Não sei, ela é misteriosa à noite, com essas aulas. Some, que desaparece! Na verdade, não se sabe do que ela vive, aqui entre nós.

— Você é a do lagarto, não?

— Lagarto? Não despreza! Makara!

— Makara?

— Um dragão.

— Tirando sarro comigo?

— Dragão de verdade!

— Vai me dizer que encontram nas montanhas de Itatiaia? Em Mauá. Não é lá que dá bicho-grilo, alternativo, místico? Em Penedo?

— Foi capturado, no rio. Fazia setecentos anos que makaras não voavam para este lado do Ocidente.

— Ah, dragões orientais?

— Cabeça dura, infiel! Viu o makara na minha mão, preso pelo couro de baleia fêmea que deu à luz dezenove vezes nas luas de março. Única correia que consegue deter o makara, amansá-lo.
— Burro sou eu, que fico aqui ouvindo essas histórias.
— Pouco se me dá! O que custa entrar do outro lado, na terceira transversal do universo? Ali, onde deve estar a Arca! Puxa, deus, todo mundo tem medo da travessia!
— Arca?
— De Noé!
— Sim, sei! *Travessia!* A música do Mílton.
— Está ouvindo? O vento. Traz notícias da arca, anda tudo em paz, estão todos calados, ninguém desce hoje. Assim, os makaras se aquietam.

O vento atravessa fendas da veneziana, sibilante. A noite perde um pouco sua inclinação.

— Prestou atenção nas gravuras chinesas, nos telhados? Os makaras são as figuras de monstros, esticadas nos beirais.
— Chineses, então?
— Não! Não sei a raça, acho que não têm raça, são makaras, nada mais! Familiares na Índia, eram conhecidos dos babilônios. Antiquíssimos, mistura de aves com mamíferos. quando nascem com cabeça de elefante, como o meu, trazem sorte, são de bom agouro.
— E como capturaram?
— Meu marido! Um ano atrás, com rede de aço escovado, tecidas com teias de aranha. Ele capturou aí no Paraíba.
— Doideira, esse rio! Dá virgens milagrosas ou dragões. Águas encantadas.

(As aranhas de Candelária. Ela gostaria de ouvir esta história. Não aranhas do amanhecer. Aranhas e makaras à noite, a fortuna, boa sorte. O que preciso.)

— Não zombe da Virgem.
— Teias de aranha não se desfazem na água?

— Não, se guardadas num cestinho de vime, na asa esquerda da capela da Imaculada, durante quatro novenas. Desse modo, nenhuma água rompe.

— Só que águas correntes não podem ser atravessadas por animais fantásticos, dragões, sapos encantados, cobras, seja o que for. Nem bruxos. As águas protegem.

— Quem te disse?

— Candelária, uma amiga!

— Tem coisas que ela vai ter de aprender.

— Abra a janela.

— Venta muito.

— Não ouço mais.

— Ele se foi, deve estar rondando o rio, se alimentando de água e peixes. Volto já.

— Vento se alimentando de água e peixes! Todo mundo sabe que o rio está morto, podre, não dá mais nada, nem lambari.

— O vento traz. Pouca gente conhece, o vento se alimenta deles, depois solta pelo céu.

— Seriam peixes do vento que Candelária achou dentro dos cubos de gelo? Já ouviu falar de peixes caindo do céu dentro de gelo?

— Muito! É natural.

— Natural para quem?

— Para quem faz a travessia.

— Que porra de travessia é essa?

— A fusão com o paralelo. Em 1841, perto de Boston, choveu peixe. Dias depois, em Derby, os peixes caíam dentro de cubos de gelo. Claro que pode. Existe no céu um vasto campo de gelo. Teve um caso em 1864, em que dentro do gelo vinham rãs verdes.

Havia serenidade no rosto da mulher. Como se fossem coisas naturais, pertencessem ao cotidiano.

— Claro, às vezes, coisas caem!

— Caem! Assim? Vão caindo, e pronto?
— Acontece um descuido, um esbarrão, a arca aderna.
— Descuidos e esbarrões! No céu, sobre as nuvens!
— O que me disse é a mínima parte do que se passa. Podíamos varar a noite a contar casos. É que não se presta atenção, as pessoas têm medo. Eu vi cobra cair, a presidente soube de dois macacos.
— Que grande gozação em cima de mim!
— Insensato.
— Ah, o insensato sou eu!
— Pense bem! Tenha fé. A arca continua lá em cima, cada vez mais cheia de bichos a se atropelar. Afinal, há quantos séculos estão lá, a se multiplicar. Nem sei como podem caber.
— Que arca?
— De Noé.
— Noé?
— É dela que caem os peixes, sapos, rãs. São bichos inquietos, escorregadios.
— A arca está lá em cima?
— Inteirinha!
— Qual é? A arca apodreceu há milhares de anos.
— Está inteira.
— Tem razão aquele astronauta americano que pirou e quer sair em busca da arca de Noé? Disse que ela está conservada no gelo, na fronteira da Rússia com um país qualquer.
— Conservada, castigo de Jahwé. A arca flutua acima da abóbada celeste, retida pelas águas superiores. À espera de um sinal de Jahwé Deus! De que estão perdoados.

O Ganhador percebe Selene através de uma névoa, como se ela se movesse atrás de uma cortina de tule.

— O que estamos falando?
— De Noé, condenado a permanecer na arca, por ter duvidado de Deus.
— Ele viveu novecentos e cinqüenta anos e morreu, seus filhos povoaram a terra, depois do dilúvio. Somos nós.

— Não somos.

— Claro que sim. Então você acredita nos macacos!

— Não, é tudo diferente. Noé não estava seguro de que podia ancorar, mesmo depois que a terceira pomba não voltou, sinal de que havia terra seca. Ele desconfiou de Deus.

— Gentinha brava! Se metia com Deus, de igual para igual.

— Cara a cara!

— Desafiava, falava direto, perguntava: *qual é, Deus?* E o outro respondia a patadas, mandava cobras para tentar, dilúvios, pragas, gafanhotos, torrava o saco do homem.

— O homem estava seguro, Deus perto, era só gritar, ele abria uma portinhola, metia a carona...

— Na terceira etapa, talvez Jahwé autorize Noé a regressar, para repovoar com a carne, não com a imagem.

— Imagem?

Será que ela é mesmo uma assassina? E por que razão isto me excita?

— Com receio de uma brincadeira de Deus, Noé decidiu experimentar primeiro. Reunindo os animais, captou a força deles e mentalizou uma segunda arca que flutuou sobre as águas enquanto a arca real se manteve acima das comportas de Jahwé.

— Animal tem força mental?

— Deixou de ter, nesse dia. Castigados, os bichos perderam a razão e pensamento.

— Deus devia ter tirado do homem, também.

— Ele tinha ternura pelo homem, sua invenção, imagem e semelhança.

— Menos o poder. Deus não deu o pulo-do-gato ao homem.

— Queria vê-lo se desenvolver.

— Para voltar a ser Deus, fechando o ciclo.

— Então, pela terceira vez, Jahwé se enfureceu, puniu. A primeira, com a expulsão do paraíso; a segunda, com o dilúvio e a terceira, não permitindo que a arca verdadeira descesse ao solo.

— Então, somos descendentes de duplos, mentalizados. Somos imagens, não existimos?

— O telefone tocou, Selene deixou a sala. O vento penetrou pelas venezianas, sibilando (*Foi somente à noite que ele soube, tinha passado o dia inteiro pegando rabeira em bonde. O tio o esperava na porta, fazia calor, a varanda cheia de varais, peças a secar. A roupa branca tomava o cinza da fumaça, a Rua Santo Antônio vivia congestionada. Foi melhor assim, disse o tio. Quem tinha avisado? Ele nem sabia onde esse tio morava, era irmão de sua mãe, homem que vivia a vender vassouras e rodinhos pela rua, se fingindo de cego. Não, o vento não foi quando ela morreu. E assim quando abriram o caixão, revelando o rosto sereno, os traços de Brigitte intactos. Linda, e sem nenhuma perversidade, como fui fazer o que fiz?*).

— Ninguém no aparelho. Costumam fazer isso! Às vezes, passo semanas sem dormir. Tocam, silenciam.

— Para quê?

— Ninguém sabe.

— Desliga, troca o número.

— Desliguei, mas então ouço a voz, através do fone, gritando comigo. Troquei o número, na mesma noite me ligaram.

Alguém não bate aqui, e não sou eu, pensou o Ganhador.

— Me perseguem, sei por que me perseguem, só que ninguém conhece a verdade. Nunca se sabe, ninguém quer saber.

— O que me interessa, é: somos imagens?

— Imagens inexistentes. Nada mais que isso. É o que somos. Por isso pessoas desaparecem de uma hora para outra. Imagens se dissolvem.

Outra vez o vento rondou, inquieto. A janela da cozinha se abriu, ruído de louça quebrada.

— Por que te chamam de princesa?
— Meu pai tinha uma fábrica de queijo chamada *A Princesa d'Oeste*. Por causa de mamãe. Viramos as princesinhas, eu e minha irmã.
— D'Oeste, nome engraçado. Explica o princesa.
— Eu entregava queijo, de manhã. Tinha a pele branca, macia, os fregueses me beliscavam, cutucavam. Mamãe fazia vestidos longos, coloridos, lindos, queria as filhas frescas e faceiras, entregando os queijos deliciosos que faziam. Até hoje, faço vestidos como os de mamãe, me sinto tão bem. Ela enlouqueceu, nova ainda, com os maus-tratos de meu pai. Apanhava, por apanhar. Um dia, deu queixa na polícia, os soldados riram dela, *mulher precisa de apanhar.* Os vizinhos apoiavam meu pai, as mulheres não falavam com mamãe, *onde tem fumaça, tem fogo, onde já se viu? quem apanha é porque tem treta!* Certa manhã fria, mamãe apanhou a mim e minha irmã e saiu. Não tinham feito nenhum queijo ainda, a massa estava nas fôrmas. Minha irmã e eu nuazinhas, sem um paninho no corpo, sem vergonha alguma, apenas com frio, a pele empipocada. Fomos andando, subimos a ponte e de repente mamãe não estava mais, olhamos em volta, o trem virava na curva. Procuraram nos trilhos, nos vagões, gente sábia, garantiu que ela caiu dentro da chaminé da locomotiva. Mamãe franzina, acabada, cabia naquele cano largo, consumida pelo fogo, pela caldeira. Quando voltamos, as duas sozinhas, tiritando, ainda sem nenhuma vergonha, somente tristes, encontramos um homem e um menino. O homem começou a assobiar, a dançar, e o garoto sentou-se na sarjeta, aplaudindo, o olhar admirado. Pareciam gostar muito um do outro. O menino usava luvas e invejei, coisa esquisita um homem de luvas em nossa cidade, ainda mais criança.
— E seu pai?
— Enterrou um caixão com o que disseram serem restos de mamãe, entregues pela polícia. E mandou erguer um túmu-

lo enorme, gigantesco, mais alto que a igreja. A atração do cemitério. A estátua, copiada da *Liberdade* de Nova Iorque, representa mamãe com a bandeja e queijos. A mão que devia erguer a tocha segura os queijos. Ela chora e com a outra mão enxuga as lágrimas com a ponta do avental. Atrás, latões de leite e a estante com fôrmas. Todos os anos, no aniversário da morte de mamãe, há distribuição de leite na porta do cemitério. Nessa época, meu pai manda polir o bronze. Uma inscrição: AMOR ETERNO DO SEU AMADO ESPOSO, REPOUSE EM PAZ NA VIA-LÁCTEA Deram o prêmio pelo túmulo mais original. E apareceu um mundo de mulheres, maioria viúvas, querendo se casar. Ambiciosas, sonhavam com túmulos maravilhosos, que as tornassem eternas. Chegavam cartas e telegramas. Mensagens e emissários. Tudo, depois que saiu a reportagem no *Cruzeiro* ou na *Manchete*, numa delas. Tentavam seduzir meu pai e nem todas queriam se casar, não. Tentavam trocar uma noite, uma semana, meses de amor, quanto tempo o velho quisesse, desde que ele firmasse compromisso de que construiria túmulos tão lindos. Papai se aproveitou tanto, que descuidou, a fábrica quase faliu. Ficamos, eu e minha irmã, a estragar as mãos e a pele na massa e no soro, desenformando e entregando queijos, nossos vestidos longos e coloridos se esfarrapando. Vendo meu pai chegar de manhã, descomposto, mas feliz, isso é preciso dizer, a cara dele era feliz. Sabíamos por quê, tínhamos medo. Se aquelas mulheres morressem de uma vez, e a maioria tinha idade para tal, meu pai teria que fundar um cemitério particular. Imaginávamos a extensão do terreno e o tipo de túmulos que faria para cada uma, representando camas, sofás, tapetes, gramados, baixos de pontes, sacarias de armazém, confessionários, plataformas de estação, carrocerias de caminhão, fundos de carros de aluguel, onde quer que alguém pudesse ter se entregue. A imaginação seria suficiente para prover? E o dinheiro?

— Como era sua mãe?

— Magra, delicada, finíssima, ela sim uma princesa. Por causa dela meu pai colocou o nome na fábrica. É, até que me lembro, ela tinha na cabeceira um livro que lia e relia, *A princesa de Cléves*. Teve até um filme de onde nossas roupas eram copiadas. De brincadeira, meu pai chamava mamãe de princesa. Ela adorava filmes de faroeste, não perdia um, exigiam às sextas-feiras, logo ao jantar ela começava a nos apressar, *comam logo, hoje tem oeste, vamos, querido, acabe sua sopa.* Um dia, papai decidiu chamar a fábrica de *A Princesa d'Oeste*.

— Não acredito nas suas histórias, você inventa tanto.

— Por que a gente tem que dizer coisas acreditáveis? Mais interessantes as inacreditáveis. O mundo fica engraçado. Você me parecia tão desligado, acaba sendo um enquadrado, acredita, não acredita. Onde a fantasia?

O vento através da veneziana. Sacode o quadro na parede, incêndio na floresta, chamas vermelhas, animais correndo assustados. Derruba flores artificiais de plástico. De cima da cômoda vai ao chão a televisão miniatura, com a imagem de santo dentro do vídeo. O rosto da mãe do Ganhador se delineia no teto. *Em cada lugar ela aparece.* Olhos fechados. Assim se mostrava, quando a levaram. *Não morreu, me garantiu que ficaria viva para sempre.* Num fim de tarde, o Ganhador foi ao cemitério da Quarta Parada. Longíssimo, andou que andou. Perdido entre túmulos. Como encontrar a mãe na imensidão dos mortos cobertos de lama? Chovia há dez dias. Perguntou ao zelador, coveiros, onde foi enterrada a mulher loira. O único que sabia, o tio fingidor, tinha voltado às escovas e vassouras. Ninguém respondeu, *tantas loiras enterradas em São Paulo*, é preciso ser mais preciso, traga a certidão. Não explicaram o tipo de certidão. Ele estava decidido a escavar o túmulo, abrir o caixão, liberar a mãe do esquife de pinho-vagabundo, por que o tio não tinha comprado um melhor? Ajudá-la contra a morte. Morrer era o que ela menos queria.

— Aqui está mel de flor de verbena, para melhorar o gosto amargo da boca.
— O dente me dói.
— Vou te levar ao jardim interior. Ali desaparecem dores e inquietações.
— Quem quer paz?
— Vai embarcar, te coloco nos bondes. É a temporada deles, surgem de tempos em tempos, depende da conjugação de fatores astrais, temperatura, luz, desejos embutidos nas pessoas.
— Bondes. Para onde?
— Dali partem para Lugar Nenhum.
— Lugar nenhum, é boa idéia, todo mundo anda querendo ir a toda parte!
— Não é sempre que se pode ir a lugar nenhum. Tem uma coisa, é difícil voltar. Quer ir, assim mesmo?
— Há anos e anos tenho certeza de que estou em Lugar Nenhum. Quero tomar este bonde. De lugar nenhum para Lugar Nenhum devo dar em algum ponto.
— Quer de verdade? Se subir nesse bonde, não desce mais, ele só pára no ponto final. E não há ponto final.
— Posso perguntar uma coisa? Se te der mal-estar, não responda.
— Só respondo o que quero.
— Você matou. Verdade?
— Sabia que tinham contado. Sei quem disse, ela tem uma inveja enorme. Fique tranqüilo. Matei.
— De verdade?
— Por que não? Ele me recusou, depois dos dentes. Aqueles dentes tão lindos que dei com tanto amor e sacrifício. Dentes que tinham provocado minha paixão.
— Que história é essa?
— Nos encontramos numa romaria, em Aparecida do Norte. Ele com a faixa de campeão no peito, tirava fotografia em frente à basílica. Devia pertencer a um time de futebol

pagando promessa. Me olhou sorrindo, engasguei com o pastel de palmito. Dentes mais lindos, de príncipe dos desenhos de Walt Disney. Fique tão embasbacada que comecei a espirrar, me cnvergonhei. Ele perguntou:
"Me olhou, espirrou. Espero que não seja alergia a caixeiro viajante."
"Você é caixeiro?"
"E dos bons, o campeão. Olha a faixa!"
"Pensei que fosse de futebol."
Fiquei apaixonada pelos dentes, não tinham uma única cárie.
"— Não acredito que esses dentes são naturais, você tem é uma dentadura muito bem feita!"
— Ele abriu a boca: "Puxe!" Eram naturais mesmo! Fiquei um tempão olhando para dentro daquela boca, caverna de espantos, como alguém podia ter dentes bonitos daquele jeito? A boca cheirava a brevidade, sequilho, os doces que mais gosto. Nos casamos, eu não queria saber de mais nada. Embarcava naquele sorriso, ia embora, viajava longe. Com o sorriso ele vendia tudo. Não somente para lojas e armazéns. Batia nas portas, de tarde, quando sabia que os maridos estavam nos empregos. Elas abriam a porta, ele, a boca. Pronto, caíam esbaforidas, compravam o que oferecesse. Ele ria o tempo inteiro.
Então apanhou a doença inexplicada. Não adiantou um, dez médicos. Febrão, batia os dentes, trincando, não por exibição. Fizemos promessa a Virgem Aparecida, afinal foi ali que nos conhecemos. Nada! Fizemos todas as orações possíveis, de oratório aberto e vela acesa. Quase morto, mal podia se levantar, conseguiu rezar de pé a oração do meio-dia, ao sol forte, sem ter sido alcançado por qualquer sombra, dessas que quebram as forças. Nada de nada! Atribuímos a doença à captura do makara, meu marido foi soltá-lo no rio, outra vez. O dragão se recusou a entrar, voltou com a gente. Um padre

disse *foi porque seu marido dormiu na igreja*. Outro garantiu que foi o dia em que, por brincadeira, ele rezou o Credo ao contrário. Não foi por mal, juro, ele não tinha essas coisas, se bem que não carregasse fé alguma. O desespero bateu quando os dentes passaram a cair. Tosse, um dente. Espirro forte, dois. Mastigava churrasco, quatro, cinco dentes, se desprendiam. Acordava ao meio da noite, gosto estranho, cuspia dente. Assim se foram, os trinta e dois lindos e perfeitos. Guardamos todos. Ele enlouqueceu, queria se matar. Fechou-se em casa, abandonou o emprego. Chorava sem parar, vivia em lágrimas, os dentes na mão. Não se desgrudava deles, fez um colar, pendurou no pescoço. Às vezes, eu o surpreendia diante do espelho, tentando recolocar os dentes nas gengivas vazias, moles, vermelhas. Cada vez mais magro, sem poder comer as picanhas que adorava. Sequinho, o corpo se foi em lágrimas. Não saiu mais à rua, não recebia os caixeiros viajantes amigos.

Meu marido, tenebroso de feio. Fechava as janelas, mantinha a casa escura. Comecei a tomar nojo. Era confuso, gostava dele, e não podia suportar a boca murcha, igual a um velhinho. Queria me beijar. Já beijou alguém banguela, sem um único dente? Tentei, ele enfiava a língua pela minha boca, eu sentindo as gengivas murchas, tinha ânsias. Ele chorava, batia com a cabeça na parede. Nossa vida tinha de continuar, arranjei emprego à noite, fui guardando um pouco, abri uma poupança especial, a dos dentes. Vendi roupas, fiz pão em casa, pintei pratos, dei aulas na Industrial, bati de porta em porta oferecendo assinatura de revistas. Levantava cedo, ia para porta de fábricas. Com o aparelho emprestado pelo médico, tirava pressão de operários ingênuos, recebia contribuições. A sola do meu pé rachou, minha pele ficou áspera, os cabelos embranqueceram, me deu sopro no coração, mas consegui o dinheiro para uma dentadura.

Claro que não voltou a ser o mesmo de antes, mas ao menos recuperou certa dignidade. Com o tempo, se recompôs, voltou ao trabalho. Só que não se aproximava de mim. Não me abraçava, nenhum carinho. Seco, agressivo. *Me queria por causa dos dentes, não é? Me recusou, rejeitou, me fez passar o inferno, quando eu mais precisava. Agora, se vire.* Não sei se arranjou outra, ou outras. Uma noite, enquanto dormia, e ia dormir bastante, coloquei antialérgicos no café, apanhei o tubo de cola. Dessas seca-rápido que grudam ferro. Peguei a coisa dele, molinha, torci para baixo. Enfiei entre as pernas, despejei o tubo inteiro. Amarrei as pernas com um cinto, até que o tempo de secamento esgotasse. E assim ele acordou. Não houve jeito de descolar, fazer plástica, nada. Morreu. Cheio de complicações, bexiga estourada, rins. Na hora do enterro, antes de fechar o caixão, abri a boca do paspalho e tirei a dentadura. Que me tinha custado tanto, acabado comigo. Está na cristaleira da sala. Vem ver! Não estive no enterro, naquela tarde passeei muito tempo no bonde para Lugar Nenhum. Era um dia fresco e agradável para funerais. Acredita que nenhum dentista compareceu?

> **JUSTIFICAÇÃO DE IMPROPRIEDADE:**
> *Alusão ao uso de drogas*

"Até o presente não se estabeleceram outros meios de transporte de viandantes pela estradas que não sejam: os de cavalo em turrões, bruacas e jacazes; e os de alguns carros ordinários puxados por bois. Não existem postas públicas, e para comodidade dos passageiros há sobre as estradas grandes barracões cobertos de telha ou palha para se arrecadarem as cargas das bestas muares [...] Os viandantes mais abastados hospedam-se nas casas dos moradores que ficam ao longo das estradas, se são seus amigos ou recomendados. Outros levam na bagagem uma barraca ou toldo, cama, mesa de campanha, e os utensílios de cozinha que lhes são indispensáveis [...] Não se pode fazer idéia das privações e incômodos que se sofre nos ranchos. Os gados de todas as qualidades perseguem os passageiros, dilaceram os aparelhos das bestas, comem a roupa e enchem tudo de imundícies, de maneira que é necessário haver o maior cuidado em lavar muito bem os pés para evitar a introdução da pulga (*Pulex penetrans*) antigamente conhecida pelo nome de 'bicho-do-pé', ou de outro inseto talvez mais perigoso e incômodo qual é o carrapato, de que estão cobertas as ervas das estradas, campos e matos." Trecho da

Corografia Histórica da Província de Minas Gerais (1837), de Raimundo José da Cunha Matos, volume 2. Encontrado num caderno por um ex-professor do Ganhador, seu futuro orientador na tese inacabada. Esquecido do fato, o professor se indagou diante dos cadernos: "O que vem a ser isto?"

Não há estacionamento para elefantes

O Ganhador acorda. Gritos. A cabeça fora da lancha. Vê crianças correndo, mal iluminadas pelos postes. Homens chamando, mulheres berram. Lanternas, bater de ferros, serras. Locomotivas fora dos trilhos, vagões amontoados, dormentes esparramados, trilhos retorcidos. *Xii, deve ter morrido muita gente.* Ele salta da lancha, atravessa a estrada. Gritos contínuos, mães talvez à procura de filhos, homens atrás de suas mulheres. Sangue esparramado na estrada. Melhor não olhar.

— Puta acidente!

O gordo deixa a caminhonete, a loirona, mulher dele, gostosa para valer, boceja. Apalermada. Na penumbra da madrugada conserva os óculos escuros, pontilhados de strass.

— O trem deve ter apanhado muita gente, quem sabe bateu num ônibus.

Pessoas correndo, sacos plásticos com postas de carne sangrentas.

— Viu? Era uma perna?

Amontoado maior à frente das locomotivas. Todos falando ao mesmo tempo, empurra-empurra. O Ganhador e o gordo se aproximam. Contidos por dois negões.

— Qual é? A carne é pro pessoal da vila, não vem que não tem!

— Que carne? Que carne?

— A das vacas. Vocês quem são? Da estrada de ferro? Polícia?

— Nada, íamos passando, vimos o barulho, o ajuntamento, descemos para oferecer ajuda. De que carne fala?

— O trem de minério que vem de Volta Redonda descarrilou.

— Machucou muita gente?

— Ninguém. Descarrila sempre, a estrada é podre. Hoje, matô três vaca perdida na linha, o canceleiro gritô pela mulher, outros ouviro, em cinco minuto o povo correu, retalhô, desossô, esta semana tem filé. Há um tempão, desde que mudaro o dinheiro nos estrepamo todo, os açougue da vila fechou, nem pra remédio.

Facas, machados, serrotes, formões, todo tipo de objeto cortante perfurante. Menos de meia hora, sobram à beira dos trilhos poucos ossos, patas, pedaços de chifre disputados por cachorros sarnentos. No ar o cheiro adocicado do sangue.

— Bem que dois quilos de alcatra não iam cair mal, faz bom tempo que não como carne fresca, e nem sabemos o que vamos encontrar na praia, com a procura, um vizinho disse que até pescador esconde peixe, vende com ágio, só eu não posso vender bilhete e lotos com ágio, que sacanagem!

A loirona, dormindo na cabine, ronca. A polícia chegou uma hora depois, liberou a estrada. Queriam saber quem levou a carne.

— Atento aí! Fica deitado, senão dá galho, a polícia rodoviária é pentelha com essas besteiras, vamos pegar um trecho do dia, olha o sol nascendo.

O Ganhador pula para a carreta, volta ao banco confortável do lanchão, boa vida leva o desgraçado! Dono de uma lotérica em Dracena, deixa o barco durante o ano na barragem da hidroelétrica de Ilha Solteira. Janeiro e fevereiro, Cabo Frio. Dia feito, ponte Rio—Niterói. Centenas de navios ancorados, esperando a vez, operação tartaruga congestiona o porto. Cruzam Niterói, a estrada sobe. Vendolas, oficinas, artesanato de vime. Patos, cisnes, mulheres chorando à beira da cruz, anões, corujas, coroas, vasos estrambólicos, cegonhas de gesso, louça, granito, mármore. Para cemitério e jardins. A estrada é sucessão de casas com tijolos à mostra, sem pintura, faltando vidros, janelas, caixilhos, portas, o estado do Rio parece inacabado. A carreta salta, buracos do asfalto. Na altura da entrada para Maricá, ficam na rabeira de um cortejo de ônibus, caminhões.

PARTICIPE DA CARAVANA DA DEMOCRACIA, VENHA TAMBÉM PARA A ROMARIA AO TÚMULO DE TANCREDO, O PADROEIRO QUE DERRUBOU A DITADURA.

Bifurcação para Bacaxá, o sujeito pára, ajuda o Ganhador. A sair da carreta que transporta o barco. Loirão, a mulher do tipo, coxas queimadas.

— Te deixo aqui. Em Bacaxá tem ônibus toda hora.

O ônibus começa a descida, os lagos se delineiam, familiares. Atravessa a ponte nova, vira à direita, faz o contorno, chega à pracinha, rodoviária vermelha. Saquarema, sempre a mesma, a igreja de Nossa Senhora de Nazaré recém-pintada. Garotos com óculos espelhados, cabelos parafinados, voltam da praia, pranchas na mão, marey-bugs. Rádio transmite música e entrevista do conjunto Cólera:

somos mambembes
procuramos espaços alternativos, onde nos curtam na real
garagens, porões de igreja, armazéns, oficinas
amargamos o subdesenvolvimento

O Ganhador, no balcão da padaria *Astronave Mãe dos Lagos*.
— Cadê o Nereido?
— Preso.
— Por quê?
— Na dureza, se meteu com uns caras que roubavam cadáver de hospital pra vender em faculdade de medicina.
— Padeiro e cadáver, boa mistura. E agora? Queria ver se ficava na casa dele até o festival.

— O festival de música?
— É.
— Não tem mais.
— Vai ser domingo.
— Pessoal tá sem dinheiro, comércio e política tão só preocupado com eleições, tiraram o cu da seringa. Cancelaram!
— Porra, que merda!
— Já te vi. Onde? O que você faz?
— Sou músico.
— Ah, sei. Te via na televisão, de madrugada. Faz tempo. Quando o Tancredo tava no hospital. Você tava por lá, de madrugada cantava musiquinhas pro pessoal, tevê mostrava. É ou não é?

O sujeito de terno verde, sapato branco e preto, chapéu de feltro azul, se aproxima.

— Licença, o senhor disse que é músico? Sou do Circo Bartolo, estamos na praia, fazendo muito sucesso com a temporada de verão. Queria ter um particular com o amigo. Toca rock?
— Toco, rock meu.
— Quer fazer um show, esta noite?
— Porra, meu! Chego e já arranjo emprego!
— Ouvi ele falar que o senhor aparecia na televisão. Que programa?
— Todos, cantei em todos, só não quero contrato fixo, preciso viajar. Agora, conta. Tá por aí procurando talento ou se apertou em alguma? Se apertou, não é?
— Temos um show programado para hoje. Rock, rock, pesado! Revimétar! Tinha um cara contratado, sumiu, não apareceu ontem, estourou. Topa cantar hoje?
— Não sou metaleiro.
— Pode ser, se quiser. Cara brava, ar durão, fodido, cabelão liso, a gente dá uma oxigenada. Tem óculos escuros?

Porra, pensa o Ganhador, nem óculos escuros, nem nada. Quebrei os óculos aquela noite em que saí com Candelária, me esqueci, ando lendo com uma vista só há meses. Candelária. Por que não pensei antes?

— O cachê não é meu. A meninada vai! Não tem muito que fazer aqui, a não ser pracinha, à noite, e pizarias, um fliperama só.

O Ganhador vai ao orelhão.

— Salve, irmã, e Jesus a abençoe.

— Louvado seja, que a paz do peixe desça sobre você. É Parceiro do Amor?

— Há muito anos. Queria falar com a Reverenda.

— Está em Brasília. Tem hora marcada? Qual o seu nome?

— Massiminiano ou Max ou Big Max ou Massi ou O Ganhador.

— Puxa! Que o Deus peixe o abençoe, o cubra de escamas de ouro. Um momento. Tenho um recado. Há semanas esperamos que o senhor chame. Há um bilhete da Reverenda para o senhor.

— Leia, leia logo.

— Posso abrir?

— Depressa, irmã.

— Bem... não sei... estou constrangida... parece íntimo... estranho...

— Leia.

"Querido. Muito trabalho. Mamãe morreu. Acho que feliz. Delirava em meio a uma festa. Nua, dançando com todos os homens. Entregou-se a cada um e expirou depois do último. Me deixou uma caixa e quero que ela seja sua. Sabe o que significa. Quer trabalhar comigo? Beijos."

— Que caixa é?

— Uma caixa pequena de madeira colorida, bonita. Para onde mando?

— Posta restante de João Pessoa. Mande dinheiro também, algum.

TUDO LEGAL PARA O SURF
VAMOS PEGAR ONDAS SONORAS!

super super super superatração

O HEAVY METAL DE
MAIOR SUCESSO
EMMM SÃO PAUUULO
BIG MAX / BIG MAG
MÚSICA DA PESADA,
MÚSICA DA VIOLÊNCIA, AGRESSÃO,
PARA ENFRENTAR O MUNDO QUE
FERE, MUTILA, ANIQUILA

Circo cheio. Barulhão, mar bravo subiu, ressaca das boas, ondas gigantes. Cheiro de serragem, maresia, mofo, bosta de animais, gasolina, gente suada. No picadeiro, palhaços dão tombos uns nos outros. Coisa sem graça. Se tem alguém que o Ganhador detesta são palhaços. Implica com a careca de pano, sapatos colossais, narizes de bolas vermelhas, calças largas. Palhaços, só sabem cair, empurrar, dar tapas, fingir que peidam pó de serra, mostrar desajeitamento diante da vida, cheirar flores que espirram água. Desde criança odeia, foge deles. O circo faz bem, nunca imaginou que poderia estar num, trabalhando. Quem sabe é o bom astral em que anda, gostando dele mesmo, sem inquietação, vontade de fazer coisas. Satisfeito. *No fundo sou um circo solitário, Maria Alice me mataria se ouvisse esta frase.* Quando criança, corria atrás de Rosicler, "quero brincar no teu corpo feito bailarina que logo se alucina". Ela vivia treinando para equilibrista, no muro. No calor, pelada sem se importar. E o *Escalador* encarapitado na torre assobiava para o vento; eram tão ligados. As mãos formigam ao pensar em Rosicler, noites de vento, o muro, a última música no parque, as caçadas a cachorros e gatos. Rosicler em pedacinhos, a faca, e o que mais? O quê? Uma peça faltando, lembrança ligada à música que tocava quatro vezes, todas as noites, *Caravan*. Quem encomendava? Um circo para ela, o navio. Lá está um, fundeado ao largo, fora da barra, luzes acesas, balançando feito desgraçado. Números com cavalos, o porquinho que dança, o macaco pára-quedista, o coelho que mergulha de dois metros de altura, duas trapezistas gostosíssimas, filhas do diretor do circo.

    Meninada impaciente, luzes coloridas, uma banda ataca. O Ganhador no palco, berros, assobios, som ensurdecedor de guitarras, volume máximo. Ele diante do público, animado, *um barato, porra, que zorra que é*. Divertido, a "gente vai contra a corrente até não poder resistir". Botas negras, brilhantes, cano alto, calças de vinil, roupa forrada com tachas prateadas, correntes atravessando o peito, cintura, pescoço, subindo pelo braço, muqueiras, óculos escuros, boné de oficial nazista SS. Guitarra pendurada. O braço mecânico, passaram a tarde a procurar, foram encontrar em Niterói. Adaptaram o braço ao coto que o Ganhador traz, vestiram a roupa. *Posso ser um heavy-metal raivoso, me cortaram o braço numa briga, sou um Hell's Angels brasileiro!* Que nada! Ninguém sabe dessas histórias, aleijado não entra no palco que pega mal. Um canhão de luz em cima, não lembra da letra, é qualquer uma, frases em inglês, *abra a boca, daqui a pouco vai tocar alguma das suas, disseram para fazer estilo James Taylor que tem todo tipo de público*. Primeira fase de agitos, berros, uivos, urros, cabelos oxigenados e lisos, garotada atirando latas, papéis, garrafas, sacos de água, cintos. Meninas, gritinhos histéricos, cheiro grosso de fumo. O Ganhador soca o ar, a guitarra, finge que toca. Cai de costas, geme, dá pontapés, chutes, de costas para o público faz gestos de tomar no cu para a platéia que ri, aplaude. A respiração difícil, entrecortada. Fôlego nenhum. Não está dando mais para esse tipo de coisa. Tenta respirar pela boca, como é que pode cantar e respirar ao mesmo tempo? À sua frente, a turba com roupas escuras, tachas, munhequeiras, braceletes, camisetas pintadas a nanquim, demoníacas, monstros vivos, satãs. Seguranças entre o público, recolhendo soco-inglês, corrente, faca, cacetete. A massa do som vem compacta do palco, das dezesseis caixas. O Ganhador não reconhece sua voz, a música que canta. O baterista tocando com um par de ossos plásticos, nuvem de fumaça, cheiro de enxofre, uma faixa: SOMOS VÂNDALOS, QUEBRAMOS TUDO. Outra em vermelho: NÃO CONFUNDIR HEADBANGER COM METALEIRO BUNDÃO. O Ganhador xinga, cospe, a garotada grita:

VOMITA! VOMITA! CAGA NO MUNDO. BOSTA NOS CARETAS!

Ganhador abaixa, como se fosse cagar, apanha o imaginário cocô e atira, delírio, palmas, algazarra, alarido.
Pum, silêncio total, platéia se imobiliza. O Ganhador, paralisado. Decide cantar uma das suas, *Mata-borrão do mundo*.
Nasci no lixo/ padre recusou batismo/ sem nome cristão não posso abençoar/ no meu copo/ havia urina/ suco de latrina/ produtos de vocês/ bebi/ bebemos todos/ todos os dias/ este suco, da sociedade/ liquidificada/ misturada com pó nuclear/ pra adoçar

ai ai ai ai aiiiiiii aaaaaaa

Inferneira. Vociferam, rosnam, atiram garrafas, sapatos, bolotas de papel molhado. Apitam, batem pés, trombeteiam. O Ganhador dança, saracoteia, o braço mecânico escapando. Deixa! Toca, quer cantar, saltar, suar, gemer, deixar-se invadir por essa *força que me leva a cantar, essa força estranha no ar, não posso parar*. Peida no microfone, ameaça vomitar, a primeira fila recua às gargalhadas. Desce as calças e mostra a bunda. Seguranças o agarram, ele não sabe, e o público também não, se faz parte do show. Número não preparado, ou o quê. Embalado pelo fuminho que a domadora (Ela confessou, *sou domadora porra nenhuma, este circo é fajuto, pegaram uns caras por aí, pra faturar*) passou. Encheu a cara com o conhaque. Enjoado, feliz, o público *delira, nunca fiz o público delirar, viva o rock pauleira. A gente flutua com o sucesso, o fracasso faz a gente invisível, estou embalado, foi só dar o começo, quero agarrar essa gracinha que toca contrabaixo, que força tem a danadinha*. Agarra a menina, o braço mecânico a pesar. Arranca o braço, segura acima da cabeça, a platéia ronca de gozo, ele atira para o povo. O braço, de mão em mão. Vão arrancando dedos, juntas, articulações, ferrinhos devolvem ao palco. O braço volta em pedacinhos, acertam um parafuso na testa. O Ganhador sangra, é retirado.

Treze dias depois, duas noites antes do final da temporada. Quando o último pedaço do braço (reconstituído de qualquer jeito a cada dia) cai no palco, o show se fecha. O Ganhador suado exausto atravessa o corredor de lona. Perto da jaula do tigre velho (os bigodes do bicho caíram, tão decrépito é), Cássia à espera. Ele se assusta, quer se esconder, envergonhado. Puta vexame!

— O que está fazendo aqui?
— Ué, por que não posso estar aqui?
— Assim, de repente.
— Viu o show?
— Claro, não tivesse visto, ia morrer de sentimento.
— Que cagada a minha!
— Nada. Se divertiu?
— Pra cacete!
— É tudo que interessa na vida! Acho que foi a tua melhor performance.
— Performance, é?
— Às vezes tinha a impressão de autocrítica, você olhava as pessoas com afastamento. Era brechtiano?
— Afastamento? Brechtiano? Que coisa mais anos sessenta. Nem olhava o público. Nunca curti tanto. Show, brincadeira, zorra. Curtição, refrigério! Além de tudo, está me dando uma grana, mais uns dias e pronto.

Espelho dágua, restaurante. Frente a praia, chuvinha, miúda. Espaguete com frutos do mar, perfumado. Vinho tinto californiano, Cássia insistiu em pagar.

— Hospital. Volta a ser enfermeira. Por que em São Pedro da Aldeia?
— Um médico amigo, trabalhou comigo em Nova Darms-

tadt. Também se encheu. Está montando uma clínica só para crianças. Me chamou, estava na hora de mudar.

— Quem me criticava por ter fogo no rabo?

— Mais de dez anos em Darmstadt. Nao quero passar a vida num lugar só. Ninguém agüenta.

— E Olavo?

— Tanto faz, como tanto fez. Ficou agaribado com a cidade, por causa do processo pela venda de vagas. Acabou escoteiro, agravou-se.

— Ainda rola? O processo.

— Ganha-pão dos advogados, sentenças e apelações.

— Olavo não veio?

— Resolveu dar um pulo a cidade de vocês, disse que tinha de campear um certo azulejo. Coisa de costa arriba. Desde que você passou por Nova Darmstadt, ele fala sem parar nesse azulejo. Volta e meia quer ir buscá-lo, virou obcecado.

— Azulejo? Ah, sim, o do Armazém Alabama. Se encontrar, pede pra te mostrar!

— Segredinhos? Ridículo.

— Jurei que vocês estavam indo embora por causa da xoxota na janela!

— Leu minha história!

— Adorei a idéia, só que está tudo cru, e não tem final. Não inventou aquilo, não? Foi verdade?

— Juntei como deu a enliarada. Podia me ajudar. Não sou escritora.

— E eu? Acaso sou?

— Deu pano pra manga o caso da xoxotinha. Teve gente aproveitando além dos fechos, homarada assanhada só falava nisso, desculpa de todo lado. Um grupo de mulheres TFP, reminadas, botou na cabeça de dar paradeiro, escândalo demais. Saíam de noite, feito bugreiros, atacavam de pau e correia, berrantes e xerengas, dando nas meninas que encontravam em horas "impróprias" batendo bruacas. Pregavam costeio com um pulverizador de jardim, dedetizavam as xoxotas.

Com ácido. Maior bafafá, imprensa falando, os homens vastraram, não querendo arranca-rabos. Calaram o bico, ninguém defendeu ninguém, rabos presos, longe dos entreveros, ficou por isso. Está cheio de macotas com bocetinhas arruinadas. De quebra, botaram fogo na *Mulher* do lambote.

— Lambote?

— O alemão, Ludomiro.

— Queimaram a *Mulherona*?

— Destruíram primeiro uma parte das coxas, a barriga e o peito.

— E a xoxotona da entrada?

— Permaneceu, por um tempo. Com o fogo, saiu de dentro da *Mulher* um mundão de bichos. Ratos, baratas, morcegos, corujas, besouros, gafanhotos, e formigas gigantescas, com asas. Pareciam içás, praga bíblica, coisa do Egito.

— Içá?

— Da família, mas enormes, quatro, cinco vezes maior. Começaram a comer tudo, jardins e hortas, não havia como combater. Um lambote qualquer veio com a solução.

— Saiu tocando flauta, as formigas foram atrás?

— Não, reuniu as macotas da cidade. Outro bafafá. Ele só queria macotas. As que não foram chamadas se consideraram feias, rejeitadas, nasceram grandes ressentimentos. A cidade foi salva pelas moças bonitas.

— Se eu contasse, iam me xingar de machista. O que fizeram as macotas?

— Saíram a cantar, levando enormes toalhas de linho.

*Tanajura cai, cai
pela vida do teu pai.*

— Deu certo?

— As lendas garantiam que as tanajuras acreditam nas cantigas que prometem presentes, frutas, macotas. Pularam todas nas toalhas de linho, foi só juntar, amarrar.

— Conta pra outro! Essa tua cabeça viaja mais que bode velho atrás de cabra no cio.

— A prefeitura aproveitou, declarou o terreno de Ludomiro utilidade pública. Pura enzoina. Tratores chegaram para derrubar paredes, forros, acabar com o que restava da *Mulher*. O lambote saiu de fuzil em punho, foi preso. Jogaram tudo no chão, taparam os subterrâneos. Quando as formigas se acabaram, também a *Mulher* tinha chegado ao fim. Encontraram numa caverna, debaixo do pescoço, um depósito de garrafões escuros, superlacrados, com o aviso: PERIGO DE VIDA. NÃO ABRA SEM AS CONDIÇÕES REQUERIDAS. Ninguém sabia que condições eram, Ludomiro se calou.

— Não descobriram o que havia dentro?

— Alguém abriu? Correu que era mandraca, das fortes, espíritos aprisionados por velhos alemães nos escuros da Floresta Negra. Que eram gênios que se tornariam escravos. Porém, se as condições não fossem cumpridas (e que condições seriam?) os espíritos negariam estribo, dominariam quem abrisse os garrafões, tornariam a cidade invisível.

— Que barato! A cidade inteira invisível! Eu abria, na hora.

— No dia em que correu a notícia, o grameiro todo tirou o dinheiro dos bancos. Que entrevero! Uma corrida, bancos ficaram a zero. Filas enormes e os gerentes tentaram conter a loucura! Levaram o dinheiro para as cidades vizinhas.

— Mexam com tudo, menos com saldo e poupança do brasileiro.

— Com o terreno do lambote Ludomiro havia mutreta. O prefeito calaveira, mancomunado com imobiliárias, estava de olho, por causa da localização. Tinha lugar mais lindo? A vista? Agora, vão construir um puta prédio, condomínio. Olavo louco para comprar um *flat*. Vai ser *residence service*, mil *suites*, *play-grounds, swimming-pool*. Dizem que num dos garrafões existem papéis. E ali está a história do que aconteceu em Antofagasta!

— Antofagasta?

— Não se lembra? Olavo te contou. O tempo que Ludomiro e Silvana passaram lá. Ninguém pode ser o mesmo depois de Antofagasta, ele repetia. Alguém afirmou que os labirintos subterrâneos da *Mulher* reproduziam a planta central da cidade.

— Um dia, vamos entender tais coisas?

— O curioso é que hoje há muita coisa diferente na cidade. Todos se sentem incomodados. Se antes saíam pouco de casa, agora saem menos. Não se olham, se desviam, envergonhados. A obra no alto da colina nunca é iniciada, os motores dos tratores encrencam, fundem. Os operários sentem calafrios e voltam, sem saber por que não querem trabalhar lá em cima. O pior é que venderam todos os apartamentos. Onde o povo arranjou dinheiro? Estava escondendo?

— E Ludomiro?

— Reminado, agravado ao desespero, fugiu da cadeia, subiu ao morro e se enforcou, a corda amarrada no laço de fita vermelha que estava na cabeça da *Mulher*. Aquele mesmo laço onde nos sentamos a conversar.

— Não foi só conversa.

— É, não foi.

— Arrependida?

— Do quê?

— Do que fizemos, ora!

— Como você é bobo! Por que estaria?

— E agora?

— Nada, cada um continua sua vida. Um dia nos encontramos de novo, transamos outra vez.

— Será que vamos assim até o fim da vida? Velhinhos, murchos e tentando um amorzinho?

— Seria beleza. Você vai me encontrar aqui em Saquarema. Lembra do terreno? Pois quero ver se construo uma casinha. A região me faz bem. Trabalho um tempo no hospital, venho, abro a barraca de peixes e cervejas.

— Aprendendo, hein? A querer não fazer nada, na vida.

— Já era tempo!

— Gostando da tua cara, está pra cima. Feliz?
— Por que todo mundo quer saber se os outros estão felizes? É a pergunta que mais se faz. Sem querer resposta.
Desmontado, o circo, pilhas de tábuas, buracos, lixo, serragem, marcas fundas no chão.
— E daqui?
— Vou subir, no rumo de João Pessoa.
— Maria Alice?
— Hum-hum.
— Não gosto de ver coisas desmontadas, assim. Fiquei triste quando derrubaram e incendiaram a *Mulher*.
— Quando criança, morria de chorar cada vez que desmontavam o parque.
— Bem, lá vou eu de novo pra vidinha.
O Ganhador sobe no elefante, molecada admira invejosa em torno. Cássia morre de rir. *Me faltava esta. Completou! Te adoro!*
— Não sei dirigir um bicho desses.
— Vou na frente com o macho, a fêmea segue, disse a domadora.
A domadora quer ir até Campos, sabe que lá tem um circo em temporada, quem sabe arranja um contrato. Sem dinheiro para pagar o transporte dos animais bitelos, sugeriu ao Ganhador que fossem montados.
— Vai levar dias, aviso.
— Não tenho o que fazer. Nunca andei de elefante, vai ser curtição.
Encarapitado como marajá indiano. Ensaiando *Saída de emergência*, a música para o Festival Maior. Gosta da letra que fez. Fez? Curioso, cada dia tem mais certeza de que a composição é dele, esquecido do menino de pés para dentro. Certo, o garoto receberá sua boladinha, se a música ganhar. *Se* ganhar! Doze quilômetros depois, às quatro horas da tarde, param numa churrascaria, os elefantes estacionados ao lado de carretas e jamantas. Calor demais, nem elefante agüenta. Continuam dias e dias. Parado à beira de riachos, para molhar a cabeça, se refrescar.

Sem sono, prosseguem até madrugada alta, seguidos aqui e ali por bandos de garotos e curiosos.

Cruzaram um enterro, atravessando o cortejo, e provocando indignações, mas ninguém se atreveu a desafio maior. Imobilizados atrás da barreira policial que segrega manifestação grevista. De bóias-frias que trabalham no corte da cana. Estrada interditada, trabalhadores acampados em barracas. Filas de carros, protestos, não contra a polícia, contra os grevistas, *comunistas,* o governo precisa acabar com a baderna, *que nova república que nada, temos que ter os militares de volta, pouca vergonha, está faltando tudo, carne, leite, açúcar, até papel higiênico, essa reforma econômica foi para isso, e esses trabalhadores ainda fazem greve.* Os elefantes chamam a atenção, os soldados vão olhar os animais, se distraem, o Ganhador e a domadora atravessam a barreira. Ao pé das fogueiras passam a noite, repartindo comida frugal, feijão, farinha de mandioca e arroz. Tocam e cantam, músicas sertanejas. De manhã, chegam políticos dispostos a acampar, faixas eleitorais desdobradas. Negociações pela tarde, provocadores infiltrados movimentam desordem, polícia intervém, quebra-quebra, tiros, feridos. Um morto, prisões.

Estrada liberada, o Ganhador se mostra sonolento. Pensando neste país paralelo e desconhecido. Só se percebe a casca do Brasil, sem ver o que há por dentro do tronco. Comido de cupim, apodrecendo. Cuidando para não cair, imaginou que ia curtir viajar no elefante, está uma chatice, bicho mais infernal. Fica jogando a tromba para trás, querendo empurrar o Ganhador. Brincadeira?

Chove forte. O Ganhador molhado. Lembra de aguaceiro semelhante. Indo para Alegre, no Espírito Santo, dos festivais mais simpáticos que freqüentou. A cidade inteira tomada, a população assustada fechando portas. Como os de Fonte Verde, desertificando tudo, entre amedrontados e satisfeitos, agitação quebrando rotinas. Para chegar a Alegre, um longo caminho. Teve um pedaço em que saltou para a gôndola, carona no trem de minérios. Choveu muito, ele desceu enlameado, roupa impregnada de barro metálico, brilhante.

A domadora ficou em Campos, em busca de informações sobre o tal circo. E querendo um estábulo, cocheira, estacionamento para os elefantes. Queimado de sol, o Ganhador consegue carona até Linhares. De lá haverá modo de chegar à Bahia, ao festival de Valença, onde concorre pela primeira vez.

Em Valença, carona. De um casal. Ele, cenógrafo de televisão; ele, economista psicótico, internado por três meses, após implantação das reformas econômicas. O homem, perplexo, vivia nas ruas, clamando por Kafka. Os dois faziam peregrinação, seguindo os passos de Caetano Veloso. Entusiasmados com *Cinema falado*, a que assistiram trinta e sete vezes. Em busca de Santo Amaro da Purificação, ponto final da via-sacra, a que denominaram Antimeca tropicália. O carro ronronando, paisagem incompetente em torno. O economista e o cenógrafo, parados em Santo Amaro. O Ganhador toma a estrada. Meio-dia, hora aberta, momento sem defesa, Respighi, o compositor, celebrou a fonte de Trevi nessa hora. Almas malignas à solta, provocando. Ele tira o tênis, une os cordéis, carrega às costas. Quer sentir o pé. Na terra áspera. Calca bem, abaixa-se, aspira. Procura puxar o cheiro, gases que a terra machucada desprende. É a respiração interna, força, energia forte. Era como Anteu se recuperava, invencível na luta contra a invencibilidade de Hércules. Revigorado, o Ganhador continua, olhando o próprio rasto, marca impressa. A cada cinco passos, volta-se, apaga duas pegadas, sopra bem. *Se alguém me segue, vai se perder aqui*. Ele anda, sabe que vai dar voltas, seria mais fácil cruzar Sergipe e Alagoas, tem amigos em Aracaju. Sem querer admitir, o Ganhador gasta tempo, evita chegar depressa ao destino. Enfrentar o que terá.

Uma tarde inteira, olhando os próprios pulmões. À beira do Rio São Francisco, em Juazeiro. Onde chegou numa estirada só, sentado, preguiçoso, na poltrona estofada. Da mobília de uma família que voltava. Cansada, desiludida com São Paulo, o último dinheiro empregado no caminhão de mudanças. Os retirantes do Sul (Quem sabe iniciando um novo ciclo? O pau-de-arara em sentido inverso) o deixaram diante de um casebre azul, com a inscrição: CHAPA DOS PULMÕES. O Ganhador entrou para fugir do calor, acabou tirando a chapa. Nunca na vida tinha visto os seus pulmões. Nada bonito, digno de nota, para se ficar exibindo. Antes de o sol se pôr, atirou a chapa no rio. Foi para Petrolina, alcançou Ouricuri, continuou na direção de Serra Talhada, Pesqueira, Caruaru. Sabe que linhas tortas e desvios são o menor caminho quando não se pretende chegar.

Recife. Certa vez, numa competição, falou cem horas sem parar, ganhou o prêmio. Depois, dois meses sem cantar, a garganta fodida pelo esforço. Garantiram que, em outro país, ele entraria no *Livro Guinness dos Recordes*, mas o Brasil não está no eixo do mundo, somos periferia. *Minha vida é um rock suicida* (Maria Alice gostaria desta?), ele pensa, enquanto pede cerveja. Não tem, está em falta. No bar de calçada, praça Califórnia. Observando homens que cortam cocos, outros consertam carrinhos vermelhos, símbolo da coca-cola estampado. Anúncios de Marlboro. O jornal, aberto na banca, afirma FOME PRODUZIRÁ PIGMEUS NO NORDESTE. Uma foto, a legenda COHN-BENDIT EM BUSCA DA REVOLTA PERDIDA: *O antigo líder de Maio de 68 na França procura pelo mundo o que sobrou da revolução e dos revolucionários do seu tempo.*

Percebo. Informações demais. Despejadas pela televisão, jornais, revistas, rádios, folhetos, panfletos, vídeos, manuais, guias, comunicados, notificações, escolas. Em velocidade espantosa, se acumulam. Não estou preparado para assimilar. Informações rápidas, curtas, concretas, logo as notícias serão uma palavra código/chave, abrigando todo conhecimento. Termos eletrônicos, miniaturizados. Se o pajé do futuro passar a mão pelo meu corpo, assim como os índios fizeram com o cientista Ruschi, vão retirar a gosma verde informática. Geléia expelida pelos meus poros. Estou envenenado, saturado de informações, a maioria inúteis, pedacinhos incompletos de conhecimento, fragmentos. Sou câmera aberta para o mundo, sem filme. No momento em que a câmera recebe, perde. Alucinações, tenho vivido delas. Não tenho cheirado, nem fumado. Podem ser efeitos retardados? Estar sem bola faz a mente delirar? Há bom tempo ando limpo, quero estar inteiro para enfrentar este filho.

Seis da tarde, praia vazia. O olhar espantado, sem barreiras, desliza nas ondas, prancha de surf. Pensamentos energizantes a esta hora. Descarregam. Mente esvaziada. *Me esvaziei há tanto tempo, meu problema é outro, é me preencher, recompor.*

Um dia, dois, seis. *Ah, quero te dizer / que o instante de te ver / custou tanto penar / não vou me arrepender / só vim te convencer / que eu vim para não morrer.* "Chico Buarque fala por mim, Maria Alice!" Agora, tem de ir. Não dá mais, caceta! Quem inventou o assumir a vida? Ruas centrais, canais fedorentos, o maior contingente de desempregados do país. Filas inúteis avançam para supermercados vazios, abastecimento falido, águas viscosas, pontes enrugadas, casas deterioradas, crianças intoxicadas por restos encontrados no lixo. Viadutos desassossegados, tumulto, gente amontoada, trapeiros explorados por intermediários, transpirações, suor, poeira, osso à flor da pele, *cidade inchada*, apelidou o sociólogo. O Ganhador chega à rodoviária a tempo de ver o homem se encharcar de gasolina, ateando fogo. Chama voraz, sem casa, cinco filho, um na barriga da mulé, que deus cuide deles, o Brasil se acabô".

— Se vê que alguém escreveu para ele, não é mau o português, deve ter sido um comunista, desses que botam fogo em canavial, comentou o sujeito que descia do táxi, ordenando ao carregador que apanhasse as maletas.

108 quilômetros. *Tomara que o ônibus quebre na estrada, demore o conserto.* Recife—João Pessoa. Carcaças de automóveis. Montanhas de latas de lubrificante, vazias. Barro, tubulações, duplicação da pista. ABREU LIMA. Lixo, coqueiros, a fábrica de gelo, IGARASSU: *Pernambuco começou aqui.* Cana, colchas coloridas secando ao sol, fábricas modernas, impecáveis. Purina Esco NGK Bateria Ajax. Em João Pessoa, visite a MUSCLE ACADEMY CINTHY. Hotel l'Amour. Mamoneiras, Karmex Dupont, lagoas verdes, KARNE-KEIJO, macaxeira, carne-de-sol. Mangueiras em flor, espessas, fartas, esparramadas como mães gordas, lavadeiras nos pequenos açudes. Mergulhar no frescor, fingindo que não olha as coxas das mulheres, elas fingindo que não te observam a fingir querer. Rio Tracunhaém, caminhões de abacaxi, cheiro doce no ar. GOIANA, casas geminadas, iguais imensa extensão, velhas residências das usinas, grades nas varandas, tevês ligadas em plena tarde, cadeiras na calçada. O Brasil calmo, indiferente ao tempo veloz, o Ganhador sente-se bem, cochila. João Pessoa.

Na posta restante:

— Tem sim, tem um pacote para o senhor, precisa pagar armazenagem. Conheço sua cara, acho que sim. O que o senhor é?

— Cantor.

— É isso! Nas chamadas para o Festival Maior, imagine, Deolinda vem cá, olha o moço do festival, nossa, o senhor parece tão bravo! Como se chama mesmo a música?

Caixa de madeira envelhecida, arabescos, cores desbotadas. Bilhete de Candelária:

"Esta é a virgindade de mamãe. Como se pode ver, não existe, as peles do hímen, se aqui estiveram um dia, se desvaneceram, porque assim é com o tempo. O que prova: virgindades são metafísicas. Esta é a caixa de Gade, presente que mamãe me deixou, importante para ela, prova de amor por papai. Da camisola ensangüentada restaram os trapos com leves manchas. Se não sabe, e não pode saber, nada tem com isso, são costumes ciganos, nem sei se são mais, não estou ligada ao meu povo, aquilo que foi o meu povo. Mamãe nunca me disse de modo claro, precisei ler e perguntar e duvido que esteja te passando correto, o que posso dizer é que na noite de núpcias não é o marido cigano que desvirgina a mulher. São as madrinhas que, penetrando num quadrado formado por lençóis perfumados, despem a noiva e enfiam o dedo, rompendo a membrana. O dedo é limpo na camisola que o marido recebe, deve guardar. Minha mãe sonhava com a cerimônia do Gade para mim. Pensou, as matronas metendo o dedo e não encontrando nada? Bem, a caixa de Gade foi importante para a velha, é para mim, e quero te dar uma coisa que seja importante, signifique. Espero que entenda. Se quiser, venha trabalhar comigo. Não te espero fazendo bordados como Penélope, ó Ulisses insensato. Se cansar um dia, venha. Tenho andado pelo Brasil, como você, mas aqui é o meu lugar. Só garanto que dormirá no saco de viagem. Mantenho minha decisão de castidade".

Ah, é? Na carta diz uma coisa, mas quando telefono, nem atende meu chamado, vá te foder, Candelária!

No banco, a ordem de pagamento, boa quantia. Mesquinha, a peituda mística nunca foi. Pode ter perdido uns parafusos. O Ganhador retirou o dinheiro, gosta de sentir que tem. Para a praia, leva a caixa de Gade. Deixa no chão, limite da arrebentação. O mar virá buscar. *Tenho de me restaurar. Deixar a dissimulação, imagem falsa invertida. Como é que a Hilda Hilst dizia? "Túnel Vazio/Dando pro todo que caminhei."* Entre o bar e a praia, avenida. A criança brinca com o caminhão. Madeira, feitura caseira, puxado a barbante. Vai e volta, buzina, rum rum rum rum, feliz. Nunca o Ganhador se sentiu tão bem-disposto. O vento joga a areia com violência, os grãos machucam a pele. O rosto da mãe do Ganhador se dissolve de vez. O tio tinha feito questão de levar o corpo de volta à cidadezinha. Não queria deixar a irmã feito indigente, perdida no cemitério monumental de São Paulo. O único que sabia onde estava o túmulo. Quando abriram a laje, o caixão estava. Semidesfeito e o corpo intacto. Que lindo. O rosto da mãe, inteiro. Sem a cor esmaecida do dia em que morreu. A mãe linda como Brigitte Bardot. Olhos cerrados, serena. Já habituada a estar morta. O vento bateu. O rosto se desfez em pó, restando os ossos.

Funcionário da prefeitura, radinho no pescoço. Cata latas, palitos de sorvete, copos plásticos jogados na praia. O menino puxa o caminhão, beiradinha do asfalto. Depois da música do James Taylor, o locutor: "As previsões indicam: a Reverenda Candelária será a senadora mais votada das próximas eleições. Aqui em Brasília, a tenda dos Parceiros do Amor obtém freqüência muito maior, muito muito muito muito maior que a obtida pelo Vale do Amanhecer, nos tempos de Tia Neiva. A candidatura de Candelária foi o resultado natural da influência que exerce sobre políticos. Que acorrem em peso, peso peso, para ouvi-la, e se aconselhar. Principalmente na área econômica. Cabeças de todas as tendências se cruzam amistosas em sua tenda. A única estranheza em relação à Reverenda foi o fato dela ter se insurgido, violenta, contra a campanha da Secretaria da Saúde destinada a debelar a praga, nova e inexplicável, surgida na capital: milhares de aranhas negras e vorazes que têm apavorado a população. Ouçam, agora, *Vaca profana*, com Gal Costa".

Um carro, veloz. Sobre o caminhão que o menino puxa, quase no acostamento. Esmigalha e se vai. O menino, com o cordel na mão, olha. O brinquedo esfacelado. O pai corre, puxões de orelhas, tabefes. "Vai ficar de castigo, ninguém mandou brincar na estrada".

Estender a mão, discar. Maria Alice vai atender? O Ganhador treme, boca seca, lábios rachados. Fixado no orelhão amarelo. No bar *Bosque do Sonho*. Perto do Farol, ali onde a América fica mais perto da África.

> JUSTIFICAÇÃO DE IMPROPRIEDADE:
> *Mau exemplo de conduta paternal*

SOMENTE UMA MULHER PODE SER PAI

— Puxa! Até que enfim!
— Alô? Quem fala? Alô?
— Maria Alice está?
— Não, saiu!
— Bem, ao menos mora aí.
— Quem fala?
— Massi.
— Sei, sei, sim, o célebre Ganhador. Sou Deborah.
A garganta dele travou, a mão a suar.
— Primeira vez que nos falamos, não?
— Algum dia teria de ser primeira.
— Por que me evitava?
— Eu? Te evitava? Não me conhece. Não falava porque não tinha nada pra falar!
Devagar, não se precipite. Sonde o terreno, maneiro.
— Para que a animosidade?
— Nenhuma animosidade, meu tom é este.

— Seca assim?
— Se me acha seca...
— Temos de nos entender.
— Alguém está se desentendendo?
— Afinal, estamos ligados, temos pontos em comum
— Temos?
— Maria Alice e a criança.
— A criança! Acaso se interessa? Nem perguntou se é homem, se mulher!

Te pegou, você nunca foi bom em discussão, deixa flancos abertos.

— Desculpe, estou cansado, viajei muito, bebi um pouco. Esta conversa não é fácil pra mim, faz meses que espero chegar aqui, estou confuso. Tenso.

Malandro, essa voz amolecia Maria Alice, você se enfiava debaixo das asas dela, se acomodava.

— Está em João Pessoa?
— Num orelhão.
— Por que não disse? Detesto telefone. Venha pra cá. Venha ver a menina!
— É menina? Posso vê-la?
— Tenho certeza de que me acha um monstro!
— Não, não, por favor! Eu te disse, estou nervoso, desculpe.
— Venha almoçar. Vamos à praia antes, tomamos um sol. Maria Alice foi ao pediatra. A vida é boa nesta cidade, a última do Brasil. O resto emerdeceu. Pega o endereço.

O garçom demora com a cerveja, escorre devagar. No ritmo dele. Até o vento é lento, agita preguiçoso as palmeiras, levanta a areia. O Ganhador transpira, não é calor. Tem medo do encontro, vai se municiar. Tomar muitas, enfrentar Maria Alice. Como estará agora? A última vez que se viram foi no barco, em Barra Bonita, interior de São Paulo. Emprego temporário, durou um mês, experiência da companhia que explora os barcos na eclusa do Tietê. Tentativa de atrair fregueses.

O Ganhador tinha apanhado o segundo lugar no Festival de Barra Bonita. O pessoal dos barcos não quis contratar o primeiro, sujeito do Rio, pernóstico. Ficaram com o Ganhador. Aliás, até hoje ele considera a música de Barra Bonita, *Circo em águas dançantes*, sua melhor composição. Ficou cinco anos na gaveta, de repente desencalhou. Podia gravar, Maria Alice deixou João Pessoa, foi para São Paulo, buscar um vídeo, o resto de livros e discos. Dali a Bauru visitar os pais, e como é perto passou por Barra Bonita, para conhecer a barragem. Torceu por ele no festival, agitou como nos velhos tempos. Uma noite, no barco ancorado, escuro, fizeram amor, sobre a mesa de almoço. Um e outro pássaro piando na margem, as luzes beira-rio, o parque de diversões, a eclusa ao fundo. No salão, o outro lado do rio, um baile, a orquestra tocando músicas de cinqüenta, o cantor com péssima pronúncia assassinava *Caravan*. *The mistery of fading lights, ou seria nights?* O Ganhador reviu Rosicler, o parque, a barraca de tiro ao alvo. Maria Alice, diferente. Iluminada, entregue, rindo muito.

"Sabe o que fizemos? Não imagina? Não, não. Mais do que transa. Acabamos de fazer um filho!

Qual o problema? Não quer um filho?

Deixe por minha conta. Não quero nada de você, fique tranqüilo, não se assuste.

Por que os homens se assustam com um filho?

Não me venha com responsabilidade, o mundo horrível do futuro, a insegurança do país. Tudo besteira!

Sei, não precisa me lembrar, ser indelicado. Tenho trinta e tantos anos, falei com minha médica, não sou inconseqüente. Aliás, o inconseqüente sempre foi você!

Deborah? Vai gostar. Também quer. Não tomei a decisão sozinha.

Agora, tenho alguém.

Discutimos muito, muito muito muito muito. Coisa pensada!

Traição contigo? Logo você? Não me venha com colocações moralistas! Nunca foi babaca na vida!

Gozamos gostoso, sempre gozei gostoso contigo. Por que não ficamos juntos?

Porque me apaixonei por Deborah, estou numa boa, é uma relação cuidada, tensa, complicada, amorosa.

Vou gostar de você até o fim da vida, apenas não suportaria viver ao teu lado até o fim da vida. Duvido que alguém sadio e normal consiga viver com outro até o fim da vida.

Esta é a última vez que fizemos amor. Não por nada, fidelidade, ou coisa deste tipo, só que não me interesso mais por penetrações, entende? Sou outra, renasci. Temos tanto a conversar, tanto tanto. Como tenho certeza de que fizemos um filho? Mulher sabe. É o que se passa no meu ventre, no estômago, a taquicardia que me deu. Muito emocionante, faltava uma criança, Deborah e eu passamos dois anos a falar nisso.

Dois anos a refletir. Talvez tempo demais, quase desistimos.

Quando decidimos que seria bom, passamos para outra fase. Com quem? Claro, duas mulheres não geram crianças!

Ela te conhece por referências. Conhece meu carinho, minha raiva. Lia seus cartões, quando mandava, depois parou. Leu suas letras antigas, aquelas que estão comigo. Fiz mal?

Deixei que visse os cadernos, a papelada que está comigo, a tese que nunca acabou. Imagina, ele tentou organizar o material para você, eu disse: deixa pra lá! Ele nunca mais vai mexer nisso.

Deborah resolveu: *você deve gostar desse tipo.* Isso, disse assim, *tipo.* Também pensei que ninguém usasse essa palavra.

Só quem gosta do outro pode variar tanto, tem dia que odeia o Ganhador, tem dia que se preocupa, entristece, toda carinho. Foi um tipo que marcou sua vida!

Não fique vaidoso! A frase dela revelava provocação, ciúme e insegurança, entende? Normal, ninguém tem certeza de nada, tonto! Estar seguro em cima de emoções?

Deborah é a pessoa que quero. Que mais quero, amo!

Estamos fugindo do assunto, você é o maior especialista do mundo em escapar de qualquer coisa séria. Então, Deborah e eu pensamos, e bota pensar nisso, chegando à conclusão: o pai seria você, ninguém mais.

O único com cabeça para aceitar seria o meu Ganhador. Tão porra-louca!

Pensou que bonito?

Uma criança criada por duas mulheres de cabeça incrível, feita por um pai com a cabeça linda. Você não tem responsabilidade nenhuma, caceta! Que responsabilidade? Por que as pessoas fazem tanto drama com filhos? Vai por mim, vamos nessa, embarque, não estrague a noite, que está linda, calorenta, deixa eu lamber teu suor, estou com tesão em você, aproveita, que não vai se repetir mais, e daí?

Babaca, vai! Me dá uma chupadinha das boas, na hora de gozar vou estourar a barragem com meu grito, arrebentar a muralha de concreto, vai ser uma inundação, de porra e gozo, uma atração turística, maluquérrima!"

A dor na nuca. Músculos do pescoço enrijecendo. Nem uma tonelada de álcool traz relax. O ônibus branco listra azul o leva. Poderia ter apanhado táxi, chegaria depressa. Não quer. Será que esta filha conta tanto? O que é uma filha? Curtiu a barriga, o crescimento, a dúvida, homem ou mulher, os exames médicos, o desenvolvimento, estava ali quando a menina deu o primeiro pontapé, se moveu, leu livros dos Spock, Delamare, comprou fraldas, remédios pra dor de ouvido e barriga, saiu correndo à noite pra atender desejos impossíveis de Maria Alice? Existe mesmo isso? Certo dia sonhou que ela queria sopa de tartaruga de Galápagos. Viu o corpo da mulher se transformando, os seios inchando, os mamilos enormes e escuros, a pele distendida, o olhar brilhando? Ficou nervoso na maternidade, ansioso, achando que podia nascer morto, defeituoso, mongolóide, sem braços? Pensou em nomes! Não é deste modo que deve se comportar um pai, o que se espera dele? O que é pai?

No ônibus superlotado, espremido, teve um pensamento. Afastou logo, recusou a idéia, *não, nada disso, é loucura*. Todavia, quando certas situações despontam, acabam se instalando. A idéia vagando. Insuportável como o silêncio que cai sobre a cidade, às cinco da tarde de 31 de dezembro. E, no entanto, tão atraente, quase solução. Por que não admitir?

O ponto é em frente de casa, disse Deborah. Bonita mulher, baixa, expressão tranqüila. *Nada do que vim esperando, uma grossa, machona. Como a gente se deixa levar.*

— Mais ou menos como pensei. Levei certa vantagem, Maria Alice tem fotos. Aliás, tudo que é seu vem para cá, vocês dois são loucos. Só te imaginava mais agressivo, rude. Engraçado...

— Engraçado, o quê?

— Você me dá sensação de desamparo, fragilidade. Como se fosse partir.

— É bom ou ruim?

— Posso saber? Acabou de chegar. Mas gosto de você, me bateu bem, entrou delicado. Como licor de figo descendo pela garganta.

— Também gosto de licor de figo.

— Outro ponto em comum. O terceiro.

— Terceiro? Quer dizer que admite os outros dois? Naquela hora reagiu!

— Normal! Te detestei ao telefone. Antipático.

— Adoro telefone e ao mesmo tempo é uma merda.

— Não gosto, prefiro o cara-a-cara. Tive medo. Há meses tenho medo. Deste dia. Que você chegasse.

— Por causa de Maria Alice?

— Não, nossa ligação é boa, sólida. São quatro anos e nos gostamos de verdade. Nos encontramos no caminho para cá, fugíamos das mesmas coisas, dos prédios, falações, falações, congestionamentos, asfalto, trânsito maluco, violência, gente agressiva e competitiva, neuroses, falta de espaço. Acredita? Entramos no avião desconhecidas, no Rio de Janeiro. Descemos aqui, apaixonadas. E nenhuma das duas, antes, tinha tido qualquer caso com mulher.

— Não estranho nada. Maria Alice é apaixonante!

— Meu último namorado ficou louco, quando não voltei ao Rio. Veio aqui pra matar Maria Alice. Foi barra. Barra no duro! Tão louco que se vinga de modo infantil. Lidera um grupo que arrecada dinheiro e compra todas as revistas e jornais femininos e feministas ou de mulher pelada. Responde todas as pesquisas, manda milhares de cartas, assinando como se fosse mulher. Responde tudo de um jeito que parece que as mulheres estão satisfeitas com o mundo, com os homens, não querem que nada mude.

— Qual era teu medo?

— Que você brigasse, fosse à Justiça, levasse a menina. Qualquer juiz te entrega a menina. Precisava ver o que foi o registro no cartório. Maria Alice perguntou se podia colocar meu nome no lugar do pai. Quase mataram! Além do mais aqui é Nordeste.

— Pensei em rasgar o acordo, mandar tudo à merda. Sei que está registrado em cartório. De que adianta, se é Brasil? Um amigo me disse: não tem suporte jurídico.

— A menina vai crescer legal. Vamos cuidar dela.

— Gostaria de ficar perto.

— Não!

— Por quê?

— Não vai ser bom pra ninguém.

— Que insegurança!

— E daí? Pensa que sou de aço, *tenho a força*, como diz aquele personagem de desenho fantástico? Se ficar, aí vamos brigar. E sou parada!

— Nem vi a menina.

— Deve estar chegando. Maria Alice saiu a pé. Vendemos o carro. O meu e o dela, para pintar a casa, comprar o berço, brinquedos, pagar umas dívidas, comprar um high-tech pra casa.

— E pagar médico, maternidade! Essa bosta custa os olhos!

— Foi parto caseiro, uma santidade.
— Agradável, a casa.
— A varanda, nós mesmas cobrimos. Fizemos tudo aqui. Cortinas, alguns móveis, almofadas, quadros, plantamos o jardim.
— Paraíso?
— Dureza.
— Tive uma amiga que viveu em comunidade, gostou.
— Odeio comunidade, sempre me arrepiei com a idéia. Detestei o tempo que vivi em república de estudante. Tem saco maior que a divisão de tarefas? Aqui, ó!
— Gosto do espaço de vocês.
— Não viu, não entrou! Ficou no portão.
— Um portão com roseira. Quem diria?

Pequena alameda. Terreno curto, canteiros, arbustos, verduras, flores que venceram a aridez da terra amarela. Cores suaves, tons pastel. No meio do caminho, bate a sensação do Ganhador. A de que é intruso. Não devia estar ali. Elemento estranho, a perturbar o estruturado. O tom de Deborah é cortês. Todavia frio, claro: você é visita, porte-se como tal, não ultrapasse limites. Fora, uma vez mais! Excluído do mundo.

— Felizes?
— Estamos bem. Procuramos um jeito de viver a vida sem angústia, se possível.
— E...?
— Ao menos, acabou minha dor de cabeça diária. E também o medo.
— Nem um pouco de medo? Nem com esse país desconcertado?
— Não somos tontas, sabemos o que se passa! A loucura do povo, o compra, compra, compra. O governo perdido, incompetente. O baile da ilha fiscal, diz Maria Alice. Para mim, lembra os anos trinta nos Estados Unidos. O país desmoronando, falido e todo mundo dançando charleston.

— Não temos charleston! A moda é pagode.
— Olha lá! As duas!
Ainda uma sombra indistinta, no fim da rua. A imagem peneirando ao sol, fora de foco.
— Invejo. Nunca tive casa, tive nada, nem quis saber de empregos, achando que estaria livre, sem medo, por não ter nada a perder. E tenho medo. Não sei do quê.
— Isso, não saber do quê! Maria Alice disse que você foi casado um tempo.
— Com a garçonete? Ah, sim, esqueci, melhor esquecer. Se bem que nos últimos dias tenha me lembrado dela. Vivia pintando as unhas dos pés e das mãos, o dia todo. E tinha uma coleção de calcinhas impressionantes, mais de quatrocentas, lavava aos montes, estendia no varal, pareciam bandeirolas. Até que era bonito. Certas coisas eu não soube ver na hora (*Por que invento estas histórias? Quem tinha um mundo de calcinhas era Silvana, a mulher do Ludomiro*).
Pela calçada, devagar. Perto do meio-dia. O carrinho azul protegido por sombrinha estampada. O andar de Maria Alice, mudado. Antes, rápido, curtinho, em dois minutos chegava à esquina. Agora, desliza despreocupada. O vestido solto, confortável. Bege e fresco. O Ganhador não vê bem, ela caminha escondida por uma nuvem de contentamento. Alegria que a envolve. Como que empurrada. É o que ele sente. Acena, de longe, o rosto rasgado de prazer. Um abraço inteiro, entregue, ligeiro roçar de lábios.
— Magro! Como está magrinho!
O Ganhador olhou para a menina, no carrinho. Desviou a vista. Ainda não era o momento. De contemplar a filha. Besteira, que momento é esse? Vai, olha. Quer ver, primeiro Maria Alice. Diante dela fica desengonçado. Ainda mais com Deborah. A outra vigia, ronda, rosto aceso. Há desconfiança, o Ganhador repara, não é novo na vida.
— Vamos fazer boas comidas, moquecas, siris, camarões, aipins!

— Ao menos, um lugar onde se encontra alguma coisa. O país das prateleiras vazias.

— Não compramos de supermercados, nem açougues, estão quase todos fechados. Parece guerra. Vamos direto aos barcos, gente que nos conhece, temos uma plantação no fundo. Mas está difícil.

Duas bicicletas no copiar. Uma árvore de folhas redondas, brilhantes, se debruça sobre o lado esquerdo da casa, toda sombra. Balanço, um banco, ganchos de rede. Sombra e luz divididas, blocos sólidos e distintos. A sala de poucos móveis. Garrafa de água sobre a mesa. Numa cortiça, na parede junto à janela, fotos e recortes. De vídeos feitos por Deborah. Antigos festivais vencidos pelo Ganhador. A única crítica que saiu ao livro de poesias de Maria Alice, vendido de mão em mão, nas portas de teatro, cafés, pipoqueiros, restaurantes. O artigo esculhambou, mas não foi por isso que ela parou. O prêmio ganho por Deborah pelo melhor comercial do ano na região nordestina. Fotos das duas: numa praia, na calçada, dançando numa festa, na aula de ginástica, sentadas no capô de um carro, lambendo um sorvete só, brincando de empurrar pneu, infalíveis caretas para máquinas instantâneas automáticas, mãos dadas, de costas, olhando uma baleia sendo puxada para o cais e retalhada em Cabedelo. Um close nebuloso (ampliado demais?) dos olhos do Ganhador, cheios de lágrimas. *Quando chorei?* O mural: mundo das duas, na qual ele figura por acidente. *Porque minha vida tem sido isso, acidental. Periférica.*

— Nem viu Maria. O que há?
— Se chama Maria?
— Por enquanto.
— Como, por enquanto?
— Você é um tipo engraçado. Viu? Estou usando as palavras de Deborah. Uma vez me contou de uma amiga de infância, cujo pai não dava nome aos filhos. Porque quando crescessem poderiam escolher o nome que quisessem.

— Contei essa história, é?
— Não era verdade?
— Vou me lembrar de tudo que te contei? Se não for verdade, é uma boa idéia. Eu, por exemplo, detesto meu nome, odeio, queria mudar.
— E Maria?
— O nome?
— A menina.
— Bonita.
— Nem bonita, nem feia, ainda não dá pra saber.
— Deixa de onda! Deixa de ser tão pé-no-chão. Era assim que você estragava tudo, Maria Alice. Aproveite! É lindo tudo, bonito demais. O que você sonhava! Desfrute o sonho, enquanto não se acorda.
— E eu que sou pé-no-chão? Como é? Está contente?
— Posso te dizer? Mesmo? Não fica chateada?
— Diz.
— É como se estivesse visitando a casa de um conhecido. Nada tenho a ver com essa criatura.
— Precisa de tempo.
— Não vou ter, vou embora.

Retardava, perdida a vontade de olhar para o berço-carrinho. Disposto num canto sombreado e fresco. De tudo, móveis, paredes, teto, plantas exala tranqüilidade. Nenhuma tensão, a inquietação exorcizava. O Ganhador tenta intuir se há ansiedade por trás do mundo organizado que as duas montaram. E não fareja senão contentamento, o que o deixa um tanto irritado. Ele sempre odiou o mundo organizado. Da cozinha, ruídos familiares, panelas mexidas, talheres batendo em pratos, tilintar de copos, gelo em vidro. Devem preparar alguma coisa para antes da praia. *Estou bem aqui. Como há muito não tenho estado.* Ele se aproxima do berço, Deborah entra com suco de graviola, perfumado.

— E eu não vou dizer: fique!

— Sei que não! E não teria sentido! E hoje é talvez o dia da minha vida em que as coisas fazem mais sentido. Tudo claro, nítido.

— Pode ter certeza de uma coisa, amigo! Foi incrível o que você fez! Muito desprendimento.

— Também, não exagera! Naquela hora foi porra-louquice.

— Agora, não é mais! Acho que ser homem é isso aí.

— Até você, Maria Alice, tem seus momentos de babaquice. Uma frase dessas é de doer.

— Que merda somos! Tão racionais, críticos! Sempre atentos aos lugares-comuns, ao ridículo da vida, à cafonice, ao brega. O medo das palavras. Será que um dia vamos ter idéia do que perdemos, por sermos tão pés-no-chão? Por ver tanto? Sentir vergonha dos preconceitos, dos pequenos preconceitos intelectuais, dos gestos vulgares, da nossa condição classe-média?

— Virou discurso...

— Estou abandonando, relaxando, soltando o corpo. Mudando. Só trabalho quando preciso de dinheiro, nem me interessa se é dia da semana ou domingo. Vou vivendo. Vamos pra praia?

— Não. Quero ficar sentado naquela cadeira de balanço da varanda. Vão vocês, olho a menina.

— Menina! Por que não diz Maria?

— Olho Maria. Vou ser pai, por meia hora.

— Fingido, te conheço. Mas é assim, a gente estranha, é uma situação nova! Depois se acostuma. Incomoda, no começo.

— Aprendi a viver com situações novas a cada quinze dias.

— Vive? Ou pensa que vive? No fundo, é tudo igual na tua vida, meu amor.

Maria dorme. O Ganhador passa a mão pela cabeça macia da menina. Cuidado, bebês tem moleira, se afundar mata! Ele acaricia a pele, queimada de leve. Sobre a mesa, minima-madeiras, com água fresca e suco de pitanga, vermelho. Faz cócegas no pé da menina, ela se contrai, sem acordar. Tem vontade de dar um beliscão. É desejo que vem de criança, querer judiar de bebês indefesos. Até os doze anos, teve um sonho, que o perseguiu, recorrente. O pai o enfiava numa assadeira, colocava no forno. Assado, ia para a mesa, amigos da família ansiosos por devorá-lo, a pele tostada. Não havia dor, somente uma profunda pena dele mesmo, e o medo de ver os pedaços serem trinchados, um braço para este, dedos, pernas, orelhas. Ficava ansioso, esperando o momento em que um garfo seria espetado nos seus olhos, arrancando-os das órbitas. *Olhos tão bonitos*, diz Rosicler, a menina mais linda que ele conheceu em sua vida. Somente Maria Alice, depois, o impressionaria tanto, ao encontrá-la no saguão do teatro Record, para ver o show de Mahalia Jackson, os dois amarrados em jazz. Ela, dezoito anos e petulante, despachada, *gostei de você, vamos ao Riviera tomar chope*. Nasceu tudo nessa noite.

Através das janelas, acompanha as duas. Na praia, junto a uma barraca comem peixe frito, se afagam, bom astral entre elas, bom para Maria. O Ganhador apanha a mão diminuta da menina, dedos frágeis agarram os seus, *sou pai. Só que na primeira dor de ouvido vou me apavorar, sem saber o que fazer, uma caguira dos diabos*. Se vê tomado por impressão de banalidade, vácuo. Percorre a casa limpa, asséptica, e no entanto não desagradável. No depósito atrás da cozinha (forçou a fechadura, sempre de olho nas duas, lá fora) encontrou seus livros, velhos discos 78, 45, compactos, papéis amarrados, a letra ilegível, *pensar que escrevi tudo isso*. Levou para o quintal: cartas, fotos, foto-montagens falsificadas por um amigo que trabalhava em estúdio fotográfico, diários de viagens, Gandavo, Saint-Hilaire, Spix e Martius, bilhetes, convites, cartões, panfletos, cadernos. Num deles, o trecho de Emanuel Pohl, sobre o qual seria montada a segunda parte da tese: "[...] reclamações de que os índios, que já foram empurrados da maior parte do Brasil, possuem as melhores terras e devem ser aniquilados e que o Rei deveria enviar auxílio para a exterminação desses bichos (é este o nome que dão aos pobres índios). Que eles eram uma praga para a humanidade e que só com o seu extermínio total poderia o Rei satisfazer e enriquecer os seus súditos. Escutam-se tais opiniões em todo o norte de Goiás mesmo entre sacerdotes ilustrados". *Viagem no interior do Brasil*, 1817-1821. Nenhuma idéia de como pensou em redigir o trabalho. Se é que teve idéia! Acendeu o fósforo, deixou que se apagasse. E assim com a caixa inteira. Não teve coragem, removeu tudo. De volta ao lugar. Percorreu as estantes, os livros de Maria Alice sobre mesas, *O corpo fala, A divina proporção*, de Huntley, *A idéia da justiça*, de Kant, *A cidade sitiada*, de Clarice Lispector, *As brumas de Avalon, A imagem e outras histórias*, de Isaac B. Singer, uma frase anotada: "*Nada é tão violento como a violência do amor. O homem está empenhado num caso de amor clandestino com o Anjo da Morte*". Uma frase do filme *Spartacus*, emoldurada. *Em Roma a dignidade encurta a vida das pessoas, mais que doença.* Maria Alice riscou Roma, colocou Brasília, por cima. Ela não mudou. Sentou-se, fatigado, ao lado do berço, adormeceu em paz. O pensamento que tinha ocorrido no ônibus, cada vez mais forte. Era, uma decisão.

— Cuidei bem dela?
— Foi ótimo. Você é adorável. Em dose curtas.
— Entendi. Vou ficar pouco.
— Não disse com esse sentido. Brincava! É duro conviver contigo.
— Não vivemos mal. Nosso tempo.
— Nem vivemos. Um pedaço aqui, outro ali, cinco viagens, duas ou três passagens pelo que era sua casa, se é que considerava aquele lugar sua casa. Outro pouco depois do internamento, uma longuíssima desaparição, sem ao menos dizer: tchau! volto! não volto!
— Não houve tempo, tive de sumir depressa, o homem

que procurava, estava perto, ia me matar, você viajava, deixei um bilhete.

— Deve estar numa das caixas. Nunca vi.
— Quase toquei fogo em tudo, hoje.
— Podia! E me desocupava a casa, tudo traste.
— Se é assim, jogue fora.
— Claro, eu! Sempre eu! Se eu puser fogo, você se sente melhor. Se desobriga.
— Não quero brigar, Maria Alice. Vivemos repassando a vida, desde que nos conhecemos. E, ao repassar, será que vivemos? Quantos anos faz que vamos e voltamos?
— Agora, só vamos. Não voltamos mais. Encontrei meu caminho. E você?
— Acho que vou indo. Como bom brasileiro. Com a esperança em coisa alguma, a confiança no nada, vivendo do vazio. Somos peritos em sugar o vazio.
— Já decidiu? Está mais do que na hora.
— Só quero sobreviver ao naufrágio geral.
— Continua bom para frases. Aliás, também para letras. Vi a tua canção na eliminatória do Maior.
— Viu?
— Gostei, mesmo! Enfia na cabeça que tem talento, e vai em frente.
— De verdade?
— Comentei com Deborah. Quando ele acerta, dá na cabeça. Gravamos. Os versos são perfeitos, tudo enxuto, muita simbologia. O festival vai te levantar.

Os dias. A ver e rever o tape da eliminatória. Não se achou tão mal. Passeios, horas quietas na praia deserta. Chegavam com a roda do sol para se pôr, saíam na boca da noite. Preparavam comida, inventando. Acostumado a fios e instalações, tentou colocar em ordem o freezer e o forno microondas que elas tinha trazido de Manaus. Para facilitar tarefas de casa. Comidinhas congeladas, resolvidas de modo rápido no forno. Não deu certo, problemas de reciclagem ou voltagem, precisava regular, coisas assim. Não havia técnico na cidade para reciclar, abrir. Uma noite, incomodado, o Ganhador teve consciência clara do que fazia falta: os mil pequenos barulhos que nunca cessam, ruídos mecânicos, que se tornam necessários, imperiosos para a vida cotidiana. E que se impregnaram à pele. A cabeça habituada, de modo que sua ausência termina num zumbir contínuo, pior. Descobriu com alegria que levava uma vantagem. Enquanto a maioria das pessoas faz deste momento a programação para o seguinte, e do seguinte a programação para o outro, ele se deixa levar, na certeza de que, se o momento próximo não existir, ele terá vivido este, e não apenas programado. Habituou-se com o vazio do horizonte, depois de verificar que vivemos condicionados a pequenos espaços, terreno estéril em torno.

Na tarde do vigésimo segundo dia, as duas na praia, como de costume. Ele, com Maria, na varanda. A ouvir o estranhíssimo disco que um amigo de Maria Alice mandou da Inglaterra, *Funerailles*, de Ferneyhough, dificílimo de acompanhar, entender, e nem por isso menos fascinante. Um provocador. A menina dorme, apenas de fralda. Não as descartáveis. Fralda de pano, delicado, tecido leve. Melhor que durma. Tinha medo de ser obrigado a pegá-la nos braços, representar o pai. É desajeitado. Inclina-se, quer o cheiro forte e particular dos bebês. Sente-se excitado, da mesma maneira quando ia fingir que não olhava as coxas das lavadeiras do rio. Quem sabe é o barulho das ondas. Nada de diferente nesta menina de dois meses e meio, aparência saudável. Sua filha. Mas também, pode não ser. E se fosse uma boneca de loja, perfeita, que fala, faz xixi, pede chupeta e mama? Ou a filha de um conhecido que o convidou para padrinho? Por que ele não se emociona, putamerda? Não sente nada. Será assim? Pode ser sua filha ou alguma menor abandonada. Encontrada numa caixa de chapéus ou lata grande de Toddy, deixada à porta. Minha mãe jurou pela sua alma que eram invenções maldosas do farmacêutico e do espanhol. Que nasci do seu ventre. Que diferença faz? Remorsos. Culpa-se, *sou um monstro*. Desalmado. Homem insensível. Seria insensibilidade? O tempo todo tentou se imbuir dessa condição, a de pai. Olhava para os outros, conservava, investigava, lia. Procurava em si lembranças do relacionamento paterno, interrompido sem explicações. Sem reconstituir imagem alguma, sem formar sentimento. Porque não é deste modo que funciona. *Cheguei aqui disposto a lutar pela minha filha, um paladino, e não há filha alguma. Para mim. Sem choros, nem velas, nem fitas amarelas. E se as duas perceberem?* O que esperam dele? Nem sequer comprou um presente para a menina, tão atordoado. Medo que elas notem o vazio que bate. *Meu deus, descobri. Não sou nada além de um intermediário. O que fiz qualquer um faz. Não é preciso muito. Até um débil mental, lunático, pobre coitado! Não é necessário amor, imaginação, talento, inteligência. Um pouco de desejo é suficiente. Será por isso que me sinto mal? Sou tão pouco dentro do processo: isso é um filho? Maria Alice teve a criança dentro, sentiu, alimentou, fio do sangue dela que a menina se desenvolveu. Corpo a corpo, pedaço mesmo, real. E Deborah ao lado. Quem sabe mão na mão, olho no olho, a mão sobre a barriga, vendo, escutando, percebendo os movimentos, vendo crescer. Engraçado, sei por que o vazio. Deborah é capaz de sentir melhor, porque também ela pode produzir uma criança. Tem... como dizer? Tem os instrumentos, a aparelhagem. Está preparada. Identificação. Posso estar confuso, admito, mas agora compreendo como elas se sentem. Deborah pode ser mais pai. Ou mai. Pãe. Ou qualquer que seja a palavra inventada. Precisamos de novas palavras. Há sentimentos novos, recém-descobertos, nunca nomeados. Situações originais, senão inéditas, assumidas. Às claras. Não, não tenho nada a ver com esta menina, nenhum amor por ela. E estou aliviado, não sou monstro. Nenhuma vontade de criá-la, tro-*

car fraldas, preparar mamadeiras, limpar seu cocô, acordar de noite com ela chorando, embalar nos braços. Falta o essencial para isso. Seja lá o que for esse essencial! Agora, neste momento, não tenho, não está em mim. Sou o amigo, um padrinho, satisfeito por ver o fruto bonito, bem feito. A menina é delas. Meu deus, quanto tempo rolei por causa deste acordo, infeliz por ter assinado um papel tolo, dizendo: declino de toda responsabilidade, prometo jamais reivindicar paternidade. Como se tais coisas se reivindicassem, fizessem parte de papéis. Papel queima, rasga, se acaba.

Da cadeira, observa as duas na esteira, trocando de posição de tempo em tempo, para aproveitar o sol. A praia vazia, elas soltaram os sutiãs. Tem certeza de que esta casa é lugar para se voltar, ficar um tempo. *Tudo o que quero é poder me sentar, nesta praia, a qualquer hora. Chegar no quebrar da barra, ficar até a boca da noite. Esquecer. Eliminar a memória. Cancelar o futuro cancelado. Me encharcar de luz, mergulhar na água fria, provocar um choque em meu corpo. Levantar um dia dizendo: vou me embebedar e tomar até à noite, continuar. Ver esta menina crescer... Não, não vou interferir... não vou reivindicar nada... nem quero... posso ser pai, sem as chatices paternais... passear com ela, ouvir seus problemas, sofrer... Não, por que pensar em sofrer? Porra!*

A tarde acabou. Elas voltam. Transpirando. O Ganhador dormita, a varanda fresca, protegida pela sombra da árvore de folhas redondas. Maria Alice coloca a caipirinha em suas mãos. A noite está equilibrada, perdeu a inclinação. Por quanto tempo?

— Devia ter tomado sol, vitaliza.

— Vou dar um presente pra Maria.

— Ah, está bem de grana? Até que enfim, me alegro!

— Tenho dois bois, em Corumbá. No sítio de um conhecido. Quero vender e passar o dinheiro para ela.

O silêncio envolvendo a casa, a cidade. *Esse é o único*

som que me interessa daqui para a frente, o silêncio. Vou ao Festival Maior e depois... depois, silêncio.

— Te achei pra baixo, quando cheguei. Agora, está com a cara boa!

— Foi importante vir. Nunca vou conseguir definir direito, conhece minha incapacidade pra emoções.

— Você nunca foi incapaz pra emoções.

— E um cara como eu, a querer fazer música.

— Nada a ver, meu querido. Nada a ver.

— De manhã até agora, tenho pensado. O sonho me abandonou ou eu é que mudei? Mudei a trajetória do sonho?

— Você andou em busca de uma perfeição que não existe. A gente substitui devaneios, à medida que se torna possível ou impossível realizá-los. Vamos fazendo retificação do rumo. Acabamos chegando.

— Inteiros ou em pedaços? Atrás da perfeição, ora.

— Aceitar o real. Isto é amadurecer.

— Que merda, amadurecer! Quem sabe? Mas tenho uma pergunta. Que nunca vai ser respondida, Maria Alice. Continuo à procura. Porque tudo em minha vida fica no ar, indeciso.

— Como você.

— Pela primeira vez, sei o que quero. Outro dia, naquele bar, sentindo o vento, vi o rosto de minha mãe desaparecer. O rosto que me perseguia. Antes, eram sonhos, você se lembra, eu acordava de noite, ela dentro do quarto. Depois, ficaram as visões, incompletas. Perdi o rosto dela, nunca mais reconstituí. A não ser agora pela manhã. Olhando Maria. São os traços de minha mãe.

— Você nunca se conformou com o acidente. Negou.

— Foi de repente demais, eu era criança.

— Adolescente.

— Quando cheguei, ela estava morta, o caixão lacrado, o tio não me deixou abrir, estava irreconhecível. E agora, Maria.

— Se te faz bem pensar assim!

— Falta uma pergunta, Maria Alice. E quem vai responder?
— O que é?
— Por que não fui alguém?

O HOMEM DA BALA DE GOMA

Mentiras, nada mais que mentiras. Falsos os filmes em que detetives descobrem criminosos através de deduções lógicas, raciocínios com pistas que os espectadores comuns não percebem. As histórias policiais são enganosas, ludibriam o leitor, a vida real é diferente, temos que contar com a sorte, coincidências e acasos. Na sala da pensão, observando o velho de chapéu que detém o controle-remoto da tevê, não deixando ninguém ver outros programas, a não ser os que ele prefere, o homem gordo e ágil reflete sobre suas andanças. Não é desânimo, nem cansaço. Obsessões não são vencidas pela fadiga, nem contrabalançadas por depressões. Ao contrário, elas se alimentam, se reciclam em si mesmas. O homem gordo gasta o que consegue roubar em pequenos assaltos a bares de subúrbio. Ou esperando durante horas diante de uma casa com jeito de mansão. Mas os ricos usam cheques e cartões. Ele se insinua junto a pacíficas cinqüentonas nos ônibus ou na feira. E quando se vai, elas olham a bolsa. Cadê a grana? Um talão de cheque especial, com três folhas, rendeu bem. Basta saber usá-los, não descontar quantias que possam despertar suspeitas.

O homem gordo seguiu todas as pistas que obteve de modo rudimentar. Precárias, é verdade. Chegou a alguns festivais com um ou dois dias de atraso, quando as notícias ainda estavam frescas, com o retrato do Ganhador, segurando a taça do primeiro ou segundo lugar, às vezes um prêmio especial de participação. Em Capivari lamentou a má sorte. Chegou na noite de abertura, mas o Ganhador não compareceu. *Não foi convidado ou não se inscreveu este ano,* informaram os organizadores. *Ainda bem, estamos um pouco cansados de sua música.*

Durante um mês, voltou a dormir em chicholas, bancos de igreja, cabines de caminhão, abraçado a motoristas suados que cheiravam a gasolina e lingüiça calabresa. Uma noite, sentou-se na recepção do Hotel Paramount, em São Paulo. Tentativa frustrada, o Ganhador não estava ali.

— Não temos nenhum compositor, apenas um escritor que se hospeda sempre aqui. Aquele magrinho, barba rala, de óculos escuros. Parece que também é professor. Não serve?

Cansado, o homem gordo e ágil sentou-se e apanhou uma revista. Adorava revistas velhas de hotéis, dentistas e da biblioteca da prisão. Abriu uma sobre aeronáutica, sem data, publicação picareta, criada para sacar anúncios de companhias que precisam descarregar impostos. A chamada de primeira página queimou os olhos do homem gordo: SEGUNDO FESTIVAL MPB DE SÃO JOSÉ. PRÊMIOS INCRÍVEIS!

Sim, finalmente. Lá estava o retrato do homem que ele procurava. Mas de quando é esta revista? Merda! Tentou telefonar para a redação, não conseguiu informações, as telefonistas não sabiam do que ele falava, ou quem organizava. Ligou que ligou, caiu no vazio. Bem, o jeito é pegar um ônibus. Acostumado às vias-sacras de hotéis e pensões. E assim foi, até chegar nesta espelunca, onde o procurado esteve, conforme garantiu o quitandeiro vizinho. *Este homem comeu dúzia e meia de banana prata, sozinho. É o mesmo, tenho certeza, tem um braço só, saía ao cair da tarde, quando eu estava fechando e não tinha quase mais nada. Quatro dias seguidos comeu um porrilhão de bananas. Daqui ia para o Banhado, não sei o que viu naquele amontoado de hortas.*

O dono da pensão não reconheceu o retrato da revista, não deve ser foto nova. Também, o homem está para lá de decrépito, não se lembra de ninguém e não tem registros.

Cantor, disse o velho, *é com a minha filha, quarenta anos e matusquela, vive recortando fotografias, comprando discos, batendo perna no mundo.* O homem gordo soube que o festival já aconteceu, faz um mês. Mas tem certeza de que está perto, é um faro. Ele quer apenas estabelecer um ponto mais concreto a partir do qual possa trabalhar. À medida que fracassa, aumenta a irritação. O ódio a si mesmo provoca alergia de pele, se empipoca todo. Ao se contemplar no espelho, o que adorava fazer, dava tapas no próprio rosto, torcia o nariz, espumando de raiva, xingando-se de incompetente. Tem dias que imagina: o homem que procura desapareceu naquela região de sombras que domina sua memória, além de um limite.

Um dia, ele se deu conta de que suas lembranças atingiam certo ponto, não ultrapassavam. E o ponto estava situado no máximo quinze anos atrás. Além dele, o vazio. Por mais que pensasse, trabalhasse, não avançava, nem conseguia penetrar. Como se ele não tivesse existido antes. *Mas existi. Quem fui? O mesmo que sou? Certo que não, há um outro mergulhado nas sombras, desconhecido de mim. Este outro me assusta mais do que o homem que procuro e tenho de encontrar. Para poder me salvar. Este homem que esconde o que preciso, e vai cancelar a fronteira, provocar o encontro daquele outro (que sou eu) comigo.* Tudo confuso, o gordo e ágil admite. No entanto, o que pode fazer, se os pensamentos dele atravessam labirintos?

Um semana depois, cansado de esperar, o homem gordo e ágil penetrou no quarto da filha do dono. Decorado como o de uma jovem adolescente – do tempo dela – com tons rosa, colcha drapeada na cama, guarda-roupa todo arrumado. Os sapatos em caixas, empilhadas cada uma com uma anotação: para o cinema. A missa. O dia-a-dia. A feira. Casamentos. Chá da tarde. Primeira comunhão. O gordo remexeu, descobriu uma folha com autógrafo, envolto num celofane. Encontrou a foto, recente, reconhecendo que o Ganhador não tinha mudado muito. Por via das dúvidas, apanhou, levou a um estúdio fotográfico, desses que fazem casamentos e 3 x 4, e pediu uma cópia. Pagou dobrado pela urgência. No dia seguinte, devolveu aos armários. Encontrou o disco gravado, ouviu, achou uma porcaria. nada diferente do que se vê na televisão, se ouve nas rádios. Lixo, lixo! *Não existem mais canções como as do meu tempo, como era mesmo?* Engraçado, por que o homem gordo não consegue se lembrar? Aquela música fica na ponta da língua, pronta, e não sai.

Uma tarde, vendo desenhos ao lado do ranzinza que não tirava nunca o chapéu, ele viu a mulher entrar. Na hora do jantar, pediu licença amavelmente. Quando queria, era uma jóia de delicadeza. Puxou conversa.

— Não, não sei por onde ele anda! Soubesse, estaria lá, é a pessoa mais linda do mundo.

— Como é que alguém pode viver desse jeito, andando sem deixar rastro? Como se faz para se comunicar com ele? Se a mãe dele morrer, ou o pai? Ou se alguém quiser que ele faça um show? Ninguém pode viver sem endereço, um ponto de referência.

— Pois ele vive. Ou melhor, tem um, acho que é em João Pessoa. É tudo que sei. Quanto ao pai e mãe, não se preocupe. A mãe morreu, o pai acho que também. Ou desapareceu.

— Morreram, é?

— O pai acho que nem era pai, ele foi criado por um tio, sei lá, ele falou muito rápido. Quem conviveu mais com ele foi a Selene.

— Selene? Onde posso encontrá-la?

— Poder, pode, mas não adianta. Ela está em Lugar Nenhum.

— O que é Lugar Nenhum?

— Isso aí, enlouqueceu, coitada! Diz para todo mundo que tomou o bonde para Lugar Nenhum.

— Merda, merda, merda!

— Parece que precisa mesmo encontrar o Ganhador.
— Demais, minha vida depende disso.
— Sei o que o senhor quer dizer, sendo em relação a ele. Tem pressa?
— Alguma.
— Se não tiver pressa, espere o Festival Maior.
— Aquele da tevê?
— Sim, ele foi classificado, entrou na primeira eliminatória. Quer ouvir a música? Tenho gravada. Letra lindíssima, tem chances.
— Festival Maior, é?
O homem gordo levantou-se, foi à mesa do velho ranzinza, deu uma porrada violenta. O chapéu voou, longe.
— Aprenda a ser educado. Comer de chapéu, não! Não na minha frente, nem dessas senhoras! Passar bem!

Espera que a toalha do Elvis dê sorte?

Rio de Janeiro. Sala de convenções do hotel. Cantores e compositores aguardam. Os famosos, estrelas, dão entrevistas nos apartamentos, não descem. Embaixo, o resto. À espera. Chamados, um a um: o próximo. Sentam-se frente a gravadores, câmeras, repórteres com blocos na mão (ainda existem). Assessora de imprensa distribui release a cada jornalista, depois de perguntar ao cantor: "Seu nome, por favor?" Todos se acotovelam, cada competidor tem direito a vinte e três minutos de imprensa.

O senhor também acha o nome *cruzado* muito feio? Adere ao movimento para a volta do nome *cruzeiro*, que neste momento toma conta, empolgando todo o Brasil? Das cervejas estrangeiras à venda, qual a sua preferida? Aderiu à Crestomania, os que só escovam os dentes com a pasta americana *Crest*? Vai ao analista? Ao massagista? Faz ginástica aeróbica? Dança? Faz expressão corporal? Musculação? qual o seu creme de barba desodorante loção perfume colírio caneta meia sapato cabeleireiro talco pomada para acne uísque vinho conhaque prato preferido comida que detesta? Camisas compradas ou manda fazer com exclusividade? Seu maior defeito? O que não pode faltar em sua bolsa? Cite uma compra que não deu certo? A favor ou contra a pena de morte? O Brasil está mesmo sendo redemocratizado? Aconteceu alguma vez de vir pela rua e ser obrigado a ajudar uma mulher a dar à luz? Como perdeu o braço? Assalto?

Pode nos mostrar uma toalha vermelha que pertenceu ao Elvis Presley e hoje é o seu amuleto? Acha que ela vai ajudar? Acredita? É supersticioso? Religioso? Diz aqui que admira a Reverenda (tão feio este nome, Reverenda) Candelária, a que espanta Brasília. Fale de sua música, *Saída de emergência*. Muito cotada. A crítica considera a letra mais bem-estruturada do festival. Quanto tempo levou para compô-la? Alguma influência? O que acha da reforma universitária? E da mulher brasileira? O currículo diz que o senhor admira: Sinhô Daniel Viglietti Tom Waits Alceu Valença João Bosco Brian Eno Laurie Anderson Joe Cocker Xenakis Chiquinha Gonzaga o conjunto Detrito Federal. Poderia resumir o que pensa de cada um em três palavras? Não mais, o tempo é curto, e temos que ser sintéticos, senão o público cansa.

> NO FESTIVAL MAIOR

TEM QUE DAR CERTO

Fila para o Maracanãzinho. O homem gordo e ágil, bigode postiço, impaciente: Há meia hora nada anda. Furadores de fila, aglomeração nas bilheterias, empurra-empurra. Onde os cambistas? O gordo e ágil rodeado por um grupo que se veste de modo estranho, para ele. Figuras de revistas, comerciais de televisão. Calças folgadas, paletós amarrotados, ternos impecáveis, colarinhos altos, cabelos anos cinqüenta, gomalina, brincos. Até o senhor que acompanha o casalzinho dark, pós-adolescente, tem jeito deslocado. Fantasiado num terno linho branco 120, pérola na gravata amarela, chapéu panamá. Cabelo arranjado com muito cuidado. Yuppies com sapatos de verniz, gravadores minimérrimos na mão, televisão menores que pocket-book, rádio orelhinha, walk-man, relógios com mostrador em branco, sem números e ponteiros, apenas um ponto luminoso que se desloca.

— Não agüento fila! Tem fila pra cagar! Foder, dar o rabo, roubar!

— Esquizóide esse festival.
— Careta.
— Pós-vazio.
— Vim dar força pro Kakuso, *Samurai do metrô* é ácido letal.
— Tem outro, boa energia, cara de um braço só. Vitalizante. Confere a música, *Saída de emergência*.
— Ninguém precisa mais de um braço pra se fazer música hoje, tudo pseudo-intelectual, amigo! Nem braço, nem cabeça!
— Rebordosa de consciência.
— Carnavalesco produzido, esgotamento, esgotamento.

O sessentão de linho branco, a assobiar. Agachou-se como nordestino, cansado da zorra. Os filhos darks discutem preferências.

— Oi, tio, tem uma favorita?

No entanto, o homem gordo e ágil não houve, hipnotizado pelo assobio. Não é possível! Sim, é! É a música, certo que é.

— Viajando, tio?

Para o homem gordo a fila se dissolve. O chão se agita, geléia. Há quantos anos? Por que as músicas se evaporam, nunca mais são tocadas, ouvidas?

— O tio deve ter entrado no realce.

Céu escuro, amolecido, colchão de água de motel decadente. O assobio nas veias, ocasionando choque. O gordo quer se apoiar, não vê onde.

— O tio não é desses babacas que ficam invocados quando a gente puxa fumo, dá um tapa. O tio entrou no brilho!

O assobio, anzol mergulhado na coluna vertebral, retirando a medula, sem dor. Amolecido, o coração aos pulos (saltitante como a loirinha sobre o muro), o homem gordo começa a enxergar através de formas indistintas.

— Essa música, que o senhor assobia...
— O que tem?

Bastidores do Maracanãzinho

Músicos, cantores, compositores, assessores, relações públicas, tietes furaram o cerco (Aquele ali não é o gordinho de pés pra dentro?), gente de gravadoras, jornalistas protegidos, pessoal da emissora, garçons. Concorrentes: beijam medalhas, fitas do Bonfim nos pulsos, amuletos, cantarolam, gargarejam, puxam fumo, relêem letras decorelidas, solfejam, saltitam supersticiosos, cheiram pó, tomam chá, bebericam conhaque, uísque puro, água, rezam, afinam instrumentos, riem, contam piadas, se automassageiam, sopram as mãos, fazem xixi de minuto em minuto, têm a barriga solta, piscam rápido, um ajoelhado de cara contra a parede, tomam estimulantes, calmantes, anabolisantes, antiestamínicos, vagostenil, passeiam arrogantes, ares profissionais, amedrontados, humildes, paralisados, agitados, catatônicos, esperançosos.

O Ganhador passou os últimos dez dias com a banda num hotel de Ipanema. Tomando sol, ensaiando, se ajustando, *nunca tive tanta mordomia*, são legais os quatro que vão tocar com ele. O do sax é o que mais conhece música, participou da Sinfônica de São Paulo, dissolvida por falta de verbas governamentais. O do sax se bandeou para a MPB. O Ganhador desistiu do violão e os promotores da idéia de um braço artificial, *não é necessário. Uma boa roupeta, e tudo está arranjado, não somos os monstros que dizem.*

— Acha que temos chance?

— A jogada aqui é das grandes gravadoras, explicou o do sax, veterano em festivais. Precisa saber no que estão investindo. Mas tua música é boa, tem versos lindos, acho a melhor letra do festival. A melodia é fraca, vamos compensar no palco. Se um dia tiver outra letra assim, me avisa, a gente faz parceria, você não é mau, não, ô cara! Me amarrei nos versos. "A memória é a faculdade de saber que haveremos de viver." Do cacete! E este aqui me obrigou a pensar: "caminho a pé no labirinto que me ampara". Vamos fazer dupla, feito Toquinho e Vinícius?

— Não acredito, prefiro não acreditar, mas ter chegado aqui já é bom, mesmo em segundo, terceiro.

— Mentira que não acredita! Todo mundo aqui acredita!

O HOMEM DA BALA DE GOMA

Seguro de que é a mesma, a canção que persegue há anos. O homem gordo e ágil se ouve (e também começa a se ver), também assobiando. Como naquela noite.

— Essa música. Qual é?

— *Caravan*. Do nosso tempo. Era sucesso.

— Lembra a letra?

— Música americana, não sei a letra, a não ser uma linha da versão brasileira, eram tenebrosas as versões. *O mistério das luzes que se apagam, das luzes que se dissolvem. The mistery of fading lights*. Mais ou menos isso, me veio de repente, nem sei por quê. Sou louco por música, trinta anos atrás toquei bateria no *Beco das Garrafas*. Meu ídolo era Gene Krupa, o maior baterista do mundo. Lembra?

— Do baterista? Do senhor? Não!

— De mim, claro que não, nunca tive nome, nem quis seguir carreira, preferi vender apartamentos e terrenos, viu o Rio como se desenvolveu? A maioria desses edifícios de Copacabana, Leblon e Ipanema foram incorporações minhas. Sou progresso. Falei do *Beco*.

— Não tenho idéia, sou do interior do Paraná!

— O *Beco* foi famoso, a música popular brasileira renasceu ali.

— É? Não me diga!

— Elis Regina começou no *Beco*.

— Pensei que ela fosse gaúcha.

— E era, só que a chance foi no *Beco*. O Rio de Janeiro, amigo, é que dá a oportunidade. O que há? O senhor está pálido. Não se sente bem?

— Estou mal... estou bem... bem... a menina se equilibrava, sem cair...

— O quê?

— A menina em cima do muro...

— Que menina? Muro? Quem fica em cima de muro é político!

— Loira, peitudinha, a menina do parque...

O homem gordo e ágil ouve latas. Caindo, umas sobre as outras. E o ruído seco dos tiros, plaft, plaft. Assobia, pela rua deserta, na madrugada. *Caravan*, a última música que tocam no parque. Não vão tocar mais, encontraram o disco quebrado, os pedaços do 78 no canto do muro, atrás do lixo. Quem fez, por quê? Assobia, sentindo a carne rasgada. A pele dilacerada, por causa da menina loira em cima do muro. Ali está ela, bem que tinha ouvido falar. Todas as noites, há meses. Na vigília, esperando. Encontrou. Louca, louca, o que pretende? Não bate bem, *cuidado, chave de cadeia, não se meta nessa, cai fora, ela nem é de rosetar.* Calor, tirou a jaqueta manchada de molho. Jaqueta que a mulher lava cada manhã, passa no final da tarde. Para que vá trabalhar bem arrumado, *que vejam meu homem bonito.*

(Como se chamava a menina? Não consegue lembrar o nome, foi há tanto tempo e não faz tempo algum. Entre o encontro daquela noite, tão esperado, e esta fila para entrar no ginásio permaneceu o espaço escuro. Ao enfiar a chave na porta, mergulhou no escuro, foi fundo. Regressa agora, a cabeça na superfície.)

Noite quente, depois que o parque se fecha, vai ao bar da estação. Cervejar, até o sono bater. Às vezes, tem de emendar. Ao chegar em casa, a mulher o espera com a rede, laço, saco, engole a xícara de café sem açúcar, e volta. Cada noite num bairro, não é seguro freqüentar o mesmo com regularidade. Rua vazia, o homem sua, abre a camisa. Não é gordo ainda, esguio, enxuto, sem um milímetro de barriga. Se exibe com orgulho para os amigos, *olha aqui, trinta e oito anos, posso beber quanto quero.*

Voltava do bar da estação, empurrando o carrinho. Mau dia, movimento pequeno no parque. O cinema esvaziou as ruas, passando filmes da Brigitte Bardot. Todos queriam ver a mulher que namorava com facilidade, dava para quem queria e aparecia nua como anjinho inocente. O homem magro trazia grande bolada de dinheiro, para ser entregue de manhã ao fazendeiro que tinha acertado a milhar. Quando passou pela igreja, olhou o relógio. Não para saber as horas, nunca precisava. Hábito. Todos na cidade costumavam olhar o relógio, o mesmo que durante anos caminhava com um ponteiro só, o menor. Tinha caído sobre a cabeça de um homem, matando na hora.

Quando olhou para cima, o homem magro e ágil viu o *Escalador* na sua tentativa. O menino no meio da torre, perto do relógio. Quem sabe esta noite o *Escalador* subiria mais um pouco, chegaria ao alto da torre. Há anos tentava escalar. O *Escalador* trabalhava com material inventado, adaptado, fabricado por ele mesmo, segundo suas necessidades. Rondava as serralherias pedindo um gancho assim, um pontal desse jeito. Tornara-se costume na cidade olhar para a torre, todas as manhãs, esperando ver a bandeira que ele tinha prometido colocar junto à cruz. Boa parte, todavia, passava pelo largo, esperando ver o *Escalador* estendido no solo. Para dar o que falar, ter assunto semanas e meses.

O homem magro ficou observando o garoto lá em cima, depois desistiu. Vai ver, o *Escalador* tinha medo, nunca chegaria ao topo, não ia passar do meio. Uma vez, enquanto comia churrasco de carne – carne de vaca, mesmo, que os de cachorro e gato só eram vendidos aos pobres – o professor de geografia explicou – e que homem inteligente! – que o *Escalador* sabia. No dia em que chegasse ao alto, tudo perderia o sentido. O que quer que isso significasse não ficou claro, porque o professor se foi.

O homem magro deixou o *Escalador* grudado na parede, continuou para casa. Porque precisava passar *lá*, seu filho tinha contado que às vezes a via sobre o muro. Desde então, todas as noites, ele se instalava, à espera, até o dia nascer. Com o sol, *ela não virá*. Quando vê a mancha vermelha que se estende por trás dos laranjais novos o homem abandona o posto, morto de cansaço. Nessas noites, não há caçada aos cães e gatos. Eles sossegam, aliviados.

A menina, sozinha. Divina e graciosa, estátua majestosa. Cantando. Não a letra, que é em inglês, somente aquele americano sabe fazer direito. A música, *Caravan*. No alto do muro, cantando e se equilibrando, acenando. Agradecendo ao público, do alto de uma corda bamba, sem rede de proteção. O único público, o homem, suado, de camisa aberta, jaqueta na mão, aturdido. E o gato cinza da dona do armazém, famoso por engolir sapos em noites de verão. Os dois.

Vendo a menina tirar a blusa, a saia, vestida de azul e branco, trazendo um sorriso franco. A cidade, inerte. Nem o ressonar atrás de janelas, audível na madrugada, quando se anda ao léu. O trem de duas e vinte passou, com três apitos e o zumbido da locomotiva diesel recém-chegada. O gordo ágil (então magro) veio sorrateiro. Como costuma ser no parque. Com medo de afugentar a loirinha. A distância, tentando se ocultar atrás de um poste.

Até que ela viu e não se perturbou um pingo. E o homem compreendeu, num átimo, que ela estava a par de tudo. Que era ele quem oferecia *Caravan* duas vezes por noite. Música que ela adora. Sabia que no momento em que a música tocava e os homens se agitavam, caminhando para junto da barraca de tiro ao alvo, ele deixava o carrinho. Corria para trás do stand do Neno. Onde quem derrubava com bolas de meia todas latas de massa de tomate empilhadas ganhava elefantes vermelhos e pingüins de geladeira. Ficava ali, protegido das luzes do parque. A observá-la, na dança do ventre. Nem um só homem que não estivesse com os olhos nela. Como se chamava? Acaso, algum dia, soube o nome, se interessou em saber? Filha do funileiro, célebre pela mania de não dar nome aos filhos. Nenhum dos nove tinha sido batizado, *quando crescerem, cada um escolhe o seu nome.* A loirinha dançava e às vezes interrompia, incomodada pelo plaft, plaft. Dos tiros de espingarda, de algum boboca que não ligava pra dança. *Seu maricão, filhodaputa, quer parar com isso ou te dou um tiro no olho do cu?* Os homens riam, apoiavam, gritavam, *muito bem!*

— O que está fazendo, parado aí?
— Te olhando.
— Escuta, pra que olhar? Não quero que me olhem.
— Você gosta de aparecer. Não gostasse, não fazia aquela dança, quando tocam *Caravan.*
— Tocam quatro vezes, todas as noites.
— Eu te ofereço duas.
— E as outras duas?

Dentro do ginásio, os apresentadores

Um homem e uma mulher, a rigor, nervosos. O público silencia, os canhões de luz sobre os dois, câmeras ligadas, imagens do Rio de Janeiro para todo o país. O Ibope vai registrar recordes de audiência, 97,1.

ATENÇÃO, BRASIL!
OS CONCORRENTES
DESTÀ NOITE FINAL
SÃO, pela ordem de entrada:

1 – *Car idosos,* de Ricardo Nelson, com a banda *Seguro de Vida.*

2 – *Coador de café*, de Sérgio Vazquez, com o duo *Trapo e Tripa*.

3 – *De antemão*, de Caco Novaes, com o próprio autor defendendo.

4 – *Lenço de papel não limpa lentes de contacto*, de Raul Neves, com a banda *Conservadores de Elevadores*.

5 – *Imagens*, de Norberto Esteves, com o próprio autor.

6 – *Saída de emergência*, de Massiminiano, com o próprio autor.

7 – *Claro que quero*, de Marcia Reynolds, com a banda *Extintor de Incêndio*.

8 – *Escritório laser*, de Paulo e Vamberto Costelo, com a banda *Sal-Pimenta-Óleo e Manjericão*.

9 – *Samurai do metrô*, de Benedito Kakuso, com o próprio autor.

10 – *T... M... VOUT*, de Christiane Jensen, com a banda *Lombada na Estrada*.

FOI DADA A LARGADA!

O HOMEM DA BALA DE GOMA

Esgotados os ingressos. Policiais prenderam cambistas e revendem bilhetes. Insuficientes. Fora do ginásio, a multidão protesta. O homem gordo e ágil continua perto dos adolescentes darks que se mostram putíssimos. Tinham comprado bilhetes falsos. Aparece alguém com aparelho de som portátil, quebra-se o galho. Ainda que a única estação sintonizada seja uma de São João do Meriti. Locutor disponível, o de turfe. Alto-falantes, dispostos externamente, anunciam:

Atenção, Brasil! Os concorrentes desta noite final são pela ordem de entrada:

Mas o homem gordo e ágil, que come bala de goma, perfumada, não está aqui. Retornou ao muro, a olhar para a loirinha. Como se, entre aquela noite e a de agora, nem um segundo tivesse escorrido. Dissolvidos milhares de dias/noites, desnecessárias as buscas, investigações precárias, indagações. A faca, na iminência de ser retirada de sua testa, deixará de queimar. A ponta que o aguilhoa incessante, provocando a dor aguda, insana, está para terminar.

A menina sobre o muro:

— Responde, balzáqueo! Quem oferecia as outras?

— Como saber? E para quê?

O homem era tão magro e ágil, agitado, irrequieto, inteiro vaidoso. Campeão de malha e bocha, arranhava bem o violão e a rabeca, sonhava com um terno azul-marinho de casimira, gravata e lenço no bolsinho, sapato preto brilhando, meia branca. Imagem da distinção. Deste modo poderia impor respeito, um doutor. A loirinha se equilibra, nem um pingo constrangida por estar sem roupa. Tranqüila e natural, suada. O homem pode ver os riscos de suor brilhando, escorrendo da testa, o pingo na ponta dos seios, nas coxas. Deve ser suor salgadinho, delicioso.

O calcanhar inchado, não cabe no sapato. Calafrios indicam febres. Lábios secos, a boca tomada por um gosto de azeitona podre. Medo, vontade.

Nua, para cá e para lá. No muro. Parada, diante dele, à sua frente. Inacreditável. Um metro acima. De tal posição que ele poderia, se estivesse mais claro, ver tudo. Tudo. O calcanhar arde, como se a circulação estivesse interrompida, as artérias ameaçando romper. Por que a luz do poste chega tão fraca? A lanterna, como não se lembrou? Velha lanterna do tempo em que trabalhou como mata-mosquito. Demitido, porque recebia bolas de comerciantes que devia autuar. Sem emprego, cinco meses depois do casamento. A demissão chegou com a notícia da gravidez interrompida da mulher. Tanto desejavam o filho. Queriam, a todo custo. Nem que fosse necessário roubar na maternidade. Era fácil, as janelas capengas, cheias de cupim, arrancava-se a folha, entrava-se direto no berçário. Roubariam um bebê e cairiam fora da cidade. Em último caso, havia Aristolina, parteira aposentada, que vendia crianças, ninguém sabe conseguidas onde. Lanterna poderosa, cinco pilhas, boa para a pesca, e para a caça aos gatos e cachorros, à noite. Apanhou-a e dirigiu o foco – regulável – para cima.

A loirinha se alegrou, que descabeçadinha mais maluca! A luz parecia fazer cócegas, arranhar, ela saltava, contente. Sem perder o equilíbrio, que tonta! Podia arranjar emprego no circo, ir embora. Aquele circo alemão levou tanta gente, anos atrás. Tem quem afirme que o circo escravizou as pessoas, transformando-as em soldados, obrigando-as a lutar na Grande Guerra. O homem ágil fechou o foco, a luz se concentrou num feixe escasso, forte. Ele apontava para os seios, a boca, o umbigo. Deixando que ela contornasse o ventre, igual na dança que executava no parque. Assobiando *Caravan*. Por que demorou tanto a recuperar a memória desta música?

O homem magro e ágil teve certeza, no momento em que a luz bateu na menina. Sua vida determinada. Mudada por inteiro a partir daqueles pedaços de corpo recortados com a luz. Carne branca de menina nova, teria sido tocada por alguém? Tantos no parque a correr atrás, até mesmo seu filho, embasbacado, tocando gaita, comprando para ela sorvetes, drops Dulcora, o mais caro. O foco de luz lambia a pele branca, os pêlos curtos e claros, que brilhavam à noite. Na excitação, o homem parou de assobiar. O ar entre os lábios secos não produzia som.

— Continua, continua, ela comandou.

Autoritária, a pequena. E o homem magro sentiu uma felicidade muito grande de ser ordenado por aquela coisinha tão pequenina do pai. Menina, não mais que um soprinho, poderia pulverizá-la com um soco, dois tapas, um cocorote na cabeça. Fazê-la descer do muro, se encostar nela. Era o que a malandrinha queria, claro que ia ser putinha, terminar na zona, o funileiro não ligava pra família, não tinha religião.

Todos sabiam que ele era indecente e sujo, chupava mulheres na zona. Quer maior imundície que colocar a boca ali? O funileiro só podia ser doente, condenado. Nem eu (pensou o homem magro), tão esperto e ágil, cheio de saber viver, com tanta mulher dando em cima para rosetar, nem eu sou capaz de fazer coisa dessas, antinatural.

No entanto, essa coisinha sobre o muro! Sim, seria capaz de lambê-la todinha, da ponta dos pés aos cabelos. Limpa, ninguém ainda se colocou nela, não tem colado o cheiro de homens. Ou teriam penetrado nela e ele sim é besta quadrada inocente? Que importa tudo neste momento? Não está procurando virgem, mulher intocada, não conspurcada. Nem sabe o que é inocência. Tudo que acontece diante deste muro é porque tinha de acontecer, algo do qual não é possível fugir.

O homem magro tem a intuição, instinto animal, pressentimento de que não vai escapar, está aprisionado. Tem de enfrentar o que há de vir até a última dose, atingir o passo final. Ele poderia apagar a lanterna, pegar seu carrinho de churrascos, voltar para casa. Mesmo que faça isto, sua vida será outra amanhã. Mesmo que não faça o gesto.

O homem magro e ágil apaga a lanterna. *Pode* apagá-la. Basta comprimir o botão! Ele recua. *Pode* recuar. Está vendo? Mostra que é dono de seus gestos. Só então volta, acende o facho. Porque deseja, tem vontade. Se alegra, ao ver que pode se impor a si mesmo. Todo bom-senso procura afastá-lo. Mas há anos este homem adquiriu sabedoria inata para repudiar gestos que representem bom-senso. Sempre que falam em bom-senso, ele identifica o tipo de pessoa. Verificou que as mais interessantes são as que jamais se guiaram por bom-senso, um botão interruptor. Agora, o bom-senso teria a faculdade de eliminar o prazer infinito de iluminar a loirinha, sobre o muro. De gozar o espetáculo alegre, de sua pele suada. Assobia, automático, *Caravan*. A canção flui com facilidade, tantas vezes a ouviu nos alto-falantes do parque. A menina saltita feliz, esparramando satisfação, transportada em deleite.

Passando diante dele. Será que precisa? Já terá feito alguma vez? Com quem?

— Desce, vem dançar comigo.
— Dança aí que eu danço aqui!
— Vamos dançar juntinhos.
— Não quero dançar juntinho!
— Então, o que quer?
— Qualquer coisa assim como um corte de cetim. Quero o que quero.
— Você se acha a mais gostosinha da cidade, acha que pode fazer o que te dá na cabeça, pensa que é dona do mundo.
— Você é babacão!
— Putinha!
— Eu? Levo minha vida, nem penso nos outros.

O homem magro se lembrou do dinheiro do bicho. A milhar do cavalo que o fazendeiro acertou na cabeça. Voou ao carrinho, o dinheiro embrulhado em jornal, escondido dentro de meia dúzia de pães sem miolo. Apanhou as notas, uma a uma, forrou o chão. Iluminou o dinheiro com a lanterna.

— Venha, é todo seu!
— Por que haveria de ser?
— Estou te dando.
— Sem razão.
— Não quer dinheiro?
— O que vou fazer? Se apareço em casa com essa prata, o que meu pai vai dizer?
— Diga que achou, ganhou. Seu pai nem liga pra vocês.
— Estúpido! Não é dinheiro o que quero.

BASTIDORES

Clima menos tenso. Computando as notas do júri. Quem já perdeu, sabe. Reação do público, astral baixo, coisas que não funcionaram. Ainda assim, cada um espera. Que uma grande mudança ocorra, que os boatos que dão *Samurai do metrô* vencedora não sejam verdadeiros. O Ganhador acha que foi bem. O público reagiu incrível, em silêncio, durante toda a música. Depois, aplausos, gritos, assobios. Não viu faixas para ele, a maioria é para *Samurai*. Como é que se entra nas jogadas? Acaba de verificar que ficou muito tempo à margem. Que os circuitos em que caminha estão fora, nem são alternativos. Tem momento em que nem entende a conversa, as gírias dos músicos, a terminologia em que se comunicam. Inocente. Ingênuo? Nem tanto, apenas sem informações, penetrações. Por isso, o Festival Maior está valendo. Significa. Reviravolta, ganhe ou perca.

— Foi bem, você foi bem, não esperava tanto, tive medo quando trocaram o cantor, quando vi anunciado na televisão, há dez dias, que você defenderia.

O menino gordinho, de pés para dentro, óculos.

— Você, fazendo o que aqui?

— Ia perder? Vivi mais de um ano esperando hoje.

— Foi bem nossa música, ahn?

— Nossa?

— Modo de dizer, também dei minha contribuição, na letra e melodia.

— Trocou duas ou três notas.

— Reparou nas letras?

— Vi que trocou, sim! Onde dizia, "no meio das nobres chaminés com cãibras de um terraço atado por varais de roupa", você colocou "chaminés trêmulas". Por quê?

— O público não ia entender chaminés com cãibra, e a crítica podia cair em cima.

— É, mas o Ferlinghetti não vai gostar.

— Ferlinghetti?

— O poeta beat.

— O que tem ele?

— É o autor desse verso, "chaminés com cãibra".

— Não entendo onde quer chegar.
— Roubei do Ferlinghetti, de um dos poemas, *Retratos do mundo que se foi*.
— Qual é a sua?
— E aquele outro verso, "os mentirosos sonhos me cercavam; na vaga fantasia ao vivo me pintavam".
— Bonito, todo mundo gostou.
— É do Thomás Antonio Gonzaga. Conhece, não? E o que achou de "Quem pôs as formas das árvores dentro da existência das árvores?" Sabe de quem é? Fernando Pessoa.
— Não credito. Viu o que a crítica disse da mi... nossa música? "Enfim, a qualidade resgatada. Depois de Chico, Milton, Gil, Arrigo, a boa qualidade das letras na MP é resgatada". E vem dizer essas besteiras.
— Sei, fui eu que fiz. Copiei, linha por linha, de um mundo de autores. Tem Manuel Bandeira, "buscou no amor o bálsamo da vida, não encontrou senão veneno e morte". Tem Mário Chamie, "caminho a pé no labirinto que me ampara". Tem mais Fernando Pessoa, "a memória é a faculdade de saber que haveremos de viver". Mário Faustino.
— Faustino? Conheço quase tudo.
— E deixou passar, "o que vivemos mais que o que morremos"?
— Está me gozando.
— E o Quintana? "Só o que está perdido é nosso para sempre."
— Não tem nada novo?
— Nada. Uma linda colagem. Custou quatro meses, lendo tudo. Saca aqui, tira dali, arranca de lá. Tinha que dizer alguma coisa, fazer sentido, uma frase engrenar na outra. Puxa, é mais fácil compor do que plagiar.
— Continuo sem entender a razão.
— Em Friburgo, você deu o cano, faturou música do meu irmão. Ele adorava aquela composição. Ficou arrasado, era um cara fraco. Está em depressão até hoje.

— Não te encontrei mais, não sabia como te achar!

— Sacana, puta sacana. Queria te matar, toda a minha turma queria te pegar, esfolar, a gente ia te linchar! E dizer que era ladrão! Depois, mudamos. Fiquei na tua cola, sabia que ia voltar à minha terra, já tinha te visto ali, com aquela vigarista. Deu certo, podia não ter dado. Nossa patota é festivaleira, amarrada em música, na badalação, nas meninas que se come. Cruzamos tanto contigo, antes e depois. Ouvimos você repetir as mesmas músicas, até encher o saco. A do meu irmão, então, cantou até estourar o saco, pior que tema de novela. Imaginamos: quem fez com uma, faz com duas, é só lançar o anzol, com boa isca. Não deu outra.

(Merda do caralho! Duas vezes e deu cagada! Pura preguiça, não foi nem bloqueio, desinteresse mesmo. Tanto se me dava fazer ou não música nova! Não precisava, mais. Nisso tudo, só um ponto me intriga: em que altura desistimos? E por quê? E por que insistimos, se já desistimos?)

— E se ninguém perceber?

— É possível! Vai ver, críticos não ouvem música, ninguém deu com a coisa. Também, fiz bem feita, fui gênio. Se ninguém levantar a lebre, levanto eu, te desmoralizo.

— Desmoraliza coisa nenhuma!

— Não? Vai ser acusado de plágio, vão provar, não recebe o prêmio, fica marcado, sujo, arruinado. E não liga. Por quê?

— Parece que nem conhece o país onde vive. Quem dá certo aqui? Os sacanas!

O HOMEM DA BALA DE GOMA

— Diz o que quer! Posso te dar tudo!
— Pode me dar um navio?
— Para que você quer um navio?
— Para ir embora desta cidade.
— Pode ir de trem.

— Quero me sentar no mastro, lá em cima. Mais alto que um trapezista, mais alto que o *Escalador*.

— O *Escalador* está na praça, encarapitado na torre. Parado no mesmo lugar onde pára. Tem medo, aquele merdinha!

— Medo! Escuta, o *Escalador* me contou que a cidade é linda de cima. Que é outra cidade. As pessoas ficam deste tamanho, pó de nada. Ninguém amola ele, fica lá, conversando, ouvindo o que o vento tem a dizer.

— Quando tem vento.

— Nunca reparou que, quando o *Escalador* sobe na torre, venta à noite?

— Agora não está ventando.

— Vai ver, ele não está assobiando. Tem noites que venho para o muro e quando bate o ventinho, da igreja para cá, ouço o assobio dele.

— Chama o vento com assobio?

— O *Escalador* passa a noite a conversar, o vento conta do mundo. Quando eu tiver o navio, o *Escalador* vai comigo. Para assobiar, chamar o vento, empurrar as velas.

A lanterna mostra as notas, a luz saltitante.

— Vamos! Todo seu!

— Enfia! Por que o mar não vem até esta cidade besta? Às vezes, fico na estação esperando, esperando, quem sabe ele pode vir por trem.

— O mar vir por trem?

— Tenho uma amiga no parque, sabe qual? Aquela mulher sem ossos que se enrola todinha. Ela morava numa cidade sem mar, até que a água começou a chegar aos poucos. Ela disse que o mar veio nos trens, acabou com a cidade, hoje é um lago enorme, tem tubarões e sereias, cavalos-marinhos.

— Podemos ir para Santos.

— Onde é Santos?

— Na beira do mar, tem porto e navios.

— Mentiroso, quer me pegar!

— Pegar?
— Como o violinista porco. O sujo!
Tudo o que o homem magro queria era tocá-la, um pouco. De leve. Sentir a pele, lamber o suor, os pelinhos. Ele não suporta a compulsão. Começa a tirar a roupa, indiferente a que abrissem janelas. Sem se importar com o convento das freiras Ursulinas, a cem metros dali. Agradáveis freirinhas que cuidavam dos pobres e ensinavam catecismo às crianças. De cima do muro, a loirinha viu o homem tirando a roupa e não importou. Cada vez mais provocante.
— Chega! Vamos pegar o dinheiro, vamos embora!
— Quem diz muito que vai, não vai. Vou sem mala? Sem roupa?
— Compramos roupas no navio.
— Tem loja no navio?
— Tem de tudo.
— Tem farinha?
— Farinha?
— Pra fazer sonho. A coisa que mais gosto no mundo é sonho recheado de chocolate. Tem brinco? Pois quero um brincão deste tamanho, de vidro azul transparente. Tem meia soquete vermelha pra combinar com minha saia, o meu tomara-que-caia? E perfumes! Quero me encher de perfumes, um pra cada dia, um pra cada hora, um pra cada pedaço do corpo. Sabe que só tenho um vidrinho de perfume, pequetitinho, que minha madrinha me deu quando fiz doze anos? Dá pra usar um pocochinho só.
— Tem, compro o que quiser, estou com a prata.
— Escuta, acha que acredito? Contando vantagem que vive de renda e mora em palácio.
— Vamos para a Europa, tem todos os perfumes.
— Onde é a Europa?
— Do outro lado do mar.
— Uma ilha?

— Ilhona. Todas as cidades são fábricas de perfumes, tem mais de quinhentas mil marcas. Vem, faz da vida um instante.
— Quero um perfume para cada fio de cabelo. Pensou?
— Eu quero ser seu travesseiro. E ter a noite inteira pra te beijar.
— Vai nada, ninguém flutua no meu leito. Quero colocar pulseiras de ouro nas pernas.
— Ora venha logo, daqui a pouco chega o trem das cinco.
— Deixa chegar. Chega todas as noites.
— Não quer sumir da cidade?
— Escuta, vai pra estação me espera, pode ser que eu vá, pode ser que não.
— Decida!
— Decidi, se aparecer, é porque vou, se não aparecer, não vou. Sobe no muro, vem dançar.
— Aí...?

O homem magro não se mostrou ágil, querendo se encarapitar no muro. Nu, ainda estava calçado. Com os sapatos brancos, pintados de alvaiade pela paciente mulher, uma vez que o filho não ajudava. Mais interessado num emprego na rádio que pagava quase nada e onde trabalhava como escravo, limpando discos. Tonto, podia dar a de joão-sem-branço, enrolar um pedaço de carne crua na perna, cobrir com gaze, deixar o sangue atravessar e pedir esmolas no parque, igreja e cinema. Em lugar disso, vivia no parque, tocando uma gaita achada não se sabe onde e querendo – imaginem só – inventar músicas. Pois outro dia não pediu ao Orlando, da cabine de som, se podia tocar gaita em plena função? A lombada do muro curva, o homem escorregou, teve que tirar os sapatos, emitiu ligeiro chulé. Avançou para a loirinha que saltitava e ria, como podia ter tanto equilíbrio? Querendo matar seus desejos, sufocá-la com seus beijos. Sem conseguir agarrá-la. Esquiva, escorregadia. Ele quase caía, agachava-se, envergonhado, levantava-se, tentava pegá-la. A loira rindo dos insucessos, saltando para trás, e o homem magro e ágil se enervando, desejando, a irritação tomando conta, tinha o pavio curto.

— PARE!

O violinista do parque avançava, olhos em fogo, ombros largos como os de jogadores de rugby. Surgiu da esquina. Do mato. Do pasto onde o leiteiro guarda os cavalos e vacas.

BASTIDORES

— E a melodia?

— Pout-pourri. De tudo um pouco, a namorada do meu irmão, putíssima, ajudou com o computador. Acordes de *Terra seca*, do Ary Barroso, *O que é amar*, de Johny Alf, *Maria Ninguém*, do Carlos Lira, *Dindi*, do Jobim e Aloysio, *Bloco da solidão*, do Ewald Gouveia e Jair Amorim, e uma porrada.

— Puta cara mesquinho, filhodeumaputa. Só que se fodeu! Ninguém liga pra nada, nesta terra. Ninguém! Pode denunciar, vão rir de você, invejoso. Amanhã declaro que esta música é minha homenagem aos poetas e músicos, jogo os nomes, vão ficar de queixo caído com a minha cultura musical, com a genialidade de sintetizar numa só composição tanta coisa boa. Fodeu-se, cara! Não conhece o país em que vive, aqui se adora malandragem, esperteza. Quem leva a vantagem ganha a inveja, a cumplicidade, babacão! Fodeu-se, gordinho de merda! Se não me enchesse o saco, não tivesse aprontado, a gente dividia a grana, os direitos do disco. Agora, vá tomar no rabo! Denuncia! Vai ficar ridicularizado! O que pretendia?

— Vingança, só vingança. Você há de rolar qual as pedras que rolam na estrada.

— Sei! Sem nunca ter um cantinho de meu pra poder descansar.

TRANSMISSÃO

Contados os votos. O locutor da rádio de São João do Meriti transmite o resultado final.

Atrasou-se *De antemão* na saída.

Vai tomando a ponta *Samurai do metrô* pela cerca interna, atacada e dominada por *Coador de café*, enquanto *Saída de emergência* força muito pelo meio da pista.

Saída de emergência avança, domina dois corpos de vantagem, *Coador de café* fica para segundo lugar, *Samurai do metrô* vai em terceiro por dentro, em quarto apareceu *Claro que quero*, seguido por *Imagens*. E *De antemão* já avança por fora e vai para quarto lugar.

Primeira metade da curva esquerda.

Saída de emergência na ponta, dois corpos ainda. *Coador de café* vai em segundo lugar. *De antemão* continua avançando, passa para o terceiro lugar. *Samurai do metrô* fica para quarto e *Lenço de papel não limpa lentes de contacto* aparece em quinto, *Car idosos*, em sexto, *T... M... VOUT*, em último lugar.

Já passam o final da curva esquerda.

Contornam a curva e iniciam reta de chegada.

Faltando 600 metros, *Saída de emergência* na ponta, corre agora para o meio da pista, mantém um corpo de vantagem. *De antemão* avança pelo meio da raia e *Claro que quero* atropela forte aqui por fora, enquanto lá por dentro *Samurai do metrô* também atropela junto à cerca interna.

Luta indefinida pela ponta. *Saída de emergência* vai mantendo a primeira colocação, mantém um corpo de vantagem. E *Samurai do metrô* é quem atropela forte aqui por fora, passa para segundo.

O HOMEM DA BALA DE GOMA

— Olha quem apareceu! Quem é vivo sempre aparece! Rosicler riu para o violinista, o que aumentou sua fúria.
— Desce daí.
— Eu ou ela?
— Os dois.
— Desce ele, sempre fiquei aqui, é meu lugar.
— Custou, peguei os dois juntos.
— Pegou, o quê?
— Estava desconfiado, desde que descobri quem oferecia a música duas vezes, fiquei vigiando. Sentindo uma dor que não sei de onde vem.
— As outras duas eram suas? E o disco? Quem quebrou? Bem que te vi rondando a cabine do Orlando.
— Vão morrer, os dois!
A loirinha saltitava, dançando no muro, rindo.
— Só fala nisso, velho caduco, impertinente. Quando faz aquelas coisas na barraca, apanha o violino e diz: SOU O MÚSICO DA MORTE. Vai cagar, inseto!
— Que coisas faz com ela?
— Ninguém tem de saber de nada.
— E pensa que não sei? Sou mais malandro que você, velho. E amanhã tudo estará acabado, vamos embora no trem das cinco.
— Rosicler vai com você?
— Pergunte a ela.
— Verdade?
— Pergunte a ele, pergunte a ela, pergunte ao padre. Quem sabe? Pode ser que sim, pode ser que não, pode ser talvez.
— Vamos morrer os três, aqui!
— Morram vocês! Que se danem, o que tenho com isso? Eu, vou cair fora.
— Fique, Rosicler. Ninguém cai fora.

— A faca, na mão do violinista.

— Seu filho da puta, mexeu no meu carrinho.

O violinista agiu, questão de relâmpago. Num salto, agarrou a mão de Rosicler, puxou-a para a calçada. Ela caiu sobre ele, esperneando, a faca encostou no pescoço.

— Um grito, te atravesso!

O homem magro e ágil se atirou sobre o violinista, sem pensar. O outro, fera à espera, desviou, bateu com o cabo da faca. Antes mesmo que caísse ao chão, o magro sentiu a faca passando junto do braço. Lâmina afiadíssima, acariciada todos os dias no esmeril, podia cortar o frio de um sorvete, separar o gelo das essências adocicadas. Saiu um pedaço fino de pele, o sangue demorou a aflorar. O violinista atacou de novo. Para isso, teve que abandonar Rosicler e ela saiu gritando. O magro e ágil correu, para protegê-la. Em busca dos dois, o violinista. Possesso, dominava a velocidade, catalisava a força do mundo. Apanhou os dois antes da esquina, empurrou-os para a avenida transversal, mergulhada na sombra das figueiras seculares. MATO, SE DEREM UM PIO, MATO OS DOIS! Se foram, em silêncio, cada um procurando na cabeça um modo. Rosicler e o magro querendo fugir e o violinista na verdade sem saber o que fazer. Chegaram ao largo da igreja, vazio, atravessaram. Olharam para cima, lá estava o *Escalador*. Ele fez um aceno.

— Tudo bem aí embaixo?

— Tudo mal, este homem vai me matar!

— Matar?

O *Escalador* olhou o mostrador do relógio. Agarrou com força o ponteiro único, o menor. Uma vez que o outro estava arquivado nas prateleiras do fórum. O ponteiro se desprendeu e o corpo do *Escalador* desgrudou-se da torre, pairou no ar, desceu. Na direção do violinista. Sujeito frio, de reflexos rápidos, o violinista esticou o braço, faca para o alto.

Transmissão

Faltando duzentos metros, *Saída de emergência* na ponta, um corpo de vantagem. *Samurai do metrô* vai em segundo lugar e *De antemão* batido em terceiro. *Saída de emergência* em primeiro e *Samurai* em segundo. *Saída de emergência* e *Samurai* cruzam o disco final.

SAÍDA DE EMERGÊNCIA, primeiro lugar.

O quase azarão atropelou e venceu. Com o cantor-compositor Massiminiano, o Big Max, aplaudido por todo o Maracanãzinho.

Dentro do ginásio, os apresentadores

Um novo ídolo nasce esta noite.

Um ídolo de quarenta anos, prova de que a juventude não tem idade, talento não escolhe hora. Amanhã, a televisão fará *Especial* completo sobre a vida deste homem, conhecido por ganhar festivais. Um homem que alicerçou bem sua carreira. O sucesso não acontece por acaso.

JUSTA ESCOLHA,
VENCEU O MELHOR.

Não há contestação, a letra é belíssima!

O homem da bala de goma

O braço do violinista esticado, a faca para o alto. O *Escalador* se cravou nela, direto. Com o impacto da queda, estando a mão do violinista grudada no cabo da faca, os dois foram ao chão.

— FUJA! gritou para Rosicler o homem magro e ágil.

Não houve tempo, o violinista estava de pé, veloz. E ela nem tinha prestado atenção ao grito, atordoada com o *Escalador* que estrebuchava. O corpo sacudido por tremores, como se tivesse muito frio. Agora, o violinista a segurava pelos pulsos.

— Se afaste! Longe de mim, seu animal!

— Não sou animal!

— É pior, muito pior!

— Sou gente, Rosicler.

— Gente. Gente, eu odeio gente!

— Gosto de você!

— Nojeira, fica longe de mim. A polícia, cadê a polícia? Cadê o povo da cidade, por que ninguém aparece?

Não gritava, apenas murmurava, chorando, embrulhando as palavras, engasgada nas lágrimas e no ódio. Os olhos em fogo, o violinista decepou o pescoço de Rosicler. Um só golpe. *Como as galinhas que a gente roubava*, teve tempo de pensar o homem magro, sem saber por que tais coisas tinham vindo à sua cabeça. Rosicler caída.

— E você? Queria fugir com ela, velho tarado.

— Por que matou?

— Ah, quem sabe por que se mata?

O homem magro tinha os olhos na lâmina da faca, apontada para ele. Depois, a faca se virou e o violinista cortou um dedo de Rosicler, uma orelha.

— Não faz isso, não faz!

— Faço o que quiser, ela é minha.

O homem magro via a faca subir, não via descer. Faltava este gesto. Como se os olhos se recusassem a ver a lâmina que penetrava Rosicler. Os pedaços se amontoando. E o homem magro não se movia. Apenas observava, sem reação. Faca que eliminava arestas, desbastava os limites do tempo. O violinista, retalhando Rosicler, ainda gritou:

— CHEGA! PÁRA DE ASSOBIAR ESSA MÚSICA MALDITA! PÁRA!

Foi aí que o homem magro percebeu que assobiava *Caravan*. E viu também que a lâmina da faca, a sua faca, cintilou junto ao lábio. O gosto do sangue adoçou enjoativo a sua boca. Quando a faca foi manejada pela segunda vez, ele se protegeu com a jaqueta manchada de molho. Ao mesmo tempo, se percebeu nu, enquanto janelas começavam a se abrir na praça. O vento tinha cessado. No ar o cheiro das damas-da-noite. A noite tinha se inclinado tanto que desabara.

BASTIDORES

— Venci, gordo! Me chamam! Venci.
— Não desça, é a tua condenação.
— Conversa, ô meu! Parece tia velha!
— Não entre no tubo. Não! A música é minha, filho de uma puta. Vou junto!

O Ganhador corria pelo tubo de acrílico rosa, iluminado a neon. Os seguranças agarraram o gordinho de pés para dentro. Olhando para trás, um tanto assustado, o Ganhador viu repórteres e fotógrafos se aproximando do garoto, o autor da música. O tubo despeja concorrentes no palco, em meio a fumaça de gelo seco. Aplausos, berros. Trinta mil pessoas gritam. Max, Max; Big Max, o Ganhador! Um arrepio na nuca, pés apertados nos sapatos novos, brinde da fábrica Courolex.

Tudo o que interessa são os próximos dez minutos. Minha vida canalizada para eles, por este tubo. Tudo o que tenho é este momento. Se fugir, não comerei essa glória. Não vou sentir aplauso, vaia, berro, meu nome gritado mil vezes, minha voz nesse tumulto, as cócegas, o medo, o cagaço, o gozo. Melhor que estilhaçar mil vitrines. Uma única vez é suficiente. Não peço muito. Tenho que me encharcar, me melar nessa vitória, dez minutos de sucesso. Inigualável. Quando terei de novo trinta mil pessoas, sessenta mil olhos, sessenta mil ouvidos? Vou segurar o público, eu, ninguém mais. Todos cravados em mim. Parar o tempo. Posso flutuar. Levito. Caminho sem os pés no chão, porque o sucesso é isso, a leveza, o pairar acima. Ah, Selene, minha princesa, consegui deixar Lugar Nenhum, tomei o bonde de volta. Em torno de mim, cristais de gelo, navego nas nuvens, sou o peixe divino que Candelária adora, vou cair na terra, adubá-la. Seria adorado. O meu momento. Desfrutar até o último sopro. Amanhã é amanhã, o futuro não existe, que se foda o futuro. Amanhã não serei mais. Pressinto. Futuro é isso, este instante. SOU. Depois, penso o que fazer. Busquei esta noite a vida inteira. Sei que no Brasil os vitoriosos têm cumplicidade, inveja, respeito, infundem temor. A consagração. Vitória é poder, e eu tenho o poder! Vai, gordinho, pode denunciar! Reúna a imprensa, me desmascare, me acuse, você tem toda a razão. Posso até admitir, mas amanhã. Confesso tudo, se for preciso. Depois que este instante tiver sido possuído, depois que eu penetrá-lo por completo. Ninguém vai me massacrar, ninguém pode me destruir, não sou nada, nada tenho a perder. Só este momento, e este não entrego. É meu. O palco chegando, gritos malucos, meu nome, sabem meu nome, ninguém me arranca este prazer. Vou gozar tudo, viver quinze minutos em troca do resto da vida. Ah, Maria Alice responda, você que me conhece. Responda a pergunta que sempre fiz: por que não fui?

 Aqui está o vencedor,
o ídolo desta noite,
o Ganhador.

O HOMEM DA BALA DE GOMA

As janelas se abrindo na praça, rostos curiosos, sonolentos, afoitos. Para o homem magro e ágil o tempo começou a ser tornar fluido. Nada mais teve nitidez.

Penetrou num estado de coma, ou catalepsia.

Esqueceu-se ali na praça, enquanto ia embora, com a lucidez de quem sabe. Instantes de claro-escuro, objetivas que abrem e fecham. Vácuo e ar, luz e sombra, hotéis sórdidos, garagens, cubículos fedorentos de bordéis, escadarias, cabines de caminhão, baixos de viadutos, celas sombrias. 5.343 noites/dias nas celas, o corpo mudando, tomando volume, banha e gordura, cabelos caindo, o nariz esmagado e reconstituído nas brigas do pátio da prisão, o soco com anel inglês no queixo, deixando a marca de um ovo estrelado.

Sua vida, um teatro de sombras, em que o jogo da lanterna era revivido. O foco de luz destacando pedaços de Rosicler, olhos, testa, joelho, cotovelo, bunda, pescoço, braços, mãos, orelhas. Bocados sangrentos. Soltos no espaço. Seria necessário remontar este quebra-cabeças humano.

Sua vida correu, sucessão de estilhaços de corpo revelados em clarões, flashes, neons. Rosicler estaria viva no momento em que pudesse recompor o corpo. Destroçado pela lâmina de sua faca. Assim, ele girou. Em busca da menina desaparecida na praça. Percorreu o país. Nas feiras livres, escolas, conventos, puteiros, fundos de cemitério, baixos de pontes, entre casas abandonadas. Construções, bancos noturnos de ônibus sonolentos, estações arruinadas de estrada de ferro, depósitos, chaminés, silos.

Para descobrir que Rosicler estava encarnada numa dezena de meninas, loiras, magras, peitudinhas, entre 13 e 15 anos. Meninas de olhares vivos e sagazes. Que não se deixavam iludir, sendo necessário arrastá-las, e elas não entendiam e se recusavam a ceder, fornecendo aquela parte para recompor Rosicler. Por que evitavam o sacrifício pela salvação? Em contínua tropelia, o homem magro trouxe um joelho de Divinópolis, Minas; a cabeça de Ourinhos, divisa de São Paulo e Paraná; dedos dos pés de Bom Jesus da Lapa; unhas de Goiana, Pernambuco.

Percorrendo o Brasil sem rumo definido, deixando-se levar. A partir do momento em que saiu do quarto 39, não estava em busca somente de Rosicler. O jogo redobrou. Foi atrás daquele homem que interrompera a reconstrução e escondera a parte restante. Porque faltava apenas um pedaço para a reconstituição total, quando ele foi encerrado na cela.

Sua vida sem rumo, perdida a salvação, uma vez mais se desviava, por causa do porteiro de braço único que insistia em tocar violão, ridículo. O olhar do porteiro azedara sua língua. Havia qualquer coisa familiar no rosto do homem sem braço, que provocou uma reação violenta de ternura, substituída por ódio e desassossego. O porteiro o observou, girou o rosto para a escada, como se indicasse o quarto 39 e dissesse: *Compreendo.* Apanhando a chave e colocando no escaninho, sem mesmo olhar o número, o porteiro parecia estar querendo gravar sua fisionomia. Disfarçada por um bigode postiço. *Não me engana.*

Foi ali que o homem magro teve a intuição de que o porteiro tinha o que faltava: o pedaço de Rosicler. Era o trecho do rosto, pedaço do nariz e dos olhos, a parte mais difícil de se encaixar. Porque os olhos de Rosicler eram especiais, de cor amalucada, como os do coelho do parque. *Está comigo e você nunca vai reaver. Sei que vai tentar, por isso vou cuidar do assunto.* Duas noites depois, o homem magro estava na cela. A lâmina lambendo suas pernas, fazendo saltar as bolas, assim como Rosicler saltitava no muro. As bolas, onde caíram? Foi no largo da matriz arrancadas pela faca vingativa do violinista, ou naquela cela onde passou 5.343 noites? Ou foram dias?

Noites e dias que o transformaram, o levaram a se perder, que o impediram de prosseguir na missão que o redimira: remontar Rosicler, torná-la viva outra vez, colocá-la em pé, a dançar sobre o muro, ao som de *Caravan*. Ao sair da prisão, sabia que tinha perdido a chance de salvação. Quando se olhava nos vidros de uma janela ou se via refletido numa vitrine não se reconhecia, não era ele. Eu corro, fujo desta sombra. E se indagava: "Quem sou? Quem é você? Somos o quê?" Ao se perder, carregou-se de ódio. Lastreou-se com a repulsa àquele que tinha sido o causador, o porteiro maneta que tocava violão. Quando o maneta olhou para ele, sentiu o calcanhar inchado, a boca tomada pelo gosto podre. Ódio que o incomodava, pegajoso, fazia transpirar, trazia remelas aos olhos, levava as pessoas a se afastarem dele. Não que se importasse, tinha se acostumado a ser só, viver isolado. Gostava. Mas à medida que este ódio o dominava, tomando conta de cada partícula do seu corpo, sentiu-se paralisado. Não podia mais andar, nada obedecia, ficando cego, entorpecido.

Até o momento em que ganhou a revelação de que a única forma de se restabelecer era encontrar o homem que sabia, que o tinha apontado à execração, interrompido o curso para ressuscitar Rosicler. E, ao encontrá-lo, enfiar a faca em seu corpo, tantas vezes quantas fosse necessário, do mesmo modo que o violinista.

Reproduzindo a cena, o ritual, poderia se recuperar, lembrar quem era.

Tornar-se, outra vez, ser.

Reconstituição de Rosicler

O homem da bala de goma, gordo e ágil, se deslocou em direção ao ônibus dos concorrentes que vieram de fora. A multidão deixa o ginásio, pessoas se atropelam. O vencedor do festival, ele, o Ganhador, há de vir por ali. Deve partir para a comemoração.

O homem acaricia a faca. No bolso, o revólver especial, com a bala que explode cabeças, dissolvendo-as em migalhas e coagulando o sangue em segundos.

Alguém dá um encontrão, ele sente que arrancaram a carteira do bolso. Podem levar, não tem dinheiro, guarda a grana no sapato, aprendeu na prisão. A carteira tem umas anotações, do tempo em que procurava o Ganhador. Bilhetes vencidos de loteria, um jogo da loto não verificado. Nenhum documento, há muito deixou de ter identidade. E uma foto desbotada de Brigitte Bardot. Nem sabe por que está ali.

Diante do ônibus, o homem espera.

Se puder se safar depois, muito que bem. Realista, sabe que deverá dar um golpe, só. O ideal, fazê-lo em pedaços, para encontrar o fragmento certo. Justo, o que vai se encaixar na montagem que necessita. Tem de se conformar, há limites nas possibilidades. Alegra-se, hoje Rosicler estará viva. Se for apanhado, gostaria de voltar à mesma cela onde passou 5.343 noites, ou dias.

Para o reencontro.

Para retirar da testa a marca desta faca que queima.

Para descarregar o ódio paralisante.

Para sonhar com a menina do parque reconstituída, cada pedaço em seu lugar.

Porque agora todas elas se tornaram uma só. Fim dos quartos piolhentos, humilhações, abjeções, colchões com percevejos, mau hálito nas costas, cabines de caminhão cheirando a gasolina, pinga e maconha, bigode postiço para disfarçar, medo. O mesmo que sentia na estação abandonada da estrada de ferro, onde aquela mulher levava roupas e comida.

Extra, extra, edição extraordinária!

O locutor de São João de Meriti, histérico. A notícia também é transmitida pelos alto-falantes externos do ginásio:

"Informações de Brasília dão conta de que o Palácio do Planalto acaba de ser recoberto por espessa teia de aranha. Todo o palácio desapareceu, na esterilidade da paisagem, sendo o exército convocado. Peritos estão examinando e cientistas comprovam: trata-se de teias autênticas da mais fina qualidade. Não plásticas. As notícias são ainda desencontradas, porque a área está isolada por tanques. Outras informações dizem que também o Congresso Nacional começa a ser recoberto por teias. Novas informações dentro de quinze minutos sob o patrocínio..."

O homem gordo e ágil não presta atenção.

Nunca se interessou por notícias de Brasília, nem tem idéia de quem é o presidente.

Tudo que vê é o Ganhador. Se aproximando. Levado por tietes, músicos, assessores do festival. Caminha para o ônibus. A noite se inclinou tanto que está quase junto ao chão, arruinada.

E o Ganhador vê o homem tentando abrir caminho. Ele, o mesmo que desceu as escadas, vindo do 39, mastigando balas de goma perfumadas. Se andar rápido, o Ganhador pode subir no ônibus, protegido pelo povo.

Puxa da mochila, a toalha vermelha do Elvis, enrola no pulso. Não sabe para que, talvez para se defender por algum tempo. E, sem saber por que, deixa que o gordo se aproxime.

Sim, sim, sabe. Não quis admitir, lutou contra a idéia, o pensamento perturbador que ocorreu no ônibus, em João Pessoa. A resistência era motivada por Maria, sua filha. Não sua. Nunca foi, será. *Tudo doentio à nossa volta. Há uma única maneira de não se contaminar. Não terminar em pedaços apodrecidos, como o resto do mundo.* De certo modo, facilita, abrindo caminho entre as pessoas.

Há qualquer coisa que o liga a este homem, não existe medo, ódio. O muro humano formado ao seu redor eliminado, estão a dois metros um do outro.

Aí está ele. O Ganhador.

Só que o vencedor sou eu, pensa o homem gordo e ágil. Imaginando que amanhã poderá rever Rosicler, dançando sobre o muro.

Ao som de *Caravan*, não quatro, mil vezes repetida.

Quantas vezes ele quiser, *the mistery of fading lights.*

Obras do Autor

Depois do Sol, contos, 1965
Bebel Que a Cidade Comeu, romance, 1968
Pega Ele, Silêncio, contos, 1969
Zero, romance, 1975
Dentes ao Sol, romance, 1976
Cadeiras Proibidas, contos, 1976
Cães Danados, infantil, 1977
Cuba de Fidel, viagem, 1978
Não Verás País Nenhum, romance, 1981
Cabeças de Segunda-Feira, contos, 1983
O Verde Violentou o Muro, viagem, 1984
Manifesto Verde, cartilha ecológica, 1985
O Beijo não Vem da Boca, romance, 1986
O Ganhador, romance, 1987
O Homem do Furo na Mão, contos, 1987
A Rua de Nomes no Ar, crônicas/contos, 1988
O Homem Que Espalhou o Deserto, infantil, 1989
O Menino Que não Teve Medo do Medo, infantil, 1995
O Anjo do Adeus, romance, 1995
Strip-tease de Gilda, novela, 1995
Veia Bailarina, narrativa pessoal, 1997
Sonhando com o Demônio, crônicas, 1998
O Homem que Odiava a Segunda-Feira, contos, 1999
O Anônimo Célebre, romance, 2002

Projetos especiais

Edison, o Inventor da Lâmpada, biografia, 1974
Onassis, biografia, 1975
Fleming, o Descobridor da Penicilina, biografia, 1975
Santo Ignácio de Loyola, biografia, 1976
Pólo Brasil, documentário, 1992
Teatro Municipal de São Paulo, documentário, 1993
Olhos de Banco, biografia de Avelino A. Vieira, 1993
A Luz em Êxtase, documentário, 1994
Itaú, 50 anos, documentário, 1995
Oficina de Sonhos, biografia de Américo Emílio Romi, 1996
Addio Bel Campanile: A Saga dos Lupo, biografia, 1998

IMPRESSÃO E ACABAMENTO:
YANGRAF Fone/Fax: 6198.1788